太宰治
創作の舞台裏

日本近代文学館 編
The Museum of Modern Japanese Literature

Osamu DAZAI

春陽堂書店

刊行にあたって

日本近代文学館理事長　坂上　弘

日本近代文学館は一九六三年に財団法人として発足し、一九六七年の開館以来、近代文学資料の収集・保存に全力を注ぎ、それらを研究に供して参りました。中でも「太宰治文庫」を中心とする太宰治関連の資料群は、津島美知子夫人やご遺族、太宰を慕う関係者の手により長年大切にされてきたかけがえのない稀有のコレクションです。

当館ではこの太宰治資料に幅広くアクセスしていただけるよう、二〇一四年のＤＶＤ版／オンライン版『日本近代文学館所蔵　太宰治直筆原稿集／自筆資料集』（丸善雄松堂）の刊行、二〇一七年の『太宰治文庫目録　増補版』（日本近代文学館所蔵資料目録第三三集）の刊行などを通じ積極的に公開して参りました。

そしてこの度、新資料「お伽草紙」の完全原稿を加えた太宰治資料の一端を、特別展「生誕一一〇年　太宰治　創作の舞台裏」とその図録である本書で皆様にご覧いただけますことは、私共にとりまして大きな喜びです。

津島家ならびに当館に貴重な資料をご寄贈くださった皆様に篤くお礼申し上げます。

はじめに

展覧会編集委員　安藤　宏

二〇一九年四月に、生誕一一〇年を記念して、日本近代文学館にて太宰治展を開催いたします。本書はその展示を、書籍で再現することを企画したものです。

日本近代文学館は過去、没後二〇年展から五〇年展に至るまで、何度か本格的な太宰治展を開催してきた実績があり、また、全国各地の文学館でも、さまざまな形で太宰治の魅力が紹介されてきた歴史があります。これらとの重複を避けるため、展示は思い切って「資料に見る創作の舞台裏」という一点に焦点を絞ることにしました。太宰治の生涯をたどったり、活動した地域との関係に力点を置くのではなく、あくまでも残された「資料」それ自体に主役になってもらうことに意をそそいでいます。そのため、本書の部構成も時期別ではなく、資料の性格別に組んであり、これらを読み解く面白さを通じて、作品の生み出される創造の機微に触れて頂くことをめざしています。

本書で特に注目すべきものの一つは「お伽草紙」の完全原稿で、初めてその存在が明らかになったものです。このほか、これまで知られてきたと思われる資料の中にも新たな要素がさりげなく組み込まれていますので、「通」をもって任じておられる方にも意外な発見を楽しんで頂けるのではないかと思います。個々の資料には、これを保管してきた方々のさまざまな思いや物語が託されており、そうしたいきさつや経緯を知って頂くことにも留意しました。

日本近代文学館の「太宰治文庫」は、一九八七年、九七年、二〇一四年の三回に及ぶご遺族からの資料の寄贈から成り立っており、原稿、草稿を初めとする計四二三点に及ぶ資料は、他の追随を許さぬ研究資料の宝庫になっています。ほかにも中学高校時代のノートを初め、多くの直筆資料の寄贈があり、本書ではそれらのエッセンスを結集しています。

刊行にあたって　坂上　弘　2
はじめに　安藤　宏　3

第1部　**「太宰治」のルーツ**　7
津島家　8
習作時代　20

第2部　**ノート・落書きを中心に**　35
中学・高校時代のノート　36
伝記資料　56

第3部　**原稿・書き換えの跡をたどる**　63
活字にならなかったもう一つの世界　64
「火の鳥」　64
「カレツヂ・ユーモア・東京帝国大学の巻」　66
「悖徳《はいとく》の歌留多」　67
未定稿から完成稿へ　70
「善蔵を思ふ」　70
「如是我聞」　72
『井伏鱒二選集』　75
友情――書画より　78

第4部　典拠・小説に用いた資料　79

「富嶽百景」　80
「天狗」　81
「不審庵」　82
「右大臣実朝」　83
「惜別」　88

第5部　戦争の影　95

検閲――戦中と戦後　96
「花火」　96
「佳日」　97
「小さいアルバム」　98
「冬の花火」　100
「パンドラの匣」　101
太宰治・井伏鱒二　戦後疎開中の往復書簡から　103
初公開「お伽草紙」原稿　108

第6部　「斜陽」と「人間失格」　117

「斜陽」の世界　118
「人間失格」のできるまで　126
三鷹にて――家族とともに　135

【巻末資料】

太宰治年譜　136
掲載作品一覧　左142

【協力者一覧】

津島園子

飯田聖子
石井耕
青森県近代文学館
太田比奈子
県立神奈川近代文学館
川端康成記念会
国立国会図書館
青森県五所川原市
中央公論新社
東奥日報
弘前大学附属図書館
不二出版
渡部芳紀
（敬称略）

第1部 「太宰治」のルーツ

「太宰治」デビュー以前の資料を一括した。「檀家累代記」「津島家歴史」など、家のルーツに関わる写本は、かつて知られていたものが所在不明になるなど危機的な状況にあり、今回のコピー資料はその意味でも貴重である。「京都買物仕切目録」は、津島家が天保年間にすでに「ヤマゲン」の屋号を用い、商いを営んできたことを示す貴重な資料。

高校時代の英作文は、これまであまり知られていない課題作文も掲載した。当時の旧制高等学校の授業の雰囲気がうかがえて楽しい。「最近文士録」の書き込みからは、同人誌「細胞文芸」をどの作家に献呈しようか、太宰自身が悩んでいた形跡がうかがえて面白い。地方の旧制高校の学生にとって、「中央」はまだはるかに遠い存在だった。二〇一六年にその存在が明らかになった資料である。

（安藤　宏）

津島家

父・津島源《げん》右衛《え》門《もん》（1871-1923）

1888（明治 21）年、木造村の名家・松木家から津島家に入り婿となる。家業の近代金融資本化に尽力し、金木銀行を創業、頭取となった。茶目っ気があり、芝居を好んだという。

津島家は、1904（明治 37）年の時点で県内多額納税者番付第四位にまで躍進した。1901 年以降は政界に進出、県会議員・衆議院議員を歴任した後、県の高額納税者の互選によって貴族院議員をつとめている。在任 3 か月目の上京中に 52 歳で病没、当時太宰は 15 歳で、青森中学受験にとりくんでいた。

母・津島夕《た》子《ね》（1873-1942）

15 歳で源右衛門と結婚、七男四女に恵まれた。政治家の妻としても多忙をきわめ、温厚で病弱であったという。太宰は第十子六男（兄が夭折したため、事実上の四男）にあたる。子守のたけと叔母のキヱが太宰の養育を担当した。

その翌春、雪のまだ深く積つてゐた頃、私の父は東京の病院で血を吐いて死んだ。ちかくの新聞社は父の訃を号外で報じた。私は父の死よりも、かういふセンセイシヨンの方に興奮を感じた。遺族の名にまじつて私の名も新聞に出てゐた。父の死骸は大きい寝棺に横たはり橇に乗つて故郷へ帰つて来た。私は大勢のまちの人たちと一緒に隣村近くまで迎へに行つた。やがて森の蔭から幾台となく続いた橇の幌が月光を受けつつ滑つて出て来たのを眺めて私は美しいと思つた。

（「思ひ出」）

津島家の人びと　太宰生家の庭にて

後列右より、太宰、英治（次兄※）、文治（長兄※）、礼治（弟）、逸朗（次姉トシの長男）、甫（従姉リエの長男）。**中列右より**、れい（文治の妻）、トシ（次姉。膝に文治の長女 陽）、夕子《たね》（母）、イシ（祖母）、キヱ（叔母。膝にリエの四男 廉三）、リエ（キヱの長女）、きやう（四姉）。**前列右より**、あい（三姉）、てる子（トシの長女）、光代（トシの次女）、一雄（英治の長男）、慶三（リエの三男）、次郎（リエの次男）、テイ（キヱの三女）、タカ（英治の妻）。

※源右衛門・夕子のあいだには長男・総一郎、次男・勤三郎があったが夭折。文治・英治は正確には三男・四男にあたる。

太宰の生家「斜陽館」（青森県五所川原市提供）

1907（明治40）年に竣工。総工費4万円（当時）をかけて建てられた。敷地約600坪、高さ4メートルの煉瓦塀で囲まれた大豪邸。地域の実力者だった源右衛門は周囲に村役場や警察署、銀行などを配置した。津軽の名棟梁、堀江佐吉の普請になるもので、総ヒバづくりの和洋折衷建築で知られ、2016年には国の重要文化財に指定されている。太宰はこの家で生まれた初めての子だった。戦後津島家は邸宅を売却､1950（昭和25）年より旅館として使用された際に「斜陽館」と名づけられた。1996年、当時の金木町（現五所川原市）が太宰治記念館「斜陽館」として公開を始めた。

生後1年のころ

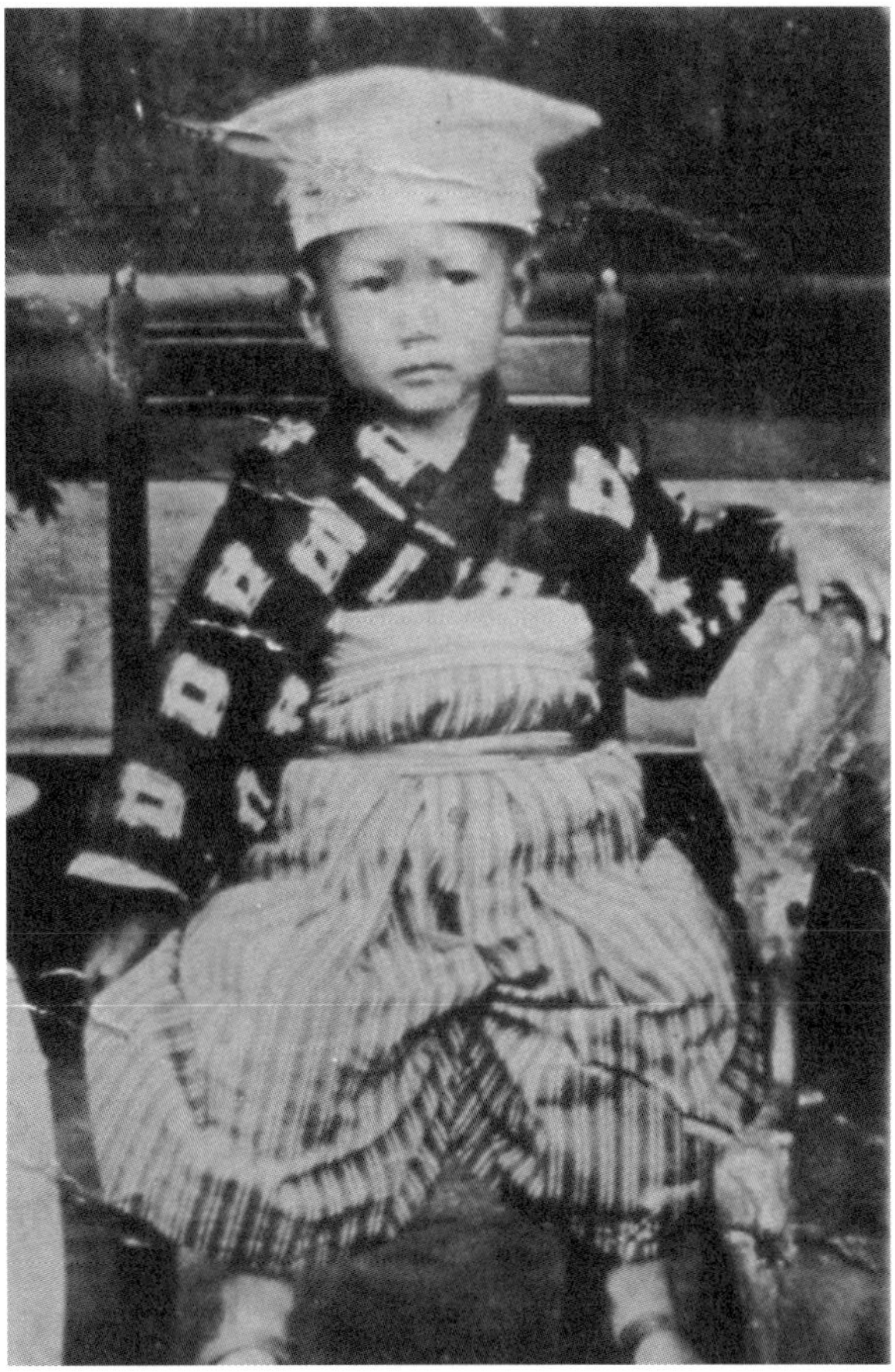

4歳のころ

2歳のころ　むかって左に母・タ子、右に叔母・キヱ。後ろにキヱと懇意だった小学校教師の三上やゑ。

左から、姉・あい、太宰、従姉・テイ、姉・トシ、姉・きやう、甥・逸朗、弟・礼治

後列右より、太宰（中学時代）、弟・礼治。**前列右より**、次兄・英治、長兄・文治、三兄・圭治

兄・圭治と

1925（大正 14）年。
左から、太宰（青森中学３年）、弟・礼治、級友・中村貞次郎。

同　三年	二三三三	十月神原村を水害の爲め金木川口より移轉す
正德元年	二三一八	四月鳴海又次郎淸宣(鳴海醫師の祖先)金木川口材木御番所奉行となる
同	同	制札場設置
同　四年	二三一五	第五代藩主信壽公南臺寺へ梵鐘寄贈
同	同	妙乘寺金木新田川内村より移轉
享保二年	二三一二	金木村惣助・源助・喜右衛門・五右衛門・茂川村領御鷹待場主仰付けらる
同　七年	二一一七	二月金木山木材弘前城御矢倉臺御用木に仰出さる
同	同	四月川倉村より二間の五寸角五十本伊勢御師へ寄進
嘉永五年	八七	三月吉田松陰先生神原渡場通過
明治元年	七一	九月羽賀多吉馬門に於て戰死
同	同	銃隊一小隊新組(農兵)一小隊金木村を警備す
同	同	金木村鄕夫久之助函舘役に於て戰死
同　二年	七〇	十二月福士莊太郎函舘役戰功に依り賞金三十兩下賜せらる
同　三年	六九	六月御代官役所廢止となる
同	同	閏十月津島惣助・角田文左衛門・高橋彌左衛門藩主より田地買收せらる
同　四年	六八	六月より續々藩士在宅の爲め下る
同　五年	六七	七月金木・川倉・蒔田・神原を第三十八區に、藤枝・芦部を第三十九區に編入
同	同	十月御藏廢止となる

『金木郷土史』（金木町役場、1940（昭和15）年）

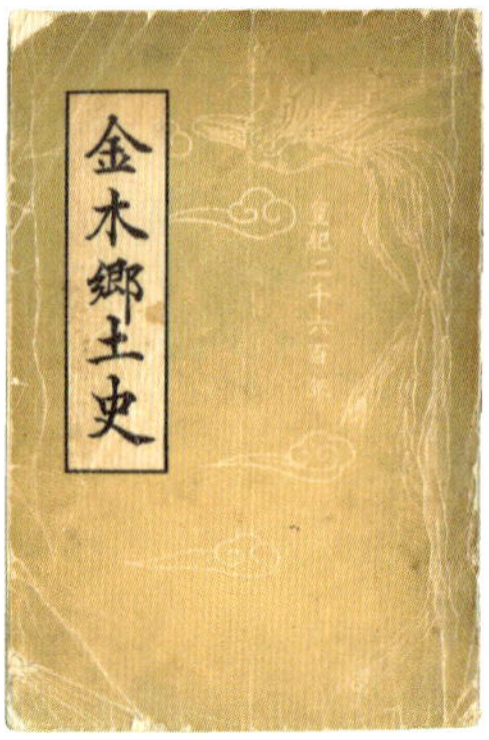

美知子夫人が津島家のルーツを調べるために用いた資料。夫人による書き込みもみられる。
「金木町誌年表」には、津島家当主の多くが用いた「惣助」の名が最初に登場する史料「平山日記」（五所川原港村で庄屋などを務めた平山家の歴代当主による日記）や、1758（宝暦 8）年に對馬定次郎より 50 石が金木村の「惣介」（惣助のことか）らに与えられたことを記す「宝暦八戊寅年知行帳」が紹介されている。

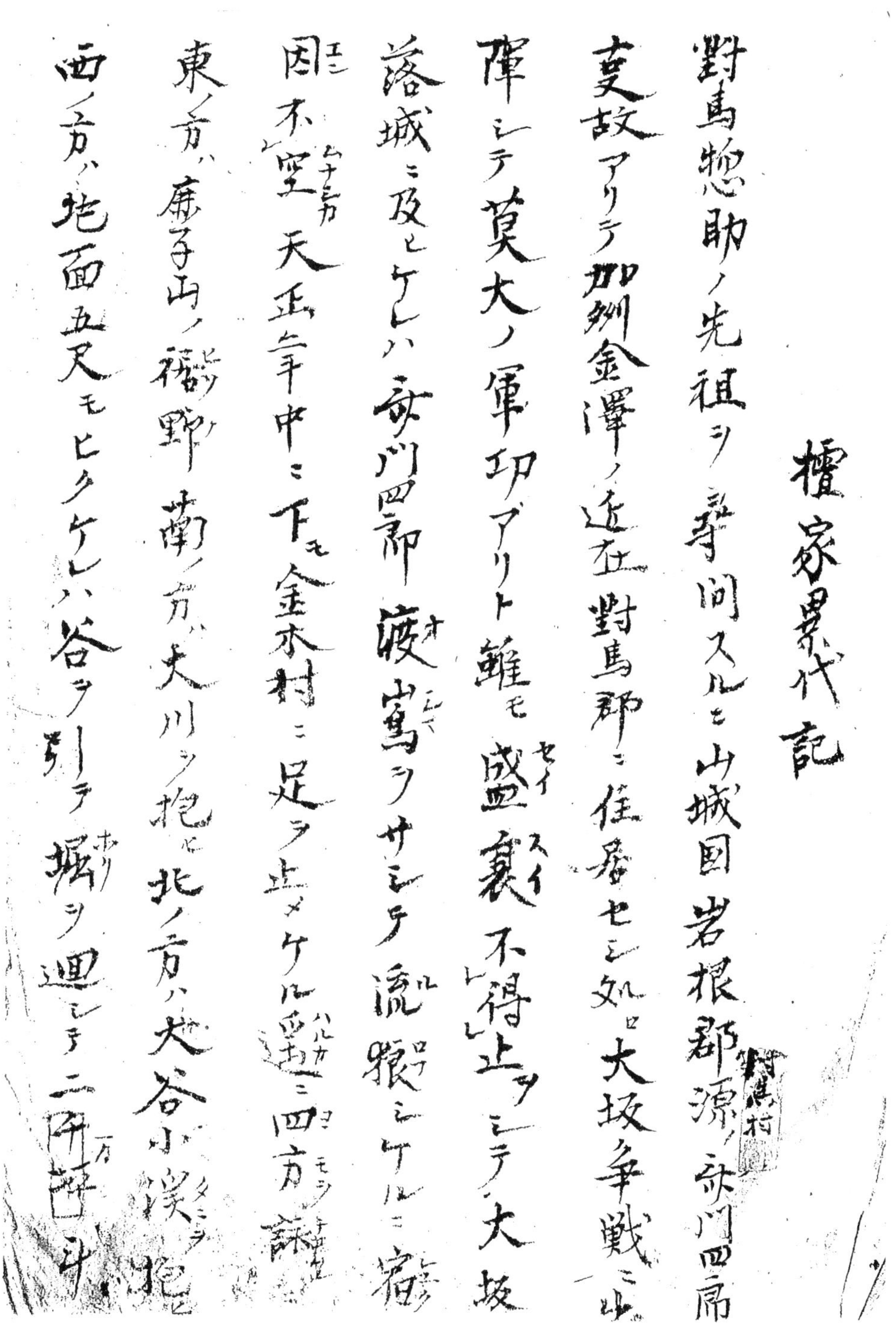

檀家累代記

對馬惣助ノ先祖ヲ尋問スルニ山城國岩根郡源ノ於川四扇

変故アリテ加州金澤ノ近在對馬郡ニ住居セシ処ロ大坂争戦ニ出

陣シテ莫大ノ軍功アリト雖モ盛《セイ》衰《スイ》不得止シテ大坂

落城ニ及ヒケレハ於川四郎疲山窩ヲサシテ流浪シケルニ宿

因不空天正二年中ニ下モ金木村ニ足ヲ止メケル遥《ハルカ》ニ四方詠

東ノ方ハ康子山ノ嶺野南ノ方ハ大川ヲ抱ヒ北ノ方ハ大谷小溪ヲ抱

西ノ方ハ地面五尺モヒクケレハ谷ヲ引テ堀《ホリ》ヲ迴シテ二冊

『檀家累代記』（複写資料）

太宰の曽祖父惣助が、急速に財力をつけつつあった津島家にふさわしい系図の作製を金木の南台寺住職・智現和尚に依頼した。筆者である智現和尚が自身について「愚老八十才ニ及テ」としていることから1883（明治16）年ごろのものと考えられている。原本は南台寺が保管したが現在は所在不明で、複写資料でのみ面影を知ることができる。

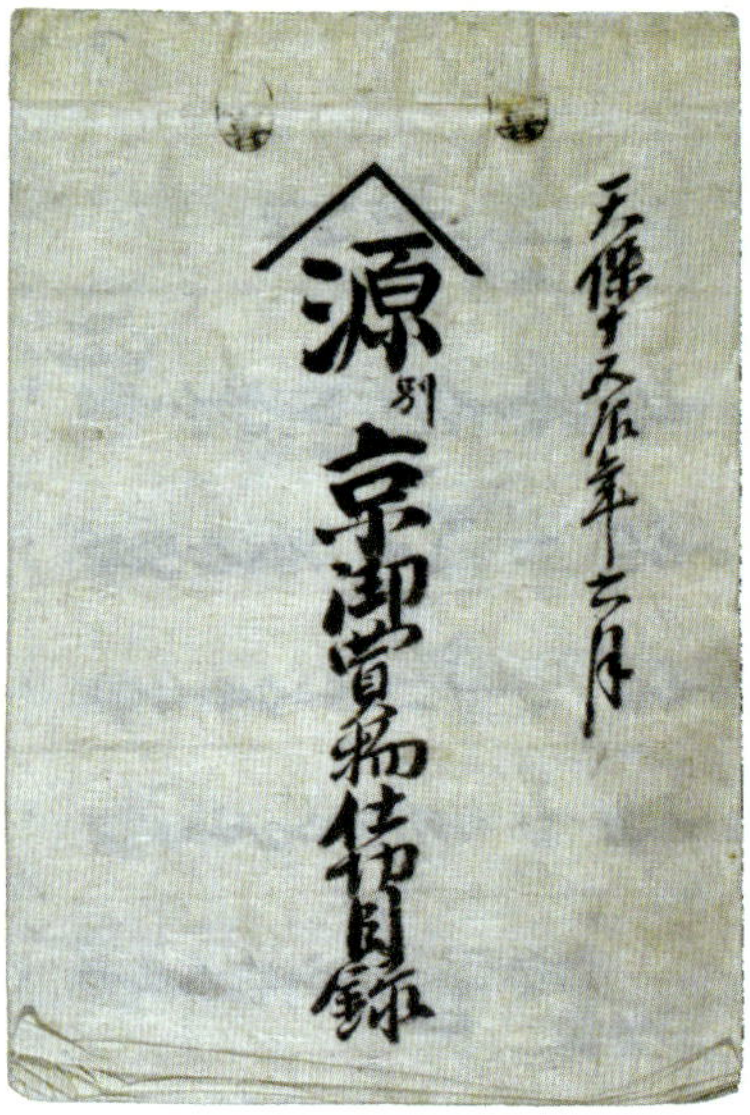

ヤマゲン對馬屋宗（惣）助宛
「京都買物仕切目録」（個人蔵）

1844（天保 15）年、津島惣助が京都の「戎屋」から買い付けをおこなった記録。津島家はもともと小規模の自作農だったのが明治に入り新興商人地主として急速に富を集めたとするのがこれまでの通説だったが、この資料からは、天保年間にすでにヤマゲンの屋号を名乗り、農業の傍ら雑貨商を商っていたことがわかる。買い物は竹、織物、布団、包丁、軸物、籠など多岐にわたり、帳面の総額は「壱貫四百壱匁四分」（20 両前後）。津島家発展のいしずえは、すでに江戸後期に築かれていた。

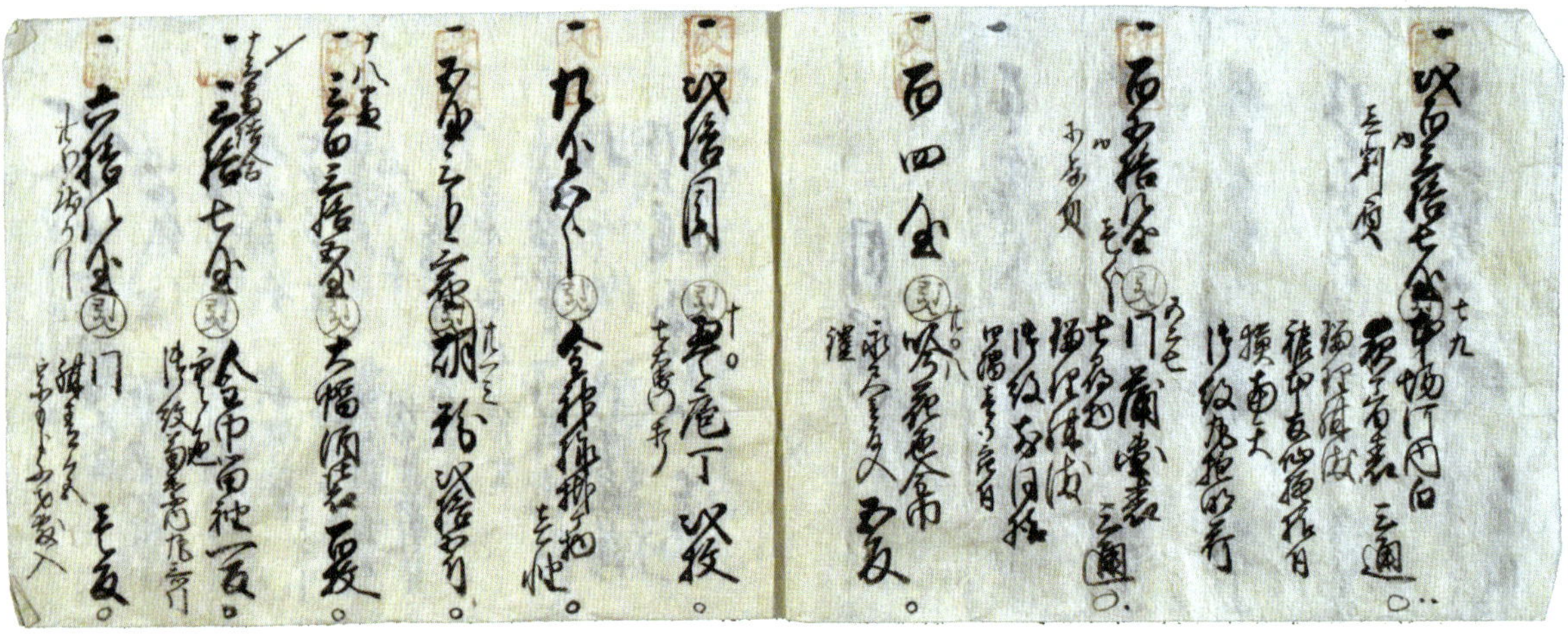

一　弐百三拾七匁○本場河内白　七九
内
壱割負　夜具表　三通
瑠璃紺染
褥本友仙模様付
漢南天
御紋丸抱明荷
一　百五拾八匁一分○同蒲団表　五二七
内
五歩負　七尋物　三通
瑠璃紺染
御紋前同様
四端壱ツ花月
一　百　四　匁　○吟花色金巾　廿○三
永尺壱反入　五反
鎧
一　弐　拾　目　○畳包丁　弐枚
七右衛門打
一　九匁八分　○金神様掛ケ物　壱軸
一　五匁三分三厘○胡粉　廿一三　弐拾五斤
十八番
一　三百三拾五匁○大幅酒装　百枚
〆
十三番詰合
一　三拾七匁　○金巾留袖一反
空色
御紋菊葉内丸三ツ引
一　六拾八匁　○同　壱反
廿八戻り引　紺青色
宗（総）　もよふ才敷入

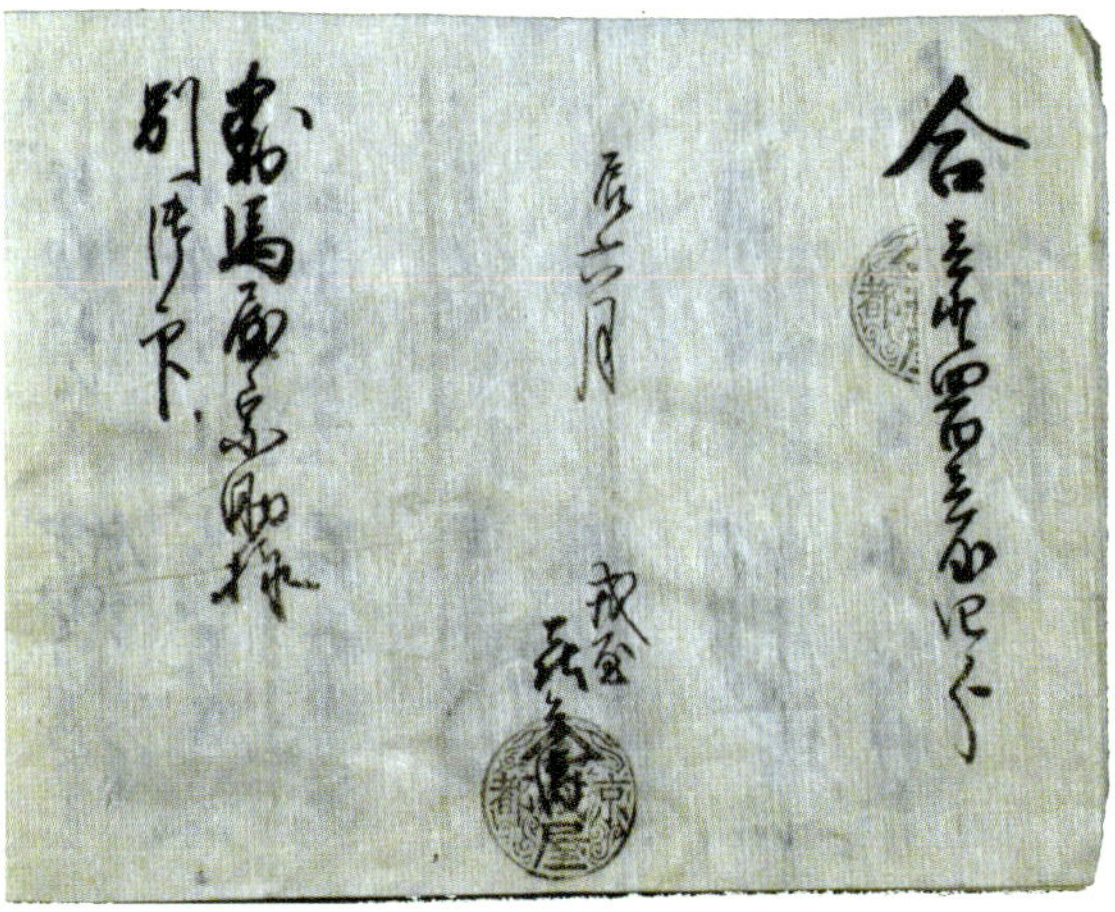

合　壱貫四百壱匁四分

辰六月　戒屋

喜兵衛

対馬屋宗助　様

別御印

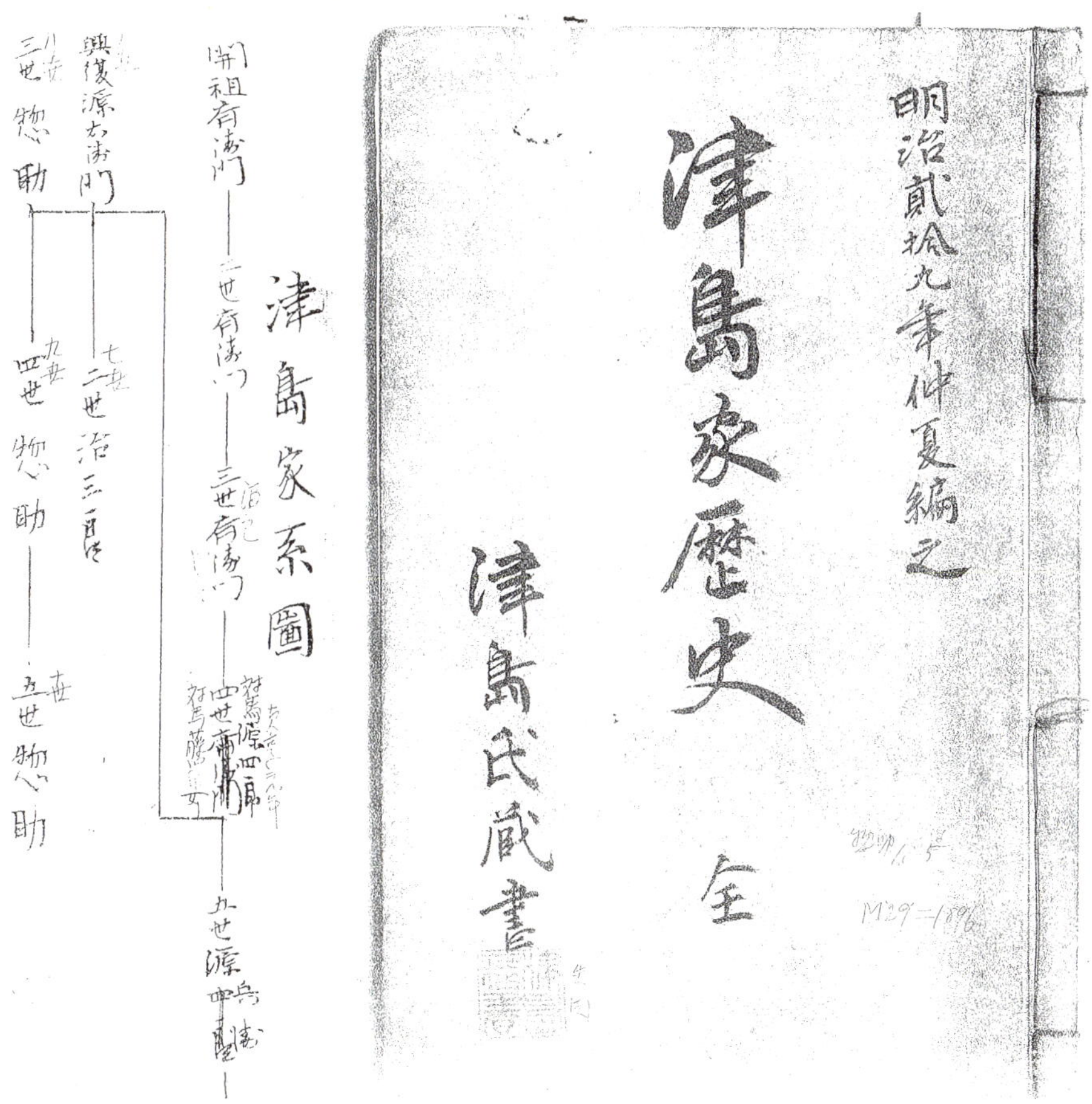

『津島家歴史』（複写資料）

1896（明治29）年に津島家が自家の歴史を整理・体系化したもので、内容は「津島家系図」「津島家歴史」「津島家忌日」。原本は現在所在不明で、美知子夫人は複写を保管していた。夫人による鉛筆の書き込みも見られる。「系図」からは江戸中期に「津島惣助」系と「島源右衛門」系が婿養子等により〝合体〟したことで、その後の発展につながったことがうかがえる。

津島美知子『回想の太宰治』

(人文書院、1978年)

美知子夫人は1912（明治45）年島根県に生まれ、東京女子高等師範学校を卒業後山梨県立都留高等女学校で地理や歴史を教えた。1939（昭和14）年、27歳で太宰と結婚。太宰急逝後は遺された資料の整理と調査を重ね、1978年に『回想の太宰治』を発表。身近にいた立場からの回想として重要なだけではなく、津島家の調査、太宰の草稿の検討など、研究書としても大きな意味を持っている。

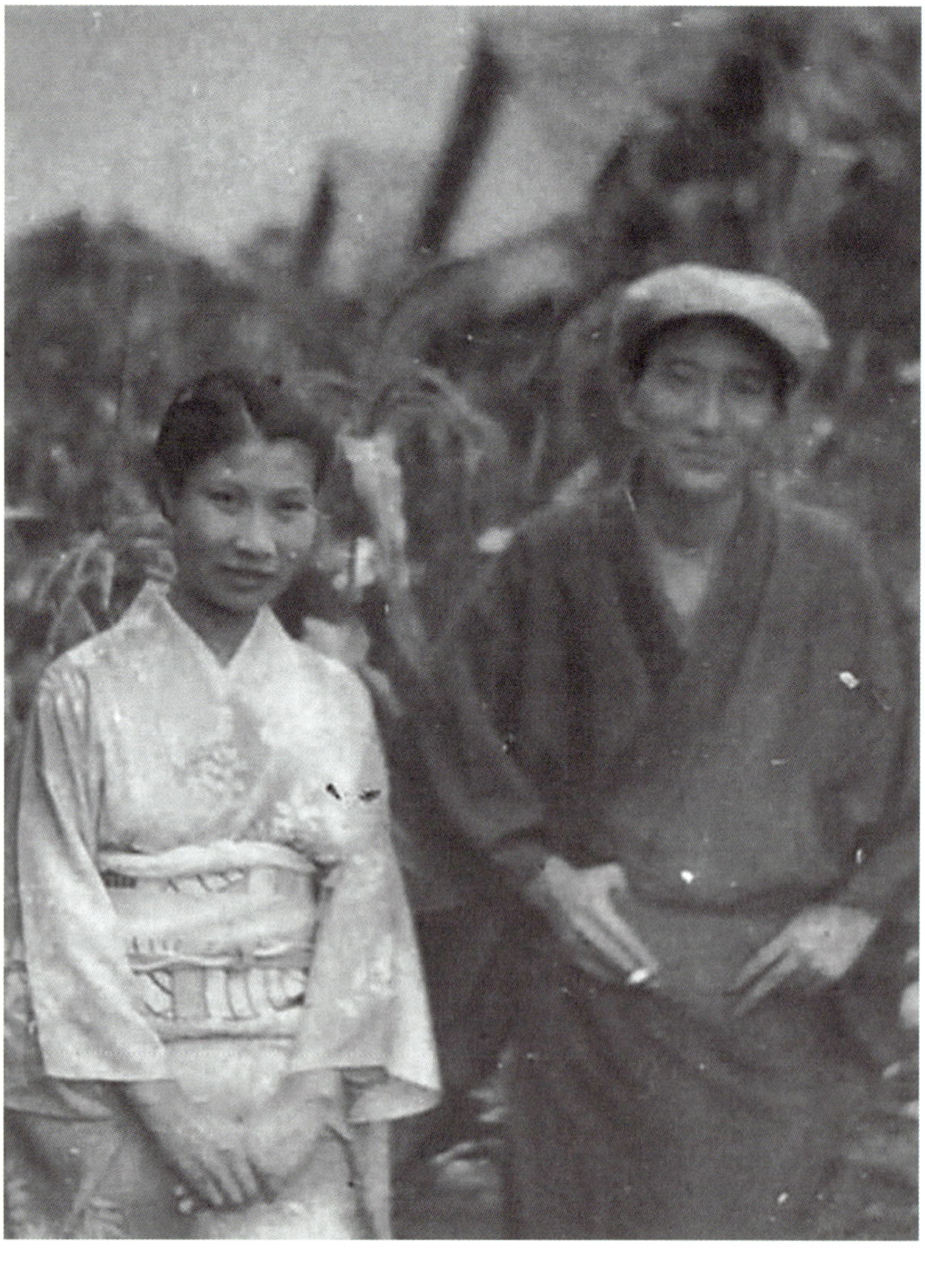

太宰治・美知子夫人

1940(昭和15)年、三鷹の自宅前で

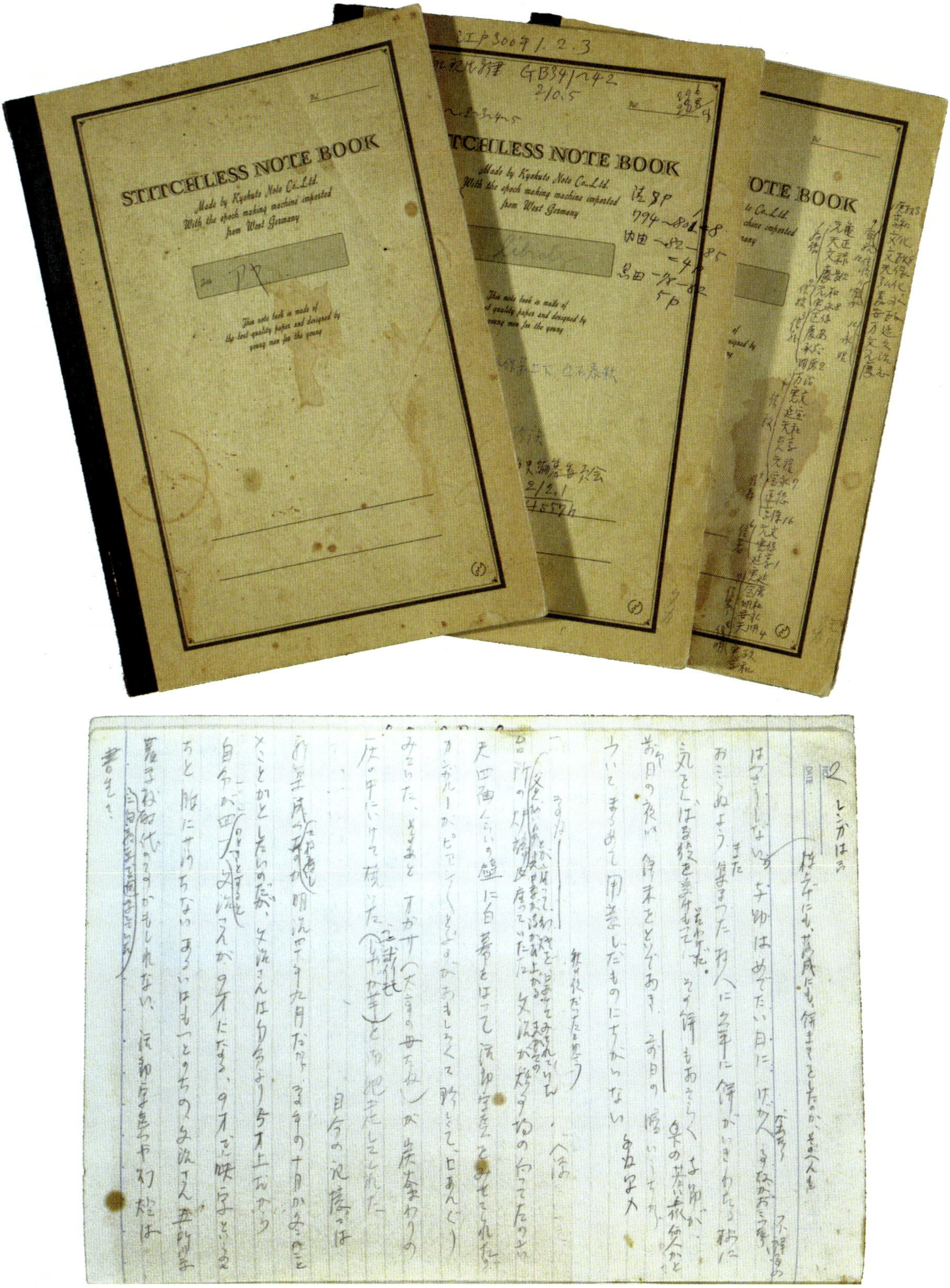

美知子夫人津軽取材ノート（アヤの聞き書き）

津島家を裏方で支えた男衆〈アヤ〉への美知子夫人の詳細な聞き書きがあり、『回想の太宰治』増補改訂版（人文書院、1997年）の「アヤの懐旧談」に生かされている。

習作時代

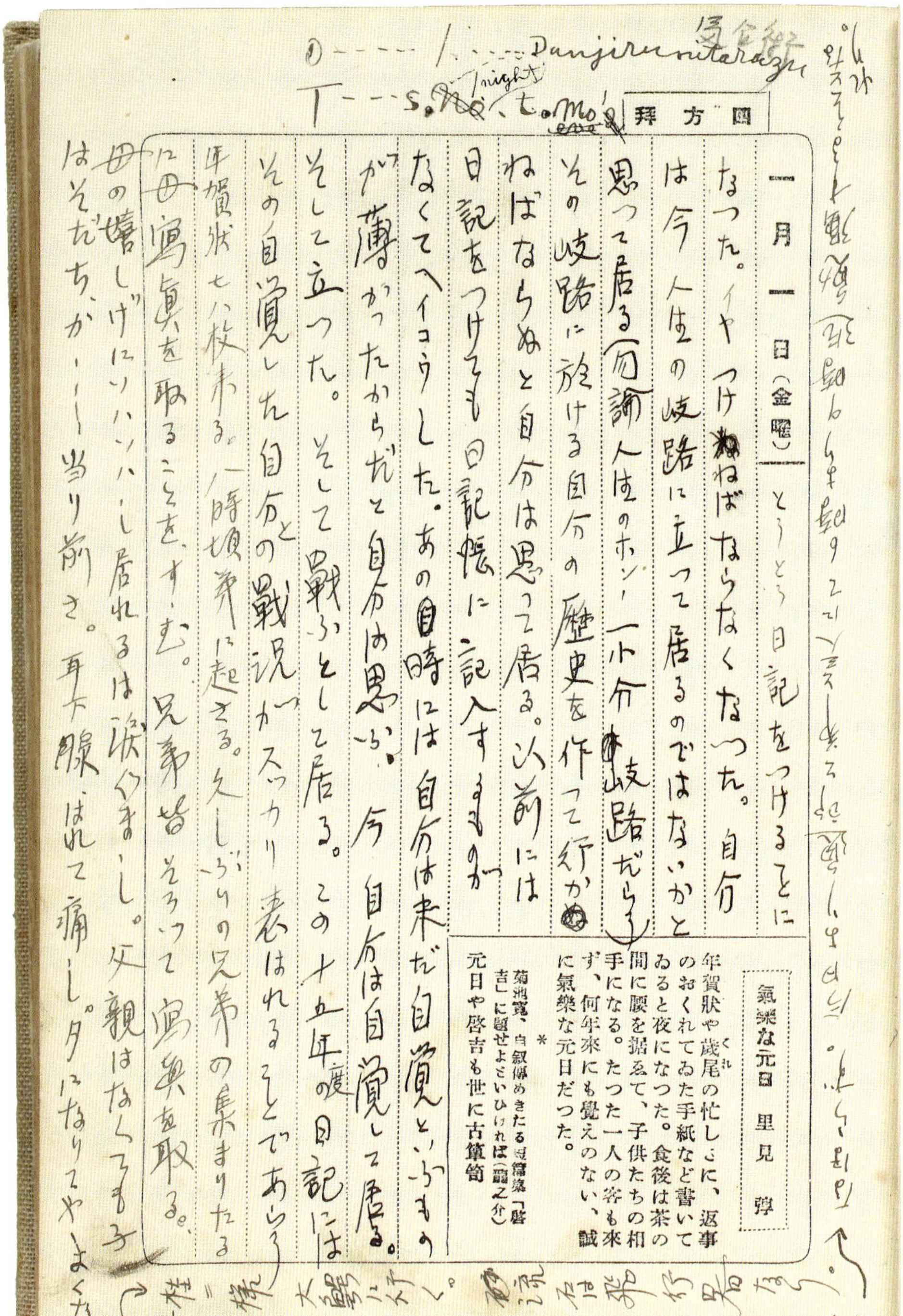

「新文芸日記」

1926（大正 15）年元日から 1 か月ほど続けた日記。生涯唯一の日記で、中学時代の家庭の状況、交友関係などがうかがえる貴重な内容。知られたくない内容には隠語が用いられているほか、生家で芝居を演じた際のメモなども見える。「新文芸日記」は新潮社から出されていたもので、古今東西の文豪の言葉がふんだんに刷り込まれ、当時の青年が「文学」を学んでいく上で大きな影響を与えた。

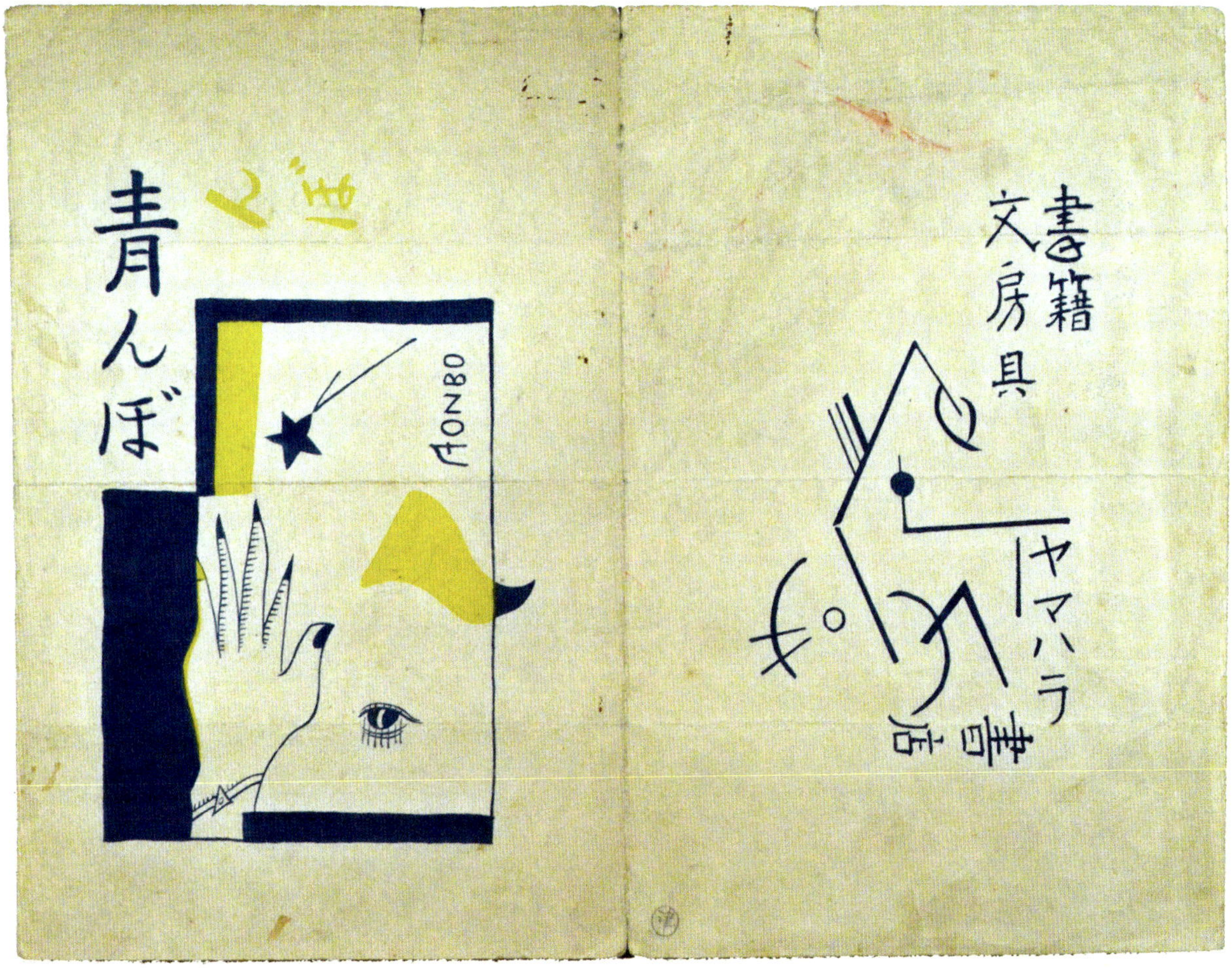

「青んぼ」２号表紙刷りだし

「青んぼ」は三兄・圭治の発案により友人や兄弟たちと始められた同人誌で 1926 年に２号まで発行された。太宰が「辻島衆二」という名で執筆したほか、当時金木町長だった長兄文治も寄稿している。太宰の「蜃気楼」が赤ん坊だというので、それよりはましだという意味を込め「青んぼ」にしたという。現存しているのは弘前市立図書館蔵の揃いと、手許に残されていたこの刷りだしのみである。

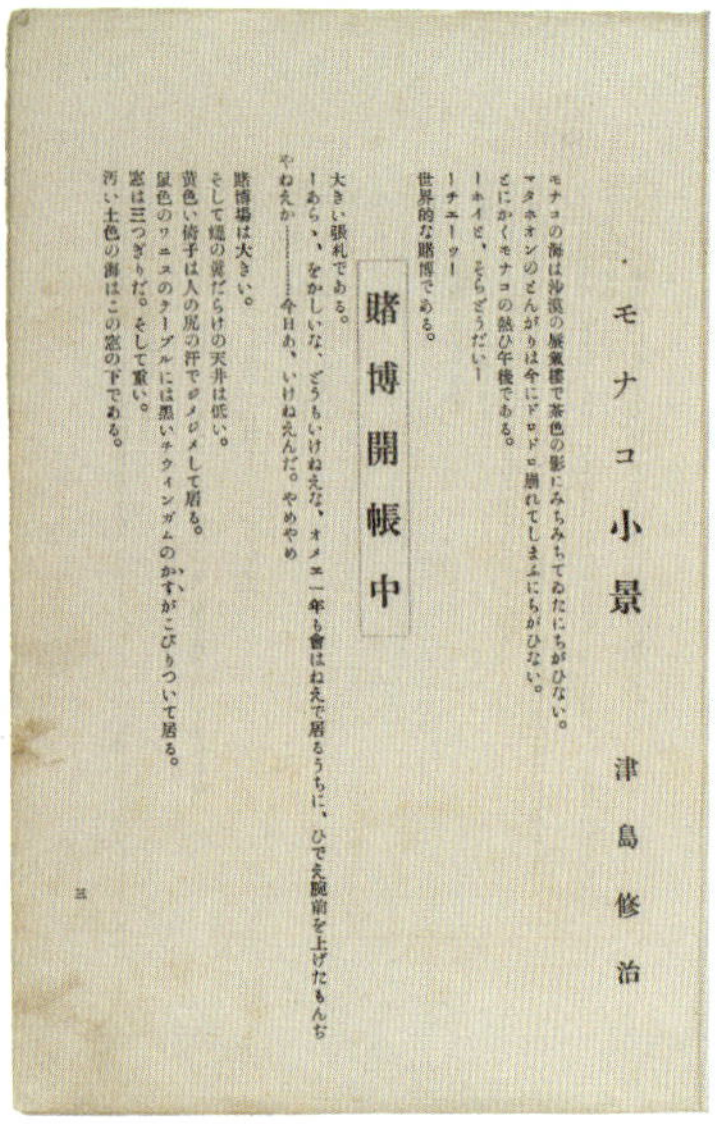

・モナコ小景　津島修治

モナコの海は沙漠の蜃氣樓で茶色の影にみちみちてゐたにちがひない。

マタホオンのとんがりは今にドロドロ崩れてしまふにちがひない。

とにかくモナコの熱ひ午後である。

—ホイピ、そらどうだい—

—チエーツ—

世界的な賭博である。

賭博開帳中

大きい張札である。

—あら丶丶、をかしいな、どうもいけねえな、オメエ一年も會はねえで居るうちに、ひでえ腕前を上げたもんちやねえか………今日あ、いけねえんだ。やめやめ
賭博場は大きい。

そして蠅の糞だらけの天井は低い。

黄色い椅子は人の尻の汗でジメジメして居る。

鼠色のワニスのテーブルには黒いチウィンガムのかすがこびりついて居る。

窓は三つぎりだ。そして重い。

汚い土色の海はこの窓の下である。

三

「モナコ小景」

（1926年10月号）

「蜃気楼」

青森中学時代の太宰が主幹となり発行した同人雑誌。1925（大正14）年10月号から1927年2月号まで全12冊を刊行。太宰は作品の執筆だけではなく編集や表紙のデザインもその大半はみずから手がけたと言われている。揃いで1セットのみ現存するが、それ以外ではこの2冊のみ、その存在が確認されている。

「蜃気楼」の同人たち

後列右から2番目に太宰、前列中央に弟・礼治。

蜃氣樓同人諸價値表

	腕力	度胸	スタイル	性慾	人氣	財産	趣味
樫村	無限	一〇	七八	一〇〇	八〇	力	軍隊教練
中勉	四〇	五〇	三〇	六〇	三五	純眞	今村
龍二	〇	七五	八〇	七〇	七〇	銀齒	男振り
仲禎	三五	二	四〇	六〇	四五	病	熟睡（但し授業中）
工藤	五	八〇	一	二〇	一二	オーバーには短き洋服上衣	五月蠅くかゝること
UH	一八	七〇	六〇	四〇	九〇 但し妻の	倅	火事
衆二	三〇	〇	四〇	七五	四五	十三圓の靴	藥（殊に貼燥膏）
ガビ	六〇	一〇	六〇	七六	七〇	小島	股に筋肉をつけること
カナサワ	五〇	九〇	八五	七〇	四〇	長髪	朝湯
壺田	四〇	二〇	六〇	七二	五八	頸に巻ける繃帯	活俳氣取り
四十三	二〇	八五	五〇	〇	三〇	眞面目	ハイ!!! ハーイ!!!（但し代數の時間）

○備考　八〇点以上優等　六〇点以下落第

「蜃気楼同人諸価値表」（「蜃気楼」1926（大正15）年6月号）

「蜃気楼」6月号に掲載。「文芸春秋」1924（大正13）年11月号の「文壇諸家価値調査票」に掲載されたものをまね太宰が中心になって作成したといい、そのことからも太宰の中央文壇志向がうかがえる。

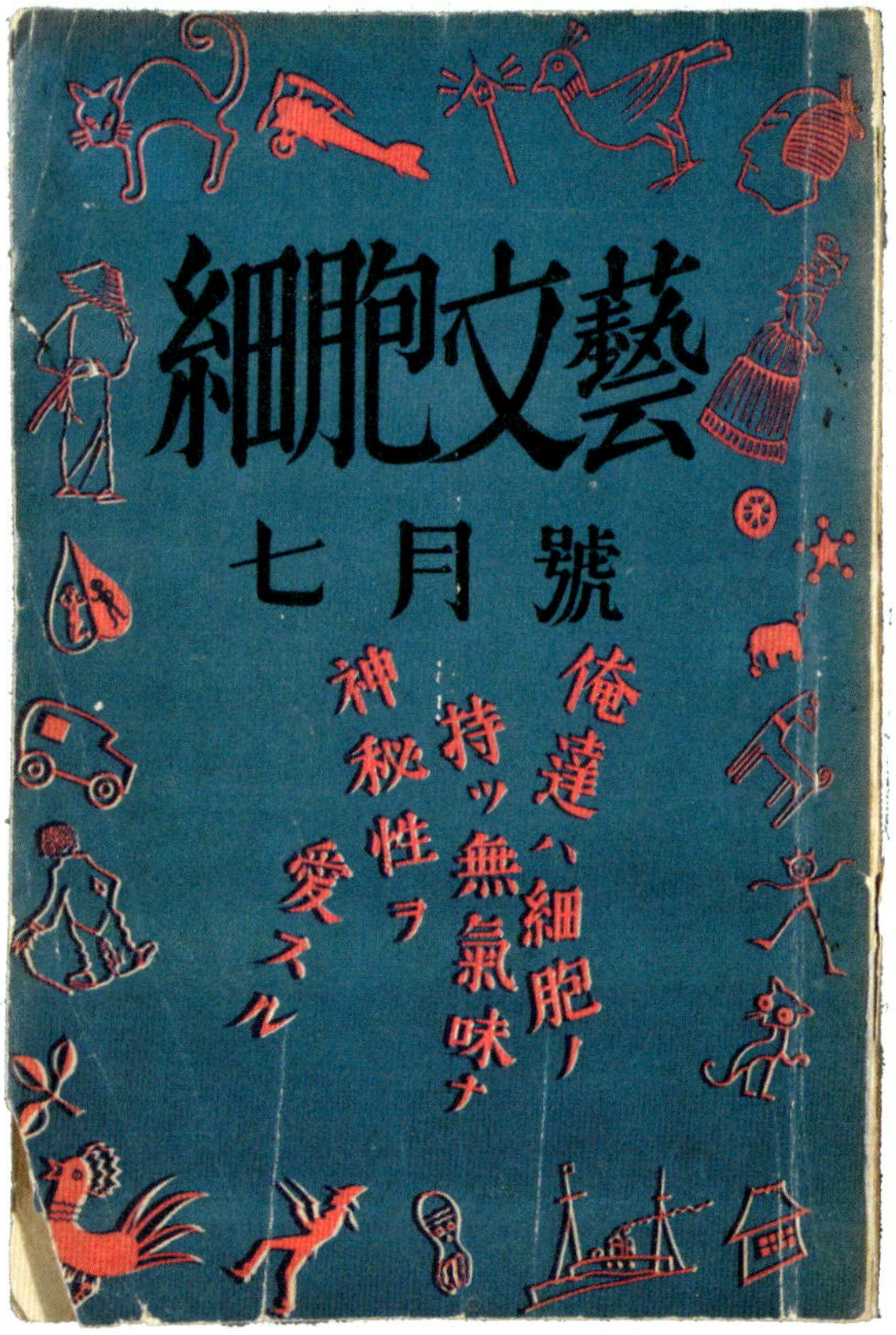

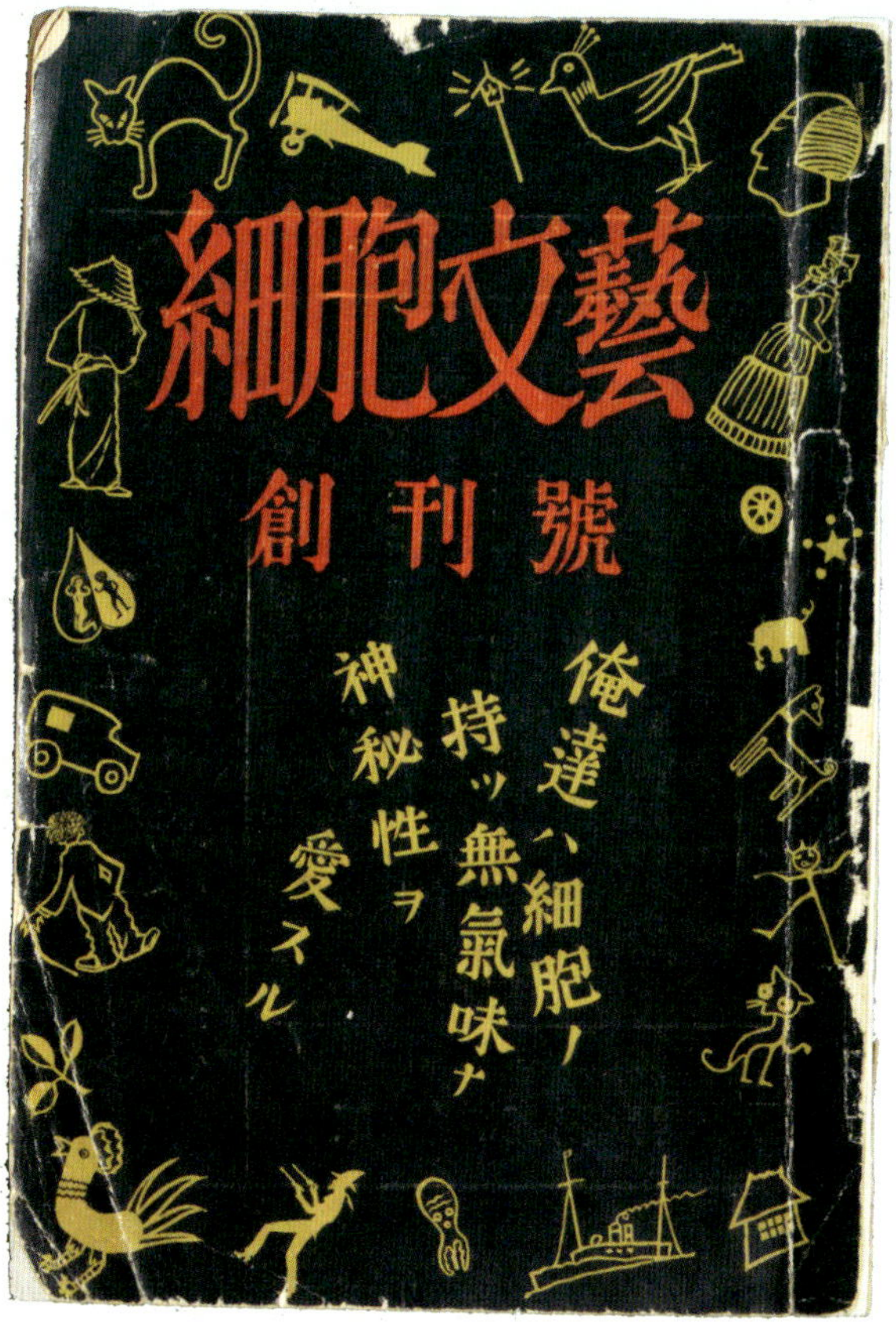

「細胞文芸」

弘前高校在学中、19歳の太宰が編集・発行していた同人雑誌で、1928（昭和3）年5月に創刊号を刊行し、同年9月の4号まで続いた。創刊号・3・4号が現存している。太宰は辻島衆二名義で「無間奈落」（創刊号）や「股をくゞる」（3号）を執筆。「無間奈落」は生家をモデルとし告発する内容だが、2号で中絶したと言い、長兄・文治の圧力のためと考えられている。

同人には当時の太宰に大きな影響を与えた三兄・圭治も夢川利一の名で参加。また、中央文壇で活躍する作家にも原稿料を払って寄稿を依頼していることからも、当時の太宰のなみなみならぬ野心が察せられる。「細胞文芸」廃刊の経験はのちに「猿面冠者」（「鶴」1934（昭和9）年7月）にかなりデフォルメしたかたちで描かれることになる。

編輯後記

▲罵倒號は各方面より罵言を浴せかけられたり。されど奇怪にもよく賣れたり。キング（何といふ道化役者）は各方面より罵言を浴せかけられ、しかもよく賣れるなり。この点、罵倒號キングにも似たる乎。恥しとも恥し。

▲本號、三嘆號になす豫定なりしかど、編者中途にて、三嘆に興味を失ひ遂に普通號とはせし也。三嘆の玉稿、惠與せられし各御人には深く謝すべし

▲世の編者、編輯後記に於いてその掲載の作品の二三篇を特に賞讃するは悪し。賞讃せられざる他の寄稿者は、自尊心を傷けらるればなり。注意すべきものなりと思はる。細胞文藝本號には感服したき作品數多あり。されど言はじ。

▲たゞ比賀志の『彼』はモデルの興味より採りしのみなるを斷り置きたし比賀志は編者の親友なれば、如何なる事を言ひてもよし。比賀志は馬に乗る某高校の秀才なり。

▲來月は休みたし。八、九月合併となし、小說十篇以上を載せ、堂々八月下旬に發行せむ。

（辻　島）

編輯後記（「細胞文芸」1928（昭和3）年7月号）

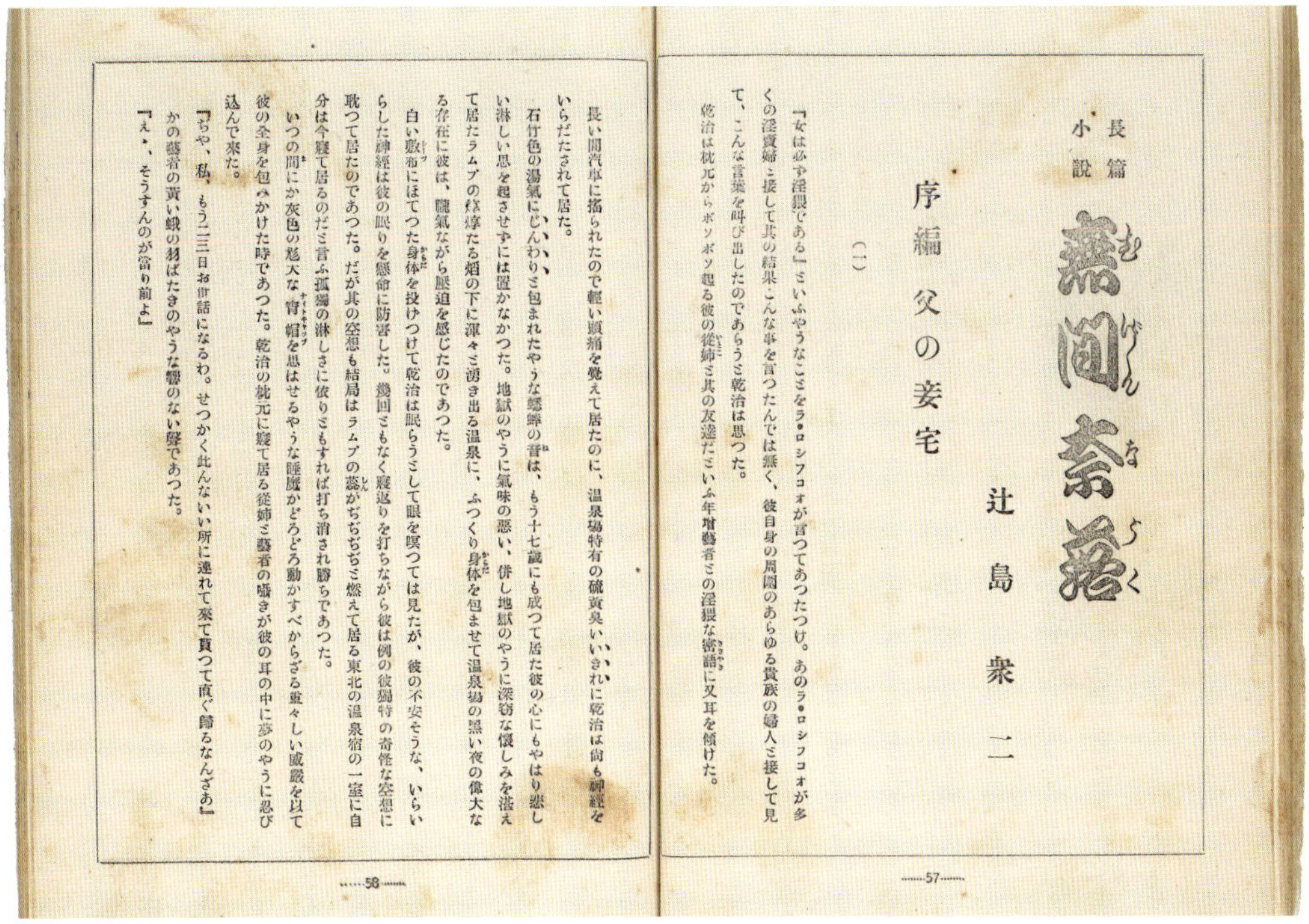

長篇小說

無《む》間《げん》奈《な》落《らく》

辻島衆二

序編　父の妾宅

（一）

『女は必ず淫猥である』といふやうなことをラ・ロシフコォが言つてあつたつけ。あのラ・ロシフコォが多くの淫賣婦と接して其の結果こんな事を言つたんでは無く、彼自身の周圍のあらゆる貴族の婦人と接して見て、こんな言葉を叫び出したのであらうと乾治は思つた。

乾治は枕元からボソボソ起る彼の從姉《いとこ》と其の友達だといふ年増藝者との淫猥な密語《ささやき》に又耳を傾けた。

……57……

長い間汽車に揺られたので輕い頭痛を覺えて居たのに、温泉場特有の硫黄臭いいきれに乾治は尙も神經をいらだたされて居た。

石竹色の湯氣にじんわりと包まれたやうな蟋蟀の音《ね》は、もう十七歳にも成つて居た彼の心にもやはり悲しい淋しい思を起させずには置かなかつた。地獄のやうに氣味の惡い、併し地獄のやうに深窈な懐しみを湛えて居たランプの炷燵たる焔の下に渾々と湧き出る温泉に、ふつくり身体《からだ》を包ませて温泉場の黑い夜の偉大なる存在に彼は、朧氣ながら壓迫を感じたのであつた。

白い敷布《シーツ》にほてつた身体《からだ》を投げつけて乾治は眠らうとして眼を瞑つては見たが、彼の不安そうな、いらいらした神經は彼の眠りを懸命に防害した。幾回となく寢返りを打ちながら彼は例の彼獨特の奇怪な空想に耽つて居たのであつた。だが其の空想も結局はランプの蕊《しん》がぢぢぢぢと燃えて居る東北の温泉宿の一室に自分は今寢て居るのだと言ふ孤獨の淋しさに依りともすれば打ち消され勝ちであつた。

いつの間《ま》にか灰色の尨大な寢帽《ナイトキャップ》を思はせるやうな睡魔がどろどろ動かすべからざる重々しい威嚴を以て彼の全身を包みかけた時であつた。乾治の枕元に寢て居る從姉と藝者の囁きが彼の耳の中に夢のやうに忍び込んで來た。

『ちや、私、もう二三日お世話になるわ。せつかく此んないい所に連れて來て貰つて直ぐ歸るなんざあ』

かの藝者の黃い蛾の羽ばたきのやうな艶のない聲であつた。

『えゝ、そうすんのが當り前よ』

……58……

「無間奈落」（「細胞文芸」1928（昭和3）年5月創刊号）

「地鉱」ノート

「心理学」ノート　※渡部芳紀氏撮影

太宰のらくがきから

学生時代のノートのらくがき（※第２部参照）からは、太宰が授業中も同人誌のことで頭がいっぱいだったことが察せられる。7月号の編輯後記にもあるとおり第2号は「罵倒号」と銘打ったが、残念ながら現存しない。

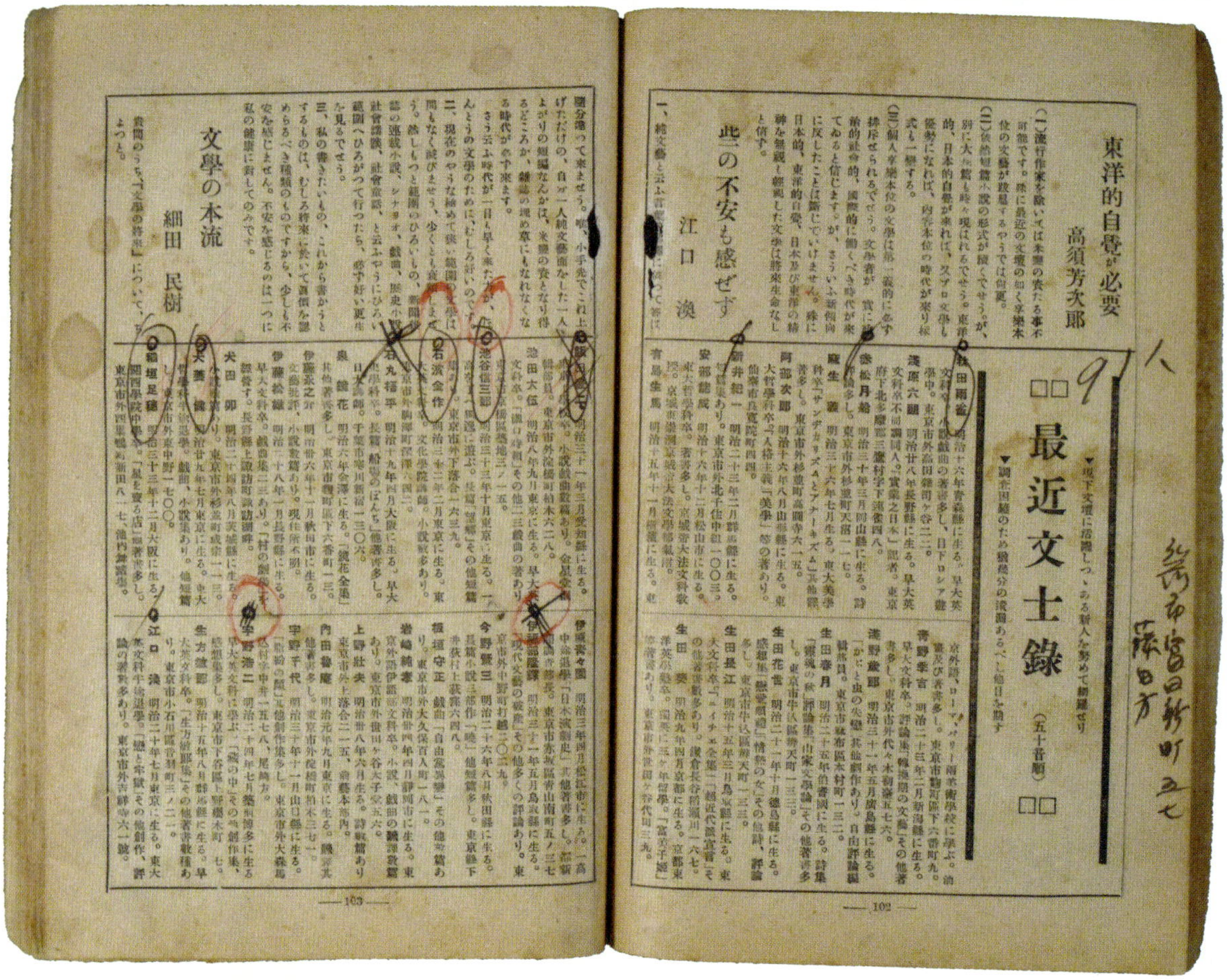

東洋的自覺が必要 高須芳次郎

此の不安も感ぜず 江口渙

文學の本流 細田民樹

最近文士録 （五十音順）

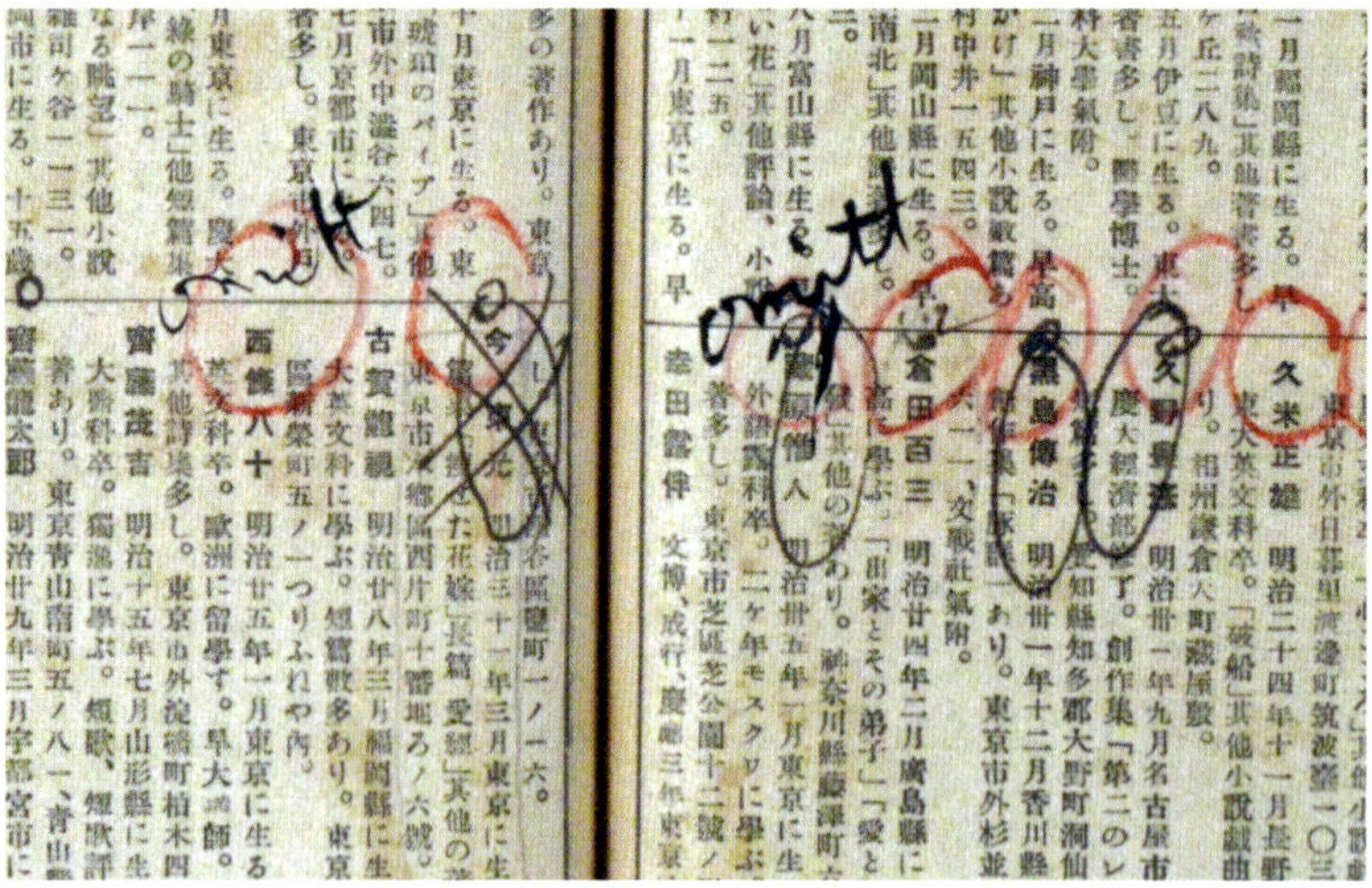

「最近文士録」（「文芸公論」1928（昭和3）年1月号）

所収の「最近文士録」は、太宰が「細胞文芸」を中央文壇の作家達に送付するためのチェックリストとして用いたもの。弘前で出された同人誌を「中央」に認知させるのは絶望的に困難なことだったが、文壇デビューにかける、太宰の鬱勃たる野心をうかがうことができる。作家の名に付された記号から、太宰が当時、文壇作家達にどのような評価を下していたかを知る事もできる。

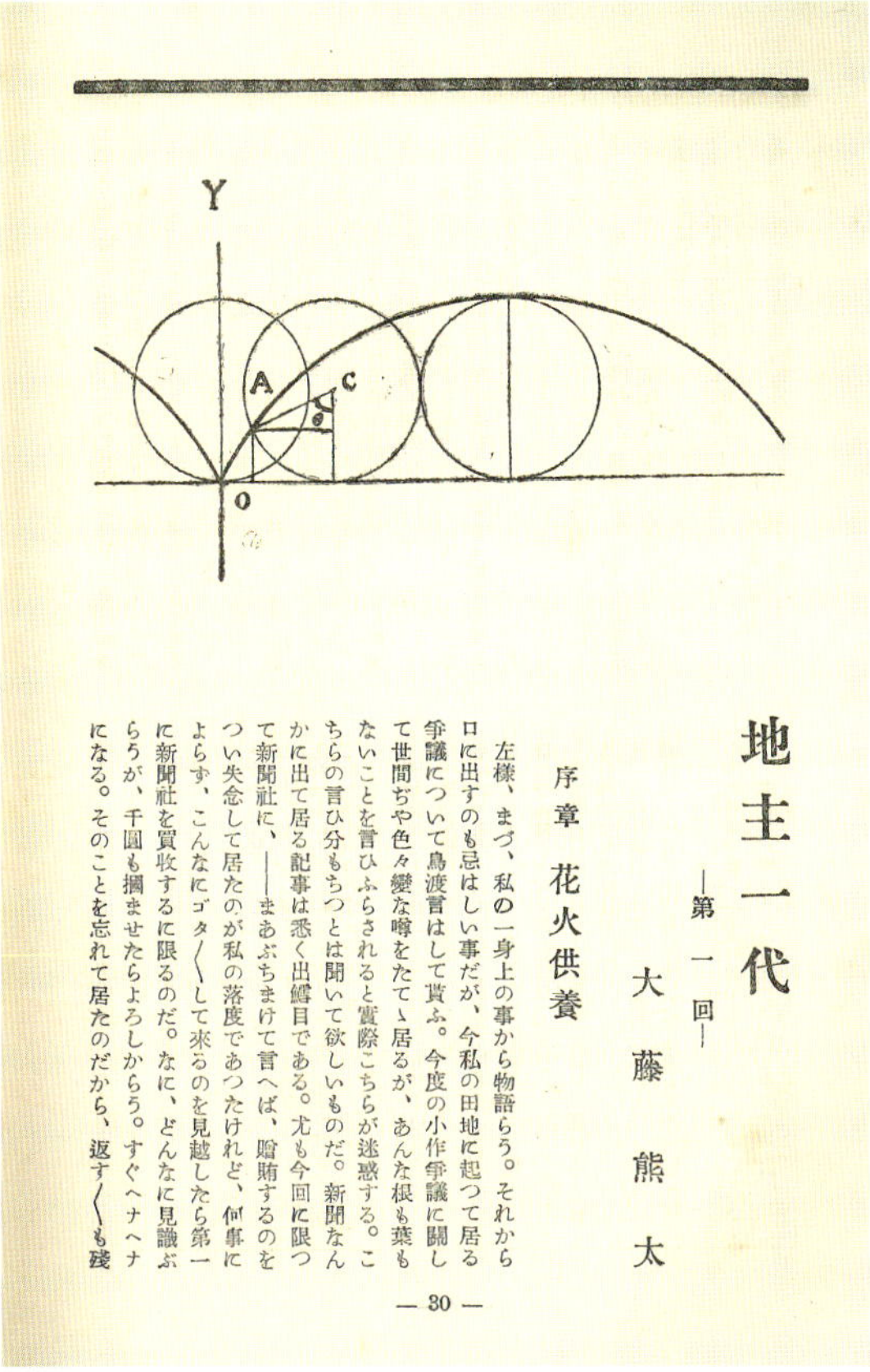

地主一代

—第一回—

大藤熊太

序章　花火供養

左様、まづ、私の一身上の事から物語らう。それから口に出すのも忌はしい事だが、今私の田地に起つて居る爭議について鳥渡言はして貰ふ。今度の小作爭議に關して世間ぢや色々變な噂をたてゝ居るが、あんな根も葉もないことを言ひふらされると實際こちらが迷惑する。こちらの言ひ分もちつとは聞いて欲しいものだ。新聞なんかに出て居る記事は悉く出鱈目である。尤も今回に限つて新聞社に、——まあぶちまけて言へば、賄賂するのをつい失念して居たのが私の落度であつたけれど、何事によらず、こんなにゴタ〳〵して來るのを見越したら第一に新聞社を買收するに限るのだ。なに、どんなに見識ぶらうが、千圓も摑ませたらよろしからう。すぐヘナヘナになる。そのことを忘れて居たのだから、返す〳〵も殘

— 30 —

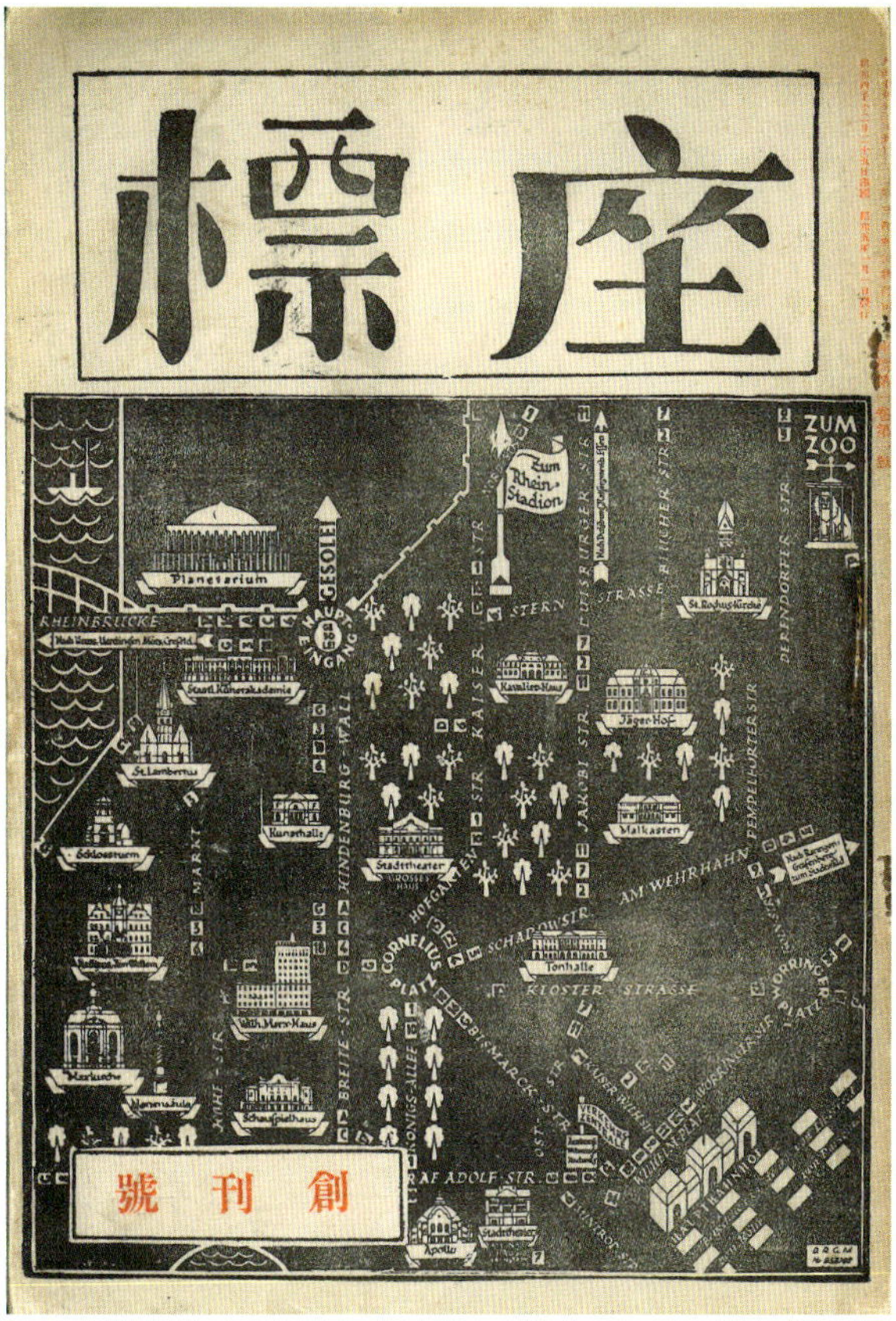

「地主一代」（「座標」1930年（昭和5）1月創刊号）

「座標」は青森県内の同人誌を統合し創刊された文芸誌で太宰は「地主一代」「学生群」といったプロレタリア文学の影響をうけた、「傾向小説」を発表している。大藤熊太の筆名で発表した「地主一代」は地主の悪行を描いたもので、文治の意向により連載３回目で中絶した。

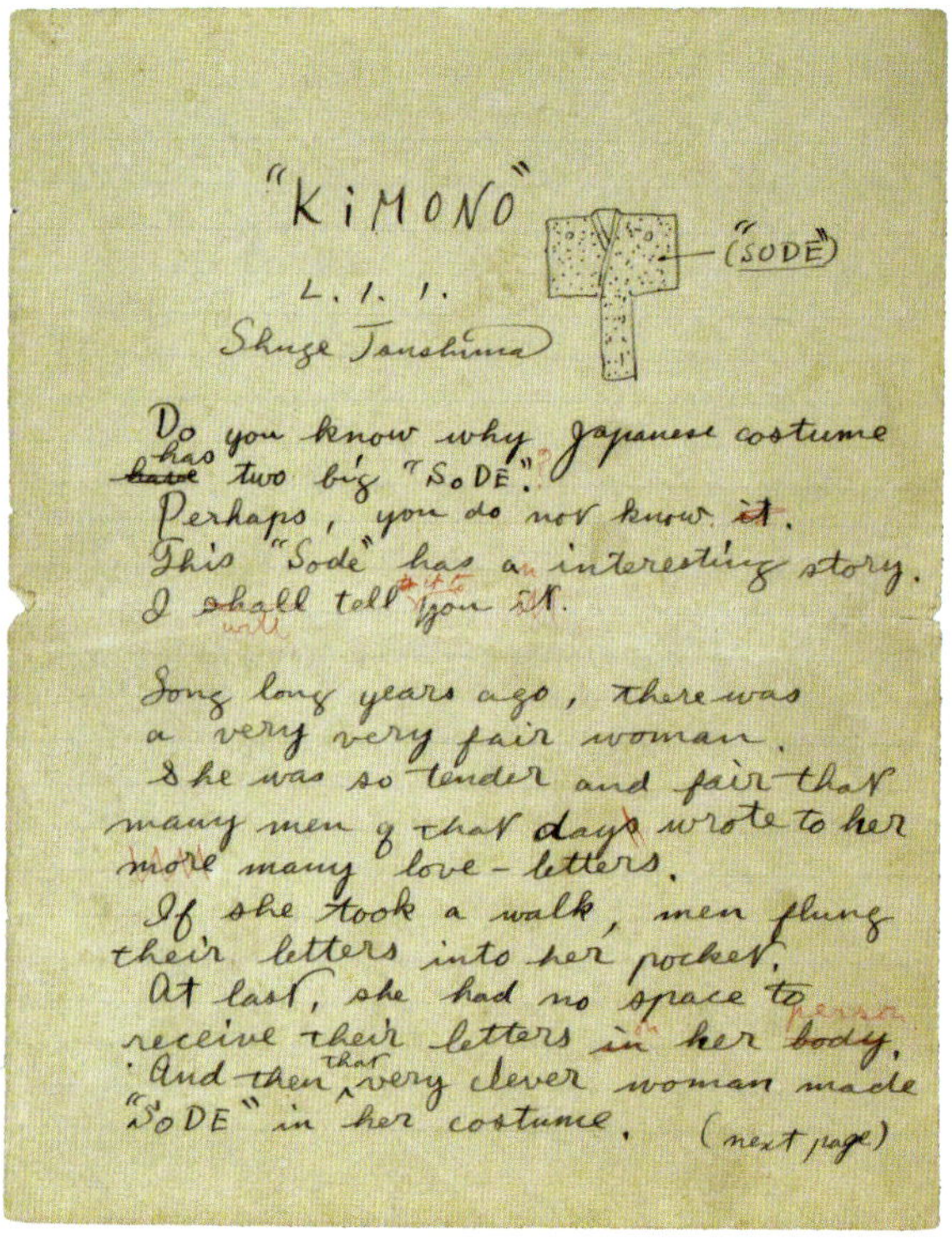

"KiMONO"

("SODE")

L. 1. 1.

Shuge Tsushima

Do you know why Japanese costume ~~have~~ has two big "SODE"?

Perhaps, you do not know ~~it~~.

This "Sode" has an interesting story.

I ~~shall~~ will tell you ~~it~~.

Long long years ago, there was a very very fair woman.

She was so tender and fair that many men of that day~~s~~ wrote to her ~~more~~ many love-letters.

If she took a walk, men flung their letters into her pocket.

At last, she had no space to receive their letters ~~in~~ her ~~body~~ person.

And then that very clever woman made "SODE" in her costume. (next page)

KIMONO

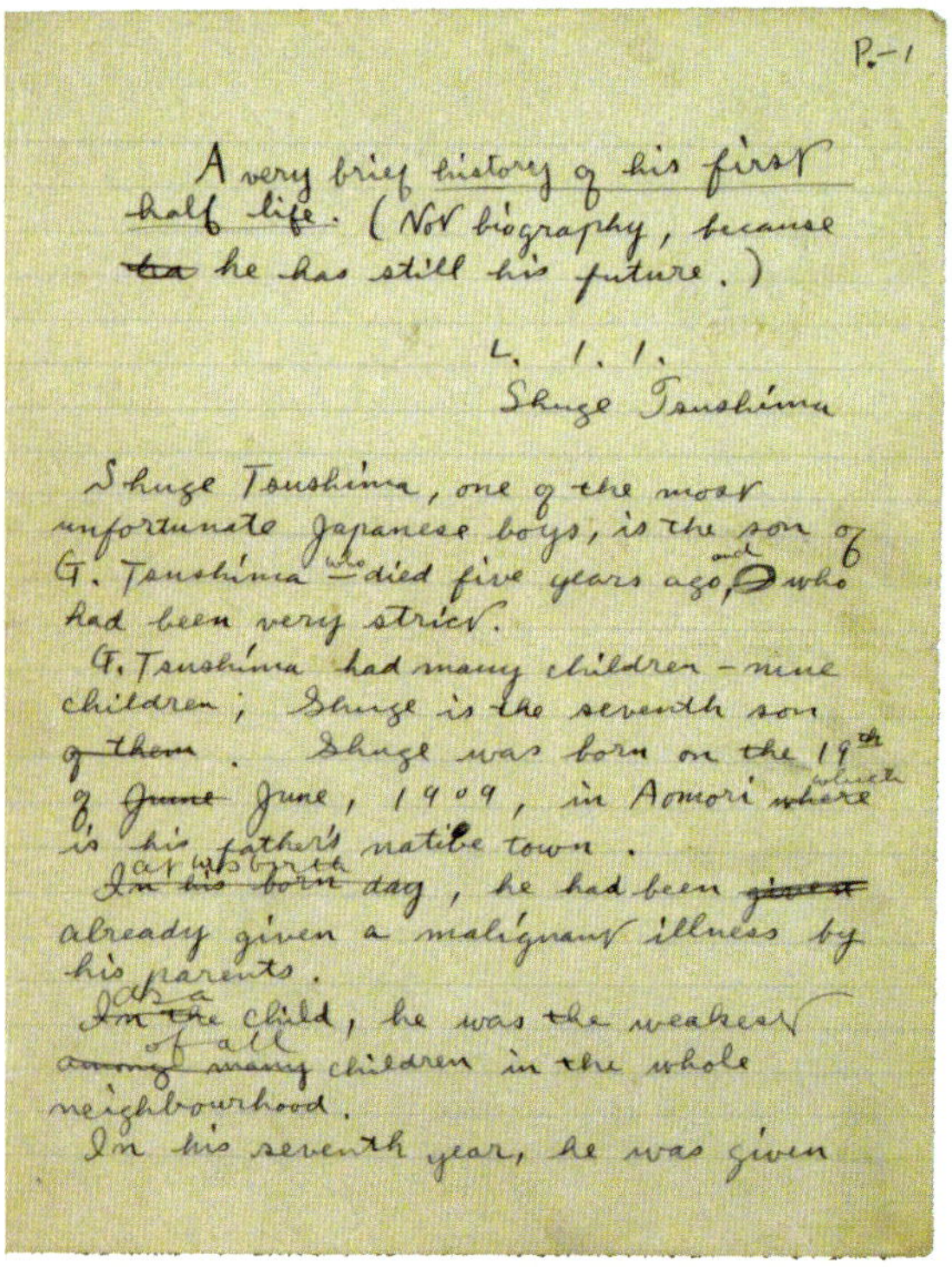

P.-1

A very brief history of his first half life. (Not biography, because ~~to~~ he has still his future.)

L. 1. 1.

Shuge Tsushima

Shuge Tsushima, one of the most unfortunate Japanese boys, is the son of G. Tsushima who died five years ago, and who had been very strict.

G. Tsushima had many children - nine children; Shuge is the seventh son ~~of them~~. Shuge was born on the 19th of ~~June~~ June, 1909, in Aomori ~~where~~ which is his father's native town.

~~In his born~~ at his birth day, he had been ~~given~~ already given a malignant illness by his parents.

~~In the~~ As a child, he was the weakest ~~among many~~ of all children in the whole neighbourhood.

In his seventh year, he was given

A very brief history of his first half life

英作文

弘前高等学校１年次（昭和２年）の太宰の英作文。外国人教師 P. Bruhl は Japanese short story として自由作文を書かせた。赤ペンでの添削の跡も見られる。英作文の得意だった太宰はこれらの答案を生涯手もとにおいた。

みずからの「半生」を書いた「A very brief history …」では厳格な父のもとに生れた、不運な（unfortunate）少年であると語っている。

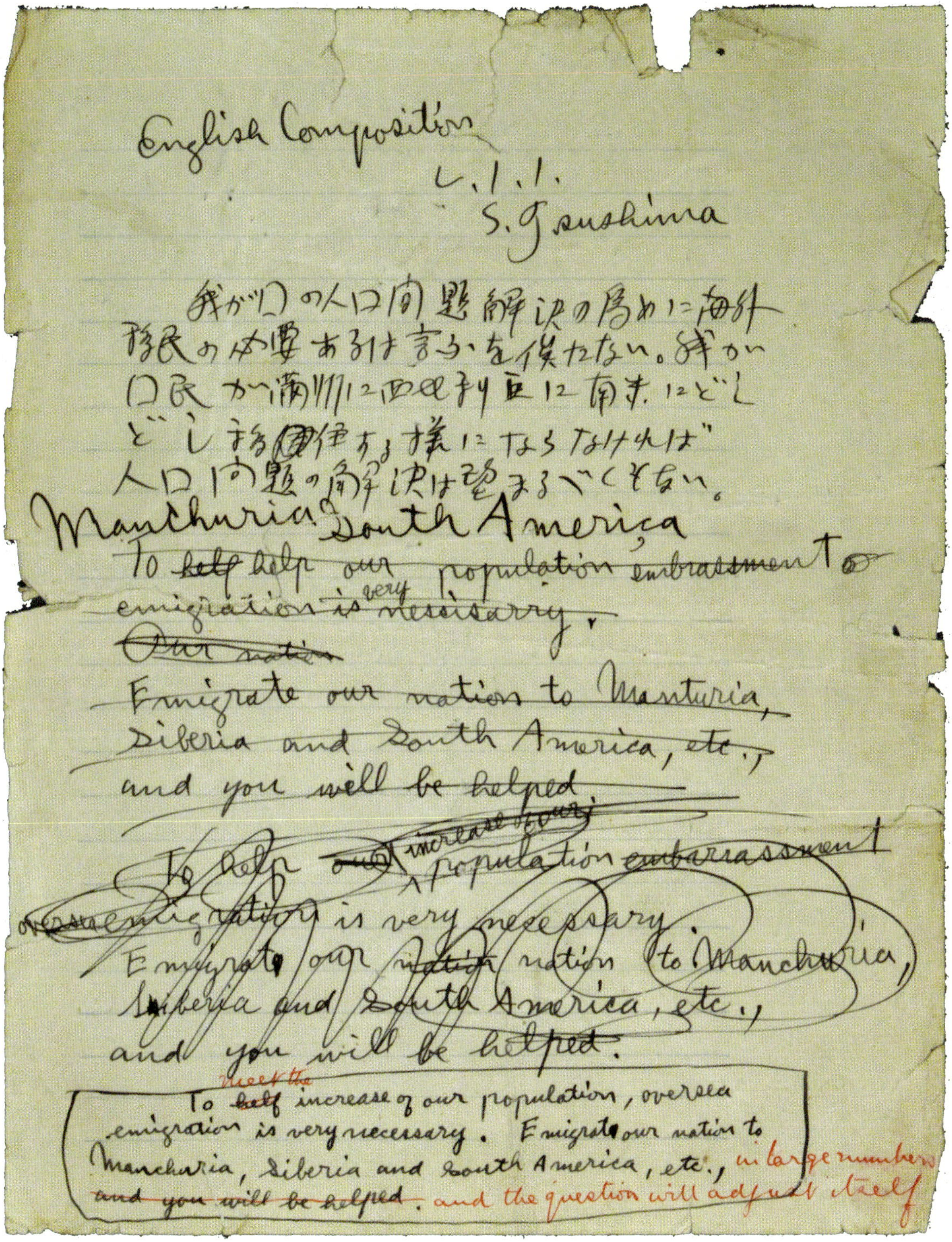
English Composition
L.1.1.
S. Tsushima

我が国の人口問題解決の為めに海外移民の必要あるは言ふを俟たない。我が国民が満州に西比利亜に南米にどしどし移住する様にならなければ人口問題の解決は望まるべくもない。

Manchuria South America

To help our population embrassment to emigration is very necessarry.

Our natio

Emigrate our nation to Manturia, Siberia and South America, etc., and you will be helped.

To help our increase of our population embarrassment emigration is very necessary. Emigrate our nation nation to Manchuria, Siberia and South America, etc., and you will be helped.

To meet the increase of our population, oversea emigration is very necessary. Emigrate our nation to Manchuria, Siberia and South America, etc., in large numbers and you will be helped. and the question will adjust itself

「我が国の人口問題」

近年発見された課題英作文。授業のたびに提出し、教員が赤ペンで添削し返却した。

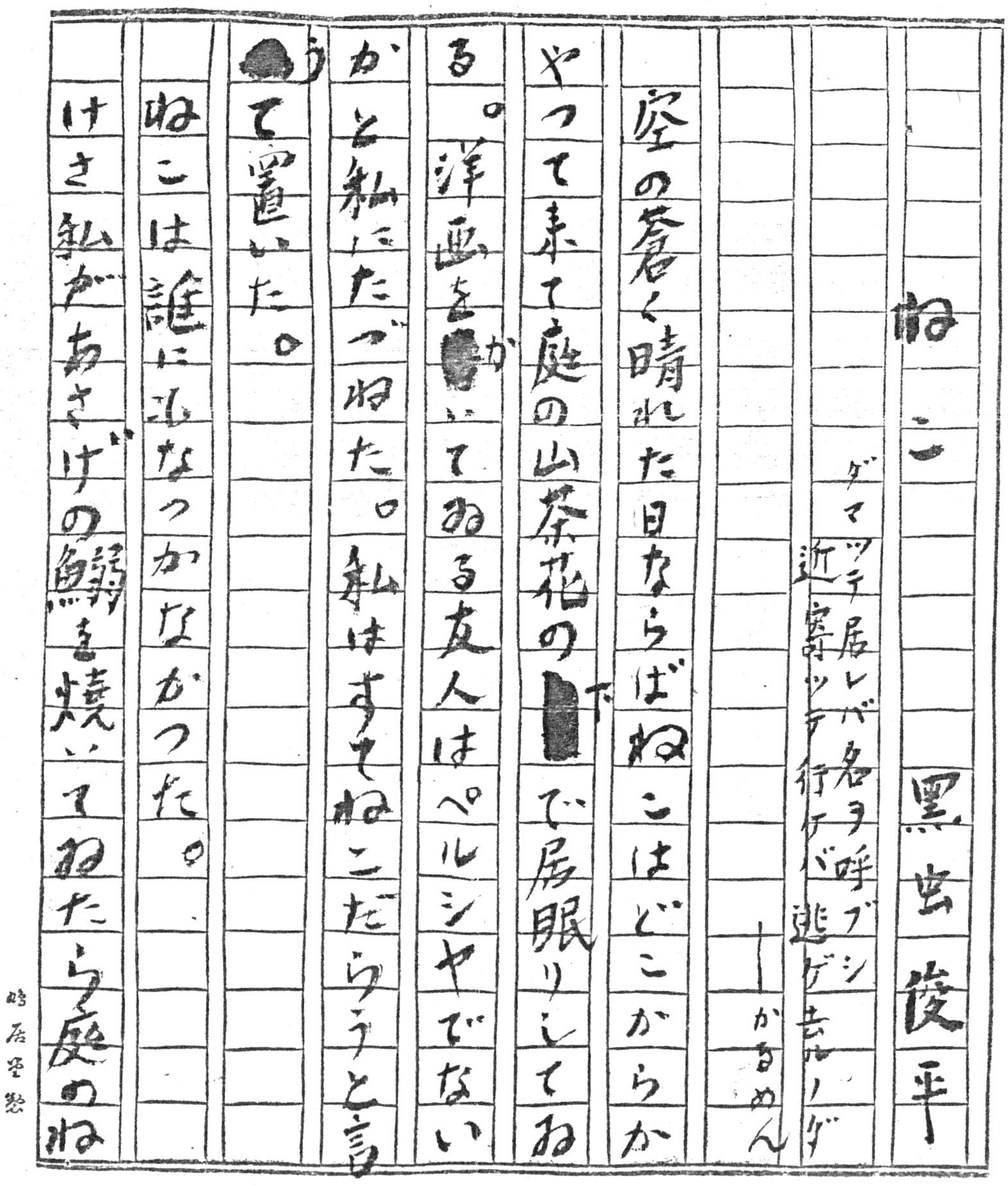

ねこ　黒虫俊平

ダマッテ居レバ名ヲ呼ブシ近寄ッテ行ケバ逃ゲ去ルノダ

――かるめん

空の蒼く晴れた日ならばねこはどこからかやつて来て庭の山茶花の下で居眠りしてゐる。洋画をかいてゐる友人はペルシヤでないかと私にたづねた。私はすてねこだらうと言うて置いた。

ねこは誰にもなつかなかつた。

けさ私があさげの鰯を焼いてゐたら庭のね

鳩居堂製

「ねこ」（複写資料）

1932（昭和 7）年ごろの太宰としては珍しい毛筆の原稿で、200 字詰原稿用紙 2 枚の掌編。署名は「黒虫俊平」。掲載予定の雑誌が刊行されず、第一作品集『晩年』収録の「葉」に組み込まれた。

こがものうげに泣いた。私は縁側に出てにや
あと答へた。
ねこは起きあがつて私の方へあるいて来た
。私は鰯を一匹なげてやつた。ねこは逃げ腰
をつかひながらもたべたのだ。私の胸は浪う
つた。わが恋は容れられたり。私は庭へおり
た。
[redacted]せなかの[redacted]しろいもに
觸れるやねこは私の小指の腹を骨までかりり
と噛み裂いた。

鳴居堂製

編輯後記

我々全生徒大衆の雑誌はこうして出來た。

最も雑誌に無關心な生徒は最も雑誌を熱心に注目して呉れた新聞雑誌部々長を助けて、校長、生徒主事は、各々其の劇務のかたはら、何やかやと色々編輯を手傳って呉れた。

何故に彼等の注目にへきえきしたか、何故に彼等の手傳ひを許容したか。

こゝで『官報』成立の由來が述べられるのではない。戰ひとるべき或るものが暗示されてゐるといふのである。

（小菅）

「校友会雑誌」（1929（昭和4）年11月、個人蔵）

小菅銀吉の筆名で「虎徹宵話」と「編輯後記」を執筆。太宰は旧制弘前高校で新聞雑誌部に在籍して本誌を編集、表紙のデザインも太宰のものと言われている。新聞雑誌部は左翼学生達の拠点となっていた。校長の公金横領事件に端を発した同年２月の同盟休校事件（学生ストライキ）後の学校当局への対抗意識が「編輯後記」に表れている。

虎徹宵話

小菅銀吉

なによりも先づ、鼻がずんと高うて――、ぎゆつと結び、端のぴんと撥ねた大きな唇、一重瞼できりきり目尻が上つて居る……色は淺黑く、成る程澁い男前《をとこまへ》である。胸元から紺の刺縫《さしぬひ》した稽古着をちらほら見せ、色の褪めかゝつた鼠小倉の紋付羽織をいかつい肩にひつ掛けて、丸窓を背に懷手のまゝ……ぢいつと考へ込んで居る。

『おすましねえ』

男の容姿《さま》を長火鉢越しにうつとりと眺めながら懶《ものう》げにこちらから聲をかける。……男はやつぱり默つて居る。女は別段其れを氣にも止《と》めず、ふいと銅壺からお銚子を引き抜き、小さな指の腹でつるッと其のお銚子の底を撫で廻した。ぎりぎり詰めた櫛巻も季節には外れて居るが、この女の小作《こづく》りな顔には結構映えて居た。地味な細格子の袷に黑繻子の帶……年《とし》よりは幾分老《ふ》けて見えた。

『お燗がついたよ』

呟いて、居汚《ゐぎたな》く坐つたまゝ、のんびりとお銚子を持ち直した。

――變な男、冗談ぢやないよ、ほら、げんざい死神が傍に坐つてるぢやないか。誰かに附け狙はれてるに違ひないのさ。仇持《かたきもち》……

おせいは、そんな事をうつらうつら考へて居た。

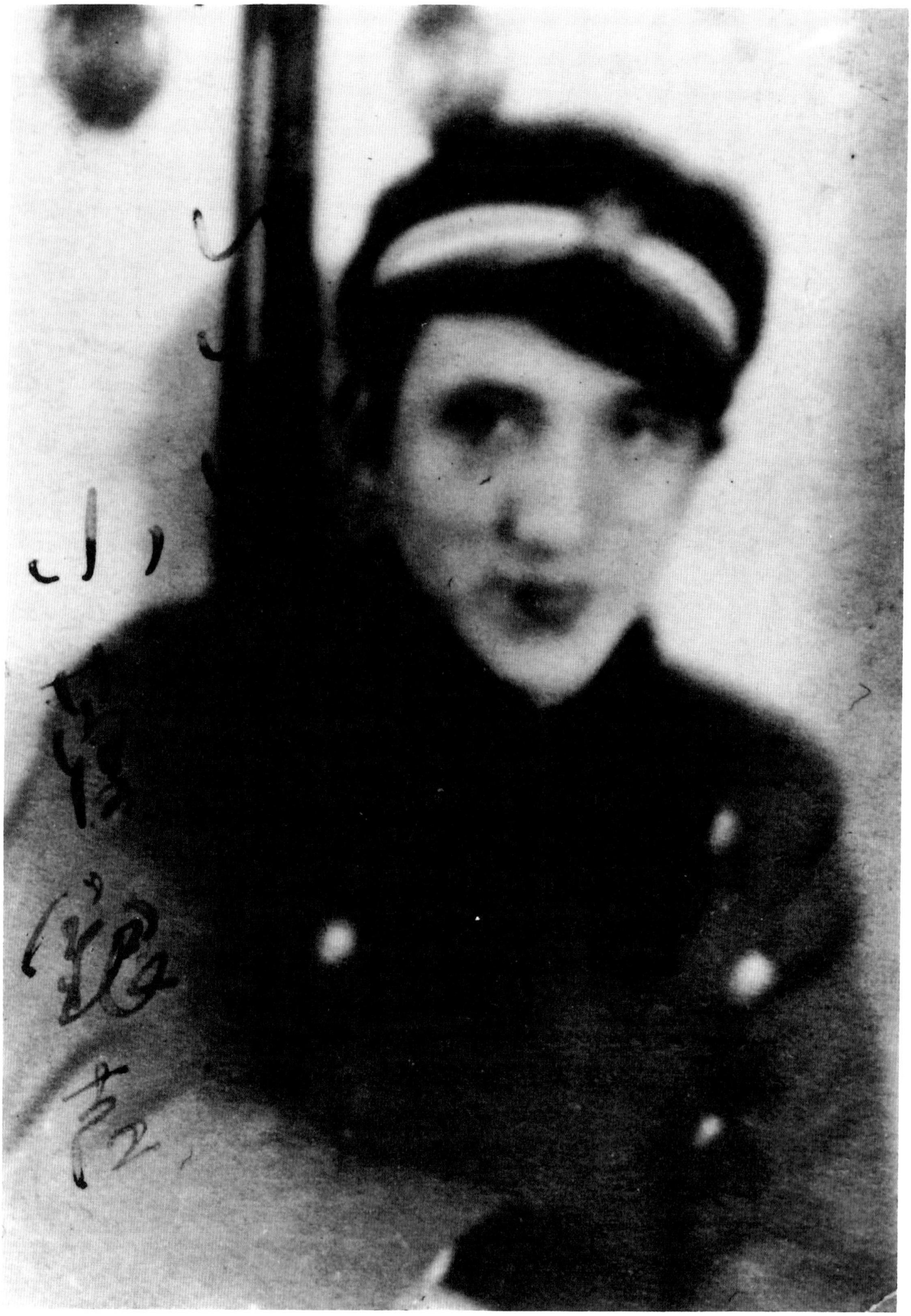

弘前高等学校時代。「いい男だろ　小菅銀吉」と署名している。
「銀吉」は家庭への反発から小作人風の筆名をもちいたものとされる。

第2部 ノート・落書きを中心に

太宰治の中学、高校時代のノートは直筆資料として残された最後の宝庫である。二〇一三年、日本近代文学館に一六点の寄贈があり、マスコミを通じて話題になった。ファンの間では芥川龍之介の名を何度も書き連ねている頁や、自画像と思しき落書きなどへの関心が高い。このほかにもチャップリンの映画を見た記述など、意外な側面が浮かび上がってくる。寄贈資料以外にも多くのノートが存在しており、本書には、その中から特に重要なものの複写を掲載することができた。伝記資料は、太宰の実生活を監督していた中畑慶吉の保管していたものが中心、一九三〇（昭和五）年の心中事件、パビナール購入簿など、事実の核心に迫る資料が多く含まれている。

これらのノート類は信玄袋に一括されていたものを兄が発見し、中畑文書はハトロンの袋に入れて美知子夫人に手渡したもの。資料にはそれぞれ保管する人間の思いが託され、さまざまな「いわれ」と共に受け伝えられてきたのである。

（安藤　宏）

中学・高校時代のノート

二〇一三年、日本近代文学館に太宰の中学・高校時代のノート・教科書・参考書類一六点が寄贈された。これらが学生時代の太宰がどのような授業を受けていたのかを知る手掛かりになるのはもちろんだが、多くの人が注目するのはノートに書きこまれるおびただしい数のらくがきだろう。強烈なタッチで描かれる人物像や、当時傾倒していた芥川龍之介の名前を書き連ねた部分、自らのペンネームの候補を羅列する部分などには、学生「津島修治」という蛹のなかで羽化を待つ作家「太宰治」の姿が透けて見えるようでもある。

ここでは日本近代文学館蔵のノート・教科書に加え、弘前大学附属図書館所蔵の「修身」ノート、さらに渡部芳紀氏の提供により今日では散逸したノートの貴重な画像をご紹介したい。

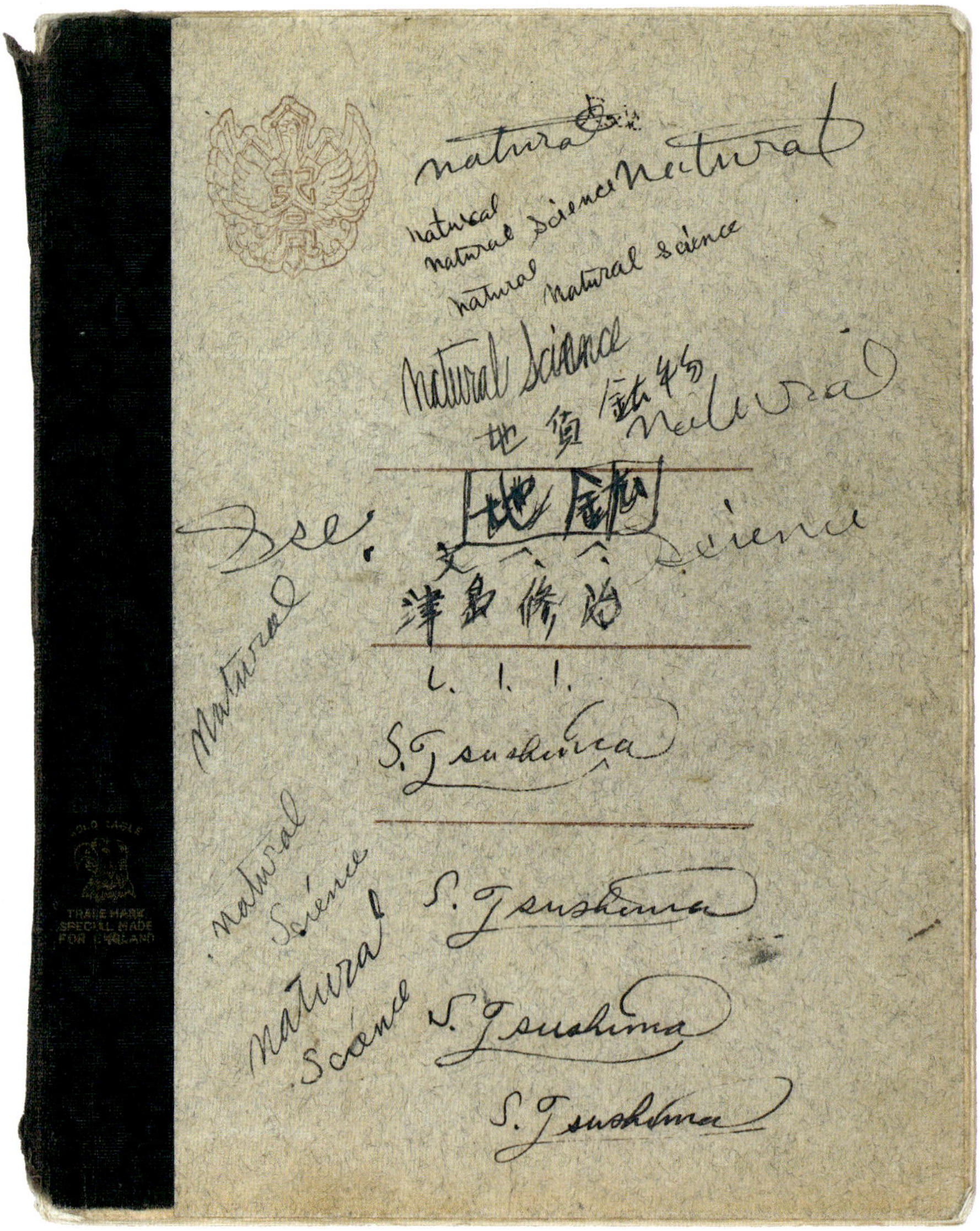

「地鉱」（自然科学・地理学習ノート）

「国文漢文草稿帳」

（国語・漢文学習ノート）

1924（大正13）年度、青森中学2年次・太宰14〜15歳のときのもの。

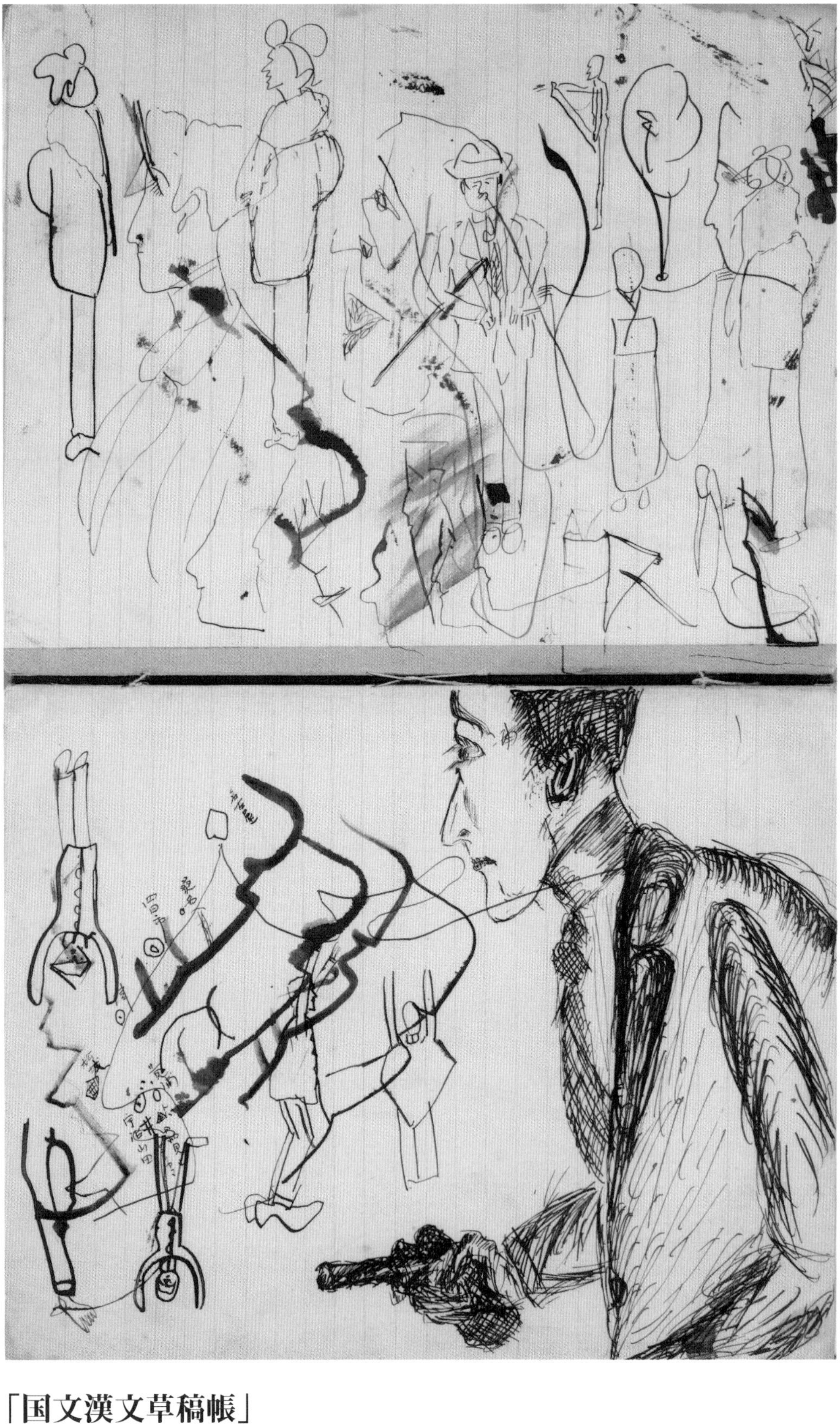

「国文漢文草稿帳」

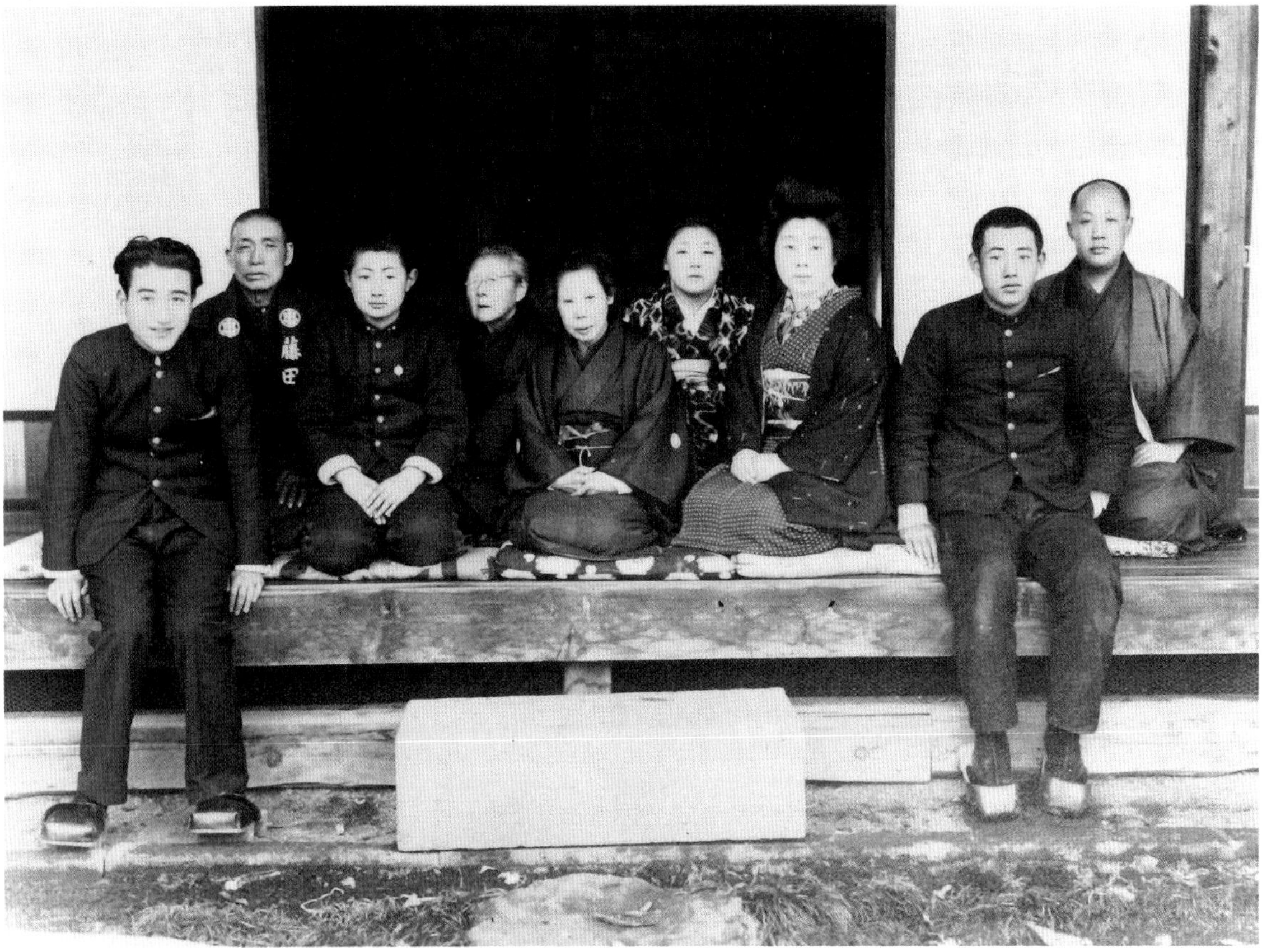

藤田家の人びとと

弘前高校時代の太宰は親戚の藤田豊三郎のもとに下宿した。左端が太宰、右端に豊三郎。

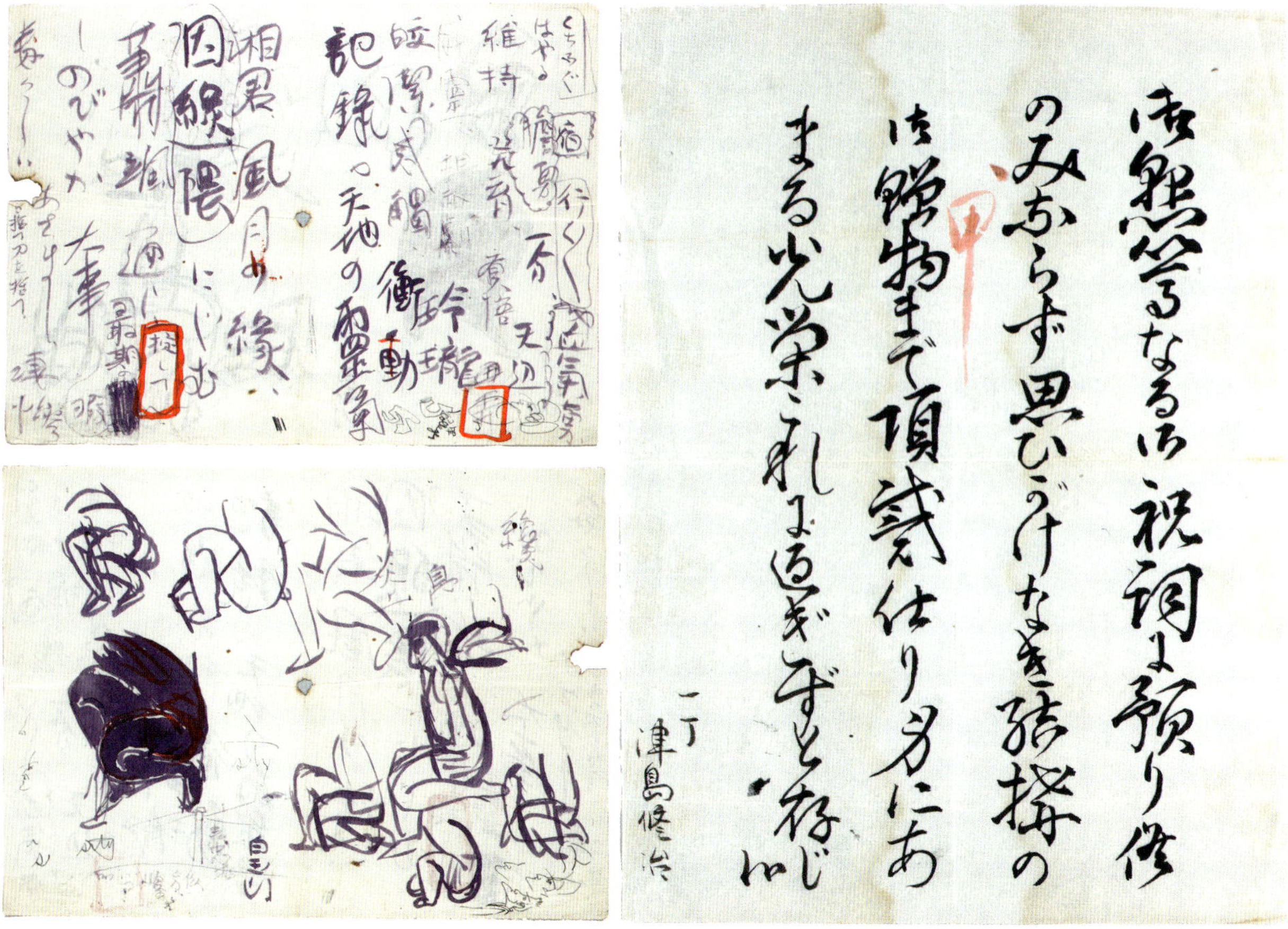

中学時代の習字とらくがき

例文を写した習字は中学１年のときのもので「甲」という評価が朱で入れられている。紫の墨で書かれたらくがきには当時、国語や漢文の教科書に登場した旅順の白玉山に建てられた「表忠塔」が描かれている。

「The Professor」（英語読解学習ノート）

弘前高校１年次（太宰 17 〜 18 歳）。詩文にある「ゴールドラッシュ」が日本では 1927（昭和 2）年公開の映画「黄金狂時代」（チャップリン監督・主演）を指すことが山口徹氏の調査により明らかにされた（「作家太宰治の揺籃期——中学高校時代のノートに見る映画との関わり」、「日本近代文学館年誌　資料探索 10」2015 年 3 月）。「ジヤウヂヤ」はこの映画のヒロインを演じたジョージア・ヘイル（1905-1985）、またリアド・プティ（1897-1931）は同年日本公開の「ヴァリエテ〜曲芸団〜」に出演した女優。当時、青森市や弘前市の映画館でも上映されていた。

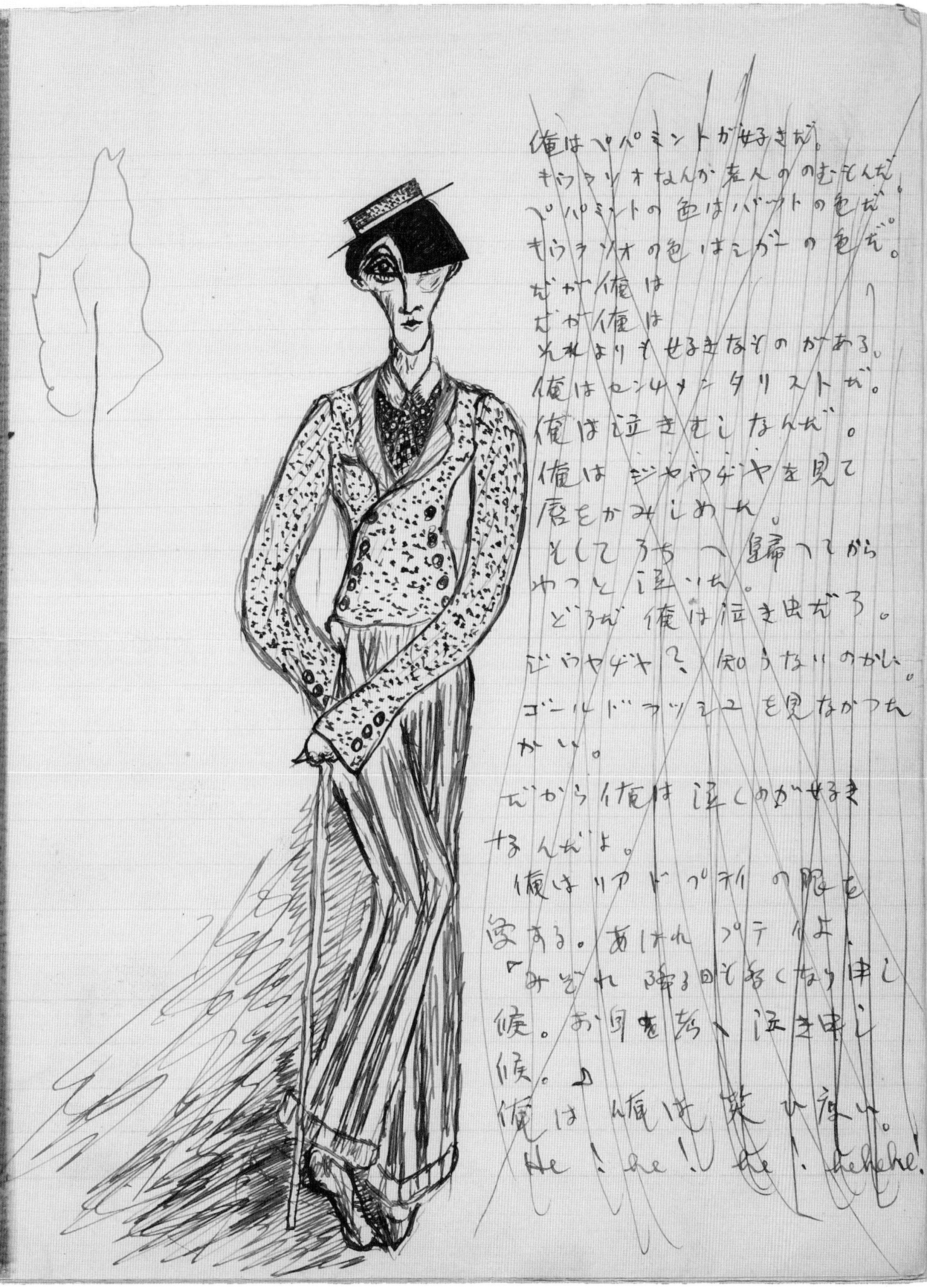
俺はペパミントが好きだ。
キウラソオなんか老人ののむもんだ。
ペパミントの色はバットの色だ。
キウラソオの色はシガーの色だ。
だが俺は
だが俺は
それよりも好きなものがある。
俺はセンチメンタリストだ。
俺は泣きむしなんだ。
俺はジヤウヂヤを見て
唇をかみしめた。
そしてうちへ帰つてから
やつと泣いた。
どうだ俺は泣き虫だろ。
ジヤウヂヤ？ 知らないのかい。
ゴールドラッシュを見なかつたかい。
だから俺は泣くのが好きなんだよ。
俺はリアドプテイの眼を愛する。あはれプテイよ。
「みぞれ降る日も多くなり申し候。お母様恋ひ泣き申し候。」
俺は俺は笑ひ度い。
He! he! he! hehehe.

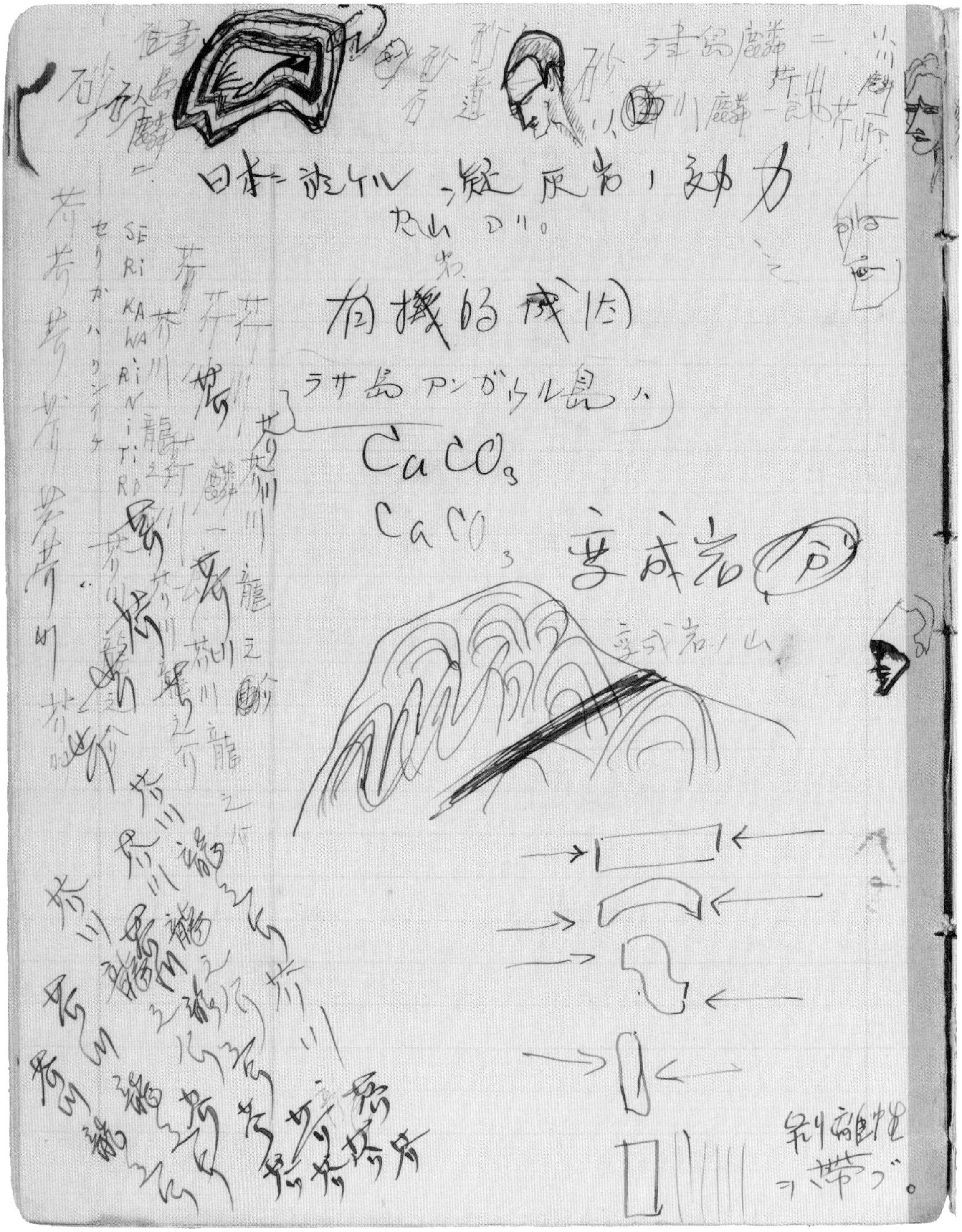

「地鉱」（自然科学・地理学習ノート）

高校１年次。当時傾倒していた芥川龍之介や芥川の名にちなんで考えた「小川麟一郎」のペンネームを羅列している。

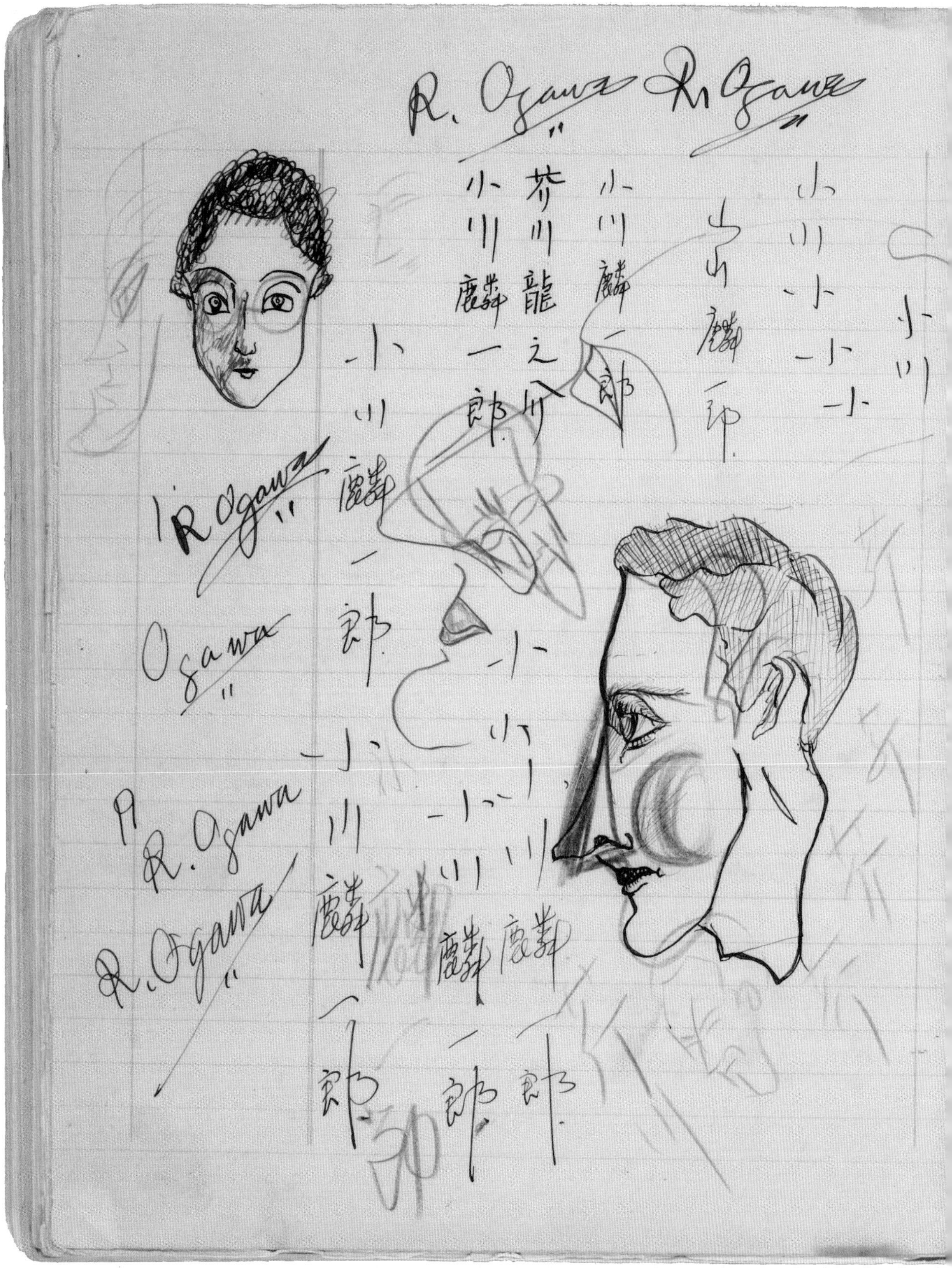
R. Ogawa
小川麟一郎
Ogawa

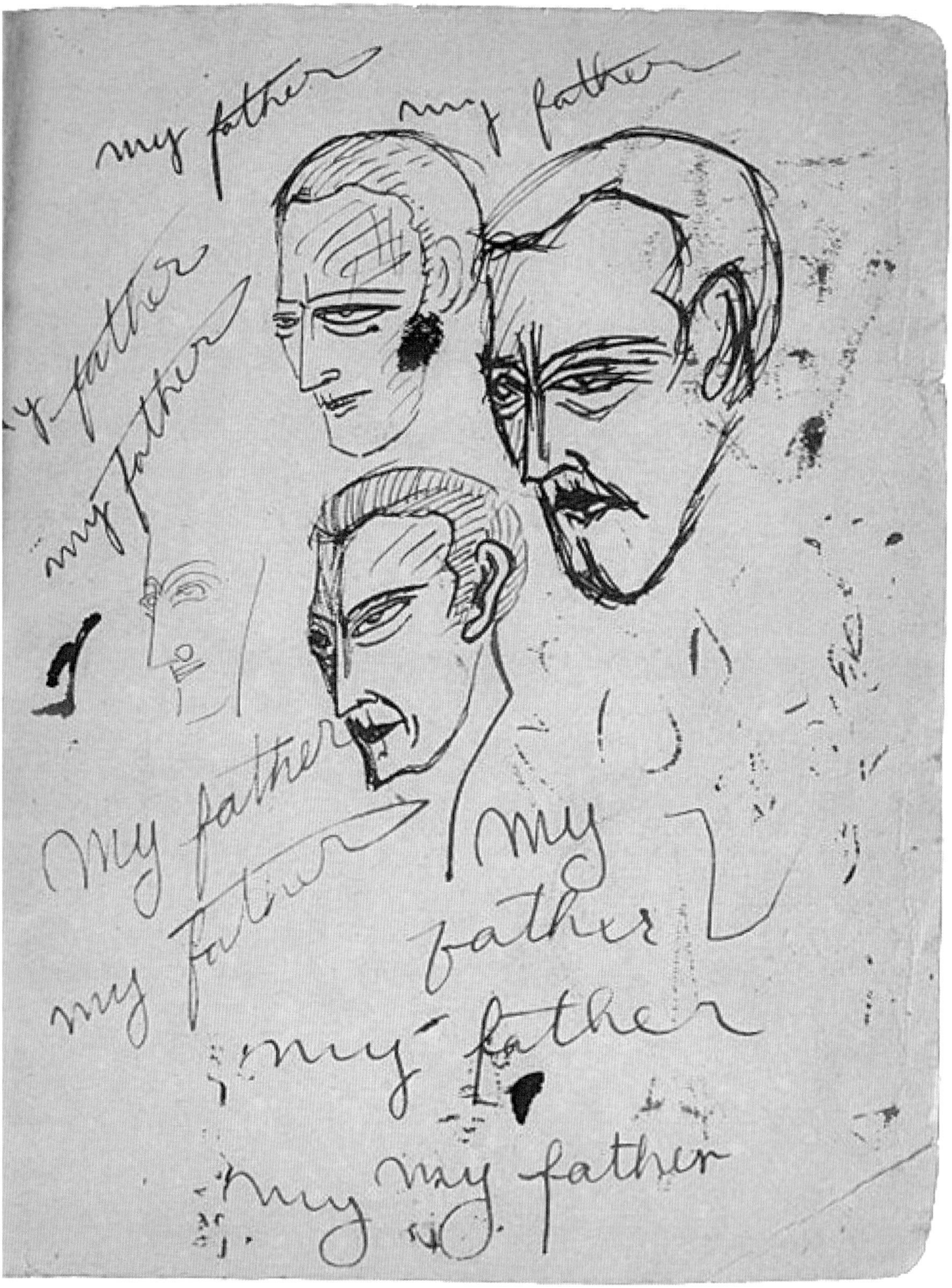
my father
my father
y father
my father
my father
my father
my father
my father
my my father

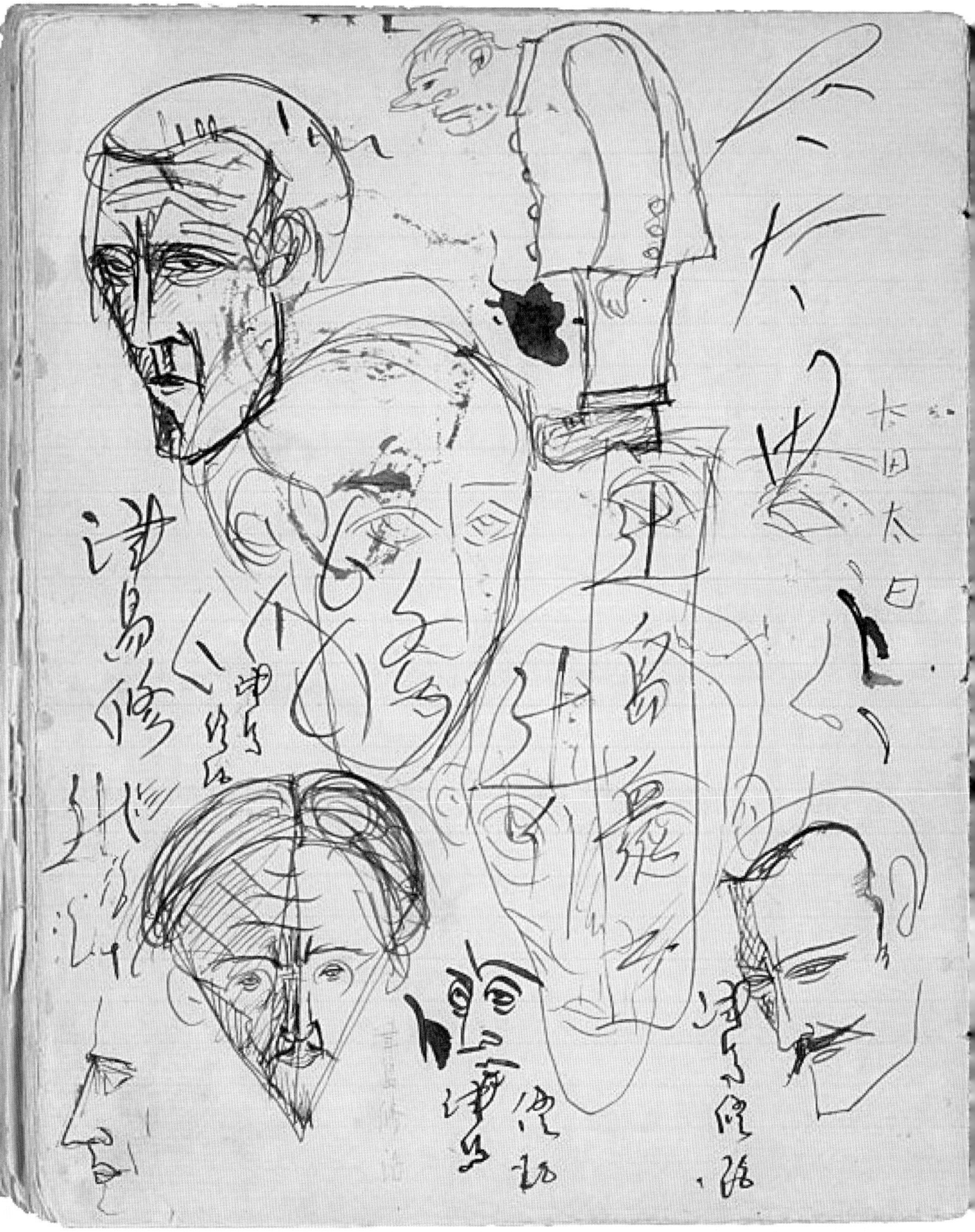

「修身」（弘前大学附属図書館所蔵）

高校２年次。自画像の数々。

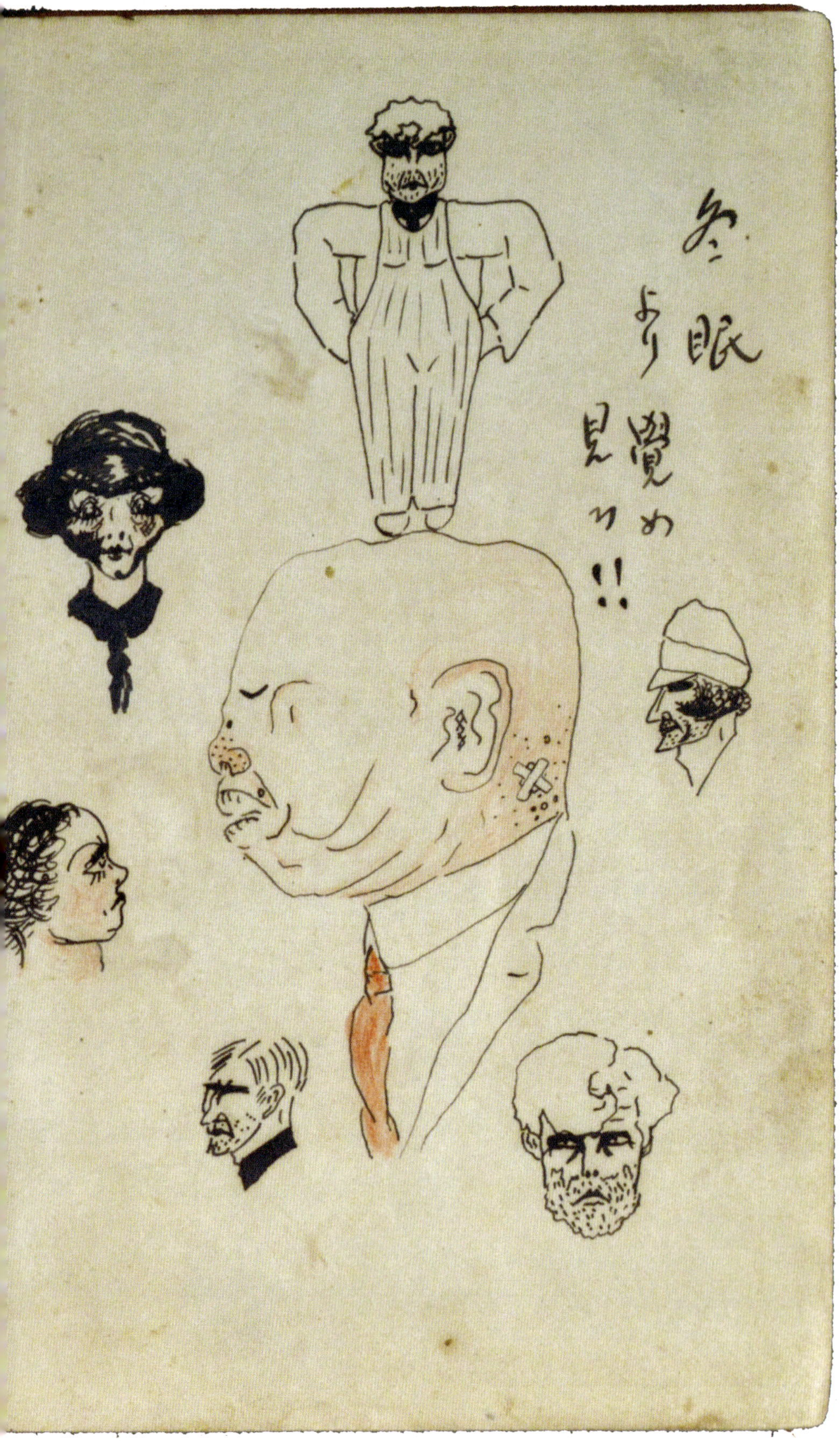

『A modern symposium』（英語教科書）

市河三喜・久野朔郎編、研究社発行の英語教科書で高校時代に使用していた。見返し部分には「冬眠より覚め見ろ‼」「威風堂々いざ行かん崩壊へ」と書き込まれたらくがきがあり、資本家をイメージしたと思われる人物像もみられる。当時の太宰が階級闘争に関心を抱いていたことがわかる。

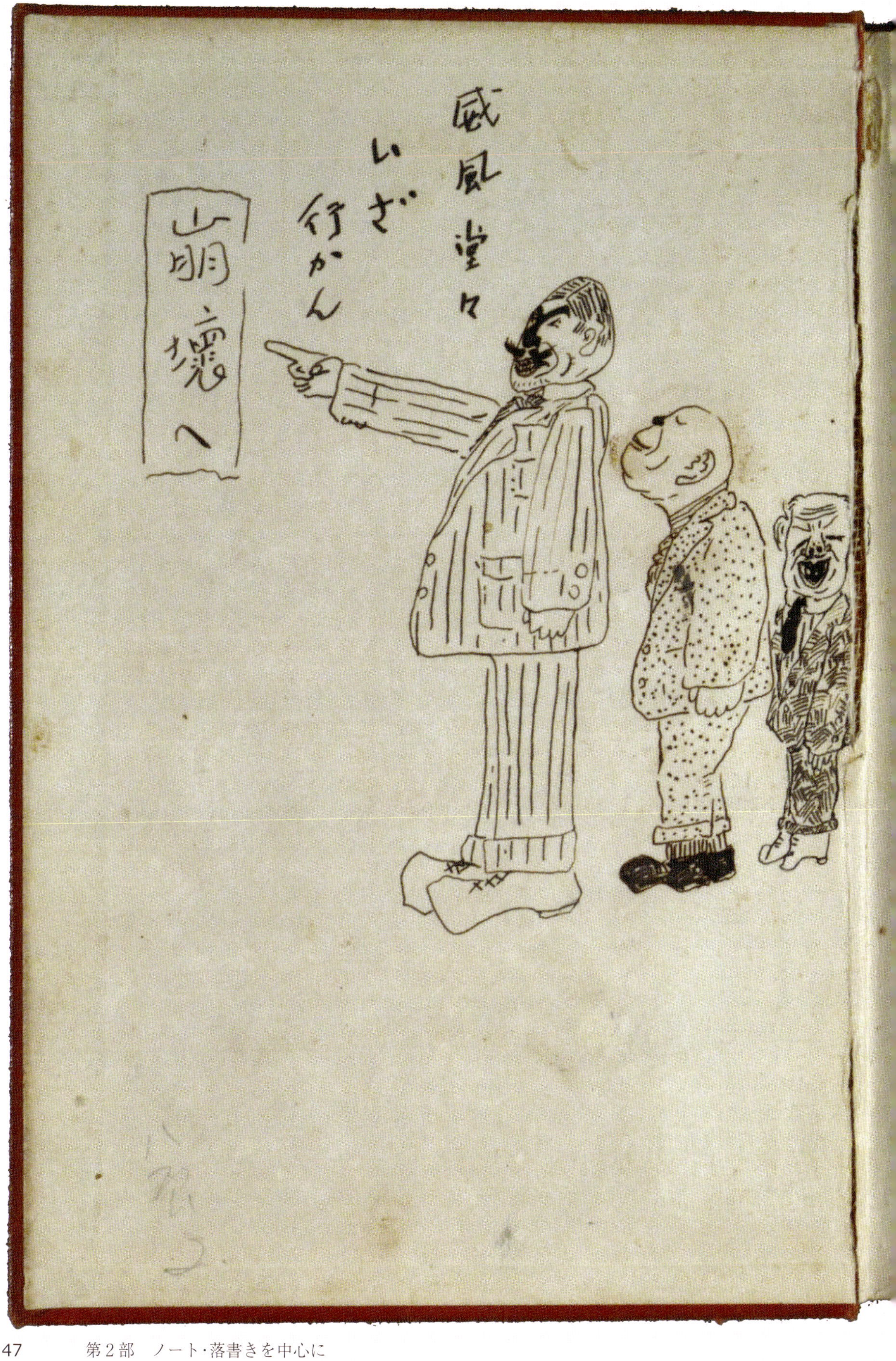
威風堂々
いざ
行かん
崩壊へ

ノート複写資料より

一九六五年ごろの夏、渡部芳紀氏が県立青森図書館で撮影したもの。これらの多くは現在所在不明で、同人誌「細胞文芸」の構想やペンネームの候補に関係する部分など非常に重要な資料である。

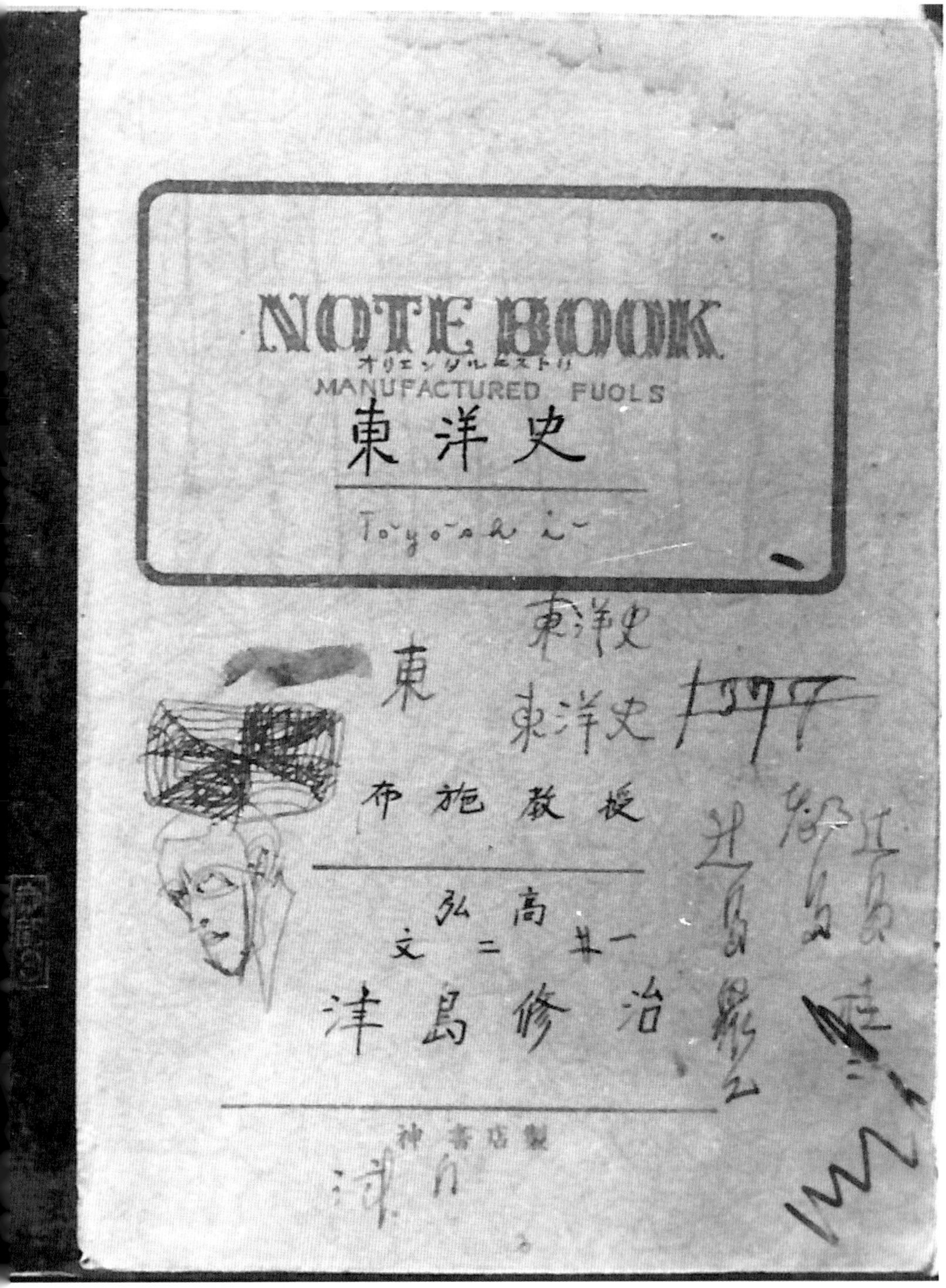

「東洋史」（弘前高校２年次）

「津島修治」「辻島衆二」等ペンネームのバリエーションに混じり、現存しない「細胞文芸」２号で執筆依頼をしたとされる「今東光」「林（房雄）」の名が書き込まれている。裏表紙にある「股をくゞる」は「細胞文芸」３号に掲載された太宰の作品。

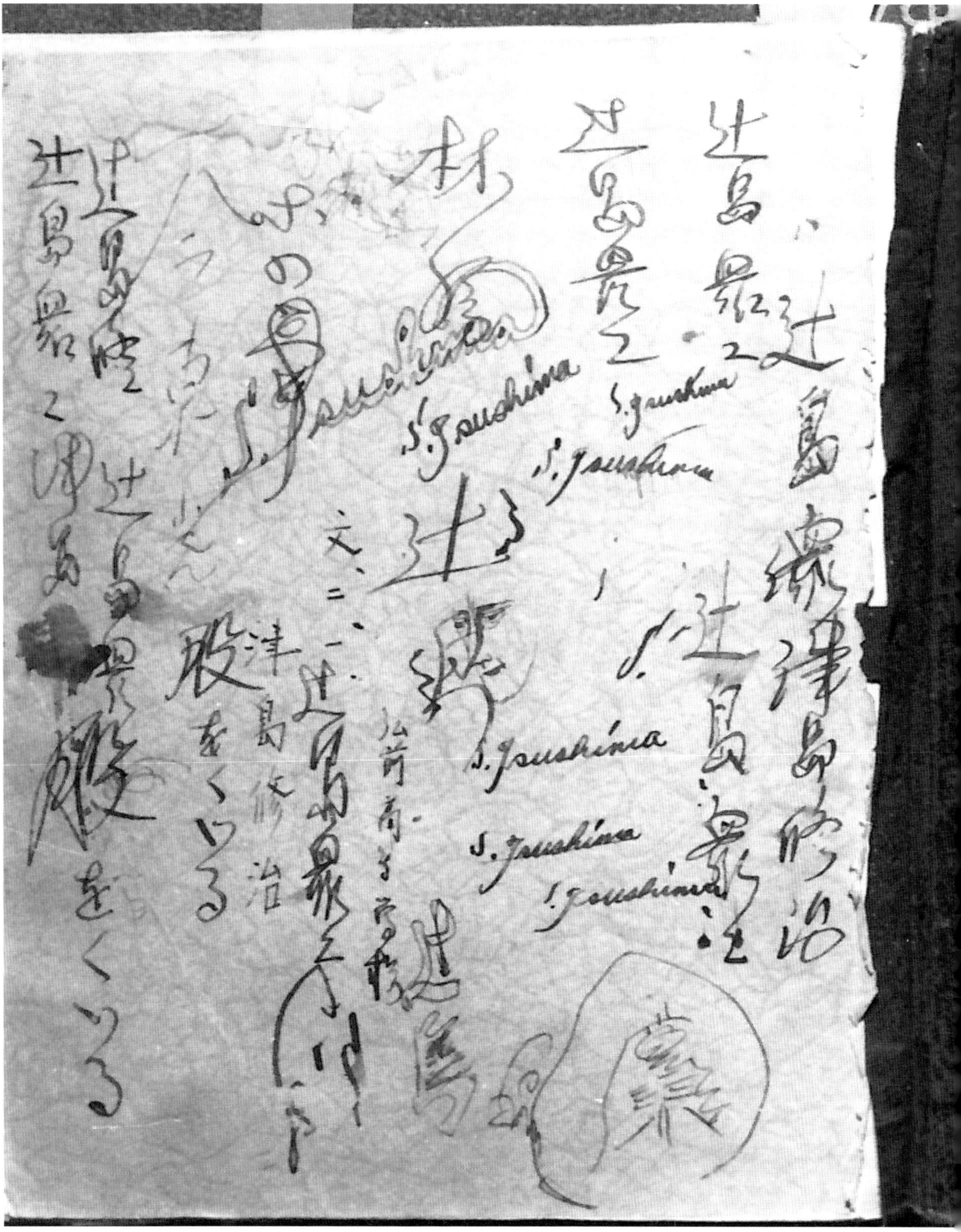
S. Tsushima
津島修治
文、二、一

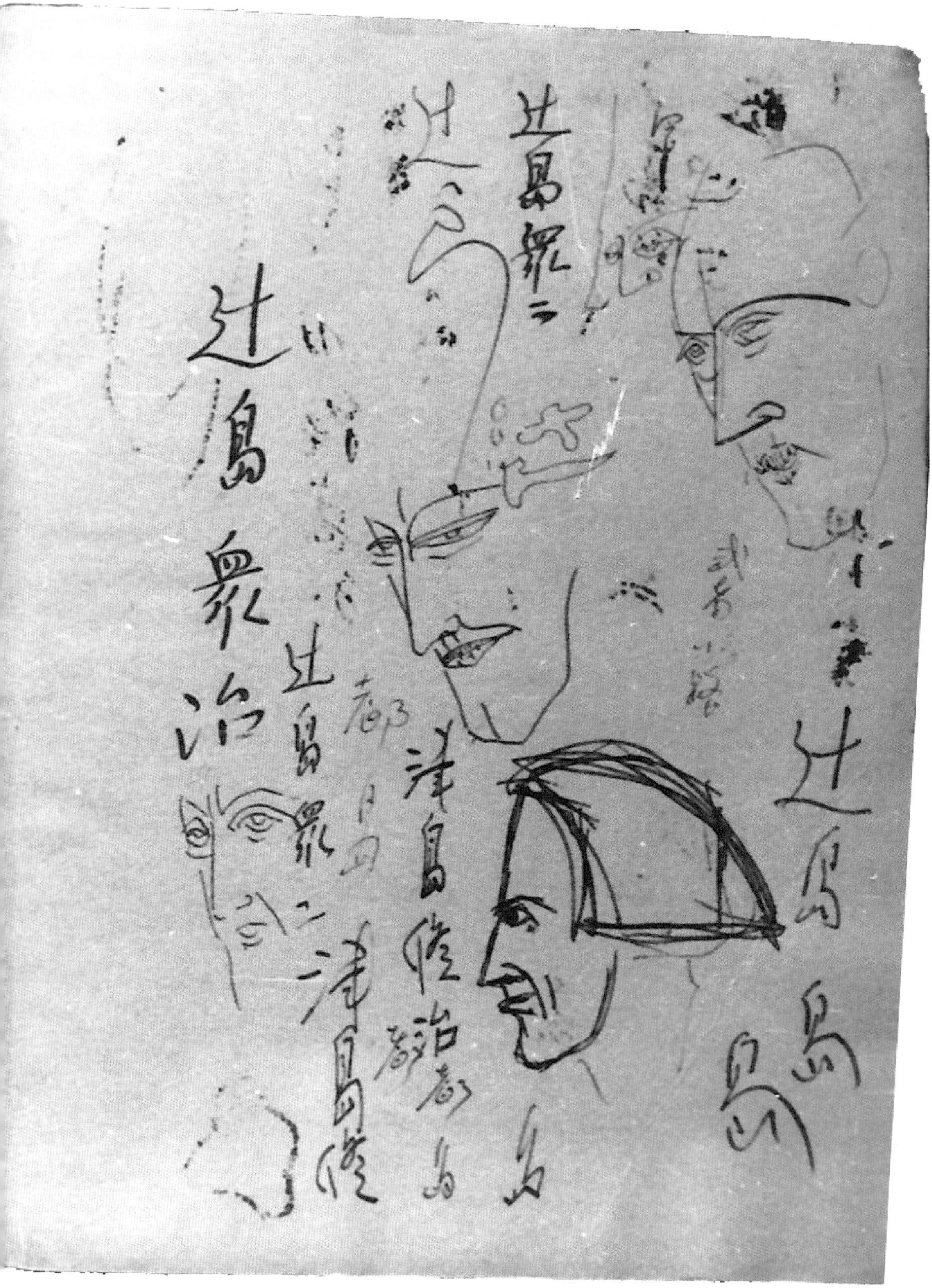
辻島衆二
辻島衆治
津島修治

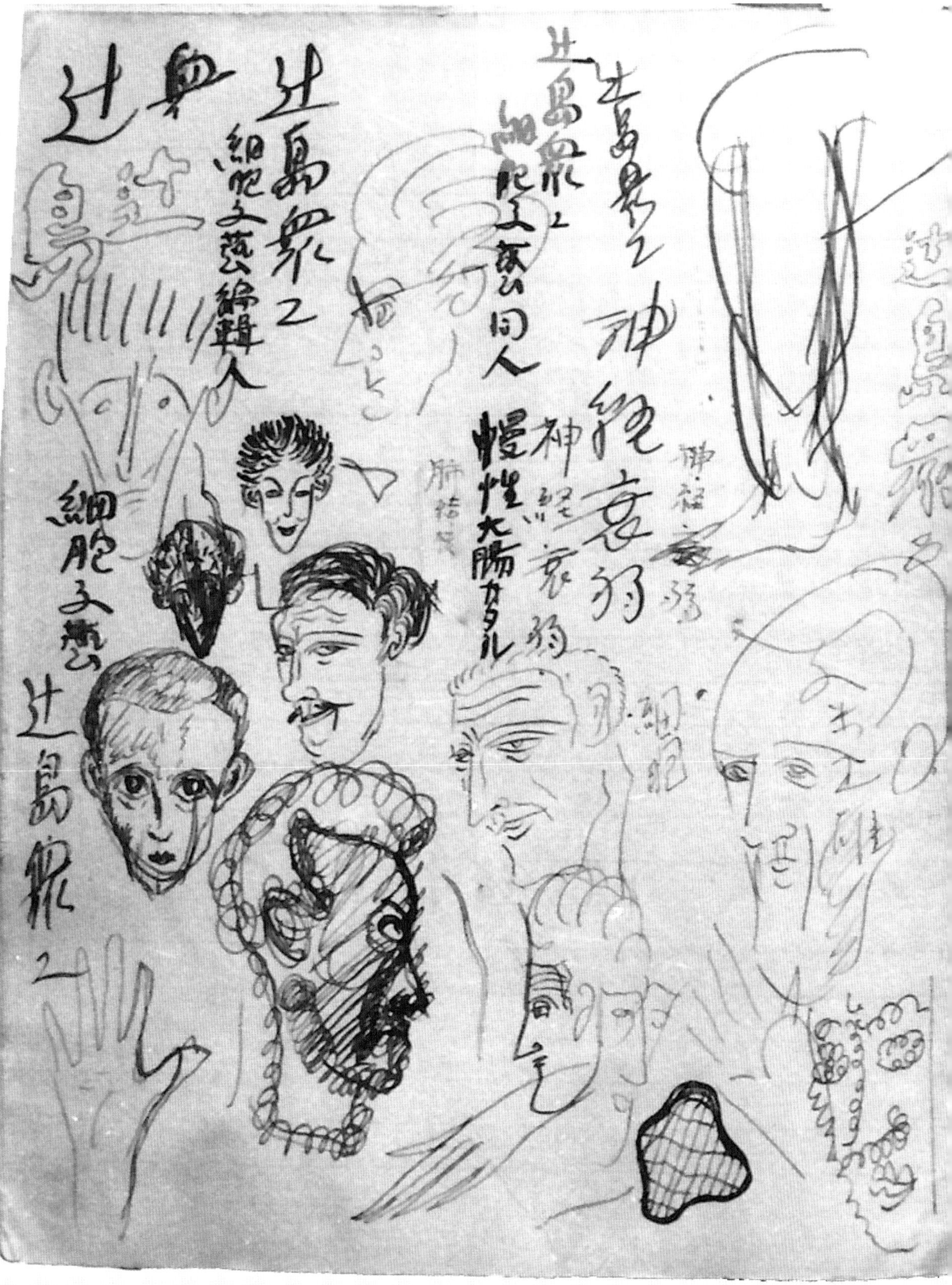
辻島衆之
細胞文藝編輯人
辻島衆之
細胞文藝同人
神経衰弱
神経衰弱
慢性大腸カタル
細胞文藝
辻島衆之

「物理」（弘前高校２年次）

ユモレスク（humoresque）は気まぐれで滑稽味のある器楽曲の小品のこと。

「English Dictation」（弘前高校２年次）

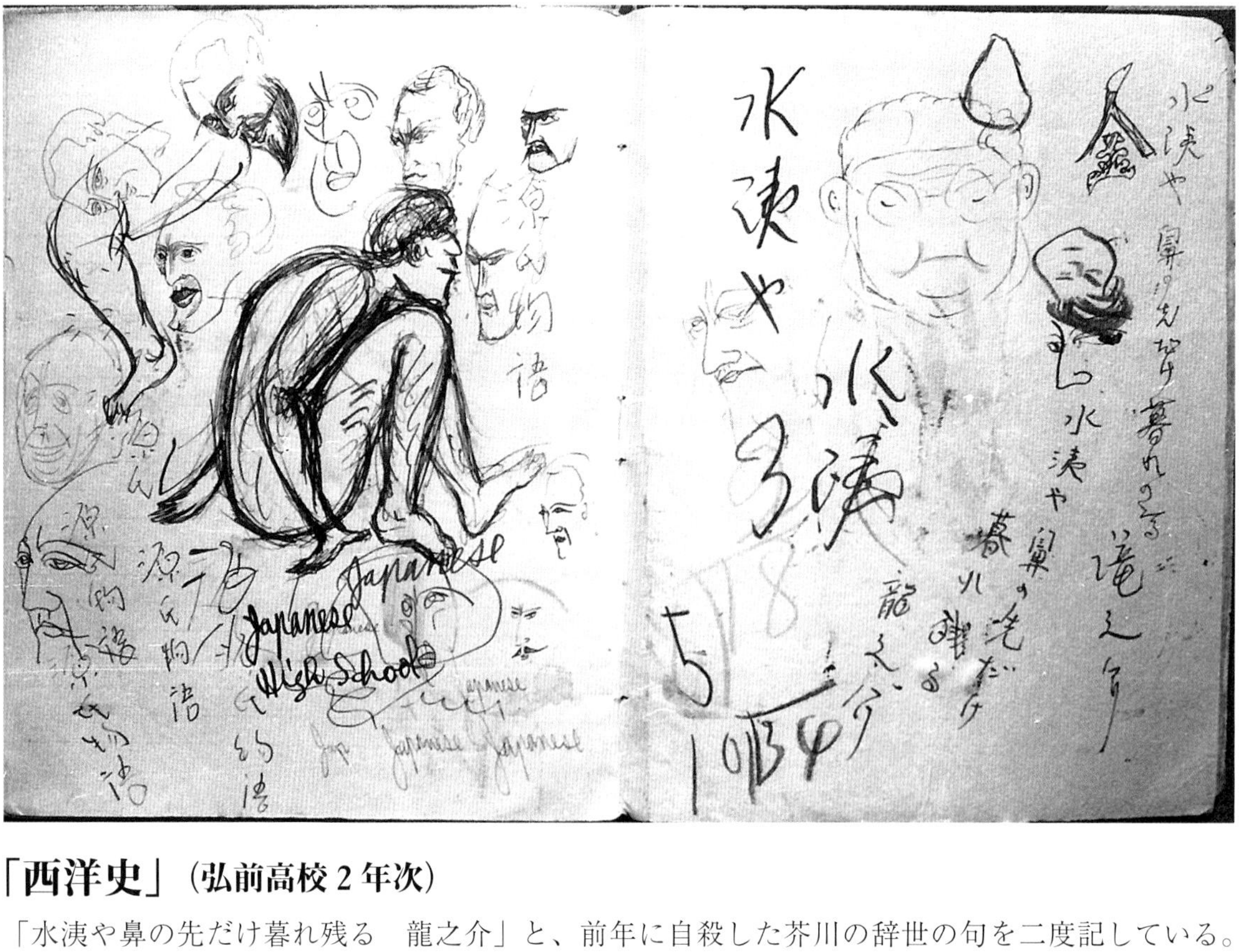

「西洋史」（弘前高校２年次）

「水洟や鼻の先だけ暮れ残る　龍之介」と、前年に自殺した芥川の辞世の句を二度記している。当時の太宰は芥川に心酔し、大きな影響を受けた。

年代不明

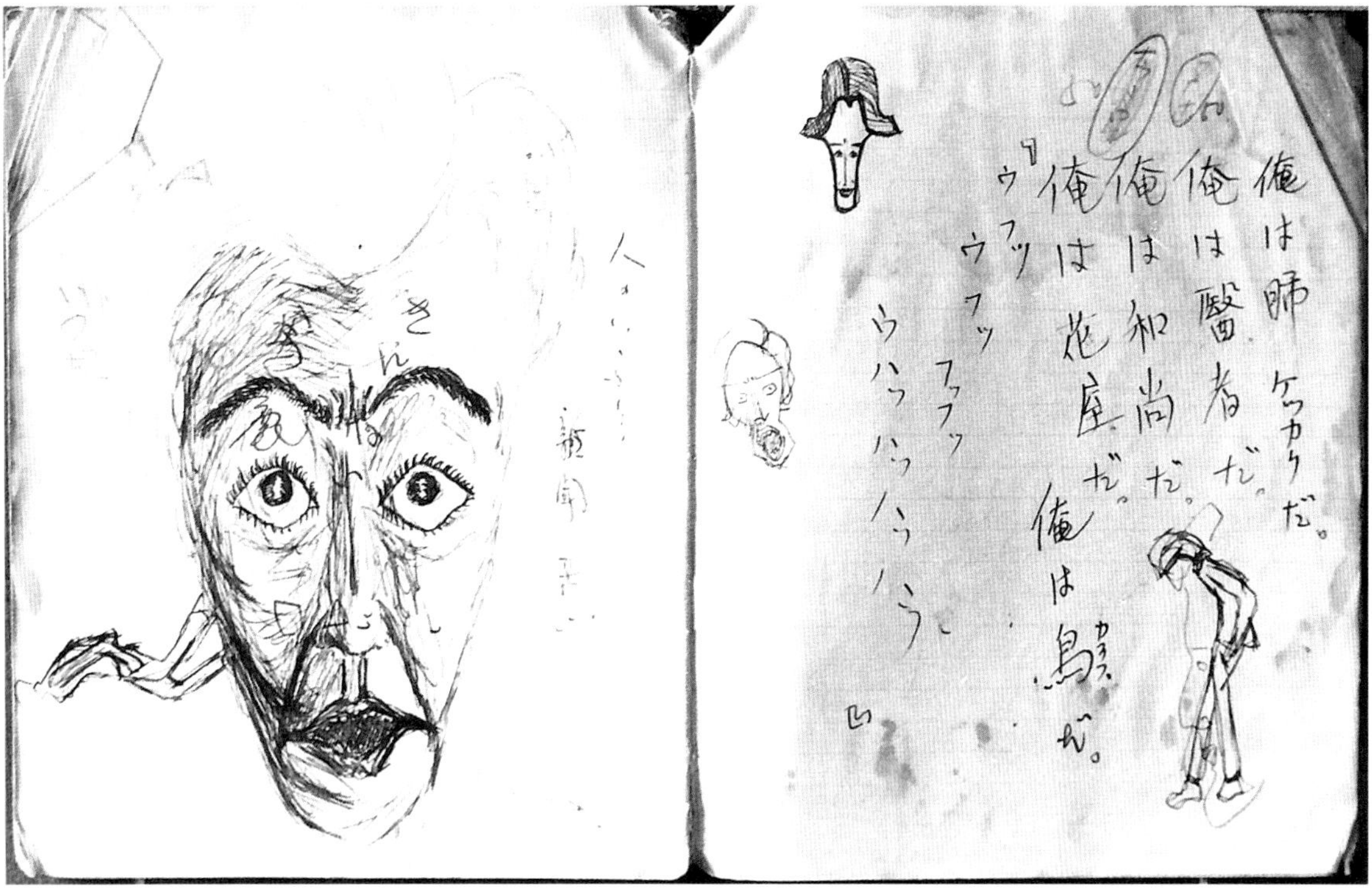

俺は肺ケッカクだ。
俺は醫者だ。
俺は和尚だ。
俺は花屋だ。
俺は烏《カラス》だ。
ヴフッ
ウフッ
フフフッ
ウハッハッハッハッハ

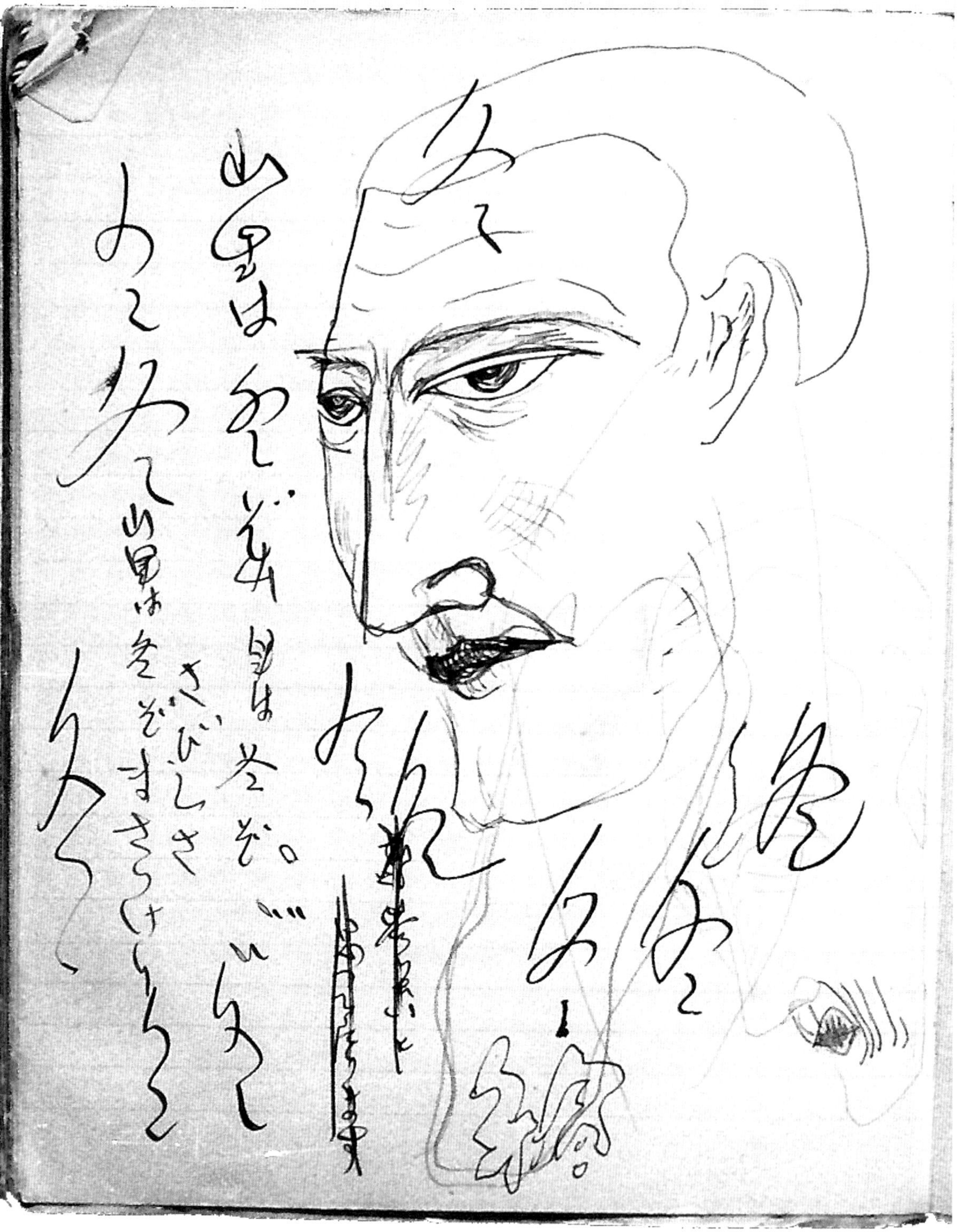

「法制」（弘前高校２年次）

百人一首に含められ著名な源宗于の「山里は冬ぞ…」をくりかえし筆記する。

弘前高校３年次　１年先輩の平岡敏男（右／のちにジャーナリスト・毎日新聞社社長）と。

田辺あつみとの心中事件と「中畑慶吉保管文書」

一九二七（昭和二）年、旧制高校在学中の太宰は青森市の料亭「おもたか」に芸妓として呼ばれた小山初代と知り合い懇意になる。一九三〇年四月に帝大進学のため太宰は上京、さらに一〇月には初代が上京する。津島家の長兄・文治から初代との結婚を承諾する条件として除籍分家を示されると太宰は自暴自棄になり、一一月二八日、銀座のバー「ホリウッド」で知り合った女給・田辺あつみと鎌倉海岸の小動崎で心中を図る。太宰ひとりが一命をとりとめ鎌倉恵風荘に入院することになった。

津島家とかかわりの深い呉服商で上京後の太宰の世話をしていた中畑慶吉や、同じく太宰の世話人で洋服仕立て業の北芳四郎は、このとき亡くなったあつみの同棲相手・高面順三との交渉などに奔走した。「中畑慶吉保管文書」にはその際に中畑が情報収集をした新聞記事や高面との「覚書」、さらに心中に際して太宰が初代に宛てた遺書が含まれる。

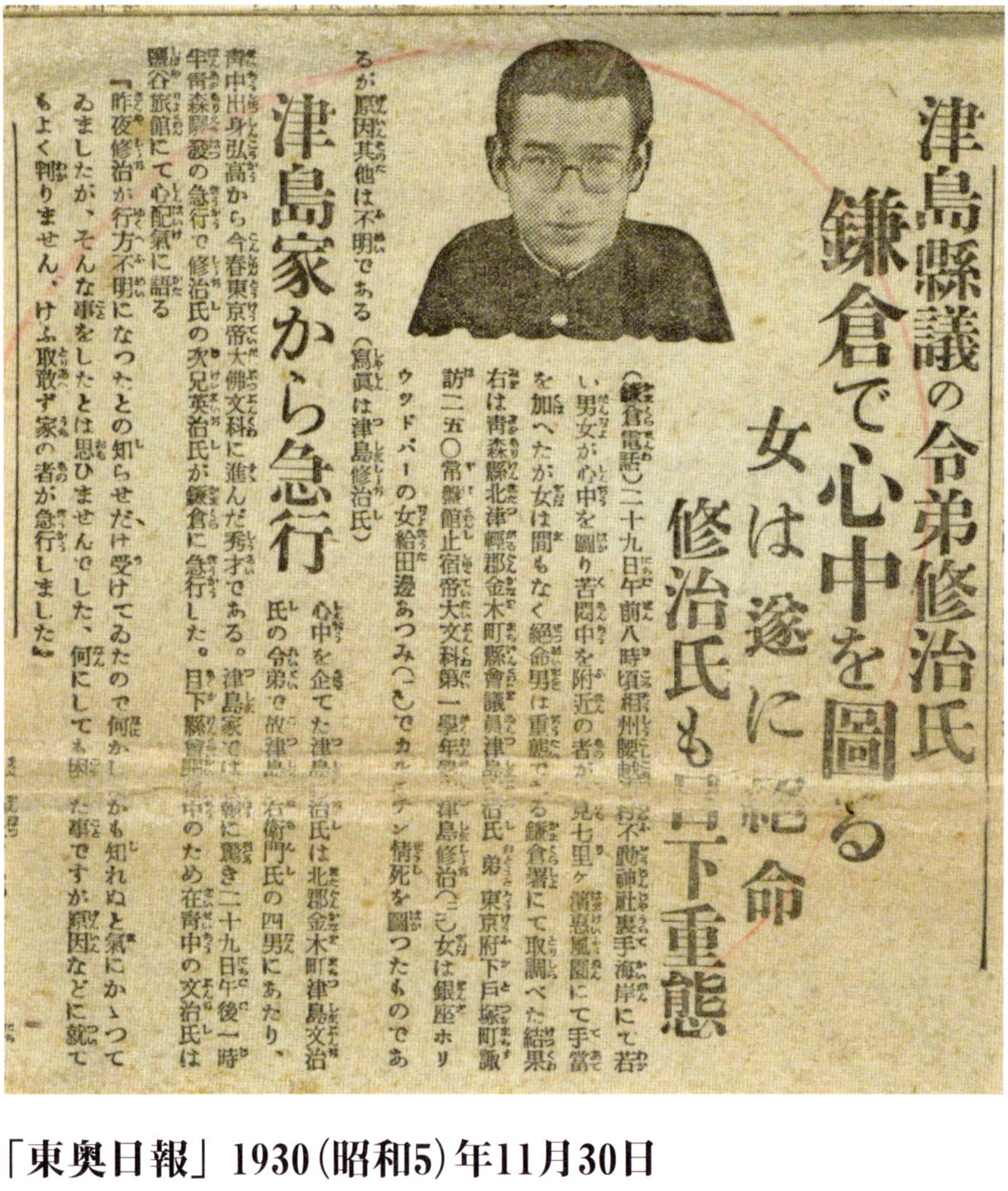

津島縣議の令弟修治氏
鎌倉で心中を圖る
女は遂に絶命
修治氏も目下重態

（鎌倉《かまくら》電話《でんわ》）二十九日午前八時頃相州腰越村不動神社裏手海岸《かいがん》にて若《わか》い男女《だんぢよ》が心中《しんぢう》を圖《はか》り苦悶《くもん》中を附近《ふきん》の者《もの》が發見七里ヶ濱惠風園にて手當《てあて》を加《くは》へたが女《をんな》は間もなく絶命《ぜつめい》男《をとこ》は重態《ぢうたい》である鎌倉署《かまくらしよ》にて取調《とりしら》べた結果《けつくわ》右《みぎ》は青森縣北津輕郡金木町縣會議員津島文治氏弟《おとうと》東京府下戸塚町諏訪二五〇常盤館止宿帝大文科第一學年生津島修治《つしましうぢ》（二二）女《をんな》は銀座《ぎんざ》ホリウッドバーの女給《ぢよきう》田邊あつみ（一九）でカルモチン情死《じやうし》を圖《はか》つたものであるが原因《げんいん》其他《そのた》は不明《ふめい》である（寫眞《しやしん》は津島修治氏《つしましうぢし》）

津島家から急行

心中《しんぢう》を企《くはだ》てた津島修治氏は北郡金木町津島文治氏の令弟《れいてい》で故津島源右衛門氏の四男《なん》にあたり、青中出身弘高から今春《こんしゆん》東京帝大佛文科に進《すゝ》んだ秀才《しうさい》である。津島家では、報に驚き二十九日午後一時青森發の急行で修治氏の次兄英治氏が鎌倉《かまくら》に急行《きうかう》した。目下縣會開會中のため在青中の文治氏は濱谷旅館にて心配氣《しんぱいげ》に語《かた》る

『昨夜《さくや》修治《しうぢ》が行方不明《ゆくへふめい》になつたとの知《し》らせだけ受《う》けてゐたので何かしかも知《し》れぬと氣《き》にかゝつてゐましたが、そんな事《こと》をしたとは思《おも》ひませんでした、何《なん》にしても困《こま》つた事《こと》ですが原因《げんいん》などに就《つい》てもよく判《わか》りません、けふ取敢《とりあへ》ず家《いへ》の者《もの》が急行《きうかう》しました』

「東奥日報」1930（昭和5）年11月30日

（本箱の）もう一方のひき出しには、「太宰治」と毛筆で表書した大きなハトロン封筒が入っていた。内容は古い書類で、昭和二十一年十一月金木から帰京の途中、五所川原の中畑さんのお宅に挨拶のために立ち寄ったとき、玄関先で中畑さんが太宰に手渡したものである。中畑さんは僅か一年半ののち、太宰があのような死を遂げようとは夢にも思わず、太宰も四十近くなることだし、もう大丈夫と安心しきって、芝居気と侠気の入り交じった気持で、絶好の餞別として贈り、その処分を太宰自身に任せたのである。太宰の起こした事件記載の新聞、さまざまの古い書簡、通帳、領収書、約束書など、中畑さんと北さんとがかかわって処理してくださった事件の証拠書類ともいうべきものであった。

（津島美知子「書斎」『回想の太宰治』）

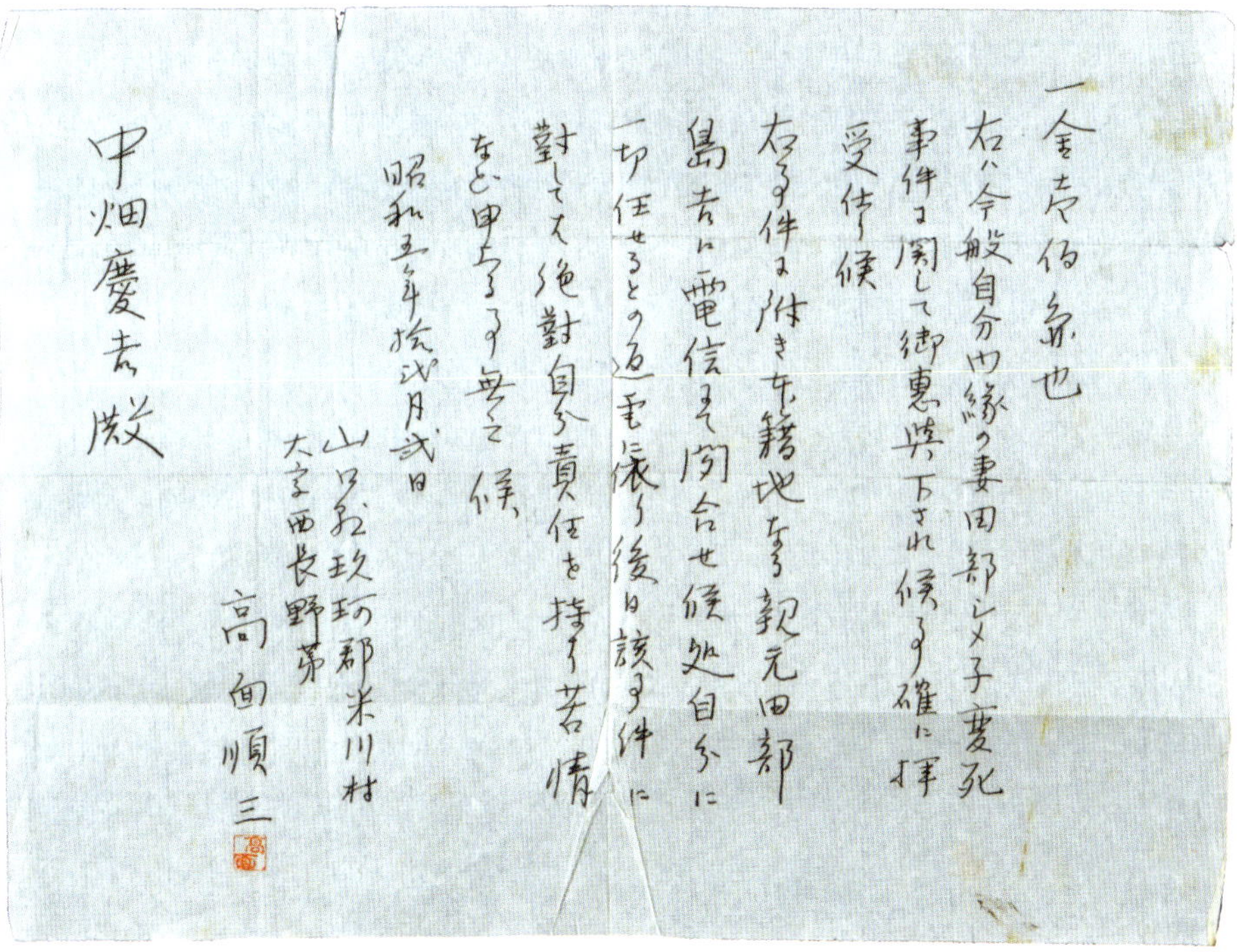

一金壱佰円也
右ハ今般自分ノ内縁ノ妻田部シメ子変死事件ニ関して御恵與下され候ヲ確に拝受仕候
右ノ件ニ付き本籍地なる親元田部島吉ニ電信ニテ問合せ候処自分に一切任せるとの返電ニ依リ後日該ノ件に對しては絶對自分責任を持チ苦情など申立る事無之候
昭和五年拾弐月弐日
山口県玖珂郡米川村
大字西長野第
高面順三
中畑慶吉殿

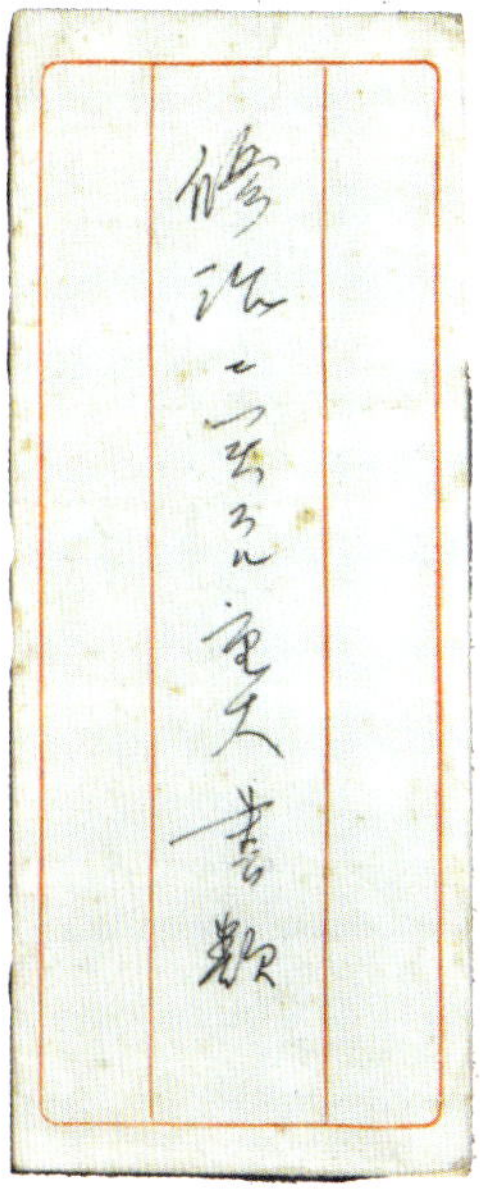

修治ニ関スル重大書類（高面順三あて覚書）

鎌倉警察署におもむいた中畑は刑事の立会いのもと高面順三に百円を渡した。「重大書類」として保管されていた12月2日付の覚書には、高面が金銭を受け取るかわりに今後一切苦情を申し立てないことが記されている。

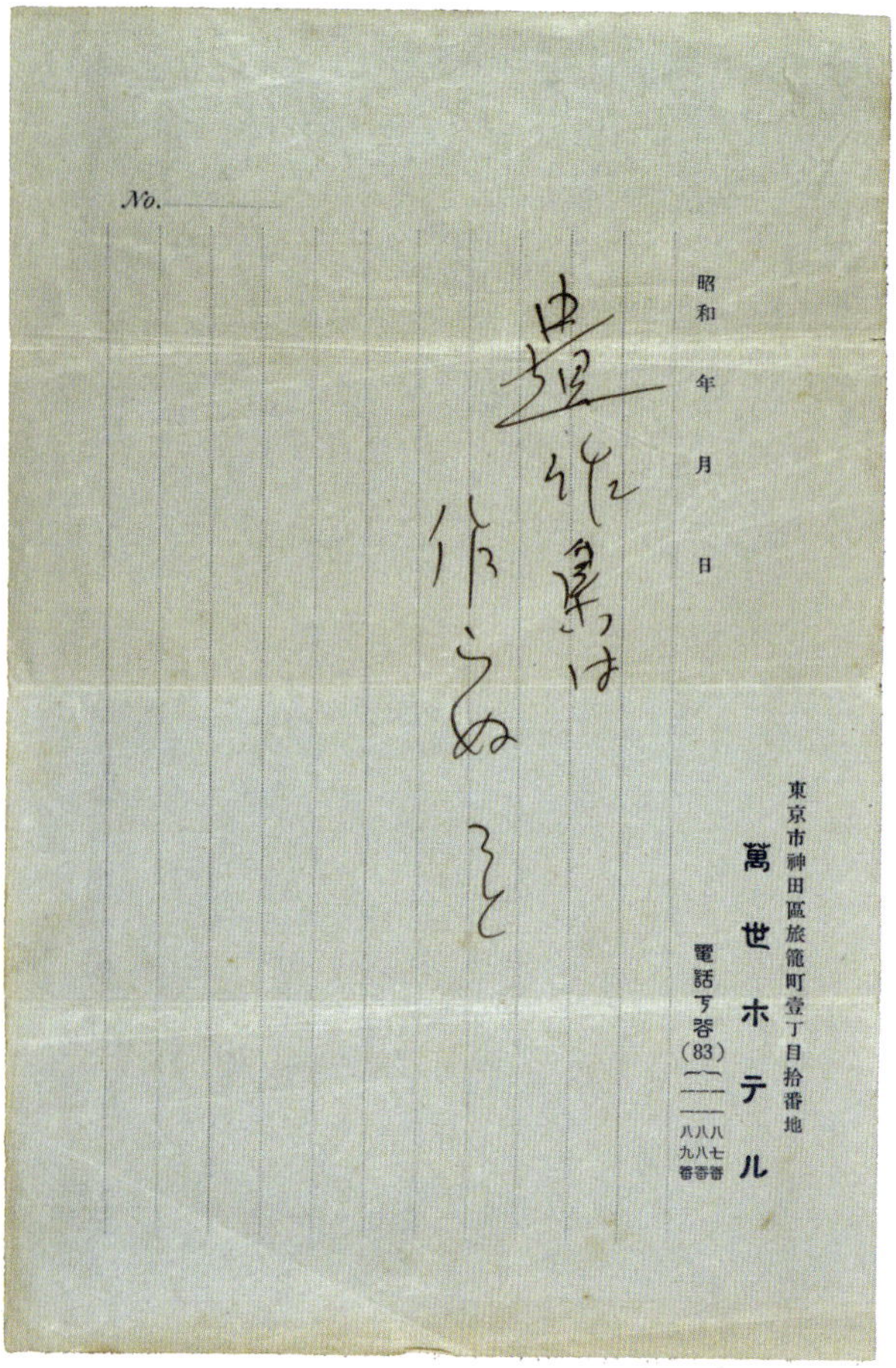

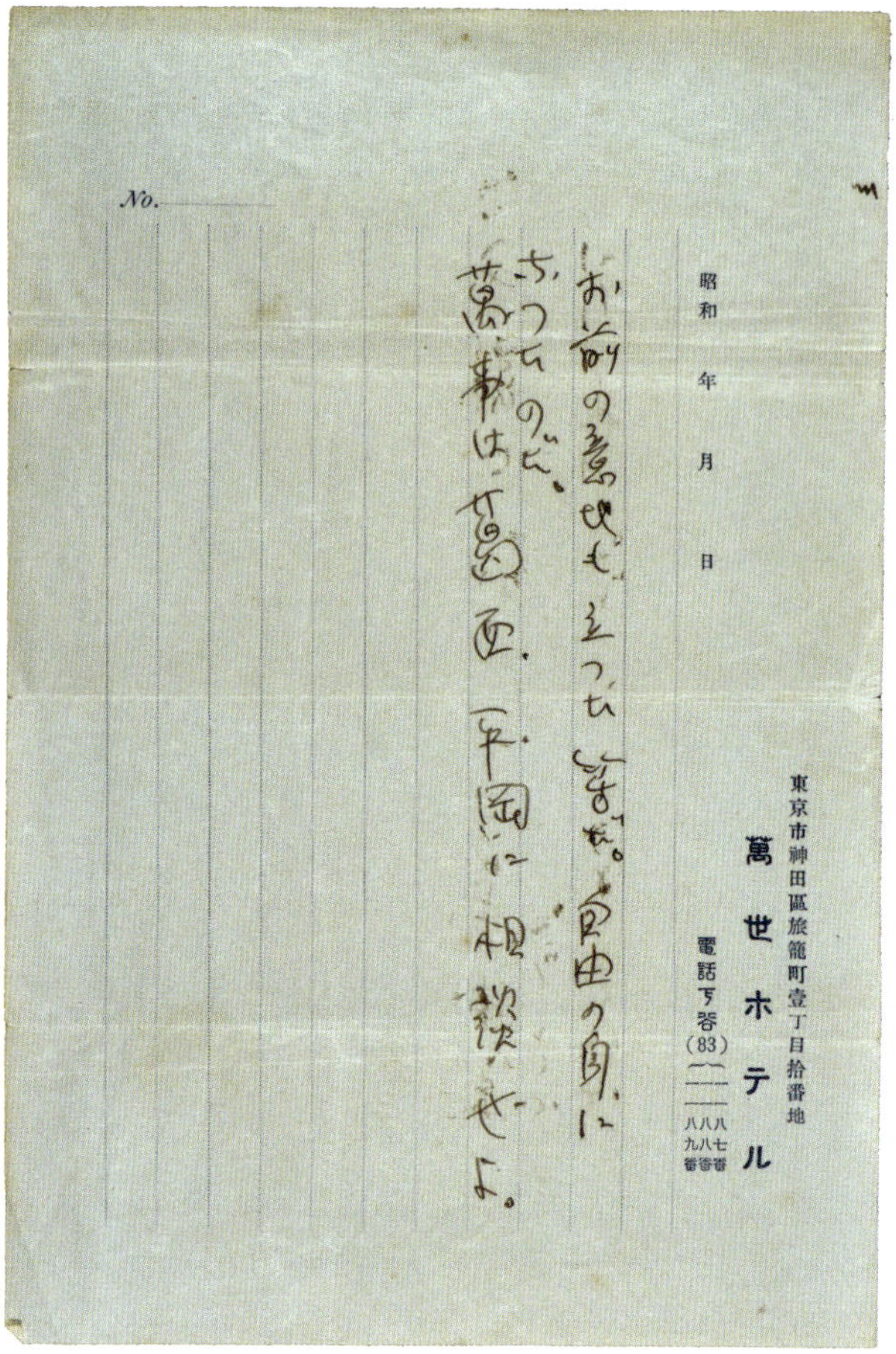

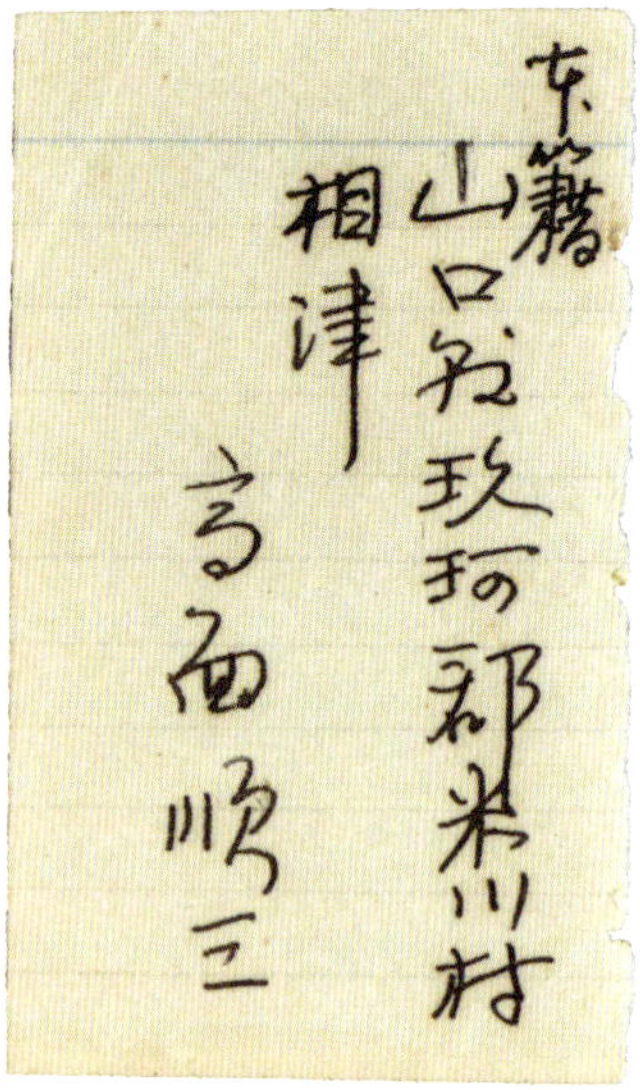

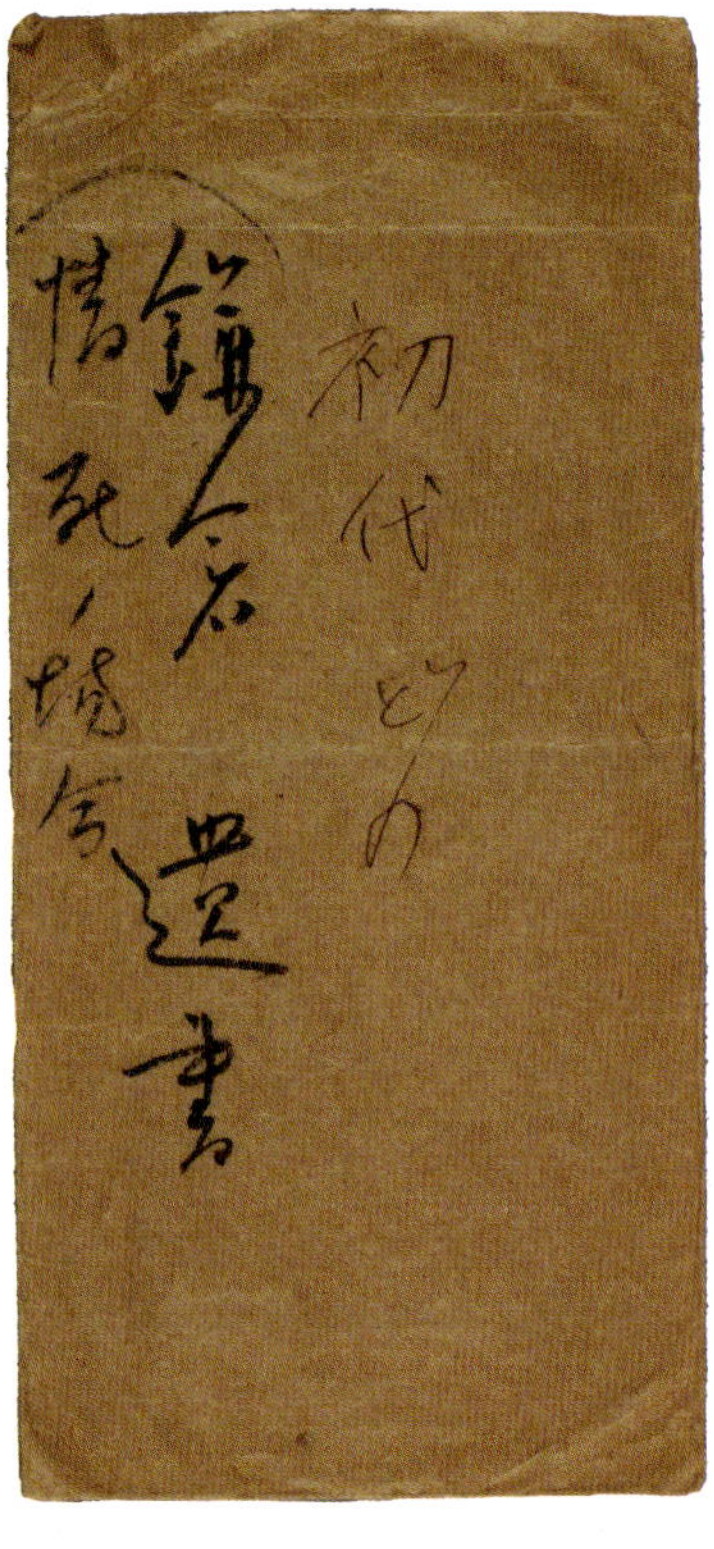

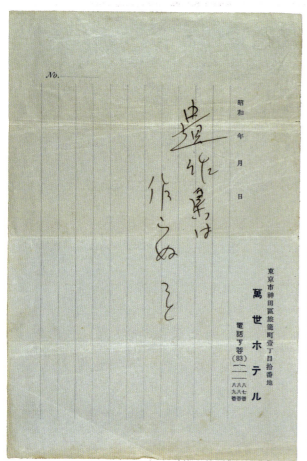

婚約者・小山初代に宛てた遺書

心中を企てる直前に宿泊していた神田「萬世ホテル」の便箋に書かれた初代への遺書。田辺あつみの身元をあきらかにするためか、同棲相手・高面順三の本籍地を記したメモが添えられていた。

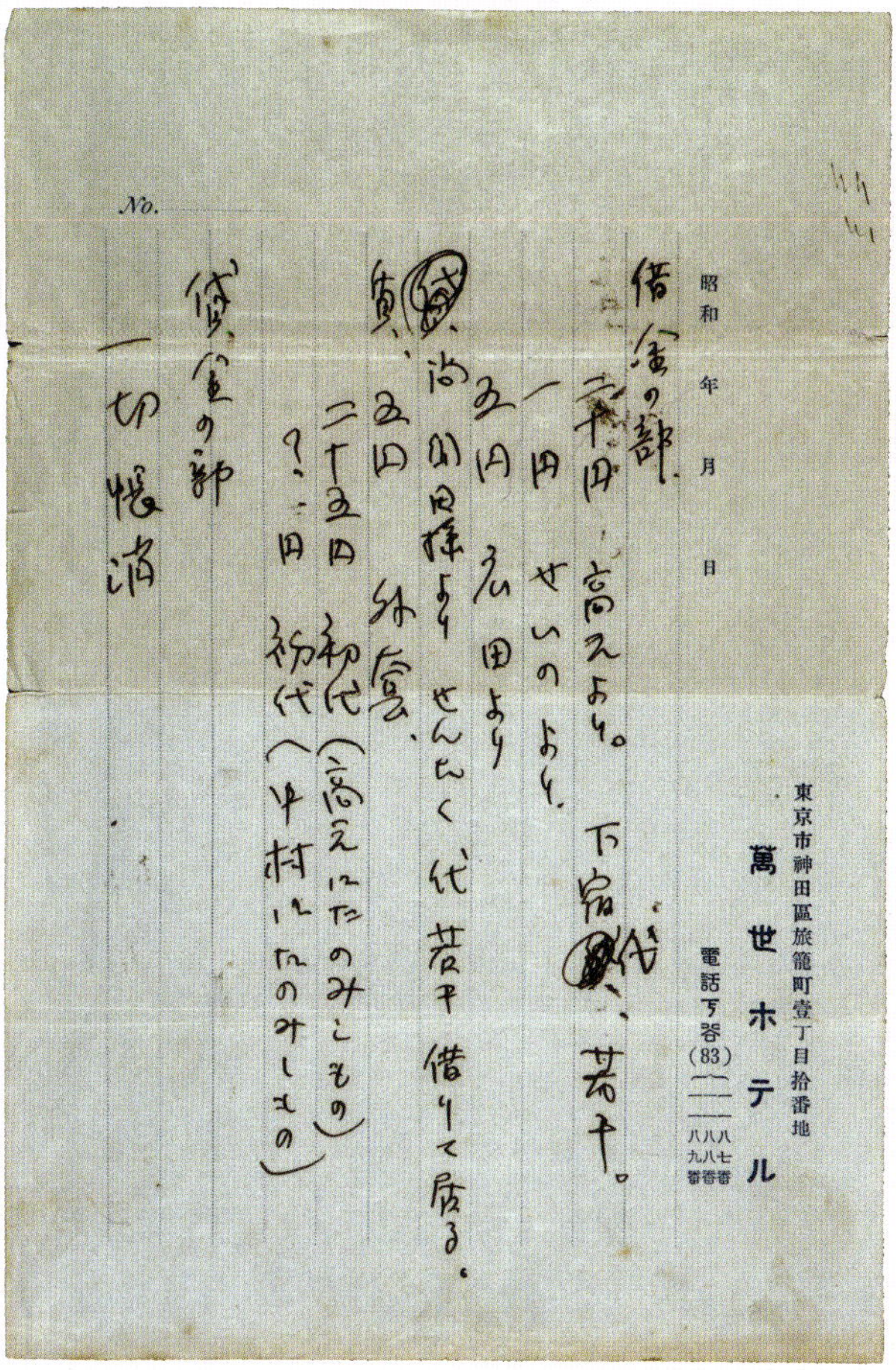

No.

昭和　年　月　日

借金の部
二十円、高えより。下宿代、若干。
一円　せいのより。
五円　広田より
尚川口様より　せんたく代若干借りて居る。
質、五円　外套、
二十五円　初代(高えにたのみしもの)
?二円　初代(中村にたのみしもの)

貸金の部
一切帳消

東京市神田區旅籠町壹丁目拾番地
萬世ホテル
電話下谷(83)一一八八七番　一一八九八番

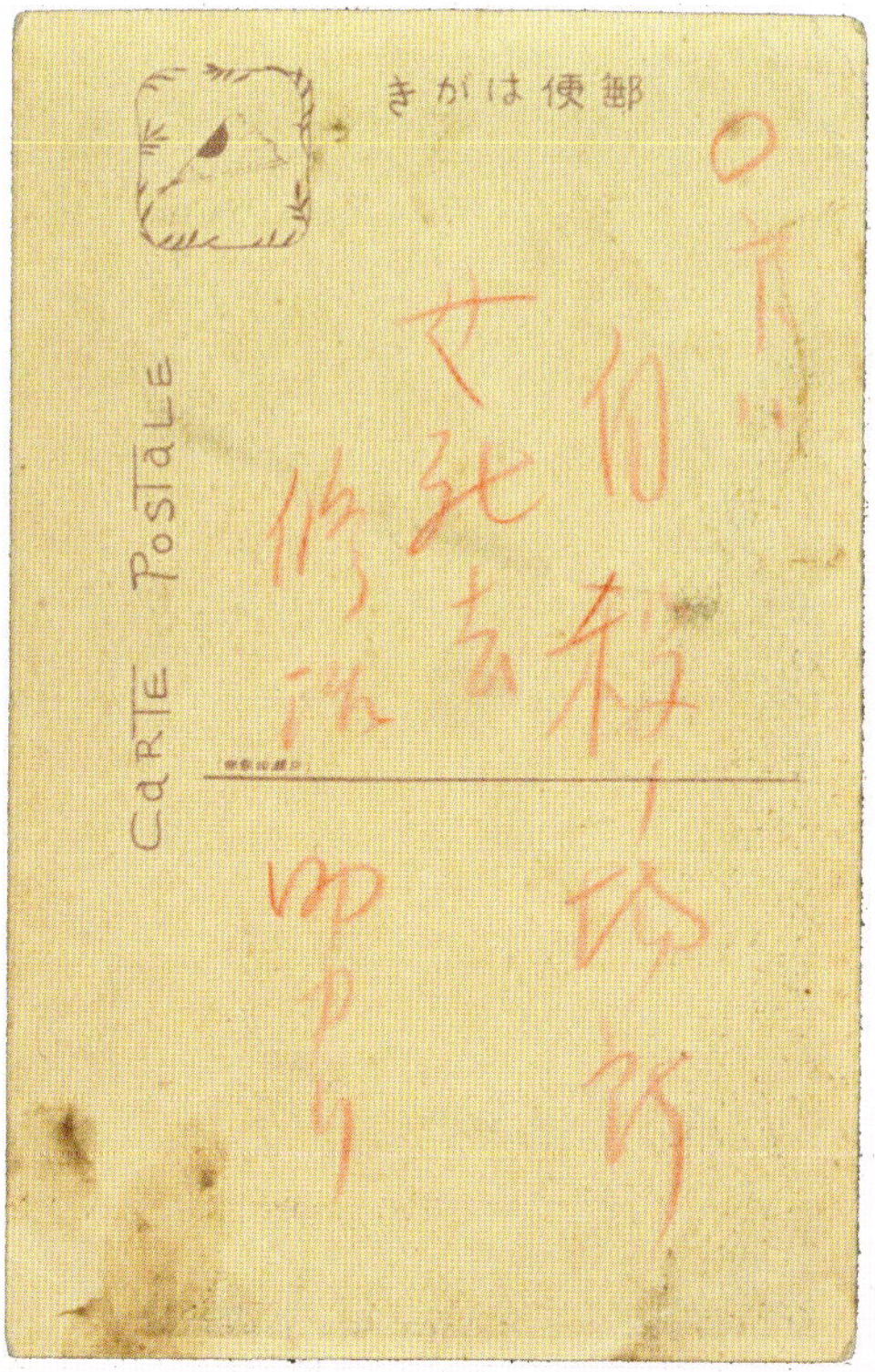

心中の場所を示した絵はがき

江の島・箱根連峰の風景写真の一部に○印があり、裏面に「自殺ノ場所／女死去／修治助カリ」と記されている。

パビナール中毒体験と「HUMAN LOST」

一九三五（昭和一〇）年四月、太宰は急性盲腸炎に腹膜炎を併発、篠原病院で手術を受けた。その際麻薬性鎮痛剤パビナールを注射されたが、転院後もこれが続き習慣性となる。六月三〇日、療養を目的とした千葉県船橋町への転居ののちも医師がパビナールを処方。翌年二月には佐藤春夫の薦めで中毒の治療のため済生会芝病院に入院し一〇日ほどで退院、再びみずから注射するようになる。船橋薬局パビナール購入簿は当時の太宰の使用した薬の量や購入頻度を知る重要な手がかりで、後年の美知子夫人による分析も残されている。帳面に記された最後の薬品購入は一〇月一三日で、この日太宰は井伏鱒二のすすめにより東京武蔵野病院に入院。この入院生活での体験をもとに「HUMAN LOST」が執筆される。

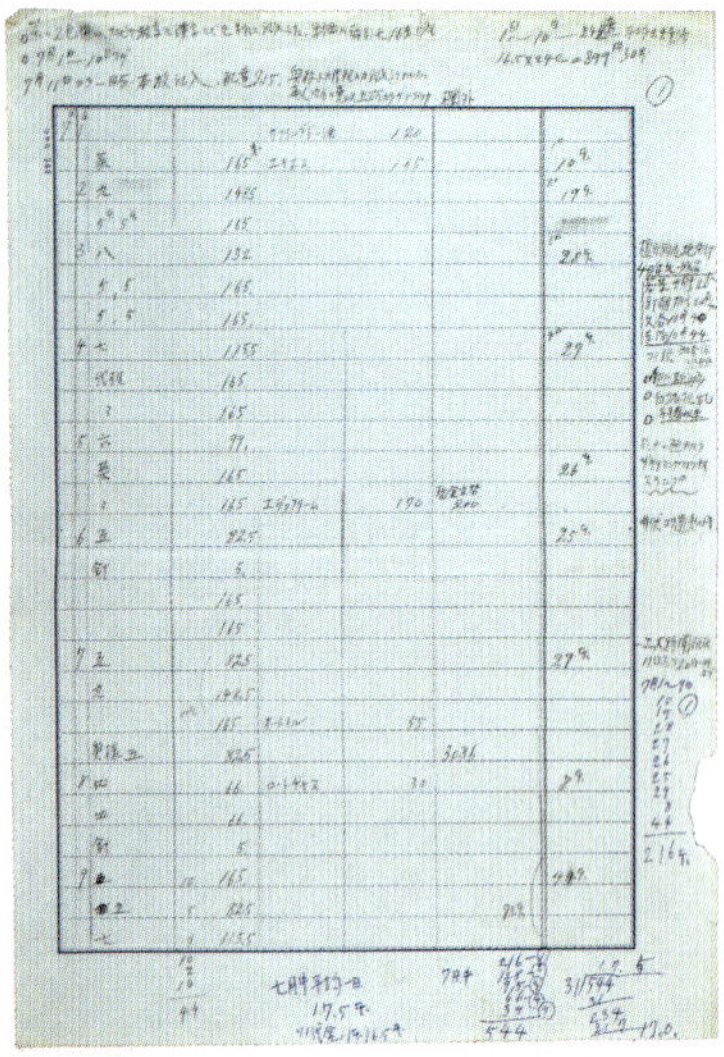

美知子夫人「パビナール購入簿に関するレポート」（全13枚）

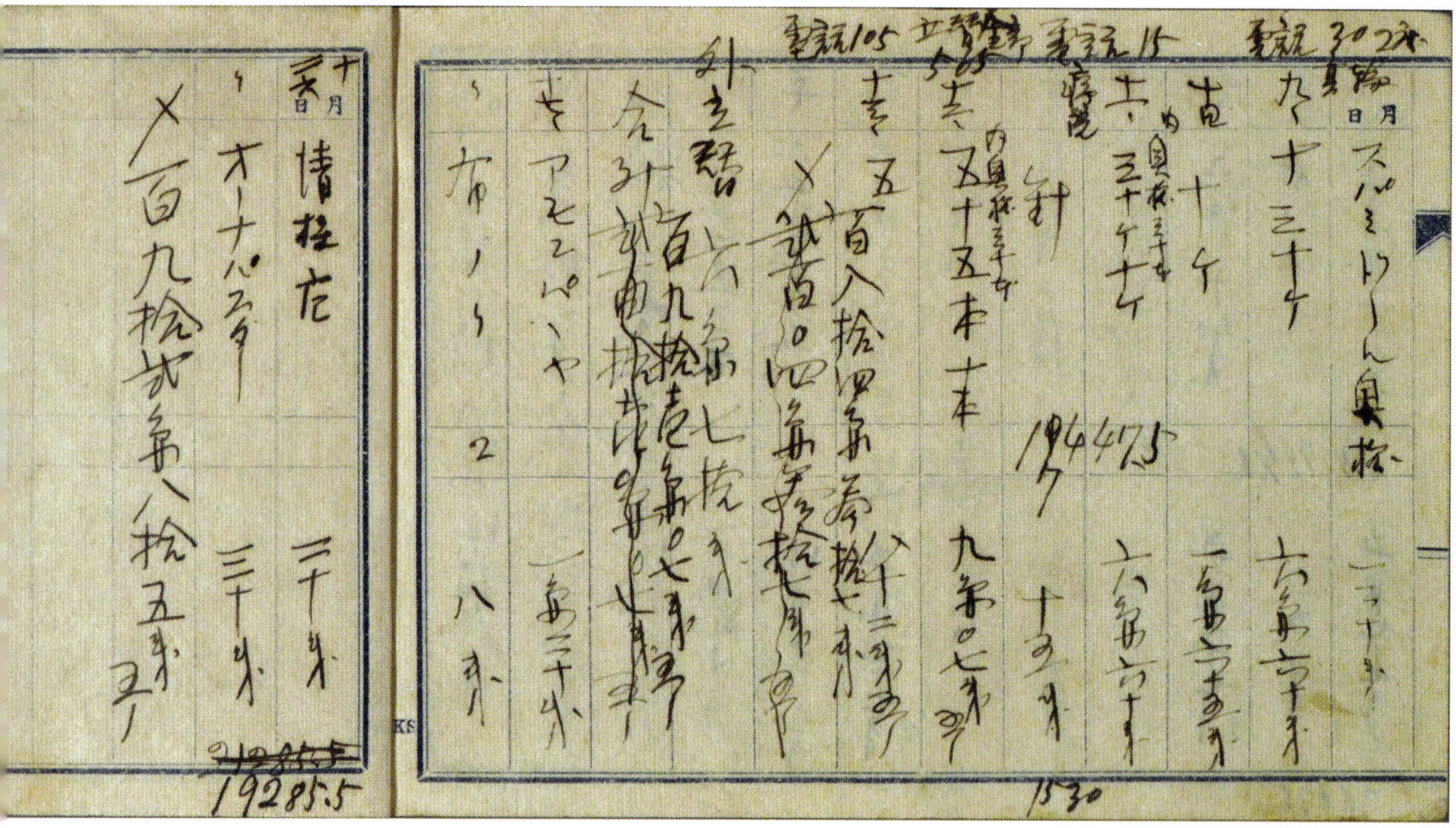

船橋薬局パビナール購入簿

1936年7月から10月までの購入状況が30ページにわたり記録されている。上段に本数、下段に金額を記す。10月13日の入院時点で借財は約200円にまで膨らんでいた。「注射器」や「針」といった品目も見られる。支払いはすべてつけで雪だるま式に膨らむ借金も太宰を苦しめた。中毒の治療のため8月7日から月末まで、太宰は単身水上温泉へでかけていたが、その間にもまとまった量の購入があり、薬の使用は途切れなかったことがわかる。

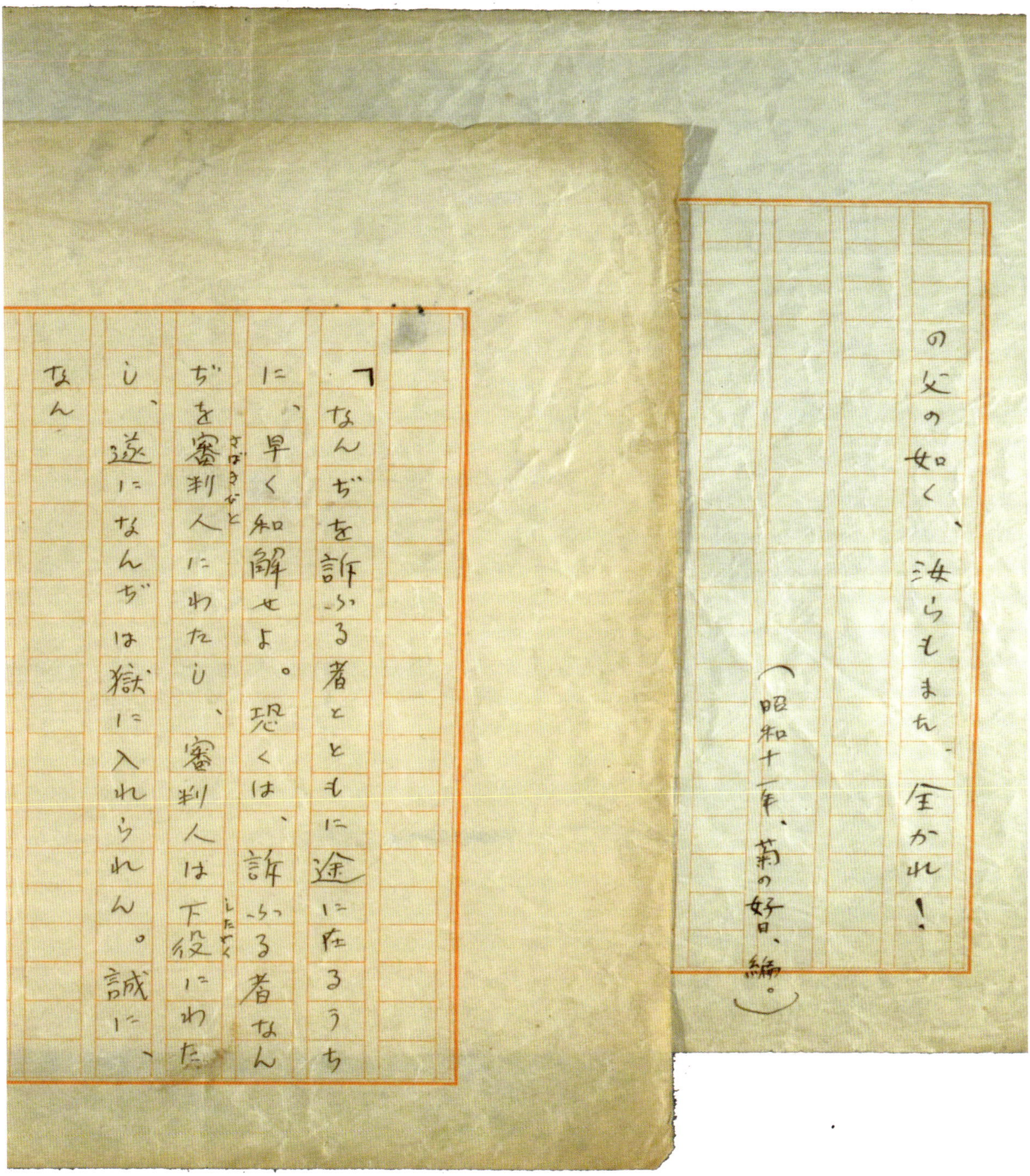

「なんぢを訴ふる者とともに途に在るうちに、早く和解せよ。恐くは、訴ふる者なんぢを審判人《さばきびと》にわたし、審判人は下役《したやく》にわたし、遂になんぢは獄に入れられん。誠に、なん

の父の如く、汝らもまた全かれ！
（昭和十一年、菊の好日、編。）

「HUMAN LOST」草稿断片

本作は脳病院に入院する患者の日記という体裁で、自身の東京武蔵野病院入院の経験を踏まえて書かれた。草稿は作品終末の聖書マタイ伝の引用部分にあたる。

1927（昭和 2）年、船橋にて。第一創作集『晩年』口絵で使用した写真。

第3部

原稿・書き換えの跡をたどる

日本近代文学館の「太宰治文庫」には、現存する太宰治の直筆原稿のうち、少なくとも七割以上が収蔵されている。その中には使っていたリンゴ箱から美知子夫人がはがして調査した反故原稿なども含まれている。世に出ることなく終わった「作品」の一部、あるいはその面影をうかがい知ることができる貴重な資料である。その中には「カレツヂ・ユーモア」のように、雑誌不掲載に終わった幻の原稿（下書き）などもある。

「善蔵を思ふ」の構想メモなどからもわかるように、太宰は着想やヒントを所構わず書き記している。内容は太宰文学の「ホロビの美学」の根幹に関わるもの。晩年の「如是我聞」は口述筆記と言われてきたが、実際にはさまざまな形でメモや下書きが残されており、こうした足跡から、われわれはあり得たかもしれない「もう一つの可能性」に思いを馳せることができるわけである。

（安藤　宏）

活字にならなかったもう一つの世界

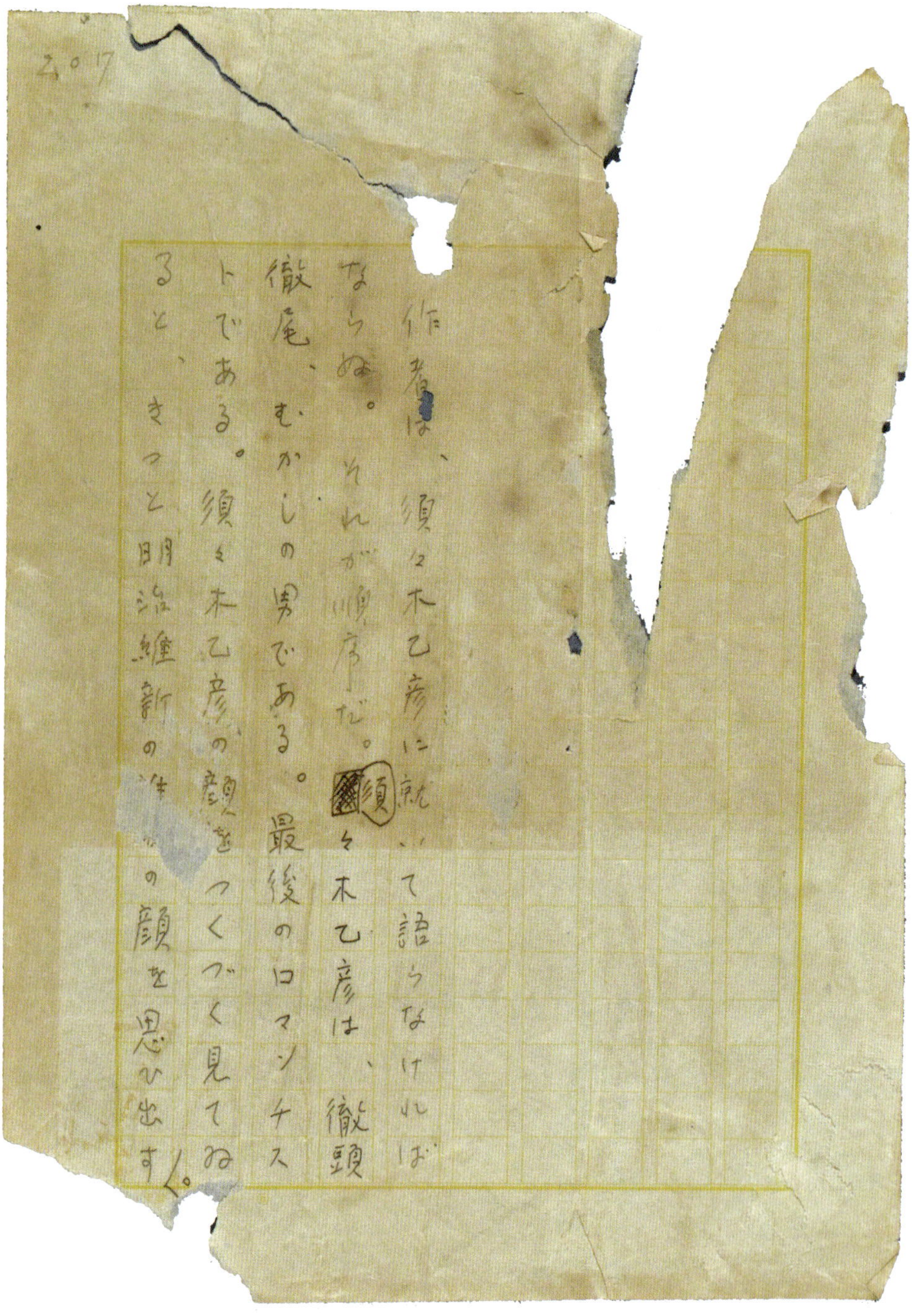
207

作者は、須々木乙彦に就いて語らなければ
ならぬ。それが順序だ。須々木乙彦は、徹頭
徹尾、むかしの男である。最後のロマンチス
トである。須々木乙彦の顔をつくづく見てゐ
ると、きつと明治維新の[illegible]の顔を思ひ出す。

「火の鳥」草稿

1938（昭和 13）年秋に執筆された「火の鳥」は、太宰の「中期」の再生をかけた意欲的な長編小説。「富嶽百景」の作中で主人公が書き悩んでいる長編にあたるが、結局、中絶した。「序編」「本編」の冒頭には、それぞれ「女優高野幸代の女優に至る以前を記す。」「女優高野幸代の女優としての生涯を記す。」という文言がある。美知子夫人がリンゴ箱の上貼りから復元した２枚の草稿のうち片方は「作者は、須々木乙彦に就いて語らなければならぬ。それが順序だ。」とあり、のちに活字化（『愛と美について』竹村書房、1939 年）された序編・本編に次ぐ新たな章の冒頭であった可能性が高い。須々木は序編で女優になる前の幸代と心中を図り、絶命した人物。かつての太宰を投影した須々木について、果たして何を語ろうとしていたのであろうか。

書斎の床の間の右寄りにリンゴの空箱を利用して作った整理棚が置いてあった。（略）

太宰は書き損じの原稿を屑籠に破り棄てることをしないので、甲府時代からの古い反古がたまっていた。その反古と三鷹にきてから出た新しい反古を交ぜて貼り、それだけでは足りないので太宰に乞うて不要になった古原稿をもらって、裏の白い方を表にして障子張り用の刷毛で木箱の内外に貼った。（略）

太宰の歿後、そのリンゴ箱に著書を入れて引越し、移転後は積み重ねて書棚として使っていた。上貼りに使った古原稿と反古のことは少なからず気にかかっていたが、実際に剥がしたのは歿後十年以上も経ってからである。原稿のアテナインクが水に数時間浸しても流れず滲まず、剥がしてゆくのに助かった。当時の原稿用紙はいまのＢ４より大きく美濃紙大であった。もう一字も新しく原稿用紙に書かれた字を読むことは出来ないのだと思いながら、私はリンゴ箱から剥がした大小いくつかの断片を新しい美濃紙の上に置いて復原していった。

（津島美知子「旧稿」『回想の太宰治』）

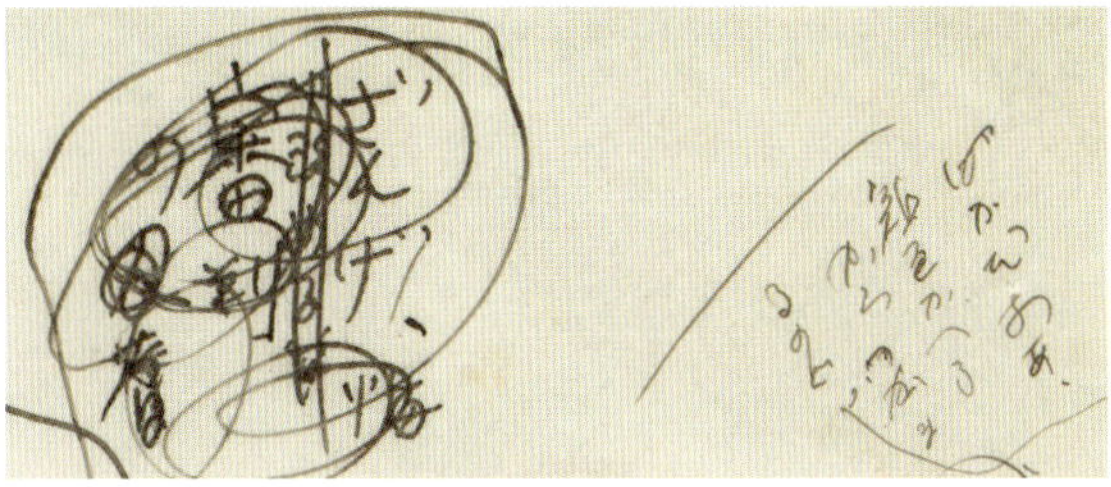

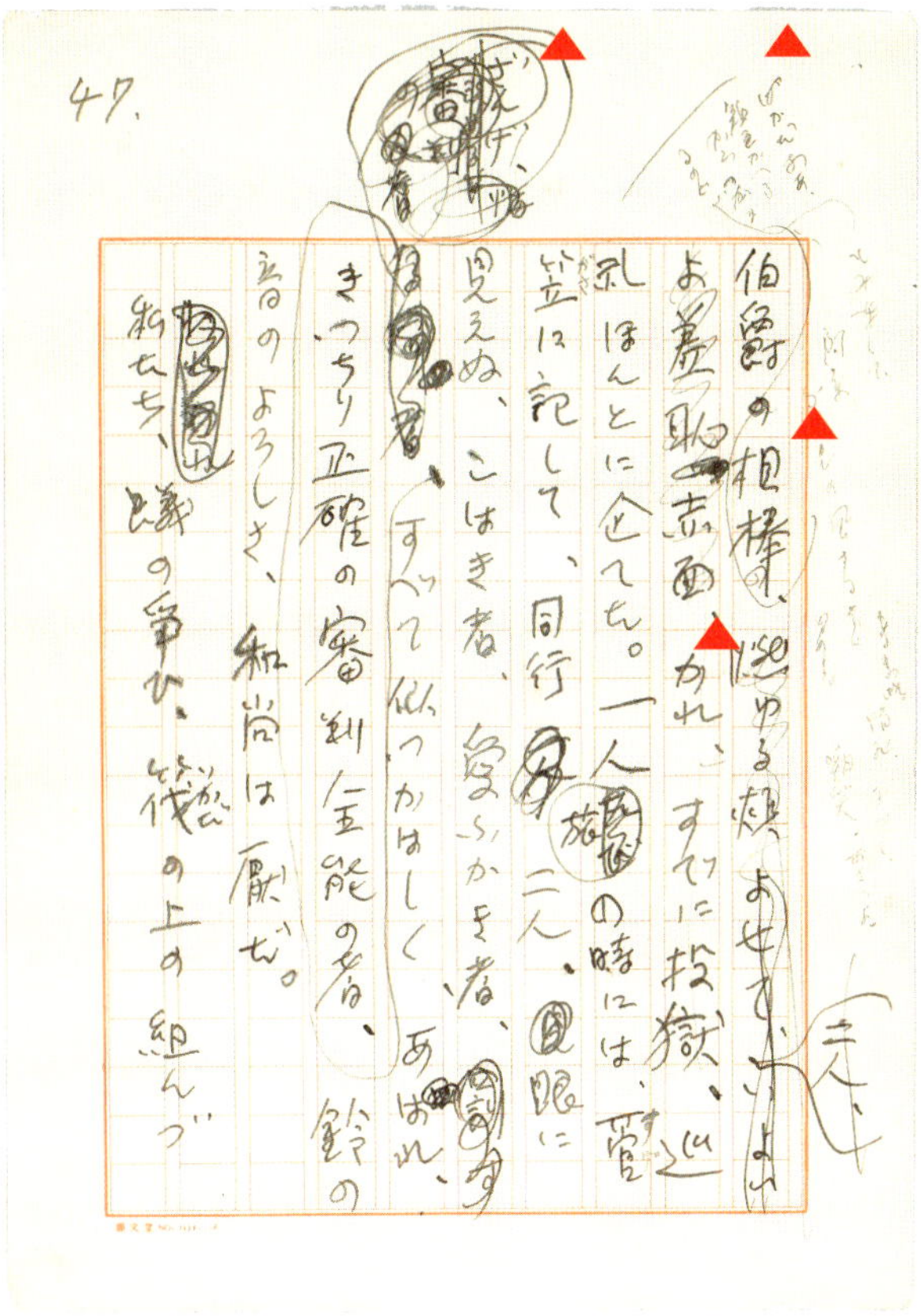

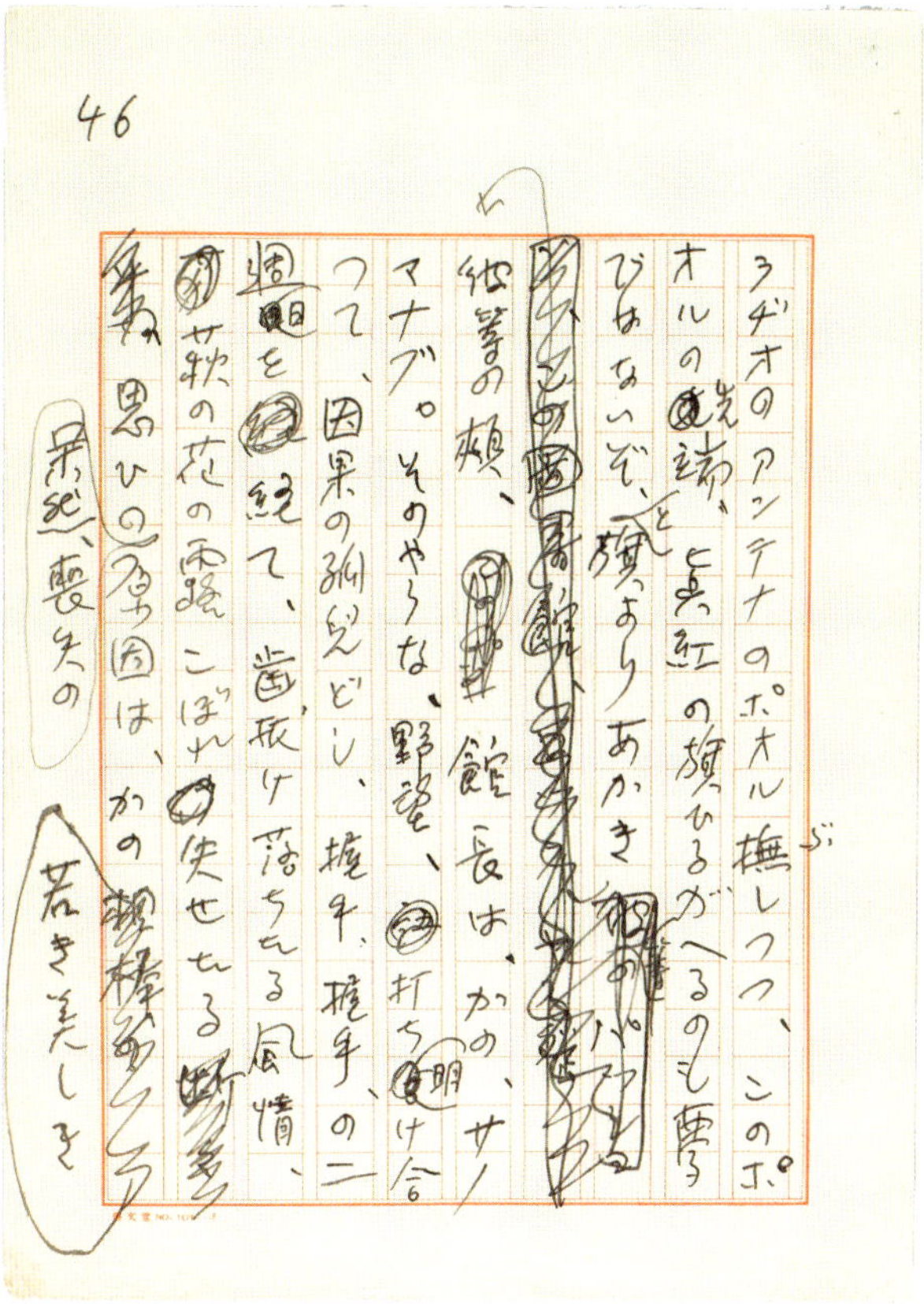

「カレッヂ・ユーモア・東京帝国大学の巻」

「カレッヂ・ユーモア・東京帝国大学の巻」草稿は従来、「二十世紀旗手」の「七唱　わが日わが夢　――東京帝国大学内部、秘中の秘。――　（内容三十枚。全文省略《カット》）」とある部分に対応するものと考えられていた。しかし、美知子夫人は『回想の太宰治』の中で、この草稿が元来、1936（昭和 11）年に雑誌「奥の奥」（東京社発行のエロ・グロ・ナンセンス系雑誌）の依頼に応じ書かれた別稿（雑誌には不掲載）であるとしている。

ノンブル 46・47 は太宰自身の左翼活動に関連するものとして注目される。ここに登場する「相棒」は四歳年下の甥で、太宰の手ほどきで非合法活動に関わった津島逸朗を指し、「かれ、すでに投獄」など生々しい書き込みもある。〈ざんげ〉〈悔改める〉といった抹消表現も見えるが、あるいは「転向」にともなう倫理的な呵責を告白することが意図されていたのであろうか。

「悖徳《はいとく》の歌留多」

いろはカルタになぞらえて、「は、母よ、子のために怒れ。」「ほ、蛍の光、窓の雪。」などのカルタの文句が書かれ、そこに物語を付していく形式の小説。草稿は美知子夫人によりリンゴ箱から復元され、傷みが激しいが、夫人の手によって美濃紙に貼られさらに補筆が施されている。

一九三七（昭和一二）年に「文芸春秋」に送るも不掲載となった二一枚の作品で、翌年の甲府移転後に改稿、三五枚の「懶惰《らんだ》の歌留多」として「文芸」一九三九年四月号に発表された。

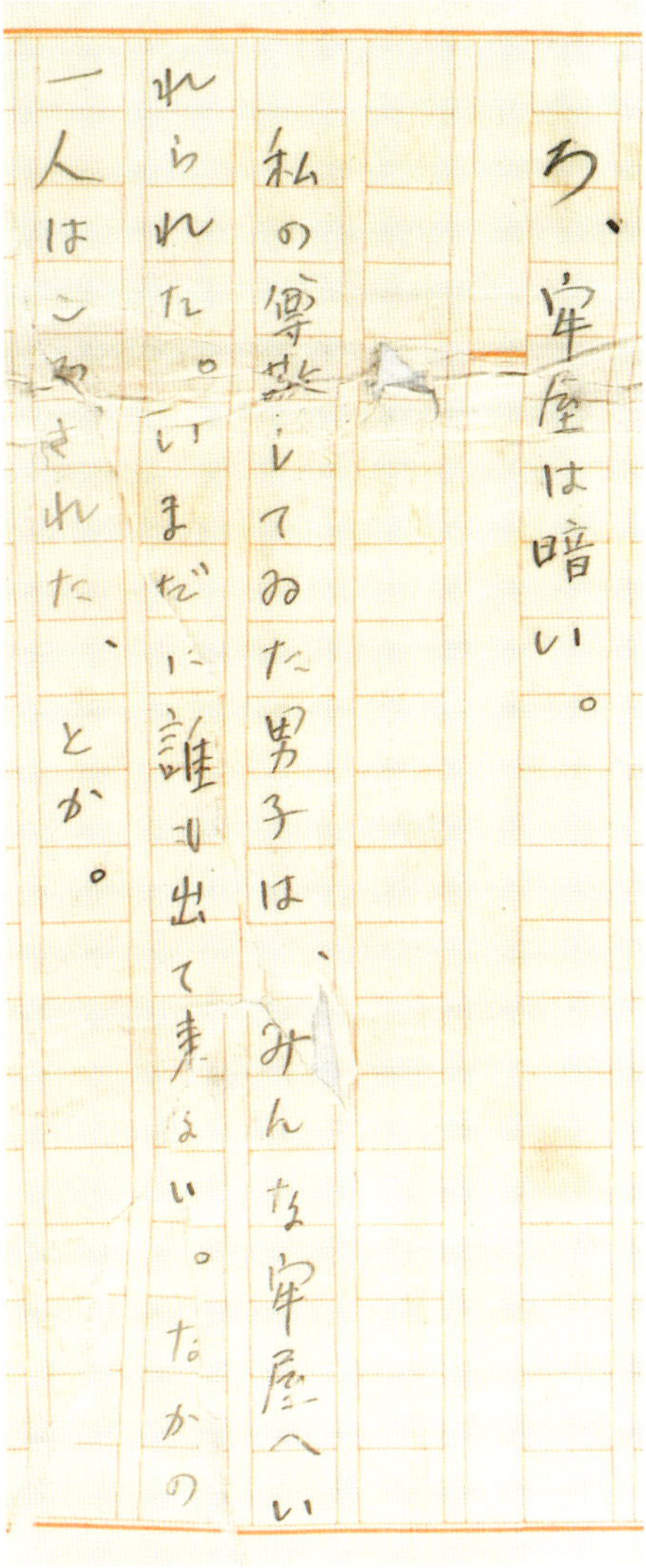

ろ、牢屋は暗い。

私の尊敬してゐた男子は、みんな牢屋へいれられた。いまだに誰も出て来ない。なかの一人はころされた、とか。

「悖徳の歌留多」草稿

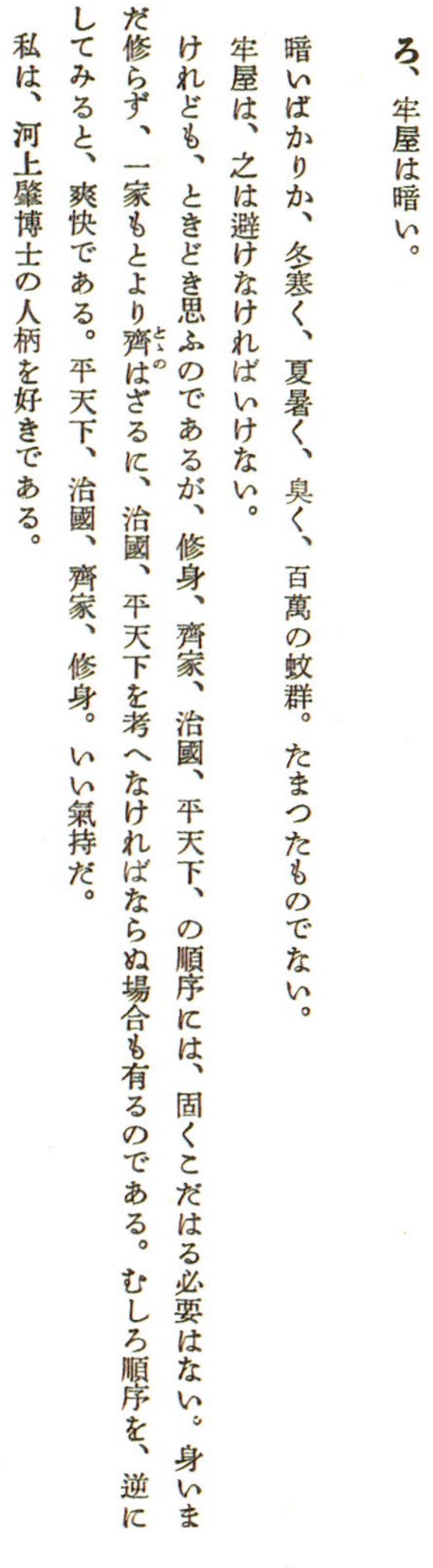

ろ、牢屋は暗い。

暗いばかりか、冬寒く、夏暑く、臭く、百萬の蚊群。たまつたものでない。

牢屋は、之は避けなければいけない。

けれども、ときどき思ふのであるが、修身、齊家、治國、平天下、の順序には、固くこだはる必要はない。身いまだ修らず、一家もとより齊《とゝの》はざるに、治國、平天下を考へなければならぬ場合も有るのである。むしろ順序を、逆にしてみると、爽快である。平天下、治國、齊家、修身。いい氣持だ。

私は、河上肇博士の人柄を好きである。

「懶惰の歌留多」（「文芸」1939（昭和14）年4月）

「ろ、牢屋は暗い。」

「悖徳の歌留多」草稿では「みんな牢屋へいれられた。いまだに誰も出て来ない。」などとあった「ろ、牢屋は暗い。」は、発表された「懶惰の歌留多」では大きく書き換えられた。「悖徳の歌留多」から「懶惰の歌留多」に至る間に太宰は非合法活動からの「転向」を経験。改稿からはわずか１年半の間の大きな認識の変化がうかがえる。

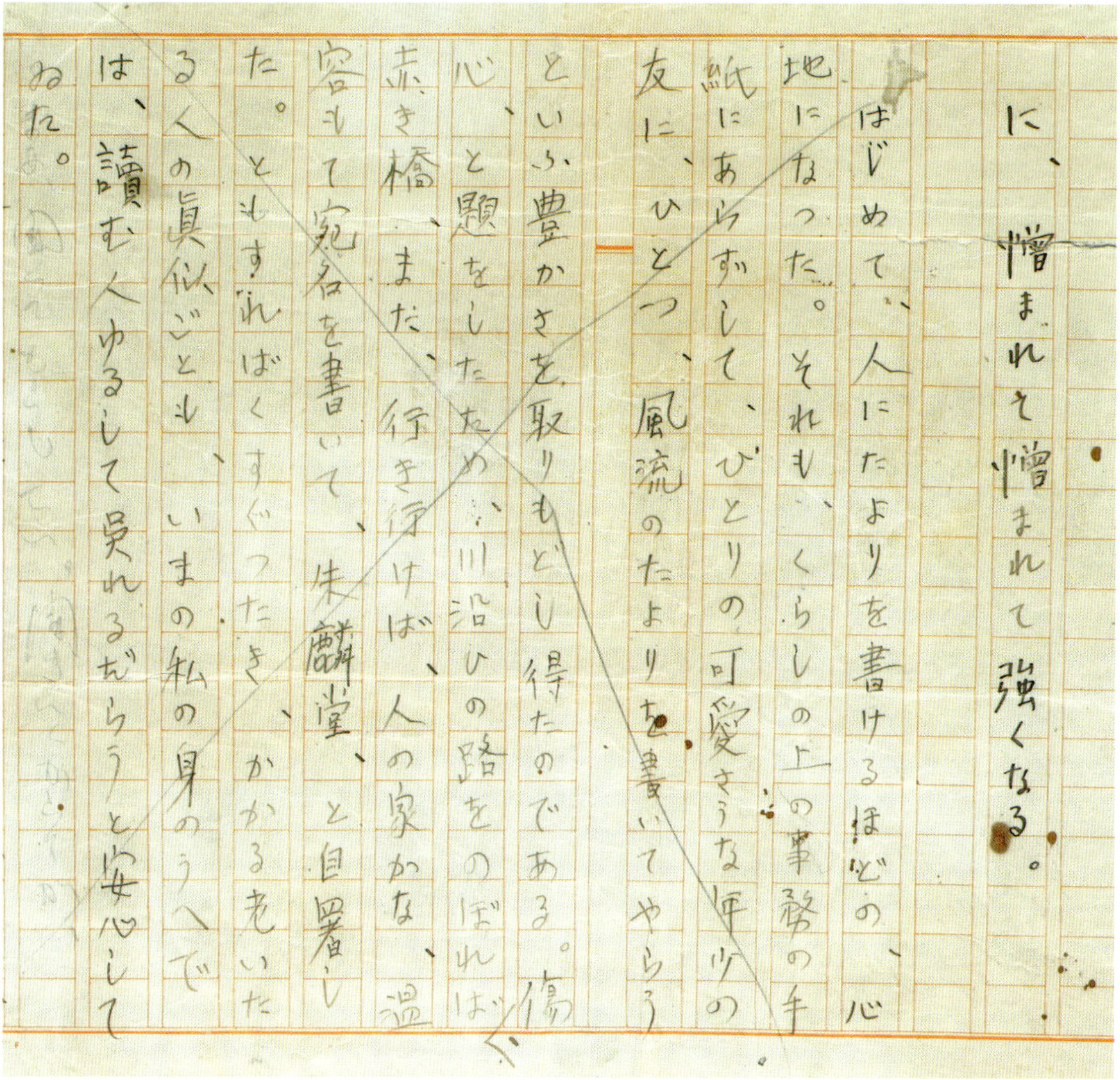
に、憎まれて憎まれて強くなる。
はじめて、人にたよりを書けるほどの、心地になつた。それも、くらしの上の事務の手紙にあらずして、ひとりの可愛さうな年少の友に、ひとつ、風流のたよりを書いてやらうといふ豊かさを取りもどし得たのである。傷心、と題をしたため、川沿ひの路をのぼれば赤き橋、また、行き行けば、人の家かな、温容もて宛名を書いて、朱麟堂、と自署した。ともすればくすぐつたき、かかる老いたる人の眞似ごとも、いまの私の身のうへでは、讀む人ゆるして呉れるだらうと安心してゐた。

「に、憎まれて憎まれて強くなる。」

「悖徳の歌留多」未定稿では冒頭部が大きな×印で消され、発表された「懶惰の歌留多」では別の内容に置き換えられている。この草稿に「人にたよりを書けるほどの」とあるのは太宰が1936（昭和11）年11月29日に画家・小館善四郎に宛てたはがきを指す。実際に草稿中の「傷心」や「川沿ひの路をのぼれば」に始まる太宰の自作短歌は書簡の内容と重なっている。

この書簡を受けとった当時の小館は太宰と内縁関係にあった小山初代との密通のさなかにいた。「傷心」などとあるこのはがきから小館は密通が露見したと勘違いし翌年太宰にこれを打ち明けてしまう。当時読者にはこのなりゆきは知られていなかったが、太宰は秘められた思いを草稿に託したことになる。

「善蔵を思ふ」（次頁参照）の年、三鷹の自宅にて。

未定稿から完成稿へ

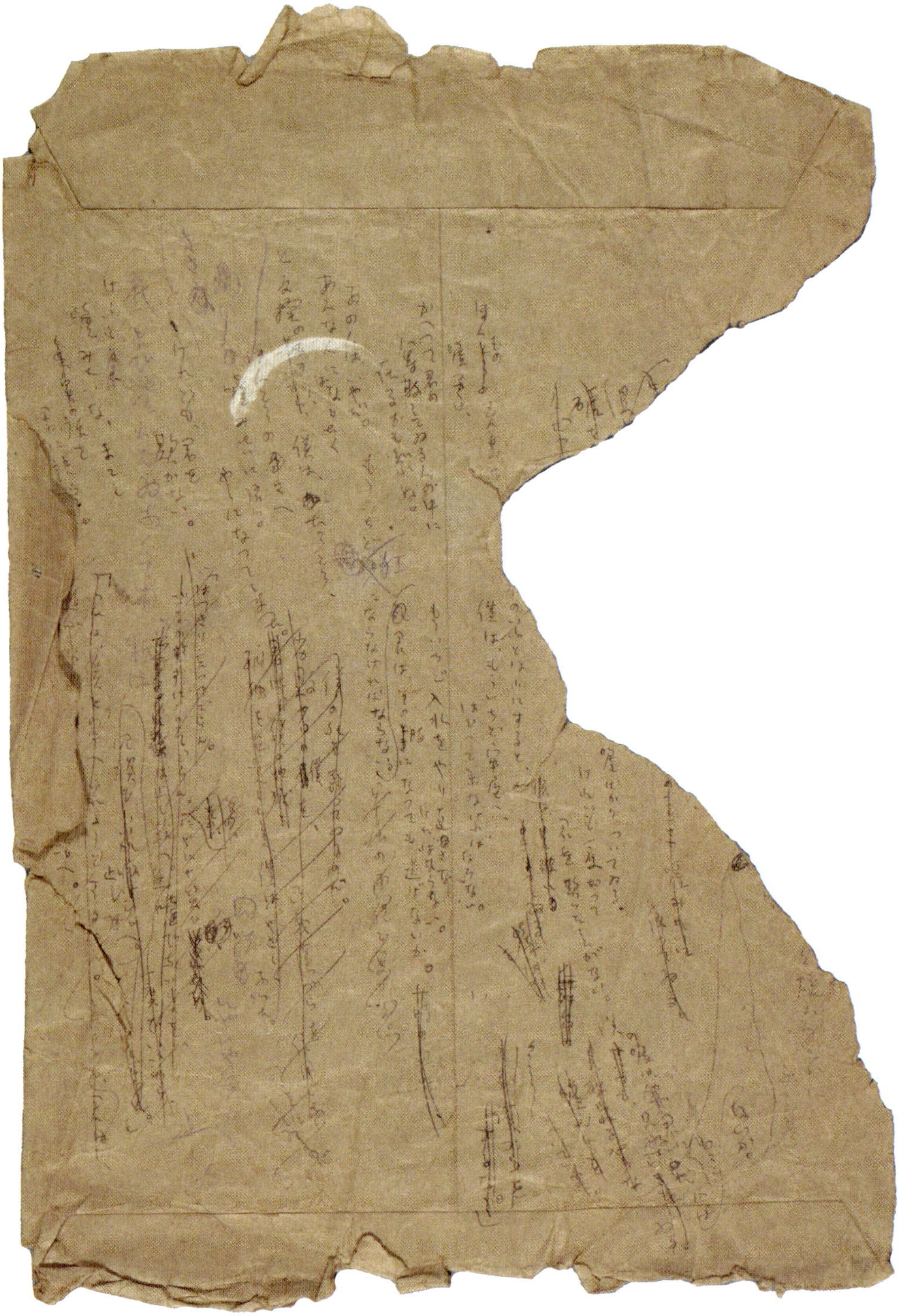

「善蔵を思ふ」

「文芸」1940（昭和15）年4月号に発表。故郷の青森を恐れもう十年も帰郷していないという太宰自身を思わせる主人公が、地元の新聞社主催の郷土出身者の宴会に招かれ会場で暴言を吐いてしまうという失敗談や、自宅に来た百姓の女性から薔薇の苗を買うエピソードで構成されるが、これらはいずれも太宰自身の体験に基づくとされる。本作には、原稿用紙に書かれた以外にも大判の使用済み封筒に書きとめられた構想メモが残され、断片的なフレーズから膨らませて小説を構成していく太宰の執筆スタイルがうかがえる。

「文芸」1940(昭和15)年4月号

善蔵を思ふ

太宰治

――はつきり言つてごらん。ごまかさずに言つてごらん。冗談も、にやにや笑ひも、止し給へ。嘘でないものを、一度でいいから、言つてごらん。

――君の言ふとほりにすると、私は、もういちど牢屋へ、はひつて來なければならない。もういちど入水をやり直さなければならない。もういちど狂人にならなければならない。君は、その時になつても、逃げないか。私は、嘘ばかりついてゐる。けれども、一度だつて君を欺いたことが無い。私の嘘は、いつでも君に易々と見破られたではないか。ほんものの兇悪の嘘つきは、かへつて君の尊敬してゐる人の中に在るのかも知れぬ。あの人は、いやだ。あんな人にはなりたくないと反撥のあまり、私はたうと

62

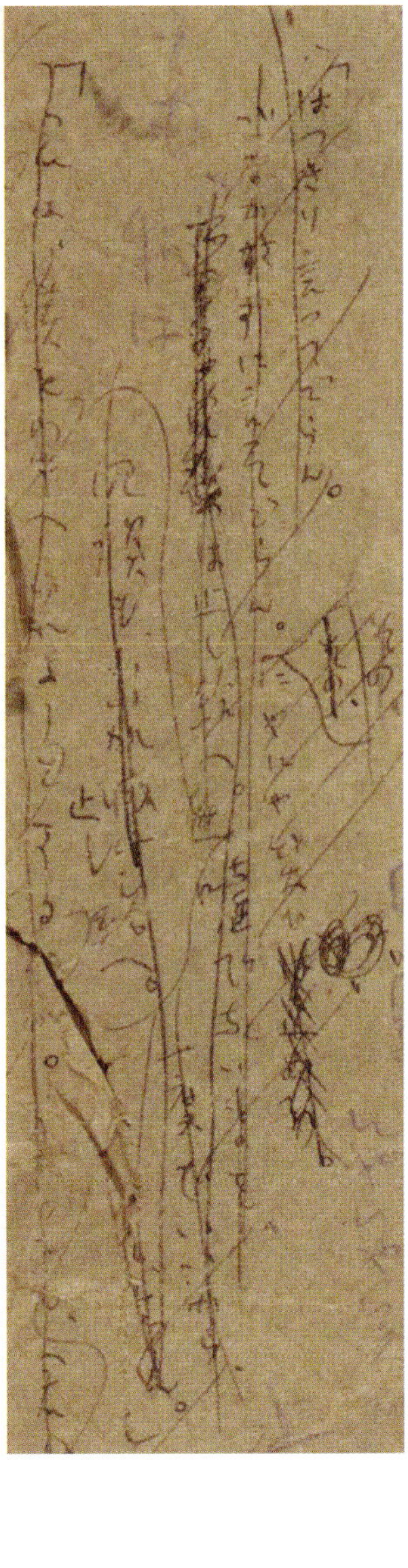

もの
もの
□
「はつきり言つてごらん。
ごまかさずに言つてごらん。にやにや笑ひは止めて
□□□□□□□□□は止し給へ。嘘でないものを、
一度でいいから、
冗談もいい加減□し給へ。　□□□□らん。
止し
「君は僕をい□へ□れる□とする□□。

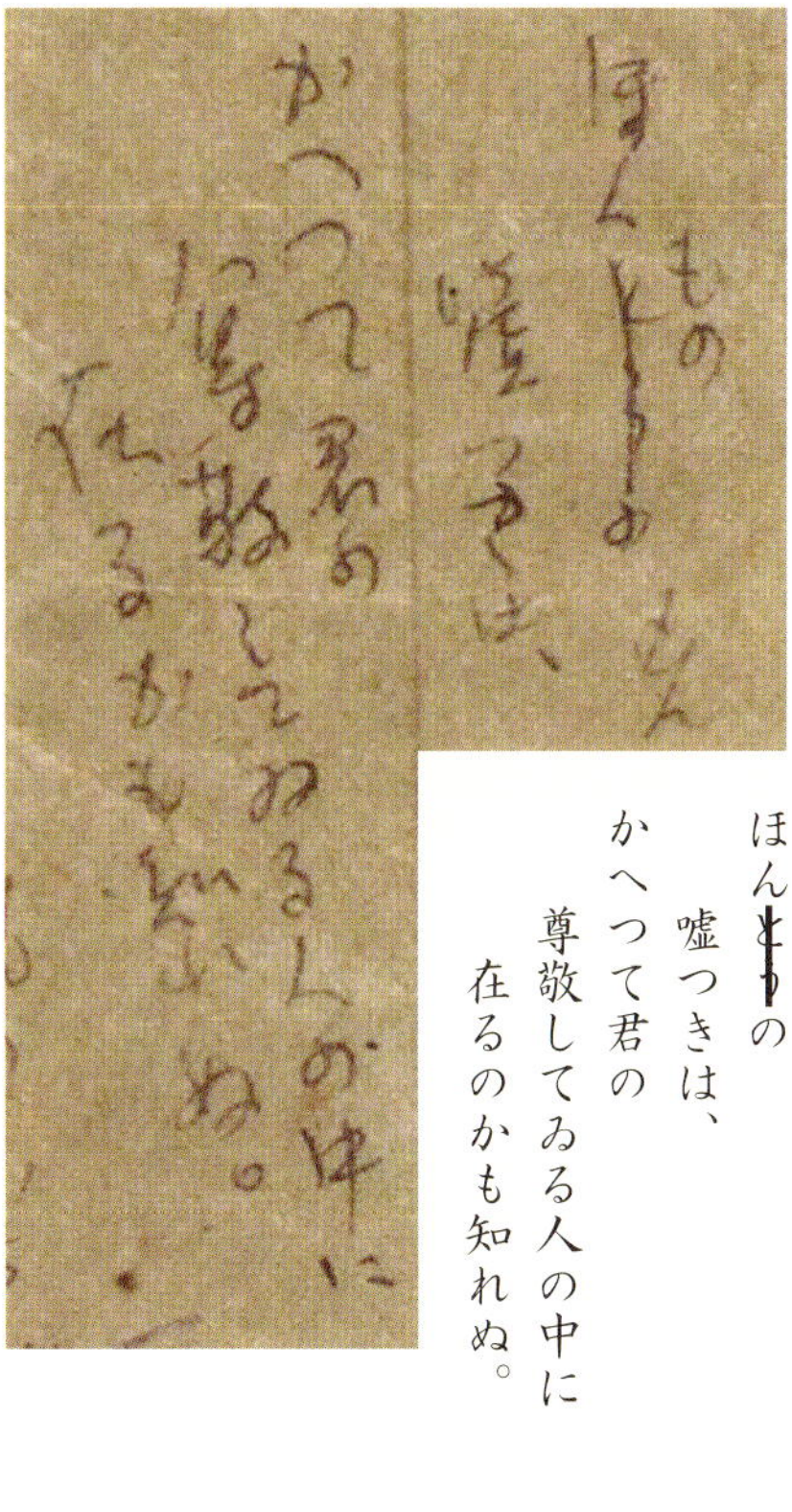

もの
ほんとうの
嘘つきは、
かへつて君の
尊敬してゐる人の中に
在るのかも知れぬ。

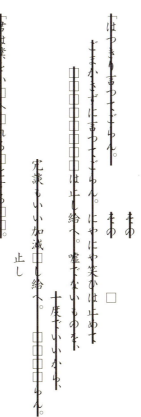

①

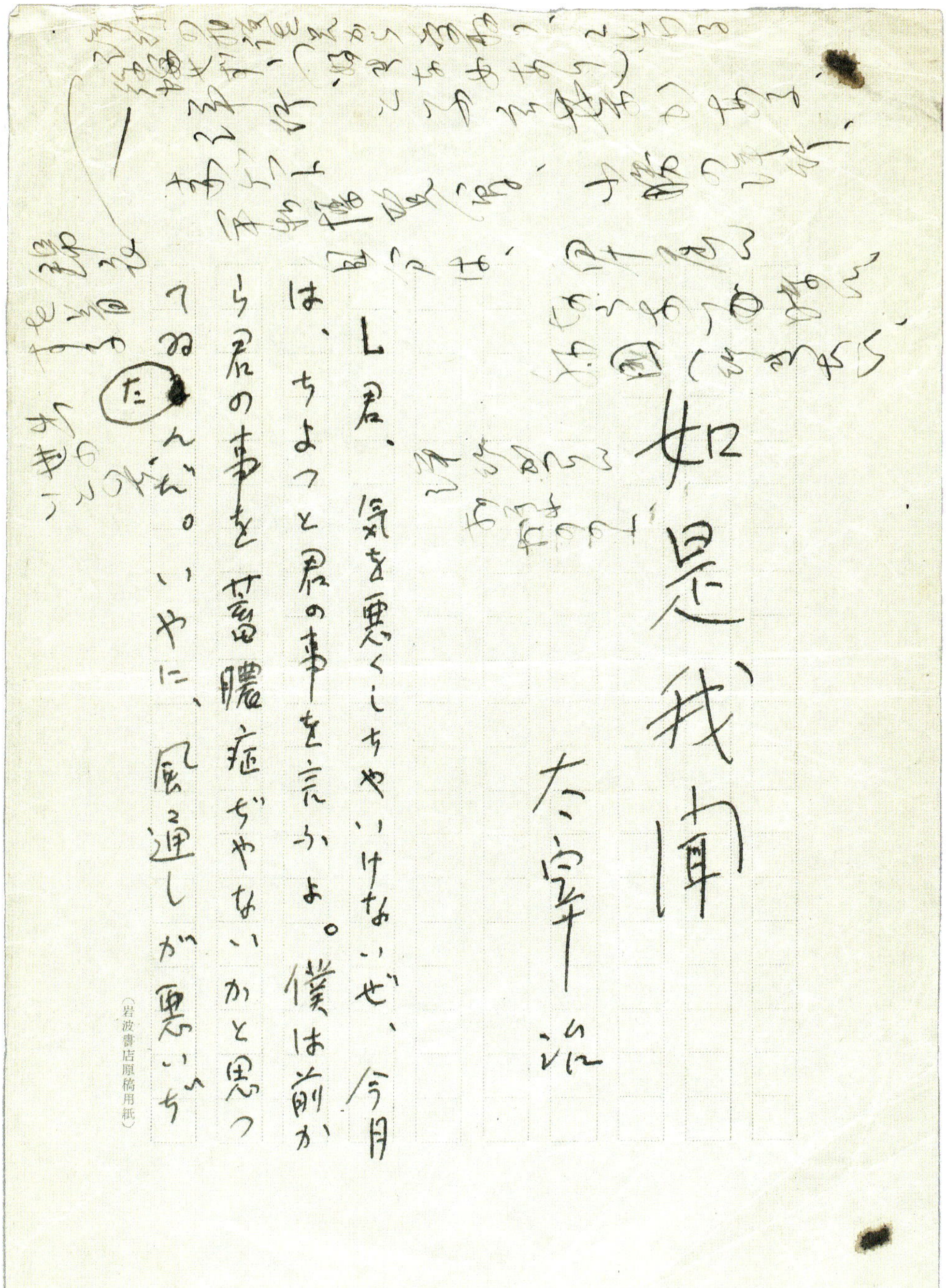
如是我聞
太宰治
L君、気を悪くしちゃいけないぜ、今月は、ちょっと君の事を言ふよ。僕は前から君の事を蓄膿症ぢゃないかと思ってゐたんだ。いやに、風通しが悪いぢ
（岩波書店原稿用紙）

「如是我聞《にょぜがもん》」

死の直前まで「新潮」に連載された評論で、志賀直哉をはじめとする大家たちに対する非難で占められている。「新潮」編集者・野平健一の口述筆記により原稿が作られたというが、野平は「原稿らしいものを読み上げた時もあった」（「志賀直哉と『如是我聞』」、「新潮」1998年7月）と回想しており、太宰は部分的にあらかじめ草稿を準備していた。

②

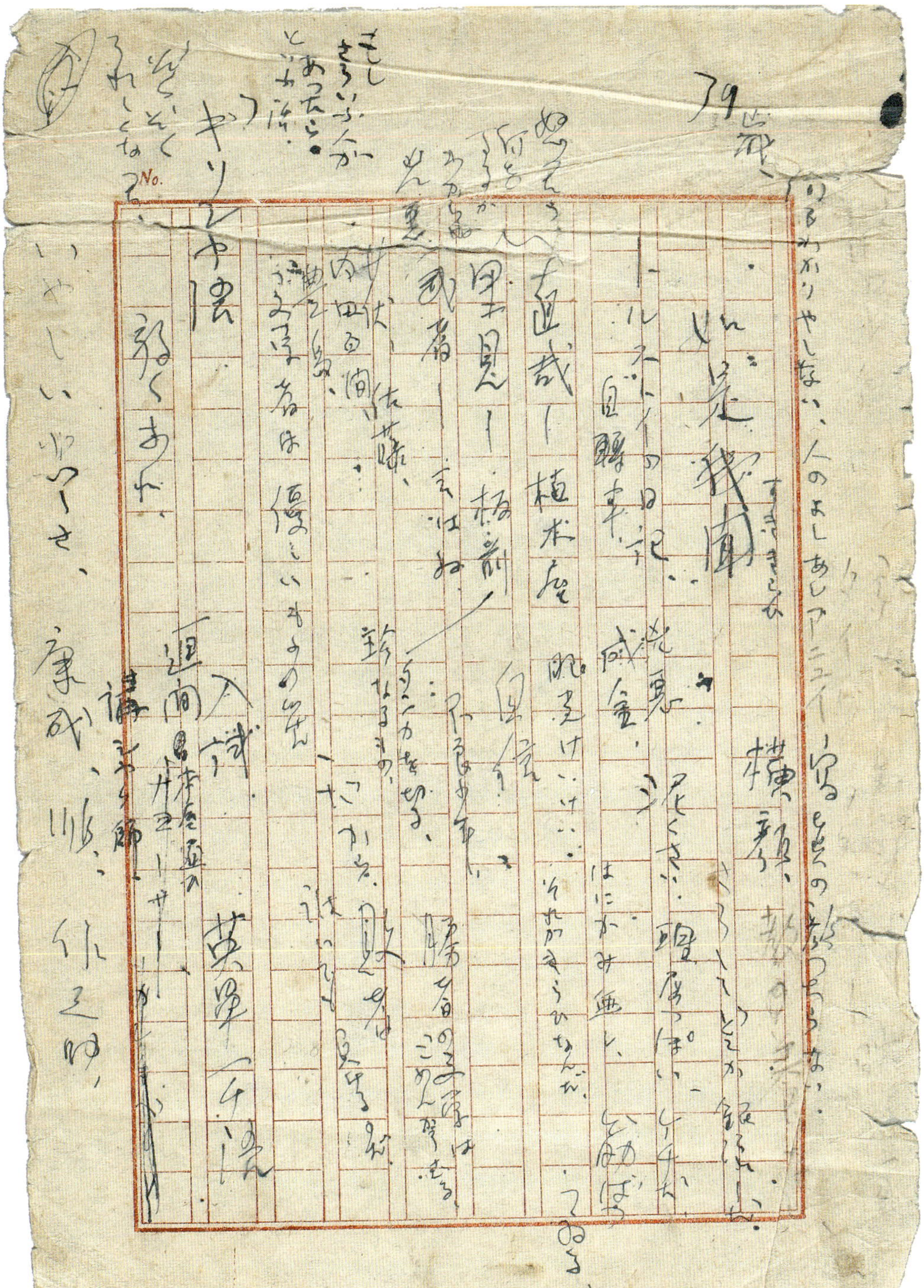

草稿は、

①「如是我聞 太宰治」と題された第二章にあたる部分

② 完成稿には直接関係しないが志賀直哉など多く名をあげコメントを添えているもの

③ 無地の紙に書かれた四章末尾にあたる部分（次頁）

の三系統に大別される。草稿以外にも本作の構想の一部が書きつけられたメモ帳（次頁）が残されており、決して一時の感情にとらわれた批判ではなかったことがわかる。

③

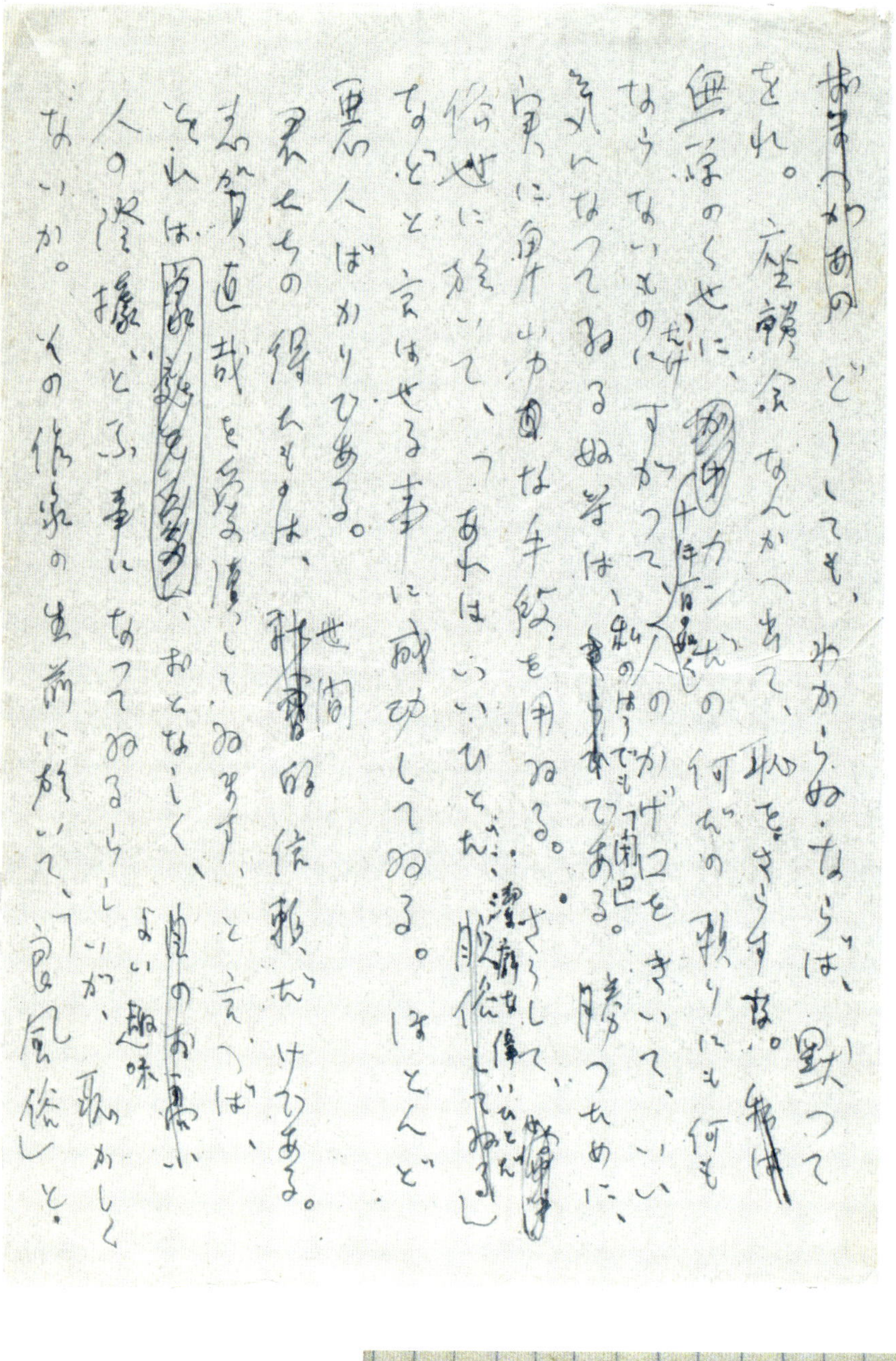

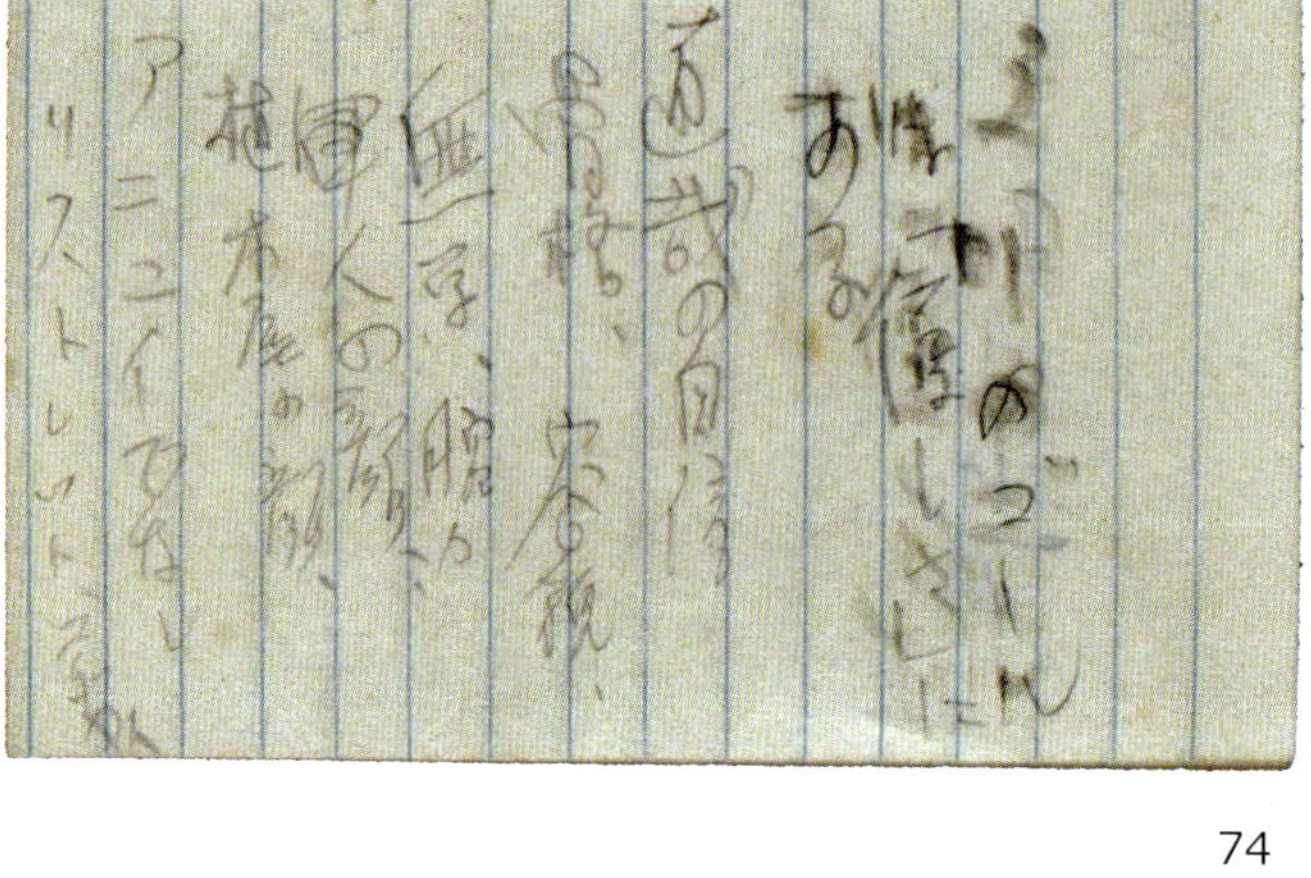

文明のゴール
は「優しさ」に
ある
直哉の自信
骨格、容貌、
無学、腕力
軍人の顔、
植木屋の顔、
アニュイでなし
リストレツト、ユダヤ人

晩年の手帳に記されたメモ

『井伏鱒二選集』

太宰と井伏鱒二　1940(昭和15)年春、旅行先の四万温泉で。
(伊馬春部撮影)

第一巻（筑摩書房、1948(昭和23)年3月）

1947（昭和 22）年、太宰は師である井伏鱒二の選集編纂に取りかかる。筑摩書房の編集者・石井立が間にたち、太宰と井伏との間で収録作品の折衝が続けられた。

「選集」草案は現在三種知られている。書かれた順で「草案 1 ～ 3」と呼ばれ、草案 1・2 が日本近代文学館蔵。草稿 3 は太宰と井伏の間に立ち、編集に奔走した筑摩書房の編集者・石井立が保管し、現在は個人蔵。太宰は「後記」を寄せるが、刊行中の 1948 年 6 月に急逝、五巻以降の後記は上林暁が執筆し、1949 年 9 月に全九巻が完結した。

第二巻の収録作の選定を巡って、草案にはさまざまな変更の跡があり、結果的に出版された本の内容とも違っていることから、井伏と太宰の間に確執があったことをうかがわせる。

草案3

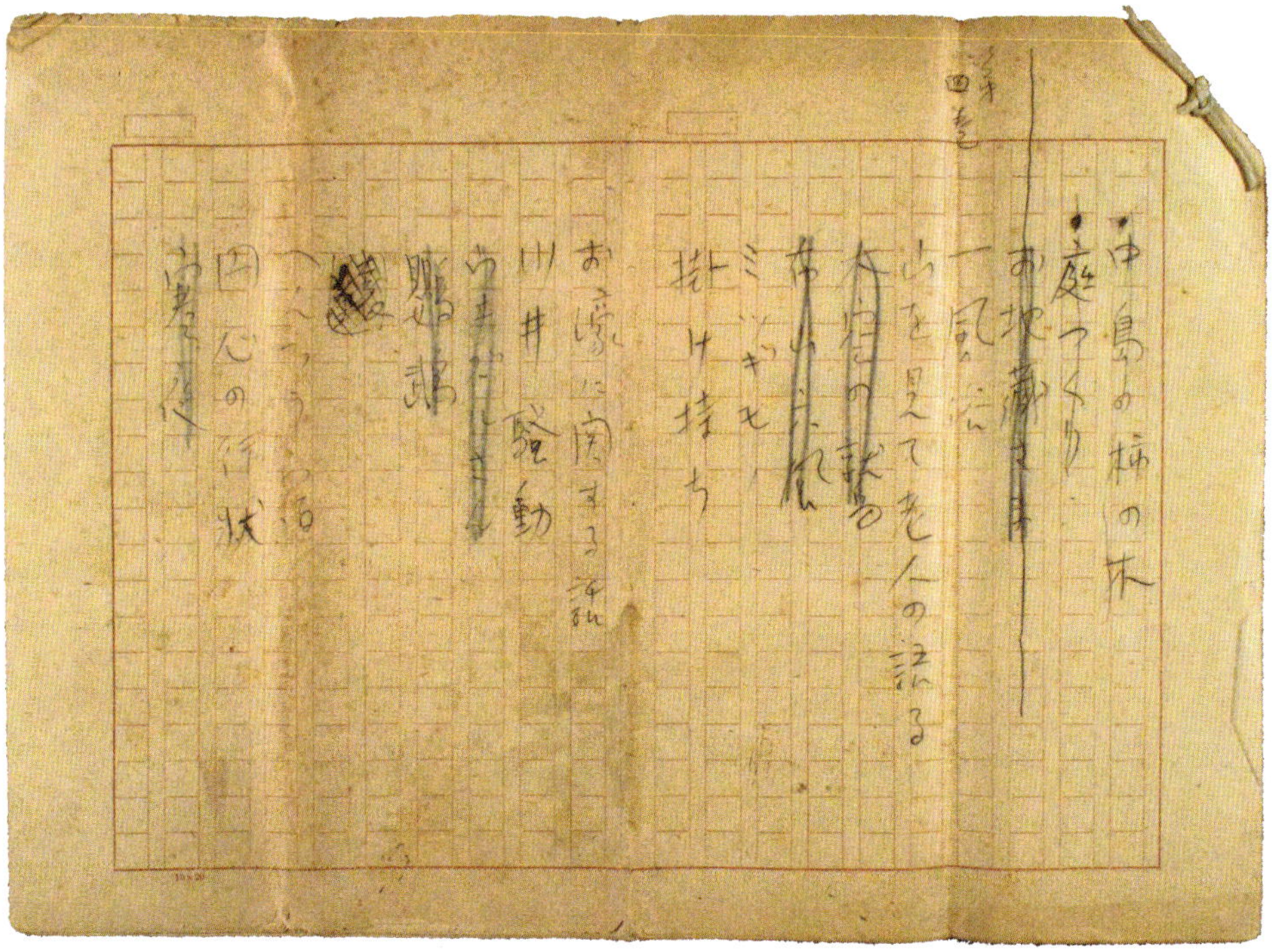
中島の柿の木
庭つくり
一風呂
山を見て老人の語る
掛け持ち
お濠に関する話
川井騒動
四人の行状

（石井立資料）

『井伏鱒二選集』第二巻構想の変遷

草案１で太宰はまず少数の作品と、第二巻の趣旨を記している。草案２では収録作の候補を作品を23編まで膨らませ、線を引いて削除をしながら９編に絞り込んでいることがわかる。さらに「岩田君のクロ」以下４編を加えて準備を進めたが、刊行の直前に「たま虫を見る」を削除してほしいと井伏本人から編集者・石井立宛てに依頼があったという。

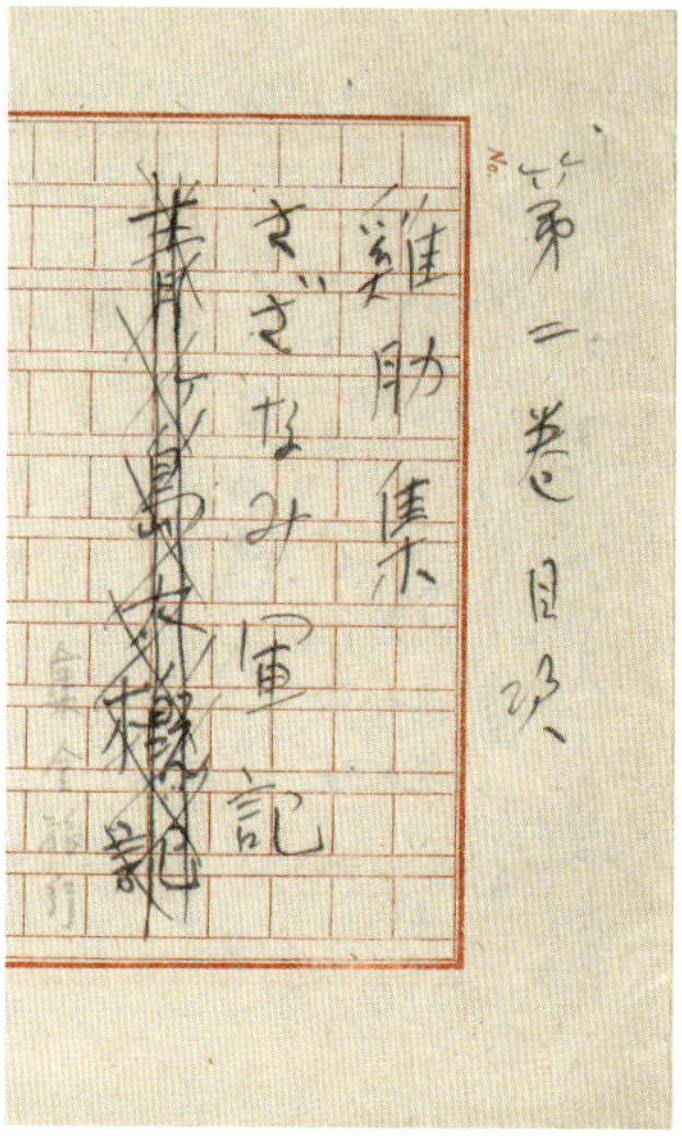

第二巻目次、
雑肋集
さざなみ軍記
~~青ヶ島大概記~~

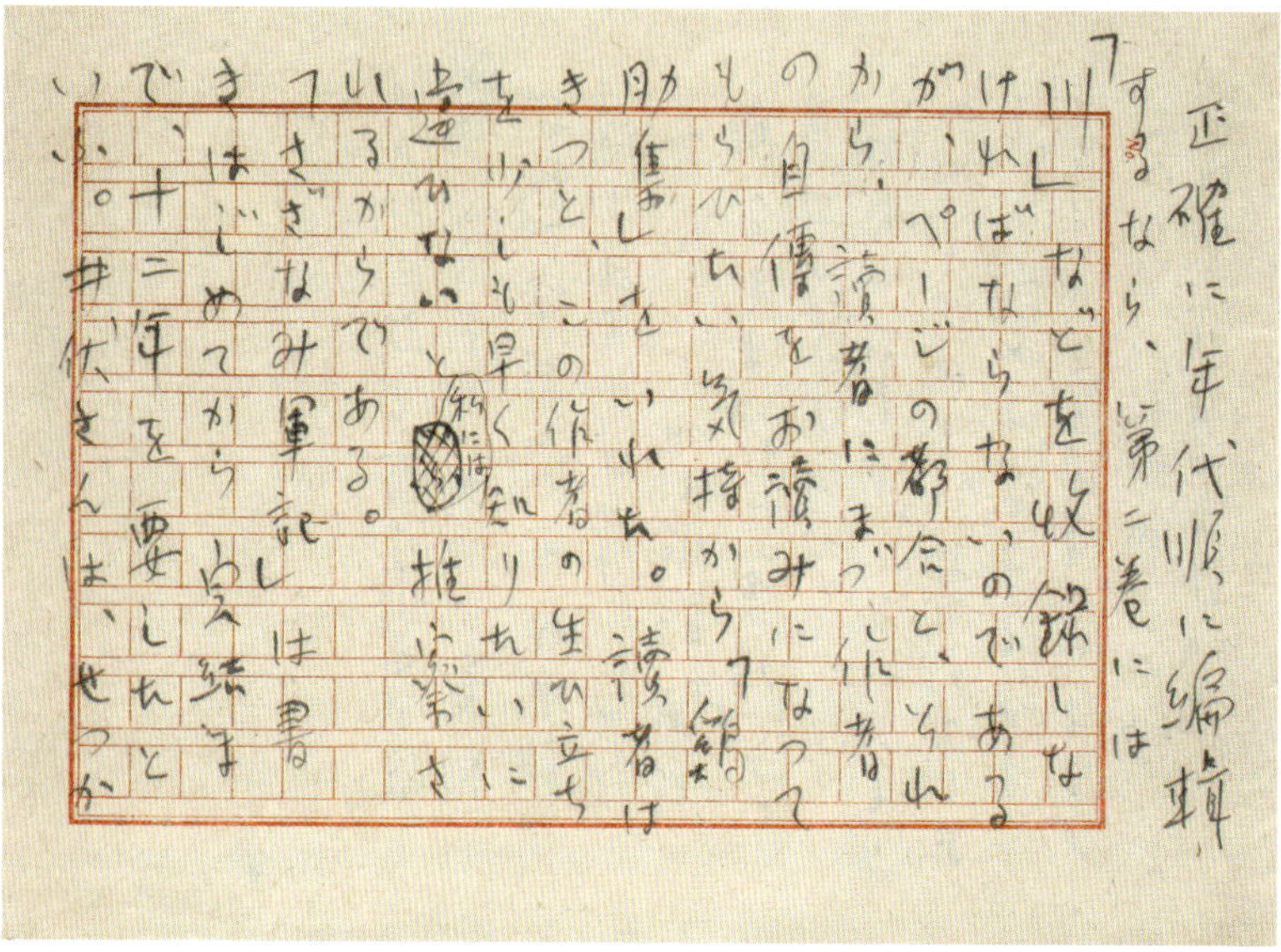

正確に年代順に編輯するなら、第二巻には「川」などを収録しなければならないのであるが、ページの都合と、それから、読者にまづ作者の自伝をお読みになつてもらひたい気持から「雑肋集」をいれた。読者はきつと、この作者の生ひ立ちを、必ずしも早く知りたいに違ひないと（私には）推察さるからである。「さざなみ軍記」は書きはじめてから完結までに、十二年を要したといふ。井伏さんは、せつか

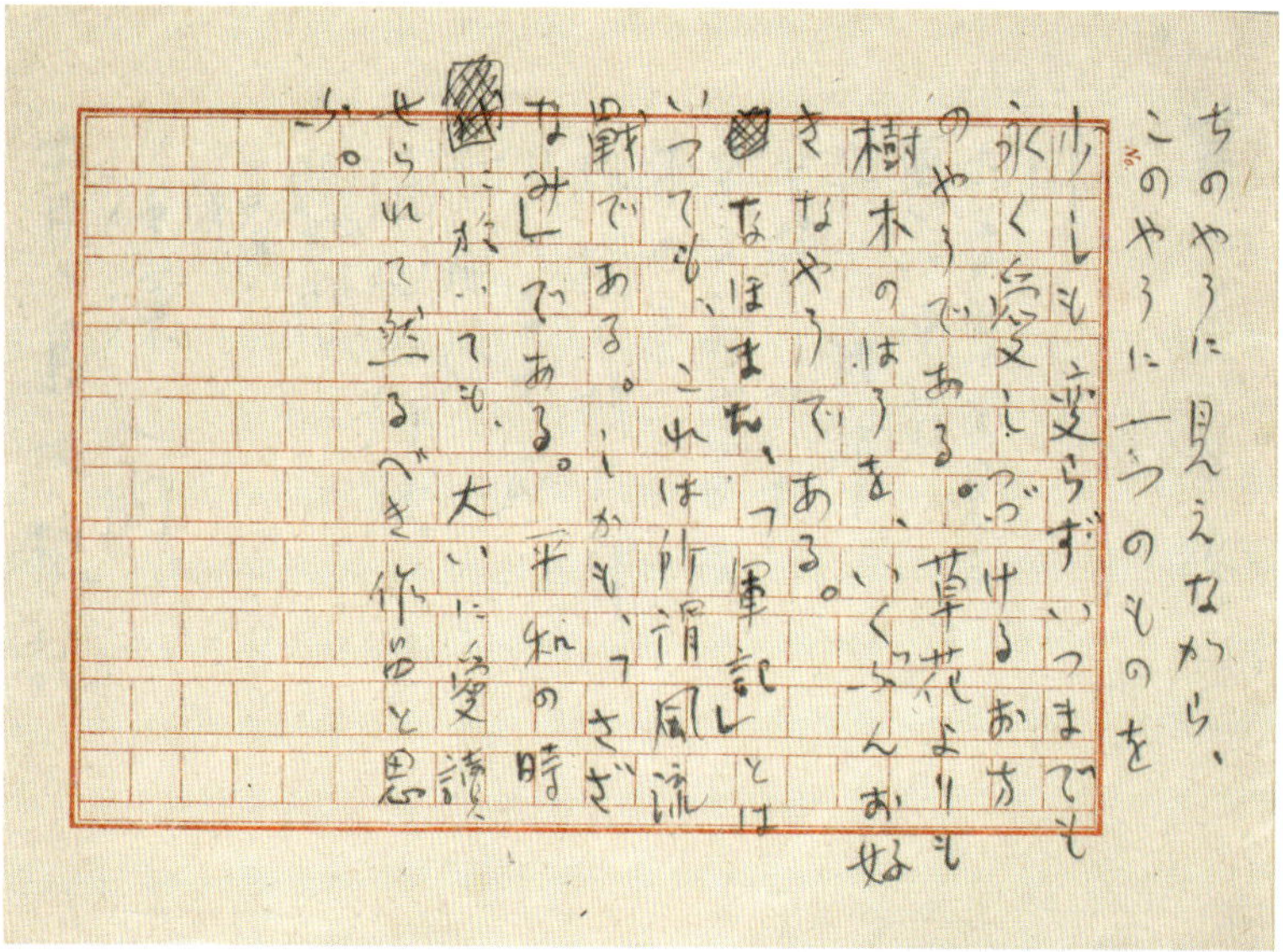

ちのやうに見えながら、このやうに一つのものを少しも変らずいつまでも永く愛しつづけるお方のやうである。草花よりも樹木のはうを、いくぶんお好きなやうである。なほまた、「軍記」とはいつても、これは所謂風流戦である。しかも、「さざなみ」である。平和の時に於いても、大いに愛読せられて然るべき作品と思ふ。

草案1

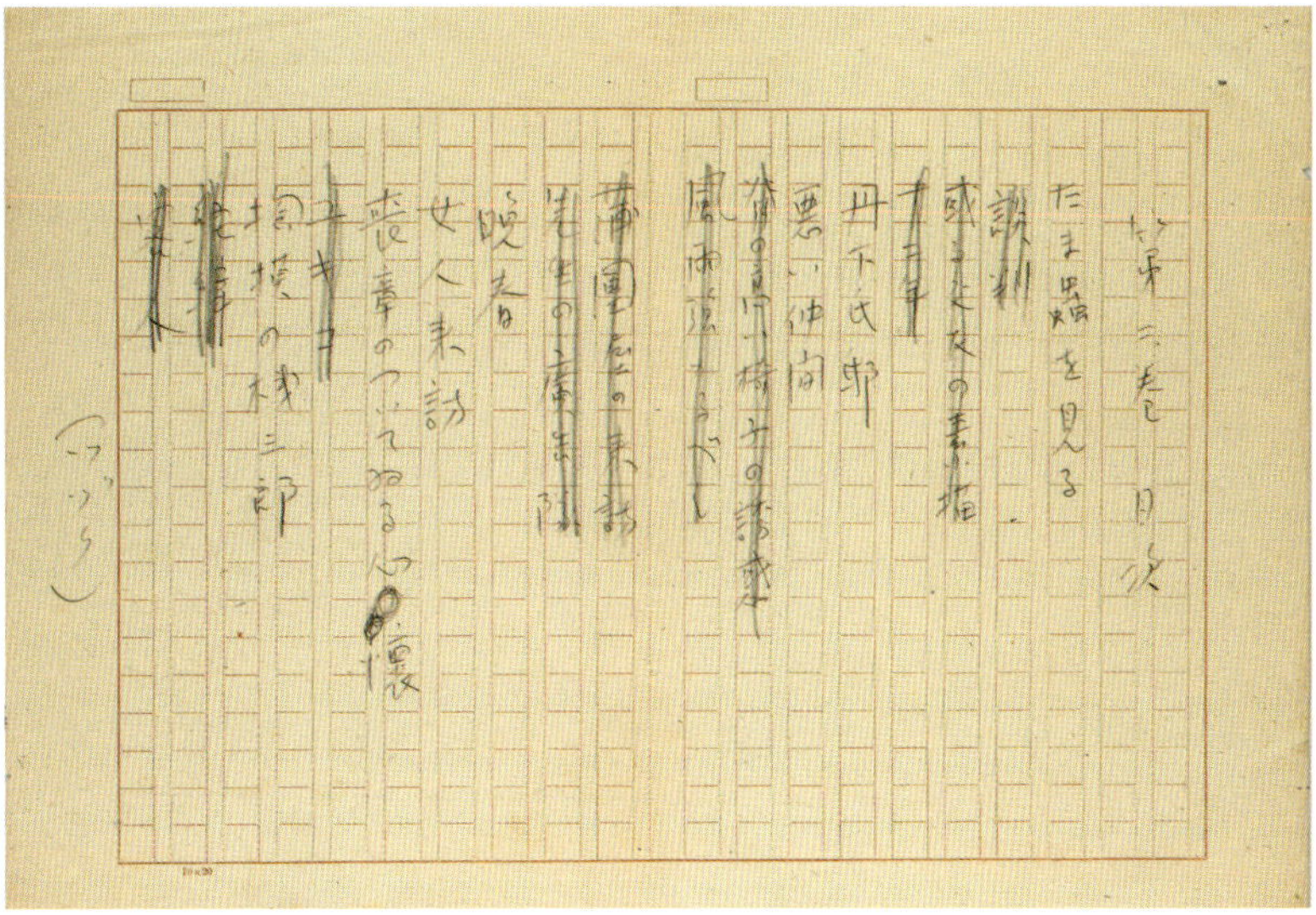

第二巻　目次
たま蟲を見る
丹下氏邸
悪い仲間
晩春
女人来訪
喪章のついてゐる心懐
掏摸の桟三郎

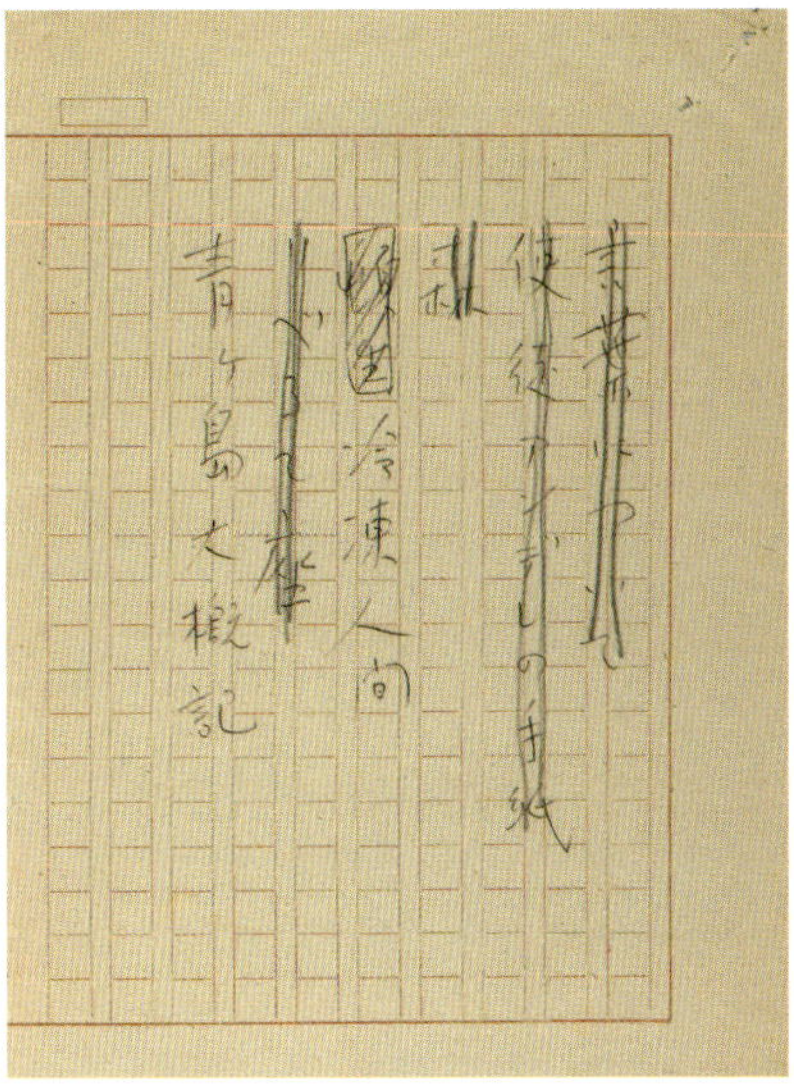

使徒アンデレの手紙
冷凍人間
青ヶ島大概記

草案2

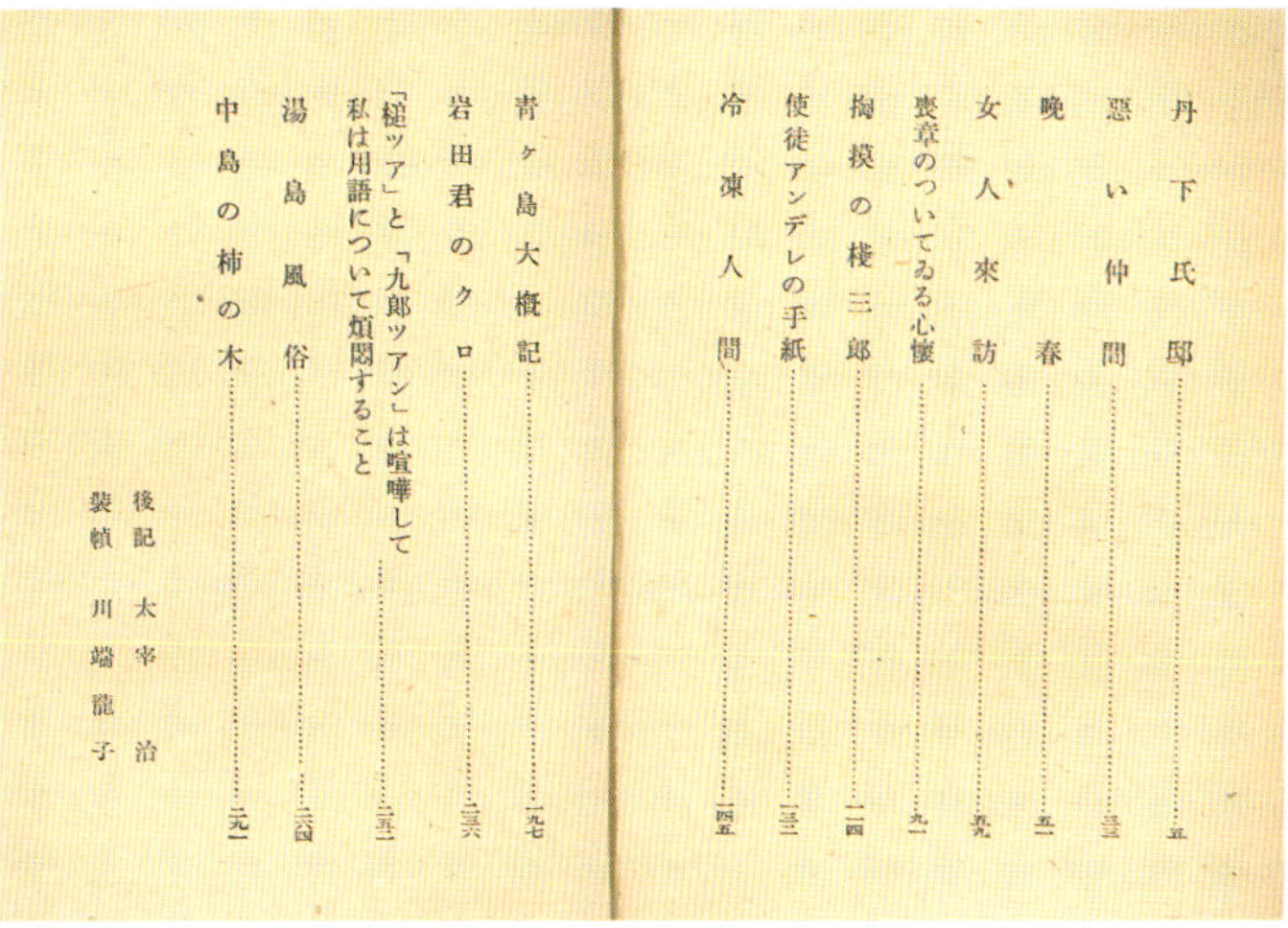

丹下氏邸……五
惡い仲間……三三
晩春……五一
女人來訪……五九
喪章のついてゐる心懐……九一
掏摸の桟三郎……一一四
使徒アンデレの手紙……一三三
冷凍人間……一四五
青ヶ島大概記……一九七
岩田君のクロ……二三六
「槌ツア」と「九郎ツアン」は喧嘩して私は用語について煩悶すること……二五一
湯島風俗……二六四
中島の柿の木……二九一
後記　太宰治
裝幀　川端龍子

『井伏鱒二選集』第二巻
（筑摩書房、1948（昭和23）年3月）

ところで、私の最初の考へでは、この選集の巻数がいくら多くなつてもかまはぬ、なるべく、井伏さんの作品の全部を収録してみたい、そんな考へでゐたのであるが、井伏さんはそれに頑固に反対なさつて、巻数が、どんなに少なくなつてもかまはぬ、駄作はこの選集から絶対に排除しなければならぬといふ御意見で、私と井伏さんとは、その後も数度、筑摩書房の石井君を通じて折衝を重ね、たうとう第二巻はこの十三篇といふところで折合がついたのである。

（太宰治「第二巻後記」『井伏鱒二選集』第二巻）

友情——書画より

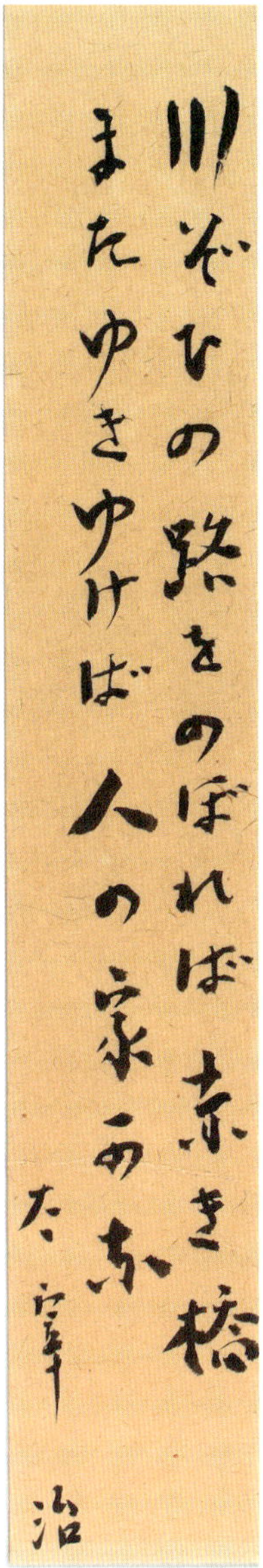

「他画他讃自讃する人もありき」（油彩画・462×326mm）

1942（昭和17）年1月、太宰に師事した堤重久、太宰の短編「水仙」のモデルとなった秋田富子とともに描いたもの。太宰が堤を、堤が太宰を描き、富子は自画像を描いた。署名はすべて太宰による。このころ太宰は堤から弟の堤康久の日記を借り「正義と微笑」を執筆していた。

秋田富子は画家との離婚後高円寺に住み、太宰のほか萩原朔太郎、亀井勝一郎と親交を深めた。戦後は三鷹に住み、娘の聖子は太宰の短編「メリイクリスマス」のモデルにもなった。

「川ぞひの路をのぼれば赤き橋またゆきゆけば人の家かな」

太宰が小館善四郎へのはがきや「悖徳の歌留多」草稿に記した自作短歌。太宰はこの歌を気に入りしばしば揮毫した。「阿佐ヶ谷会」のメンバー安成二郎、上林暁、青柳瑞穂、木山捷平らと1942年2月に奥多摩の御嶽を散策した際にも寄せ書きにこの歌を記したことが知られている（青柳いづみこ『青柳瑞穂の生涯』新潮社、2000年）。

第4部

典拠・小説に用いた資料

使えるものは何でも小説に取り込んでいこうとするしたたかな作家魂、とでもいったらよいのだろうか。小説家は一般に考えられているよりはるかに多くの時間をかけて作品の素材を捜している。太宰治も例外ではない。「富嶽百景」の有名な冒頭は、富士山のエキスパートであった義父の著作を転用したものだし、時には妻の蔵書の「茶の湯客の心得」を自作に引用することもあった。

長編「惜別」の執筆にあたって、太宰はかなり入念な調査を行っている。主人公、魯迅の留学時代のことを調べるために仙台に出張し、さまざまな取材を行ったが、その際の貴重なメモが残されている。一編の小説はさまざまな書物の引用からなる織物としてあり、その具体を調査することによって、さまざまな文化的コンテクストが浮かび上がってくるのである。

（安藤　宏）

「富嶽百景」

一　頂角

試に畫家の筆に成る富士山を吟味するに、其頂角が實際を表はすものは殆んどない、凡て鋭に過ぐるのである。

例へば廣重の富士は八十五度位、文晁のは八十四度位で、秋里籬島の名所圖會中の圖は各地の畫家のスケッチに依るものであるが何れも八十四、五度で、大概の畫は此の位に角度に描かるゝのである。

けれども陸軍の實測圖によりて東西及南北に斷面圖を作つて見ると、東西縱斷は頂角が百廿四度となり、南北は百十七度である。故に南又は北から見るときは東又は西から見るときよりは幾分鈍であるべきで、之を平均するときは百廿度卅分で、八面から撮つた寫眞の頂角を測ると丁度此の角度を示す。

「富士山の形態」
『富士山の自然界』
（山梨県、1925（大正14）年）

富嶽百景

太宰治

富士の頂角、廣重《ひろしげ》の富士は八十五度、文兆の富士も八十四度くらゐ、けれども、陸軍の實測圖によつて東西及南北に斷面圖を作つてみると、東西縱斷は頂角、百二十四度となり、南北は百十七度である。廣重、文兆に限らず、たいていの繪の富士は、鋭角である。いただきが、細く、高く、華奢《きやしや》である。北齋にいたつては、その頂角、ほとんど三十度くらゐ、エッフエル鐵塔のやうな富士をさへ描いてゐる。けれども、實際の富士は、鈍角も鈍角、のろくさと擴がり、東西、百二十四度、南北は百十七度、決して、秀抜の、すらと高い山ではない。たとへば私が、印度かどこかの國から、突然、鷲にさらはれ、すとんと日本の沼津あたりの海岸に落されて、ふと、この山を見つけても、そんなに驚嘆しないだらう。ニッポンのフジヤマを、あらかじめ憧れてゐるからこそ、ワンダブ

「富嶽百景」冒頭部（「文体」1939（昭和14）年2月）

短篇「富嶽百景」の印象的な書き出しは、実は妻、美知子の実父、石原初太郎（1870～1931）の著書である『富士山の自然界』の記述をもとにしたもの。初太郎は地質学者として山梨県の嘱託をつとめ、文字通り富士山のエキスパートだった。

「天狗」

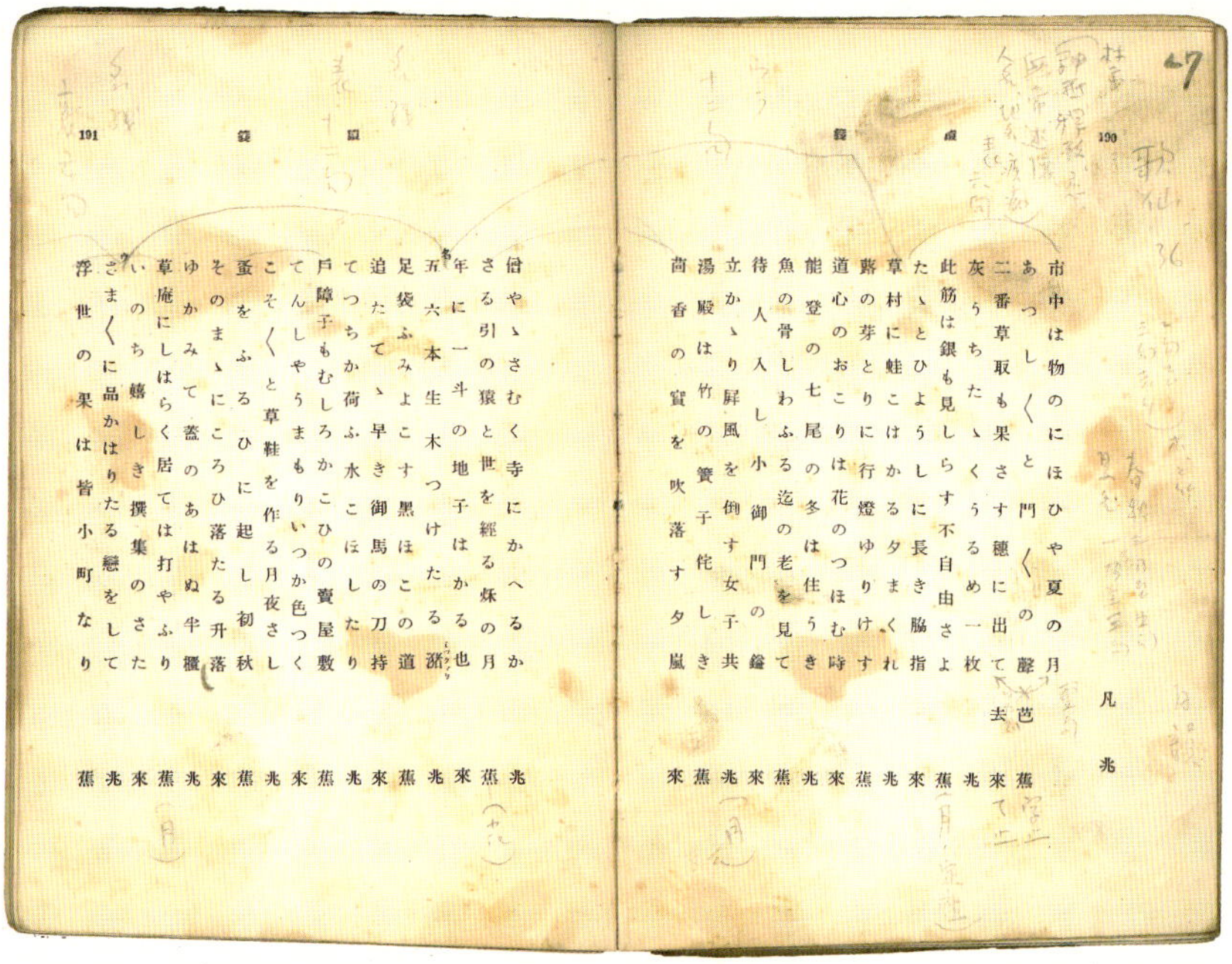

猿蓑　190

市中は物のにほひや夏の月　凡兆

あつし〳〵と門〳〵の聲　芭蕉

二番草取も果さす穂に出て　去來

灰うちたゝくうるめ一枚　兆

此筋は銀も見しらす不自由さよ　蕉

たゝとひようしに長き脇指　來

草村に蛙こはかる夕まくれ　兆

蕗の芽とりに行燈ゆりけす　蕉

道心のおこりは花のつほむ時　來

能登の七尾の冬は住うき　兆

魚の骨しわふる迄の老を見て　蕉

待人入し小御門の鎰　來

立かゝり屏風を倒す女子共　兆

湯殿は竹の簀子侘しき　蕉

茴香の實を吹落す夕嵐　來

191　猿蓑

僧やゝさむく寺にかへるか　兆

さる引の猿と世を經る秌の月　蕉

年に一斗の地子はかる也　來

五六本生木つけたる瀦《ミヅタマリ》　兆

足袋ふみよこす黒ほこの道　蕉

追たてゝ早き御馬の刀持　來

てつちか荷ふ水こほしたり　兆

戸障子もむしろかこひの賣屋敷　蕉

てんしやうまもりいつか色つく　來

こそ〳〵と草鞋を作る月夜さし　兆

蚤をふるひに起し初秋　蕉

そのまゝにころひ落たる升落　來

ゆかみて蓋のあはぬ半櫃　兆

草庵にしはらく居ては打やふり　蕉

いのち嬉しき撰集のさた　來

さま〳〵に品かはりたる戀をして　兆

浮世の果は皆小町なり　蕉

伊藤松宇校訂『芭蕉七部集』
（岩波文庫、1927（昭和2）年）

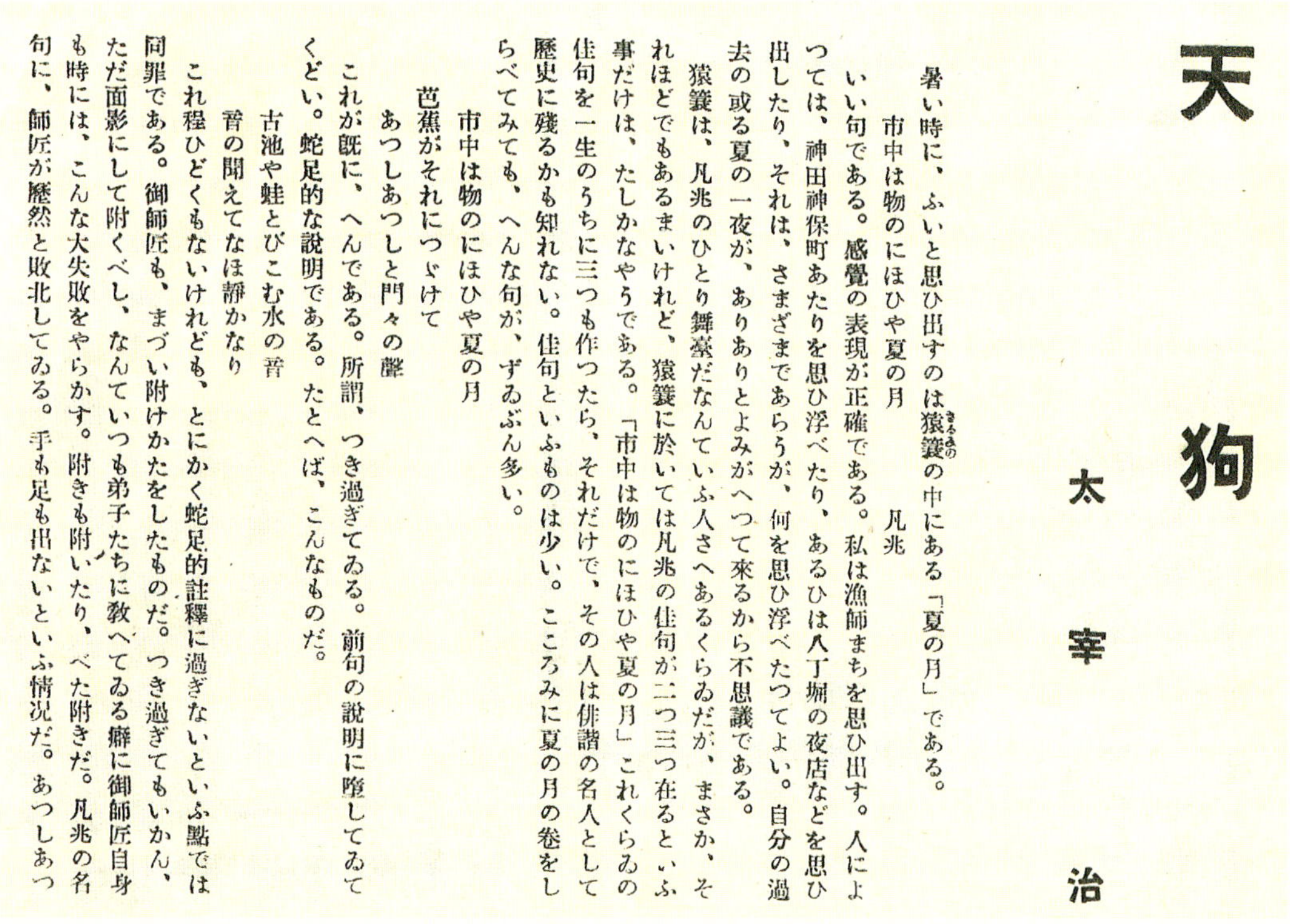

天狗

太宰治

暑い時に、ふいと思ひ出すのは猿簑《さるみの》の中にある「夏の月」である。

市中は物のにほひや夏の月　凡兆

いい句である。感覺の表現が正確である。私は漁師まちを思ひ出す。人によつては、神田神保町あたりを思ひ浮べたり、あるひは八丁堀の夜店などを思ひ出したり、それは、さまざまであらうが、何を思ひ浮べたつてよい。自分の過去の或る夏の一夜が、ありありとよみがへつて來るから不思議である。

猿簑は、凡兆のひとり舞臺だなんていふ人さへあるくらゐだが、まさか、それほどでもあるまいけれど、猿簑に於いては凡兆の佳句が二つ三つ在るといふ事だけは、たしかなやうである。「市中は物のにほひや夏の月」これくらゐの佳句を一生のうちに三つも作つたら、それだけで、その人は俳諧の名人として歴史に殘るかも知れない。佳句といふものは少い。こころみに夏の月の巻をしらべてみても、へんな句が、ずゐぶん多い。

市中は物のにほひや夏の月

芭蕉がそれにつゞけて

あつしあつしと門々の聲

これが既に、へんである。所謂、つき過ぎてゐる。前句の説明に墮してゐてくどい。蛇足的な説明である。たとへば、こんなものだ。

古池や蛙とびこむ水の音

音の聞えてなほ静かなり

これ程ひどくもないけれども、とにかく蛇足的註釋に過ぎないといふ點では同罪である。御師匠も、まづい附けかたをしたものだ。つき過ぎてもいかん、ただ面影にして附くべし、なんていつも弟子たちに教へてゐる癖に御師匠自身も時には、こんな大失敗をやらかす。附きも附いたり、べた附きだ。凡兆の名句に、師匠が歴然と敗北してゐる。手も足も出ないといふ情況だ。あつしあつ

「天狗」（「みつこし」1942（昭和17）年9月）

「天狗」は松尾芭蕉と門人たちの連歌「夏の月」をめぐる随想。執筆時に参照したと思われる太宰旧蔵の伊藤松宇校訂『芭蕉七部集』（岩波文庫）には細かな書き込みが残されている。

「不審庵」

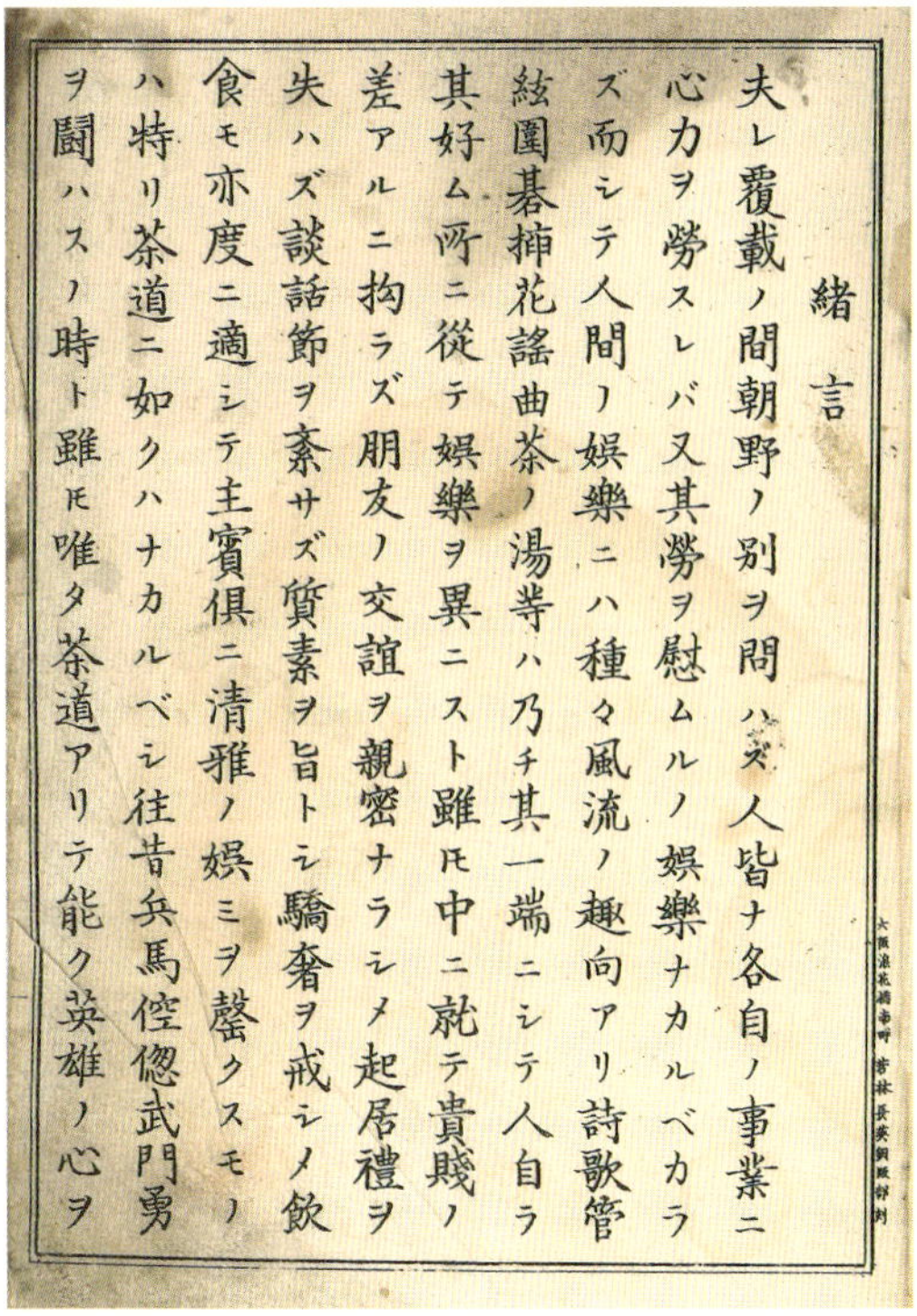
緒言

夫レ覆載ノ間朝野ノ別ヲ問ハズ人皆ナ各自ノ事業ニ心力ヲ勞スレバ又其勞ヲ慰ムルノ娯樂ナカルベカラズ而シテ人間ノ娯樂ニハ種々風流ノ趣向アリ詩歌管絃圍碁挿花謠曲茶ノ湯等ハ乃チ其一端ニシテ人自ラ其好ム所ニ從テ娯樂ヲ異ニスト雖𪜈中ニ就テ貴賤ノ差アルニ拘ラズ朋友ノ交誼ヲ親密ナラシメ起居禮ヲ失ハズ談話節ヲ紊サズ質素ヲ旨トシ驕奢ヲ戒シメ飲食モ亦度ニ適シテ主賓倶ニ清雅ノ娯ミヲ罄クスモノハ特リ茶道ニ如クハナカルベシ往昔兵馬倥偬武門勇ヲ鬪ハスノ時ト雖𪜈唯タ茶道アリテ能ク英雄ノ心ヲ

堀内正路『千家正流茶の湯客の心得』（仁木文八郎、1884（明治17）年）

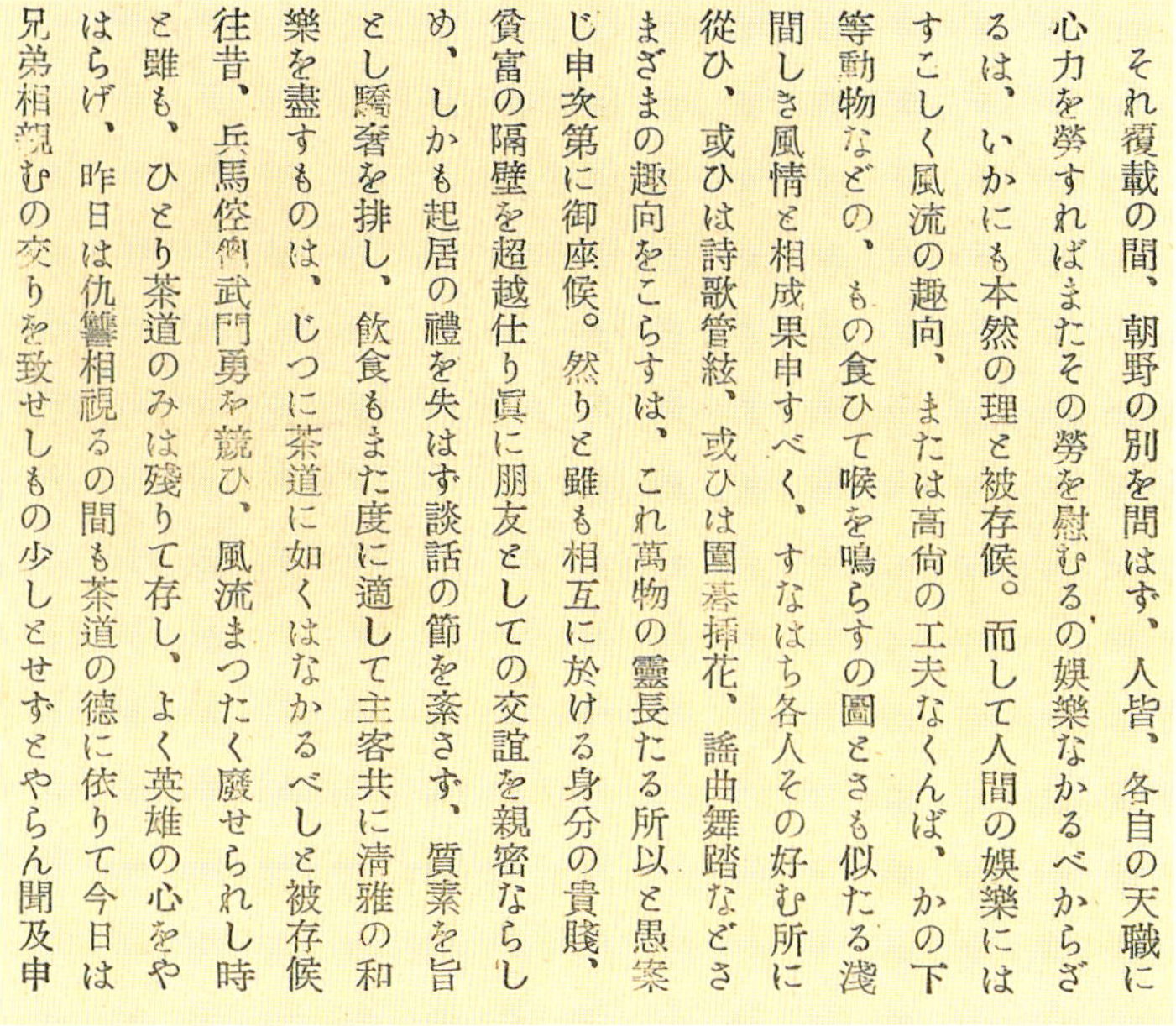
それ覆載の間、朝野の別を問はず、人皆、各自の天職に心力を勞すればまたその勞を慰むるの娯樂なかるべからざるは、いかにも本然の理と被存候。而して人間の娯樂にはすこしく風流の趣向、または高尚の工夫なくんば、かの下等動物などの、もの食ひて喉を鳴らすの圖とさも似たる淺間しき風情と相成果申すべく、すなはち各人その好む所に從ひ、或ひは詩歌管絃、或ひは圍碁挿花、謠曲舞踏などさまざまの趣向をこらすは、これ萬物の靈長たる所以と愚案じ申次第に御座候。然りと雖も相互に於ける身分の貴賤、貧富の隔壁を超越仕り眞に朋友としての交誼を親密ならしめ、しかも起居の禮を失はず談話の節を紊さず、質素を旨とし驕奢を排し、飲食もまた度に適して主客共に清雅の和樂を盡すものは、じつに茶道に如くはなかるべしと被存候往昔、兵馬倥偬武門勇を競ひ、風流まつたく廢せられし時と雖も、ひとり茶道のみは殘りて存し、よく英雄の心をやはらげ、昨日は仇讐相視るの間も茶道の德に依りて今日は兄弟相親むの交りを致せしもの少しとせずとやらん聞及申

「不審庵」（「文芸世紀」1943（昭和18）年10月）

「不審庵」はいわゆる「黄村《おうそん》先生もの」のひとつで、先生主催の茶会に参加した顛末を諧謔味豊かに描く。黄村先生からのうんちくに満ちた招待状は、堀内正路『千家正流茶の湯客の心得』の緒言をもとにした記述。招待をうけた「私」が茶会での作法を調べる場面でもこの書名が登場する。『茶の湯客の心得』は美知子夫人の蔵書で、この書から執筆が着想されたのであろう。

「右大臣実朝」

実朝の近習が、実朝の死後にその足跡を回想するという体裁で書かれており、「吾妻鏡」を多く引用するが、執筆のために太宰はそれ以外にも実朝に関する資料を多く収集していたことがわかる。

『右大臣実朝』
（錦城出版社、1943（昭和18）年）

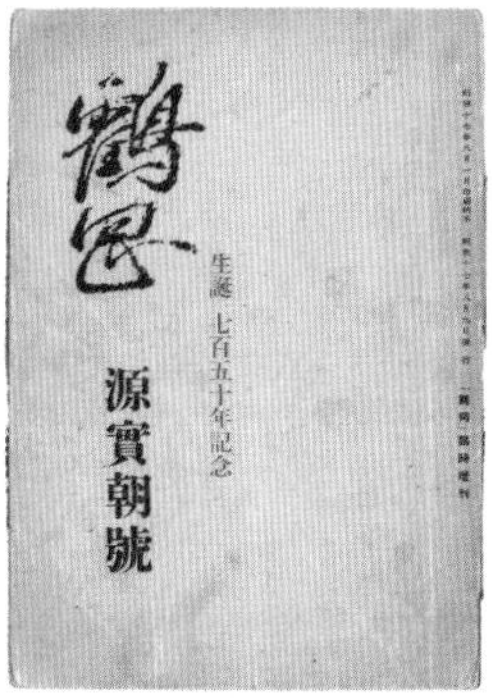

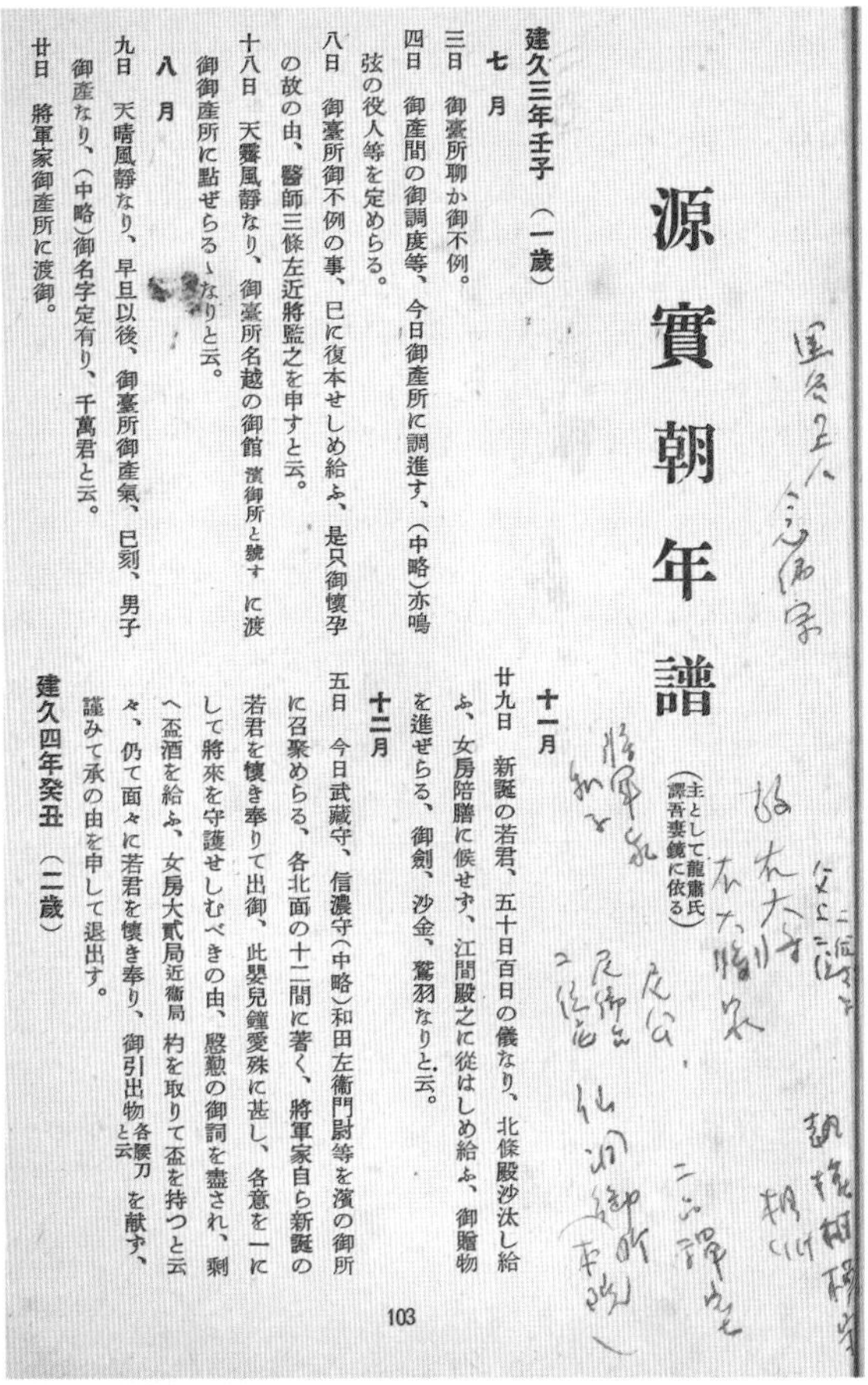

源實朝年譜

（主として龍肅氏譯吾妻鏡に依る）

建久三年壬子（一歳）

七月

三日　御臺所聊か御不例。

四日　御産間の御調度等、今日御産所に調進す、（中略）赤鳴弦の役人等を定めらる。

八日　御臺所御不例の事、已に復本せしめ給ふ、是只御懐孕の故の由、醫師三條左近將監之を申すと云。

十八日　天霽風靜なり、御臺所名越の御館 濱御所と號す に渡御御産所に點ぜらるゝなりと云。

八月

九日　天晴風靜なり、早旦以後、御臺所御産氣、巳刻、男子御産なり、（中略）御名字定有り、千萬君と云。

廿日　將軍家御産所に渡御。

十一月

廿九日　新誕の若君、五十日百日の儀なり、北條殿沙汰し給ふ、女房陪膳に候せず、江間殿之に從はしめ給ふ、御贍物を進ぜらる、御劍、沙金、鷲羽なりと云。

十二月

五日　今日武藏守、信濃守（中略）和田左衛門尉等を濱の御所に召聚めらる、各北面の十二間に著く、將軍家自ら新誕の若君を懷き奉りて出御、此嬰兒鍾愛殊に甚し、各意を一にして將來を守護せしむべきの由、慇懃の御詞を盡され、剩へ盃酒を給ふ、女房大貳局近衛局 杓を取りて盃を持つと云々、仍て面々に若君を懷き奉り、御引出物 各腰刀と云 を獻ず、謹みて承の由を申して退出す。

建久四年癸丑（二歳）

103

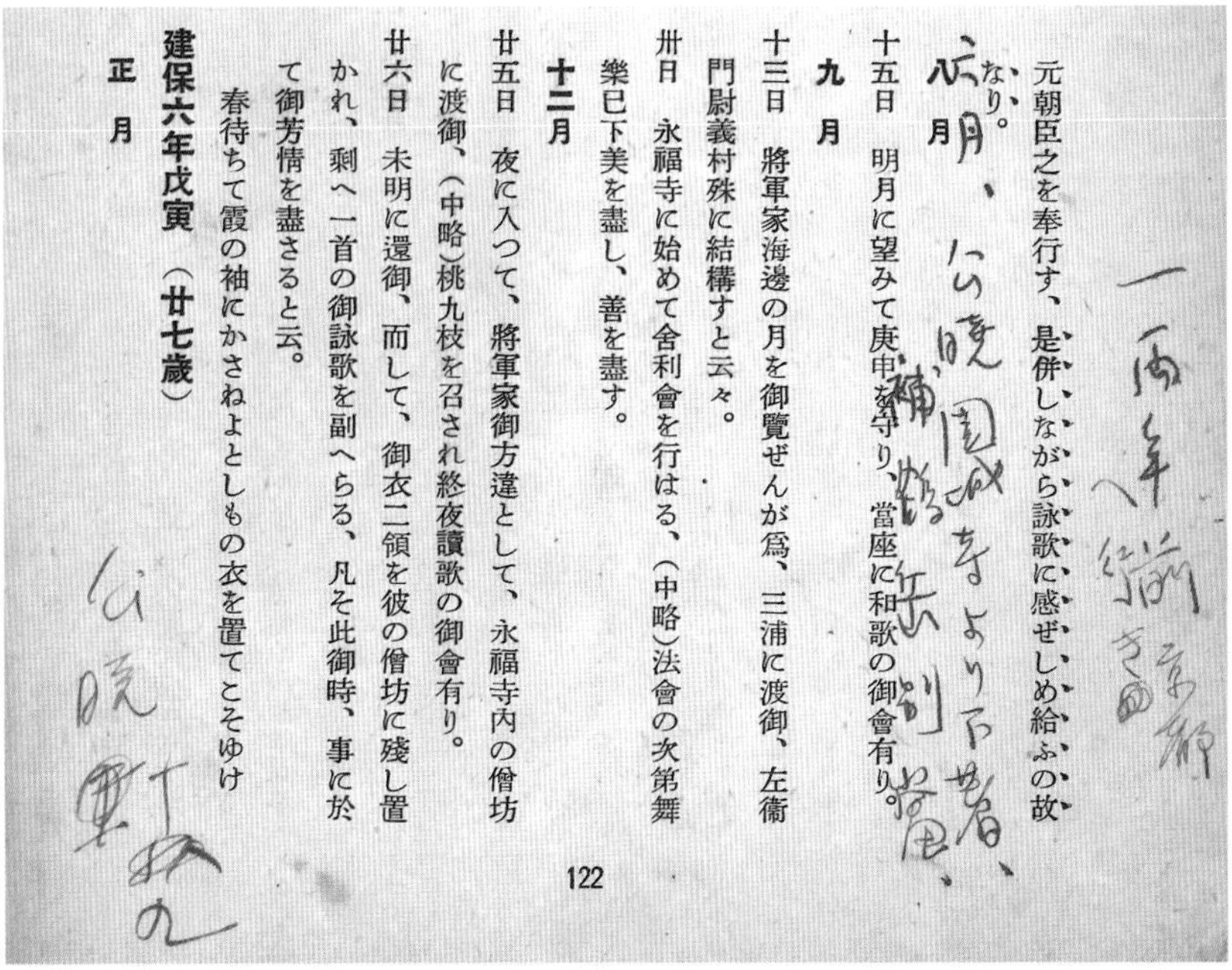

元朝臣之を奉行す、是併しながら詠歌に感ぜしめ給ふの故なり。

八月

十五日　明月に望みて庚申を守り、當座に和歌の御會有り。

九月

十三日　將軍家海邊の月を御覧ぜんが爲、三浦に渡御、左衛門尉義村殊に結構すと云々。

卅日　永福寺に始めて舍利會を行はる、（中略）法會の次第舞樂巳下美を盡し、善を盡す。

十二月

廿五日　夜に入つて、將軍家御方違として、永福寺内の僧坊に渡御、（中略）桃九枝を召され終夜讀歌の御會有り。

廿六日　未明に還御、而して、御衣二領を彼の僧坊に殘し置かれ、剩へ一首の御詠歌を副へらる、凡そ此御時、事に於て御芳情を盡さると云。

春待ちて霞の袖にかさねよとしもの衣を置てこそゆけ

建保六年戊寅（廿七歳）

正月

122

「源実朝年譜」（「鶴岡」八幡宮社務所、1942（昭和17）年8月）

実朝を暗殺することになる公暁禅師に関する事項を書きこんでいる。

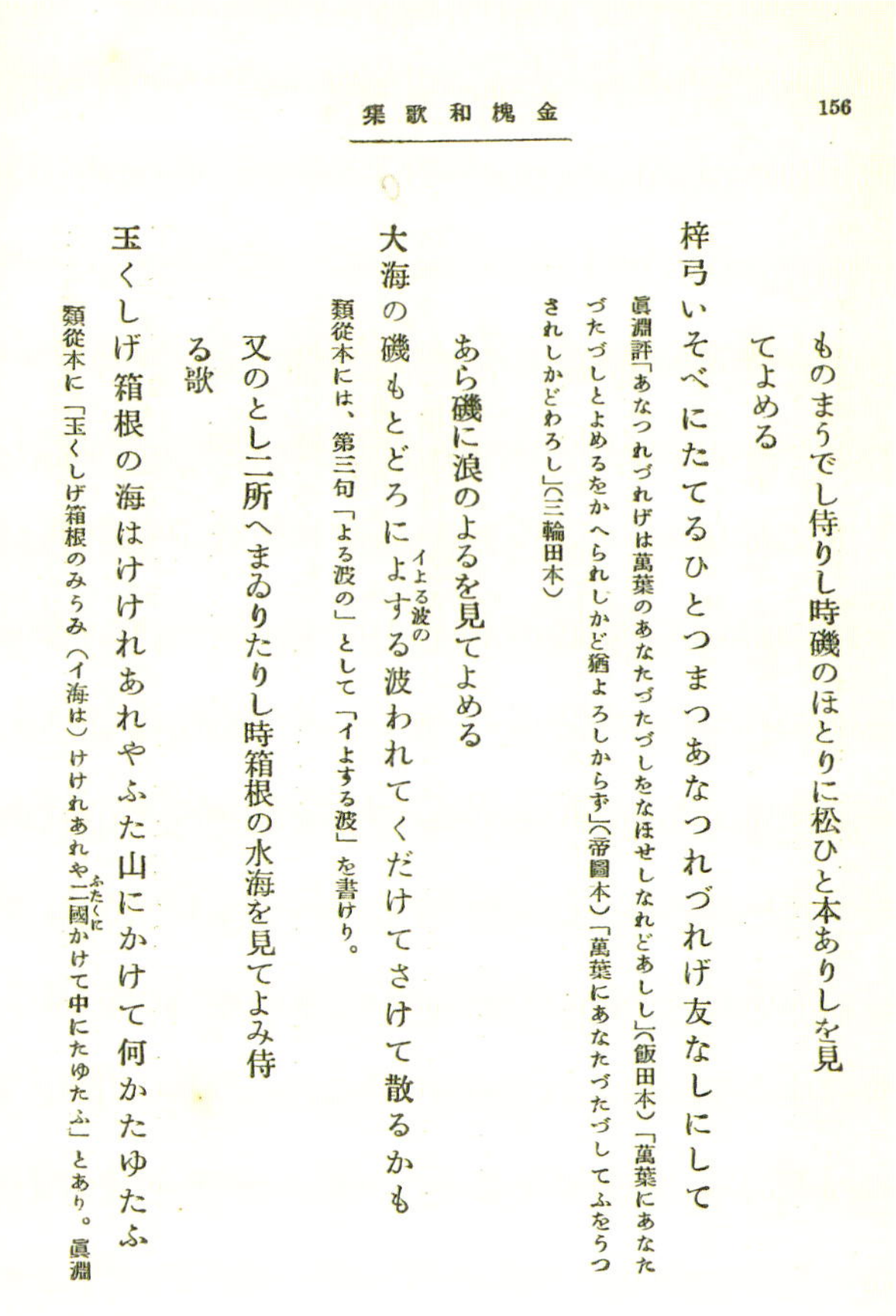

ものまうでし侍りし時磯のほとりに松ひと本ありしを見てよめる

梓弓いそべにたてるひとつまつあなつれづれげ友なしにして

眞淵評「あなつれづれげは萬葉のあなたづたづしをなほせしなれどあしし」（飯田本）「萬葉にあなたづたづしとよめるをかへられしかど猶よろしからず」（帝圖本）「萬葉にあなたづたづしてふをうつされしかどわろし」（三輪田本）

あら磯に浪のよるを見てよめる

○大海の磯もとどろによする《イよる波の》波われてくだけてさけて散るかも

類從本には、第三句「よる波の」として「イよする波」を書けり。

又のとし二所へまゐりたりし時箱根の水海を見てよみ侍る歌

玉くしげ箱根の海はけけれあれやふた山にかけて何かたゆたふ

類從本に「玉くしげ箱根のみうみ（イ海は）けけれあれや二國《ふたくに》かけて中にたゆたふ」とあり。眞淵

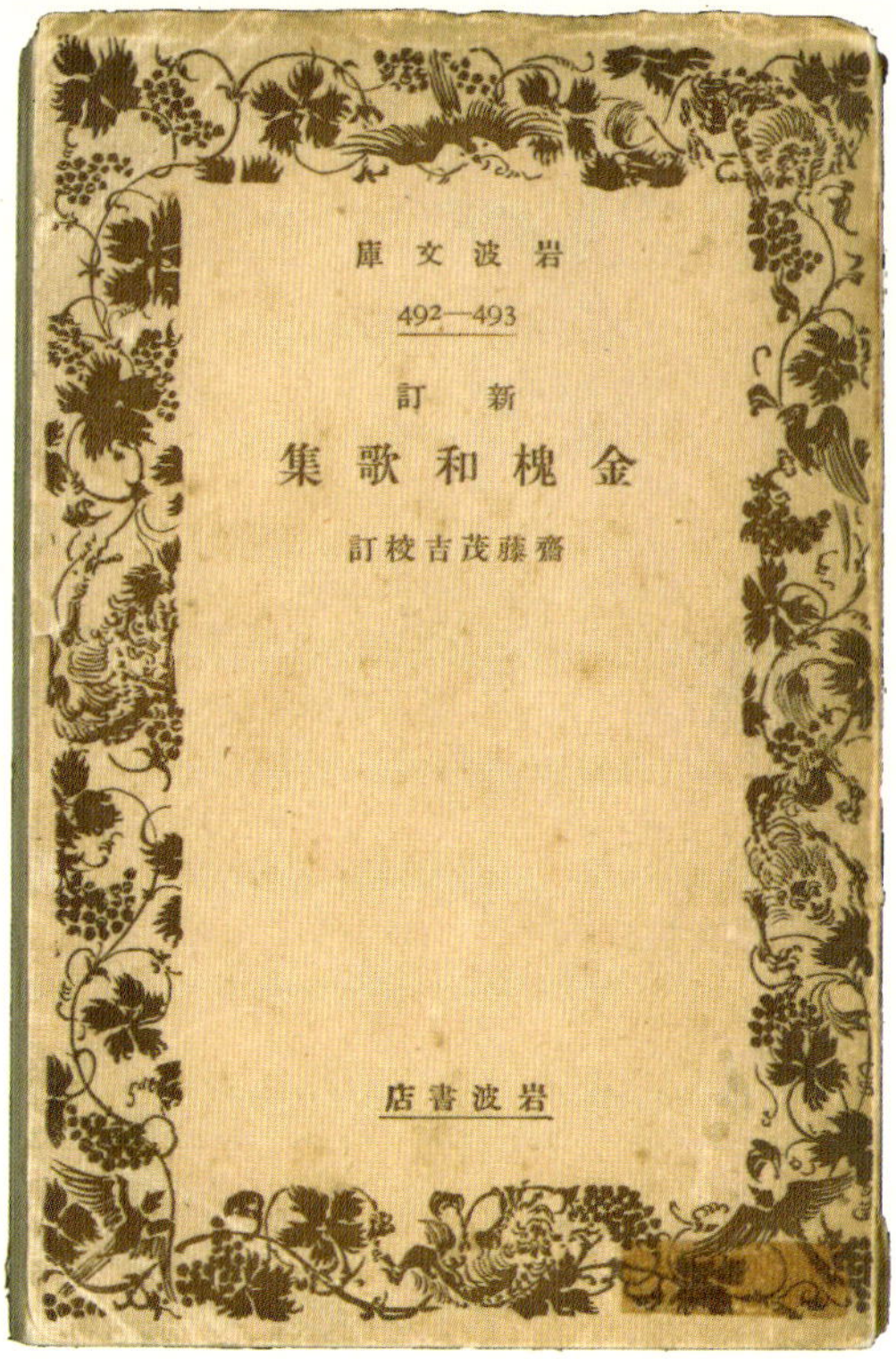

斎藤茂吉校訂『金槐和歌集』（岩波文庫、1929（昭和4）年）

1212（建暦2）年の二所詣の道中で詠まれた和歌に○印をつけた太宰は、作中で語り手にこの歌を絶賛させている。

そのとしの三月九日に、将軍家は、尼御台さま、御台所さま、それから相州さまや武州さま、前大膳大夫広元さま、鶴岳の別当さま、私たちまでお連れになつて、三浦三崎の御屋敷にお渡りになりまして、一日、船遊びに打興じましたが、その時、将軍家のおよみになつたお歌は、ほとんど人間業ではなく、あまりの美事に、お心のお優しい御台所さまなどは、両三遍拝誦してお涙を御頬に走らせて居られました。

アラ磯ニ浪ノヨルヲ見テヨメル
大海ノ磯モトドロニヨスル波ワレ
テクダケテサケテ散ルカモ

一言の説明も不要かと存じます。

（「右大臣実朝」）

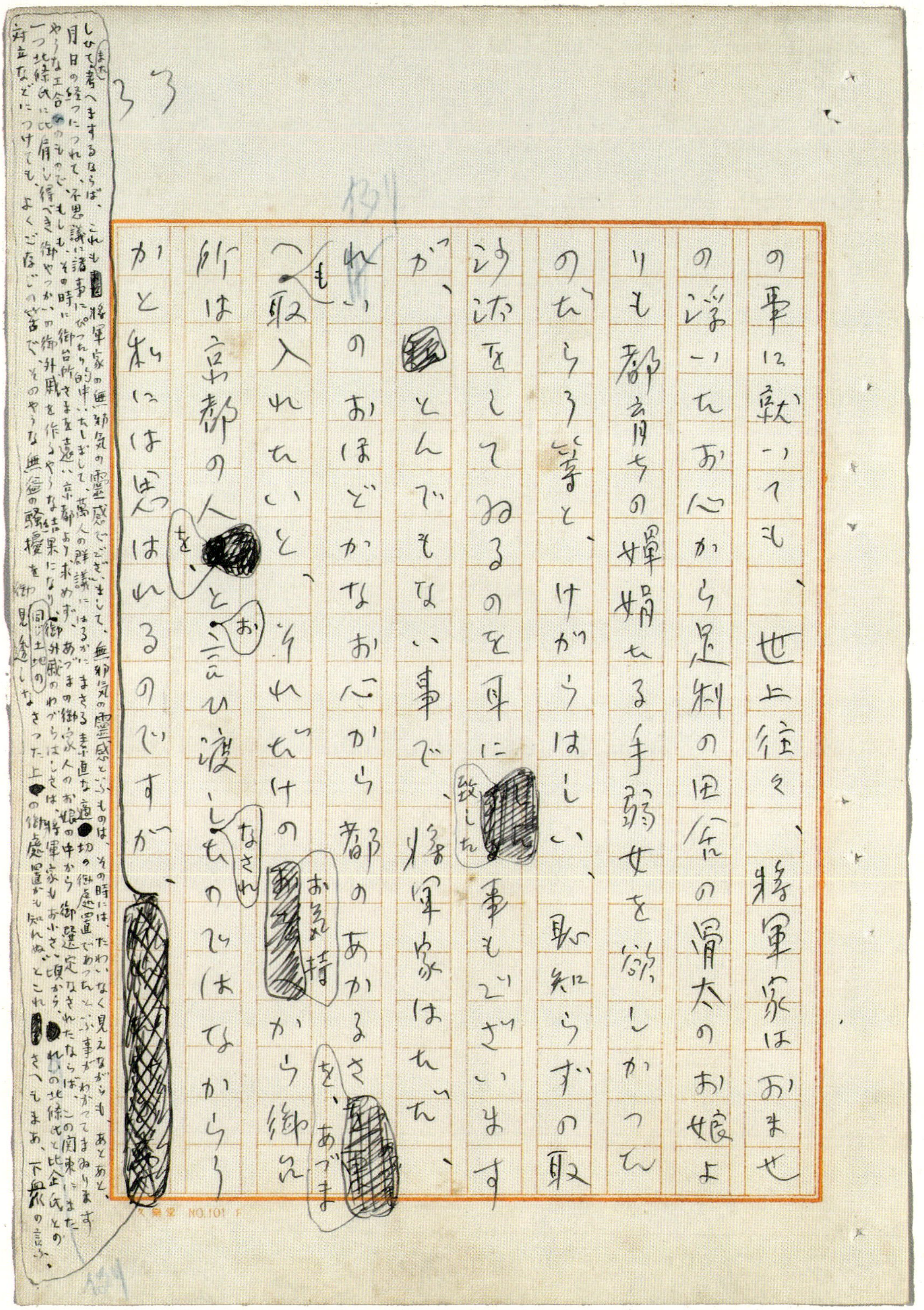
33
の事に就いても、世上往々、将軍家はおませの浮いたお心から足利の田舎の骨太のお嬢よりも都育ちの嬋娟たる手弱女を欲しかつたのだらう等と、けがらはしい、恥知らずの取沙汰をしてゐるのを耳に致した事もございますが、とんでもない事で、将軍家はただ、れいのおほどかなお心から都のあかるさを、あづまへも取入れたいと、それだけのお気持から御台所は京都の人を、と言ひ渡しなされたのではなからうかと私には思はれるのですが、

「右大臣実朝」原稿　ノンブル33

350字ほどにわたる原稿用紙欄外の書き込み。実朝の「無邪気の霊感」を示すエピソードとして実朝が京から正室を迎えた顛末と、その際の世評を回想する。

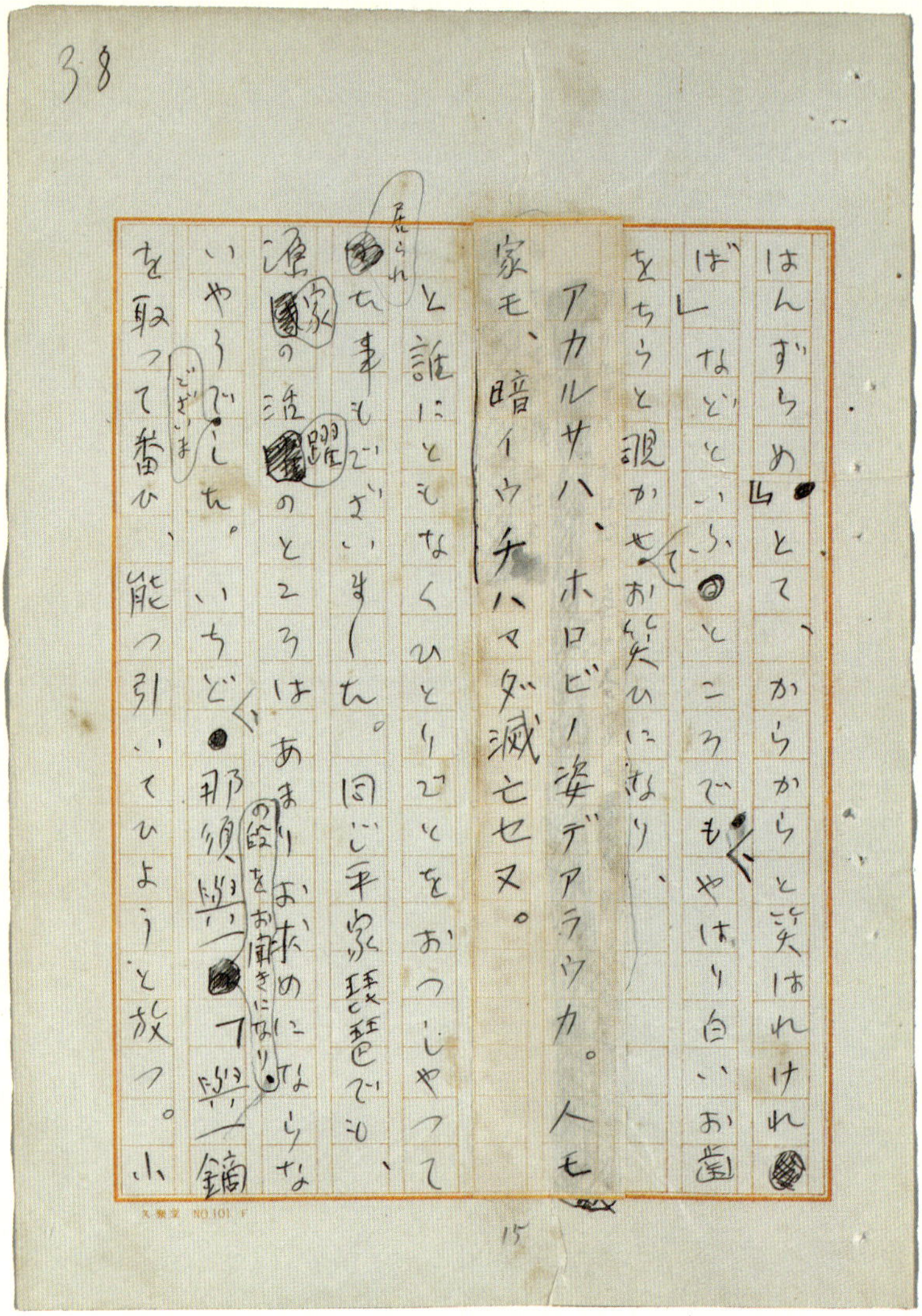

〈書き換えの跡〉

人モ姿モ暗イウチハ滅亡セヌ。アカルサハ、ホロビノ姿カ。

家モ姿モ暗イウチハ滅亡セヌ。アカルサハ、ホロビノ姿カ。

アカルサハ、ホロビノ姿カ。人モ家モ、暗イウチハマダ滅亡セヌ。

〈決定稿〉

アカルサハ、ホロビノ姿デアラウカ。人モ家モ、暗イウチハマダ滅亡セヌ。

「右大臣実朝」原稿　ノンブル38

実朝の発言の中でも作品の主題にかかわる最も重要な部分。原稿には訂正のための紙が三枚も貼り重ねられ、慎重に検討したことがうかがい知れる。

『右大臣実朝』発表の翌年、三鷹の自宅付近。渡辺好章撮影。

「惜別」

一九四三（昭和一八）年、アジア六地域の首脳を招いた大東亜会議が開催され大東亜共同宣言を採択した。日本文学報国会はこれを受けて、宣言にうたわれた五大宣言を小説化するという企画をたてた。太宰はその一環として仙台医学専門学校留学時の魯迅を題材とする小説「惜別」の執筆を計画。多数の応募者の中から太宰の案は「五大宣言」のうちの「独立親和」を小説化するものとして採用された。『回想の太宰治』によれば内閣情報局から取材のための紹介状や交通費の便宜が図られたといい、太宰も魯迅の足跡を追うため仙台を訪れた。

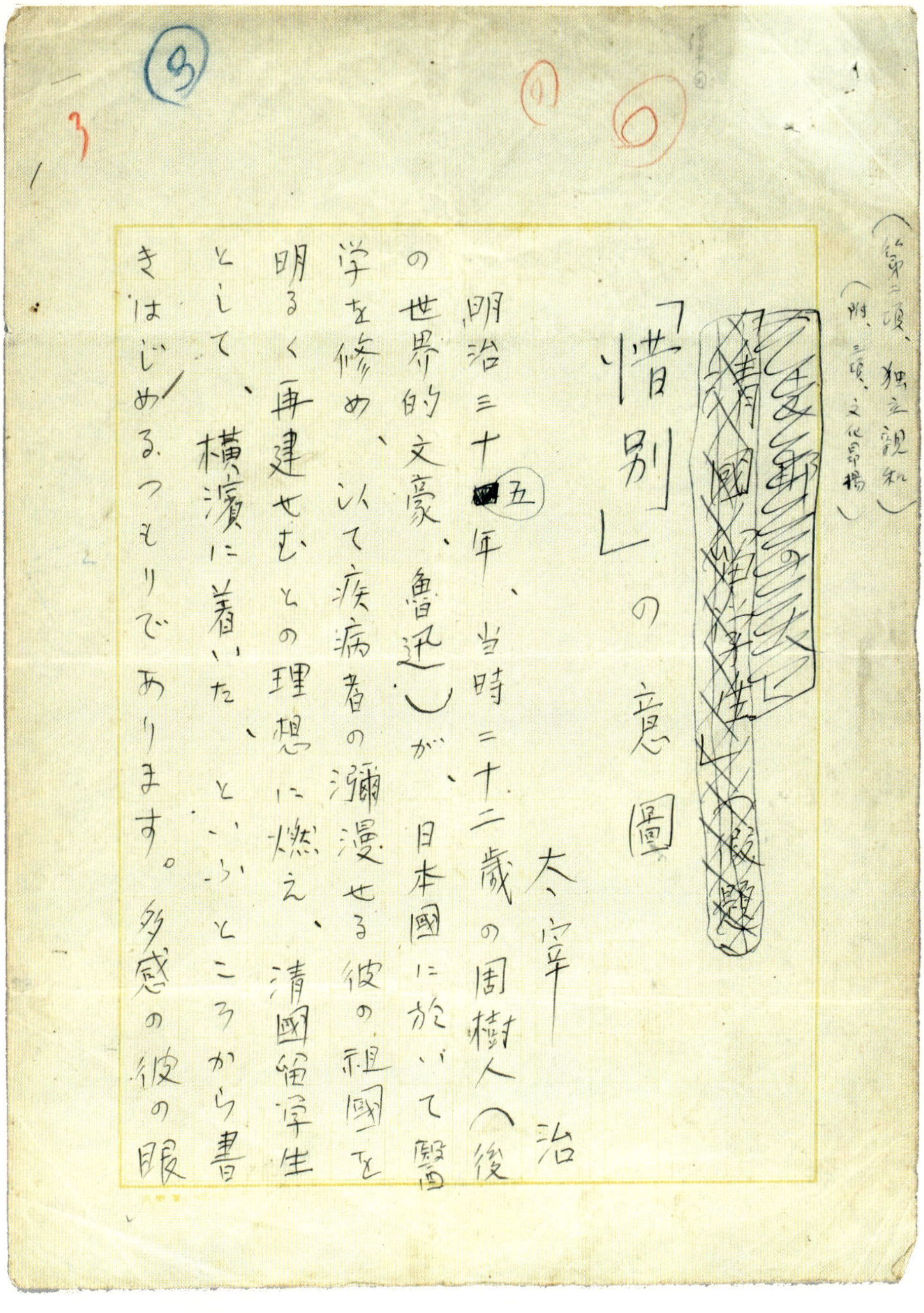

（第二項、独立親和）（附、三項、文化昂揚）

「支那の人」「清國留学生」（仮題）

「惜別」の意圖

太宰治

明治三十[redacted]五年、当時二十二歳の周樹人（後の世界的文豪、魯迅）が、日本國に於いて醫学を修め、以て疾病者の彌漫せる彼の祖國を明るく再建せむとの理想に燃え、清國留学生として、横濱に着いた、といふところから書きはじめるつもりであります。多感の彼の眼

「『惜別』の意図」

1944年2月、内閣情報局と日本文学報国会に提出された執筆計画書。書き直しのあとから「支那の人」「清国留学生」などの題も検討されていたことがわかる。

『惜別』

（朝日新聞社、1945（昭和20）年）

美知子夫人の『回想の太宰治』によると太宰が「惜別」を書きあげたのは1945年２月。書下ろしの書籍として世に出たのは終戦を経た同年９月のことだった。

五大宣言の小說化

新企畫の小說部會幹事會

大東亞《あ》會議に於ける五大宣言は全東亞《あ》の總力を結集正義に溢る大宣言として堂々全世界《かい》に宣布され此《こ》れが滲透普及に注目の集注される

時本紙《し》ではいち速く大會特輯を發行斯界《かい》に鞭を垂れたが本會に於ては各部會獨自の立場より叡智を傾け具《ぐ》體的協力策を練り實行に移すべく各々幹事會等を開催する處あつたが小說部會では五大宣言の一大小說化を企畫、悠久の歴史に生きる民族の血脈に滾々と流る倫理と全東亞《あ》團結の姿を舞臺に一宣言一冊、計五冊の小說が米英撃滅の陣頭に登場する日を待望せしめる此《こ》れと共に雄渾な國民文學の樹立と新進氣鋭の作家の育成に寄與せしめんとする本會小說賞も設定

十一月の小說部會常例幹事會は十五日（月）午後五時半から銀座『京や』に於て幹事長白井喬二、幹事戸川貞雄、舟橋聖一、丹羽文雄、辰野九紫、眞杉靜枝、日比野士朗、丸岡明、川上喜久子、保高德藏、岩倉政治、吉田甲子太郎、濱野顧問　辯護士、日本出版會側から河盛學藝課長、岡野出版相談課長心得の諸氏出席の下に開催

「五大宣言の小説化」（**「文学報国」1943（昭和18）年11月10日、不二出版発行復刻版より**）

「悠久の歴史に生きる民族の血脈に滾々と流る倫理と全東亜団結の姿を舞台に一宣言一冊、計五冊の小説が米英撃滅の陣頭に登場する日を待望せしめる」

文学者の立場からの太平洋戦争への参加が求められたことがうかがい知れる。

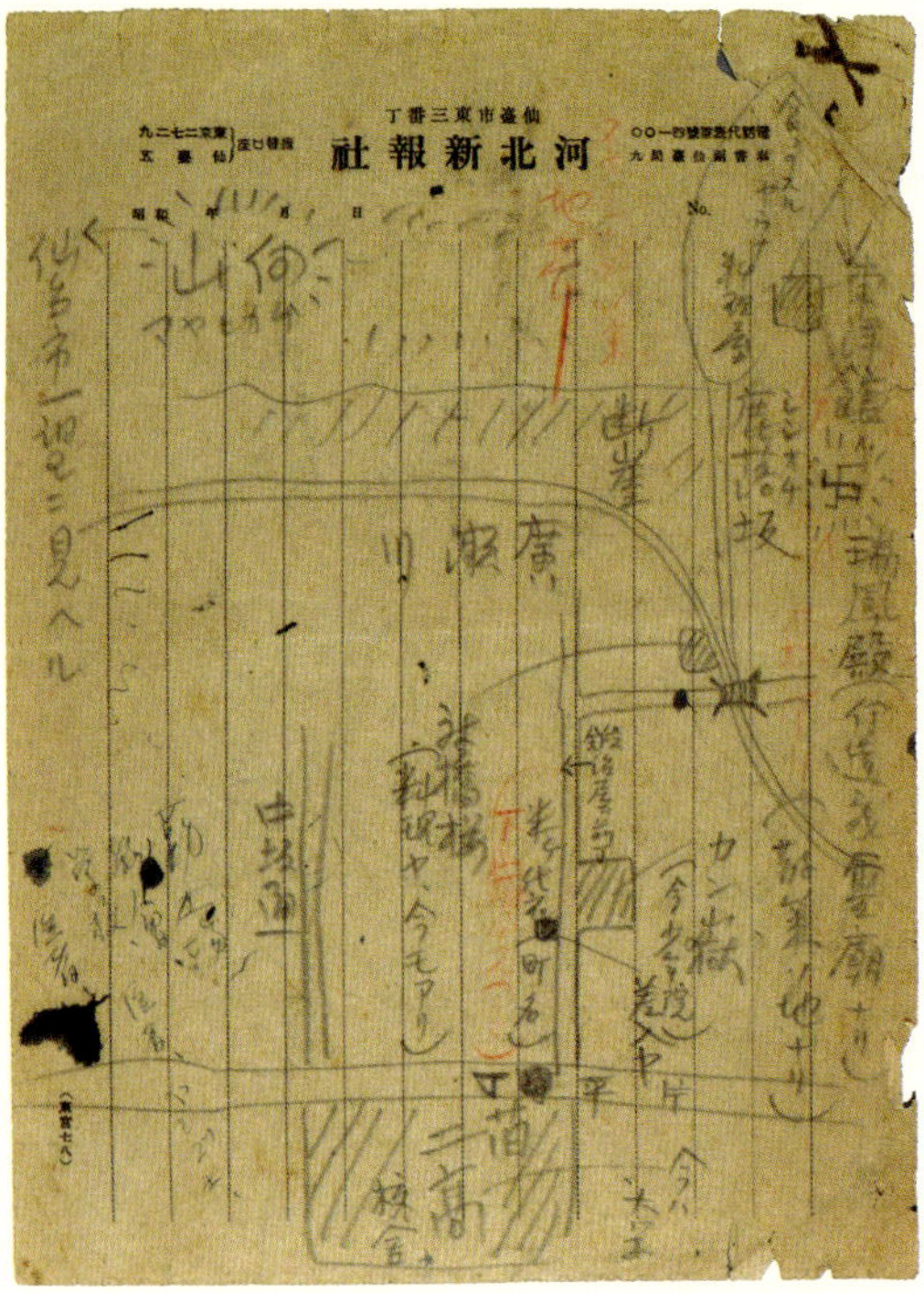

「惜別」執筆にあたり、太宰は一九四四（昭和一九）年一二月二一日から二五日まで仙台に滞在。河北新報社を訪れ、一九〇四（明治三七）年ごろの同紙から作品に関係する記事を三日間ほとんど休まずメモし続けたという。さらに魯迅の下宿跡をたずねたほか、東北帝国大学医学部の加藤豊次郎から仙台医学専門学校時代の聞き取りをするなど精力的に取材をおこなった。

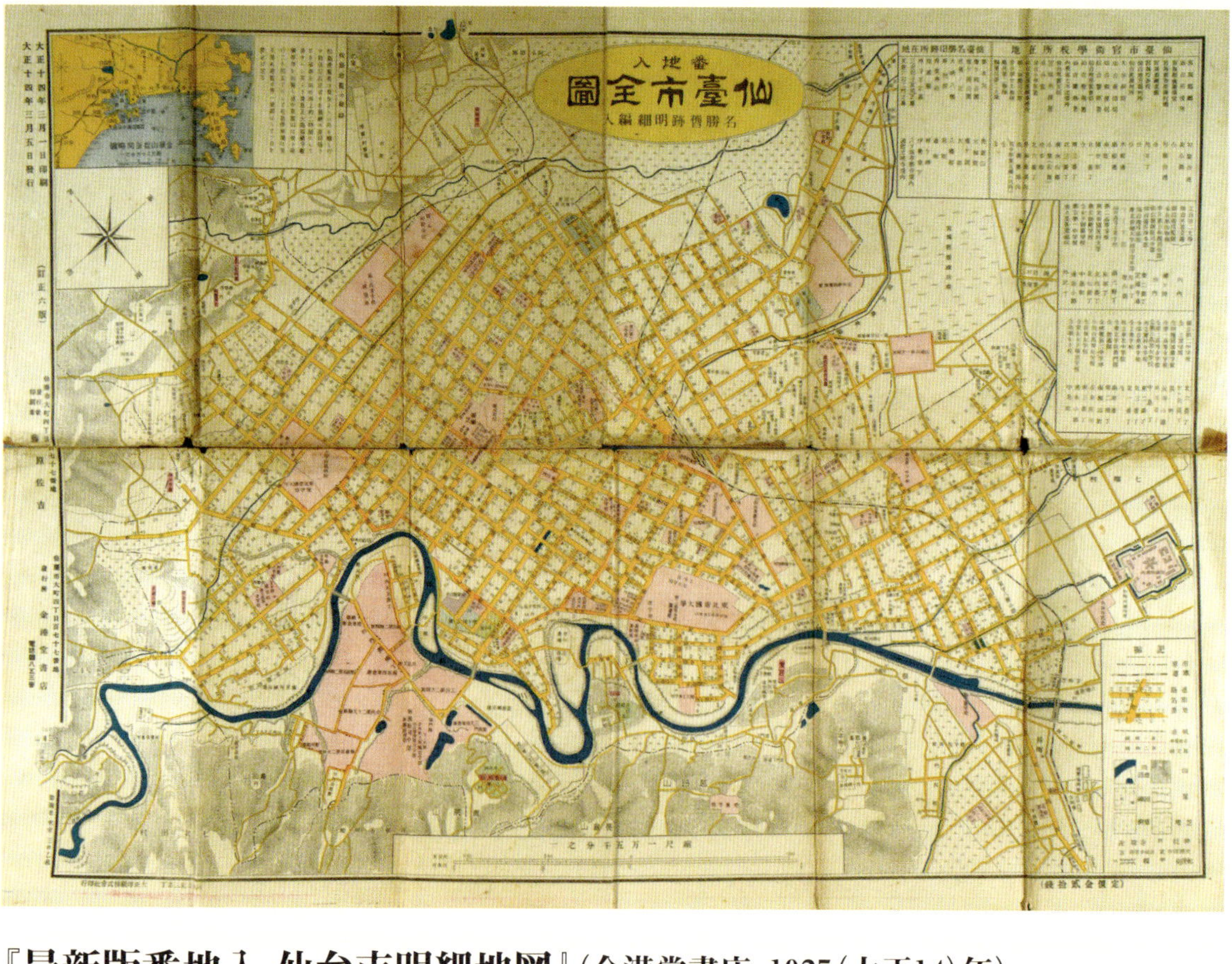

『最新版番地入 仙台市明細地図』（金港堂書店、1925（大正14）年）

仙台取材の際に使用した地図。

俘虜―寺院　宮城
八月一日、　宮城野原　監獄署
俘虜の散歩　~~刑務所~~
双葉屋　新国町
みやぎの、東京庵　ふたばや、　ブラザー軒
東一番丁　そばや、　餅菓子　洋食屋
大須賀筠軒
伊勢横丁、　私塾　榴《ツツジ》ケ岡《オカ》
二十九日ポーツマス発電　美以《みそですと》教会
竹のこめし　小八月~~三十日~~電報媾和談判成立
三瀧温泉　成立したる媾和条件
西郊外　九月一日
ごまもち　戦勝国の大恥辱
愛宕山　パピロス　帝都戒厳令施行
向山　九月

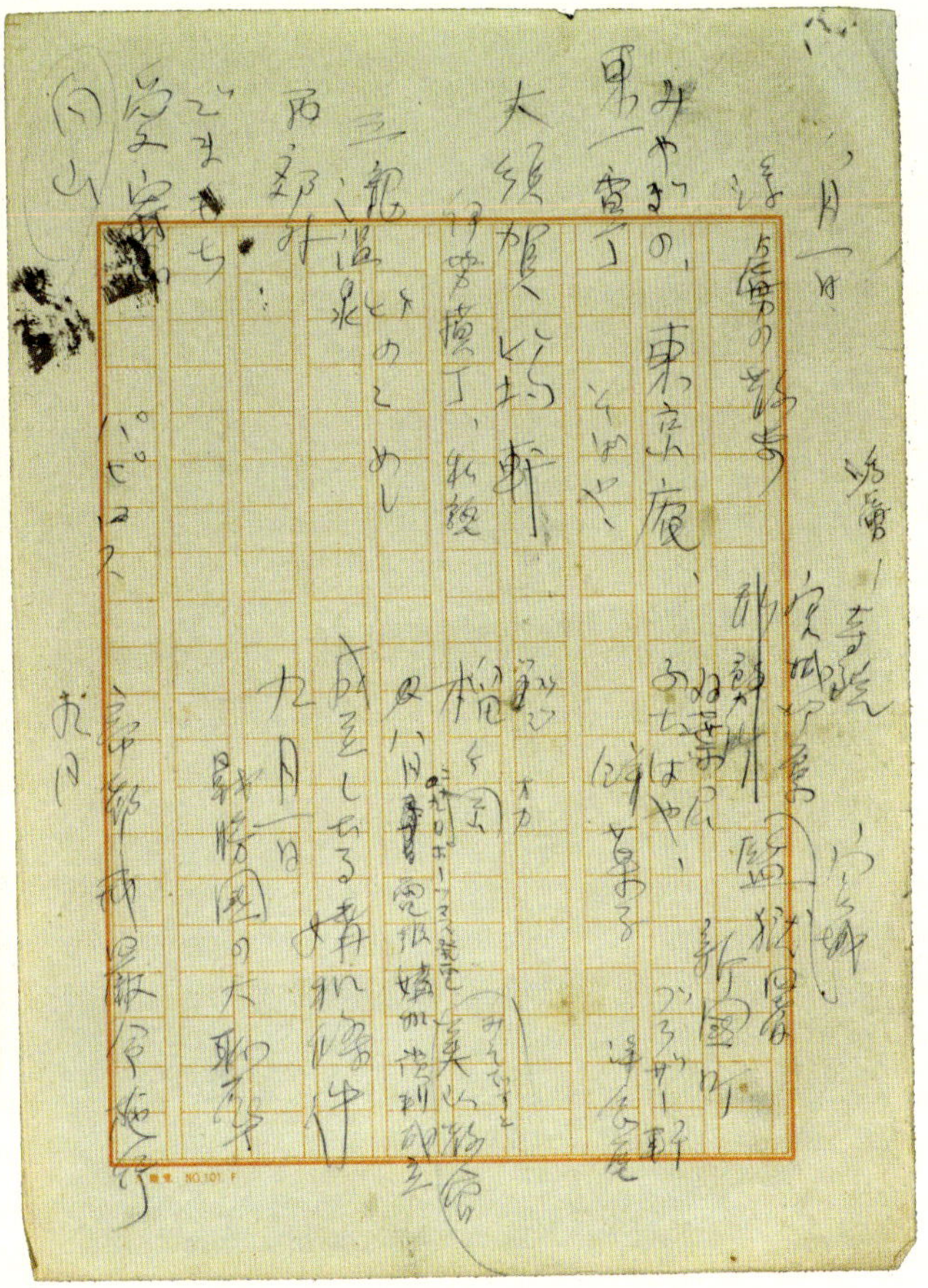

「惜別」メモより

手書きの地図からさらに作品の構想へと練られていくさまがわかる。

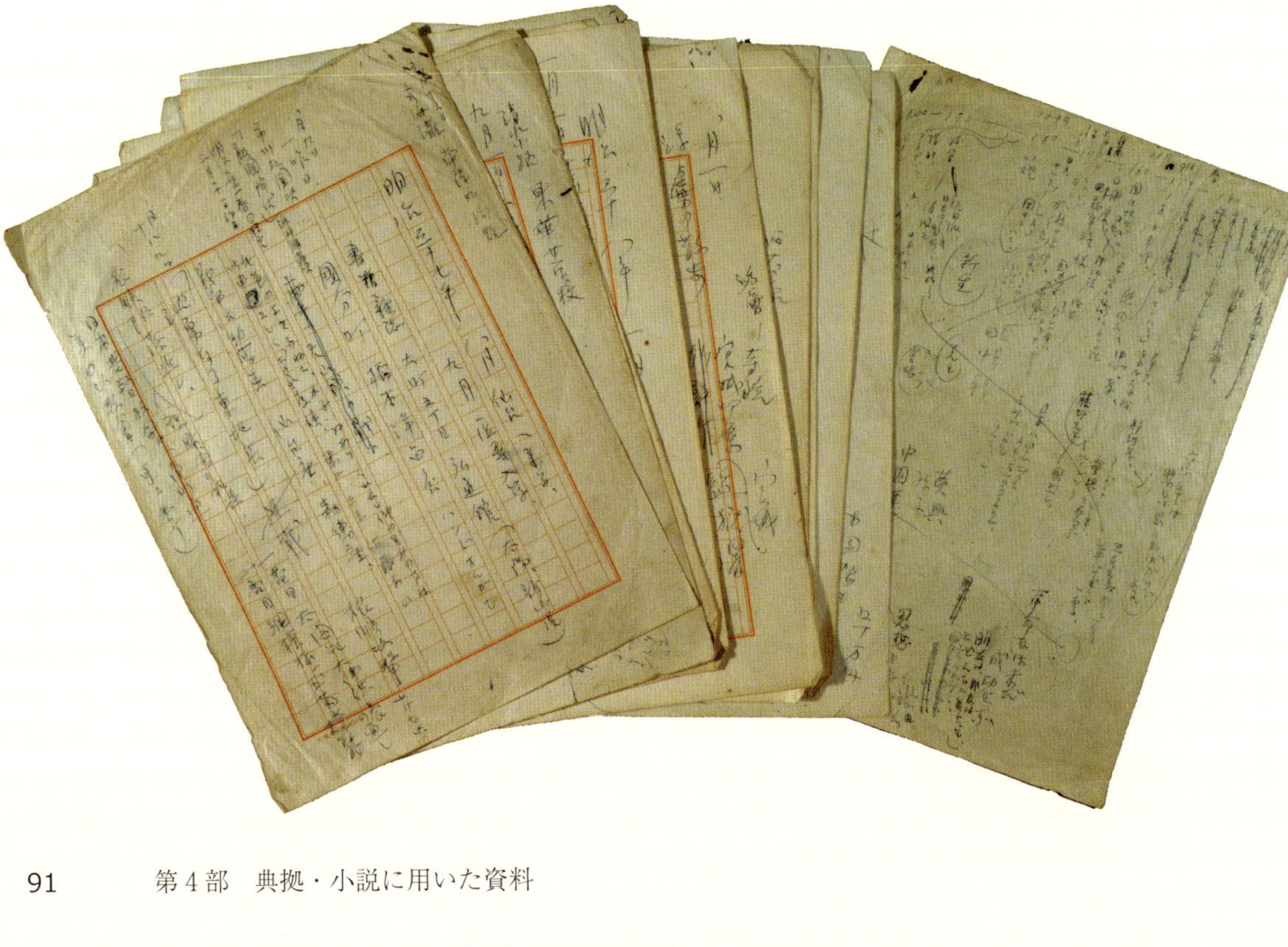

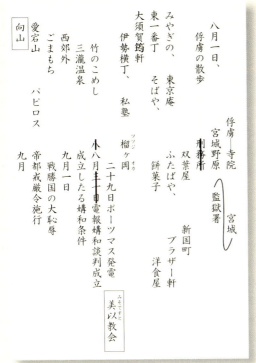

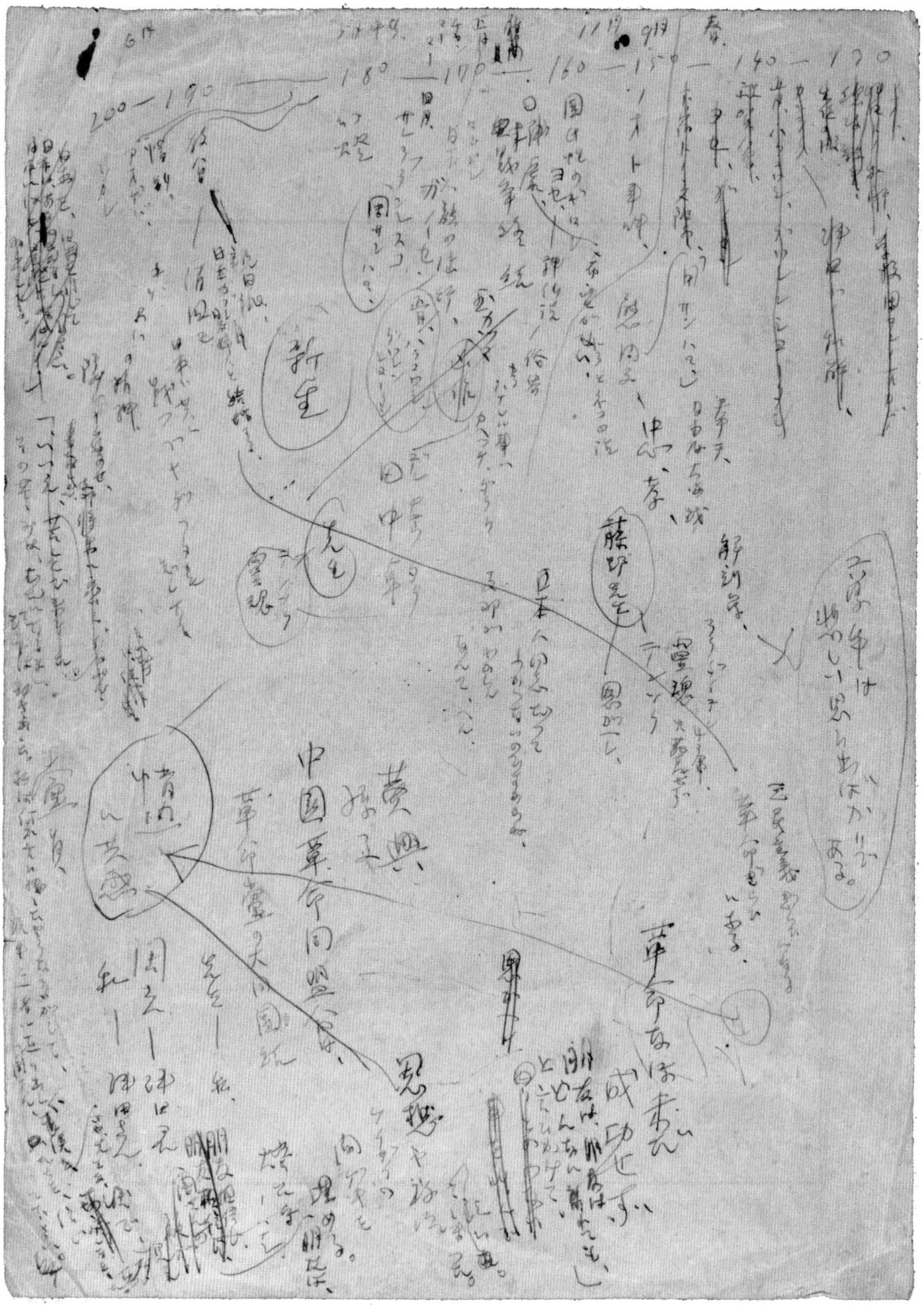

「惜別」メモ

全体の構想をまとめている部分。仙台での取材だけでなく魯迅の故郷である中国の情勢をも詳しく調査していたことがわかる。

幽《かす》かに歌声が聞えて来る。耳をすますと、その頃の小学唱歌、雲の歌だ。

　瞬く間《ひま》には、山をおほひ、
　うち見るひまにも、海を渡る、
　雲てふものこそ、奇《く》すしくありけれ、
　雲よ、雲よ、
　雨とも霧とも、見るまに変りて、
　あやしく奇しきは、
　雲よ、雲よ、

私は、ひとりで、噴き出した。調子はずれと言はうか、何と言はうか、実に何とも下手くそなのである。歌つてゐるのは、子供でない。たしかに大人の、異様な胴間声《どうまこえ》である。まことに驚くべき歌声であつた。

（「惜別」）

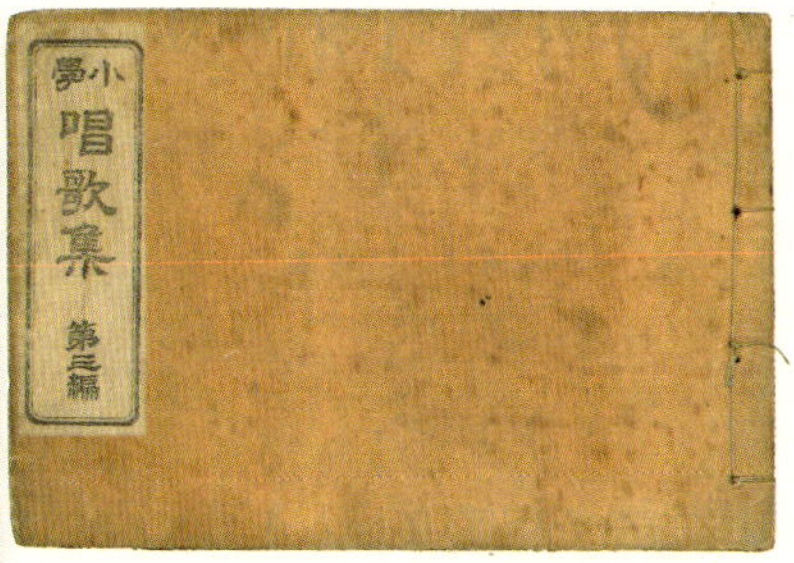

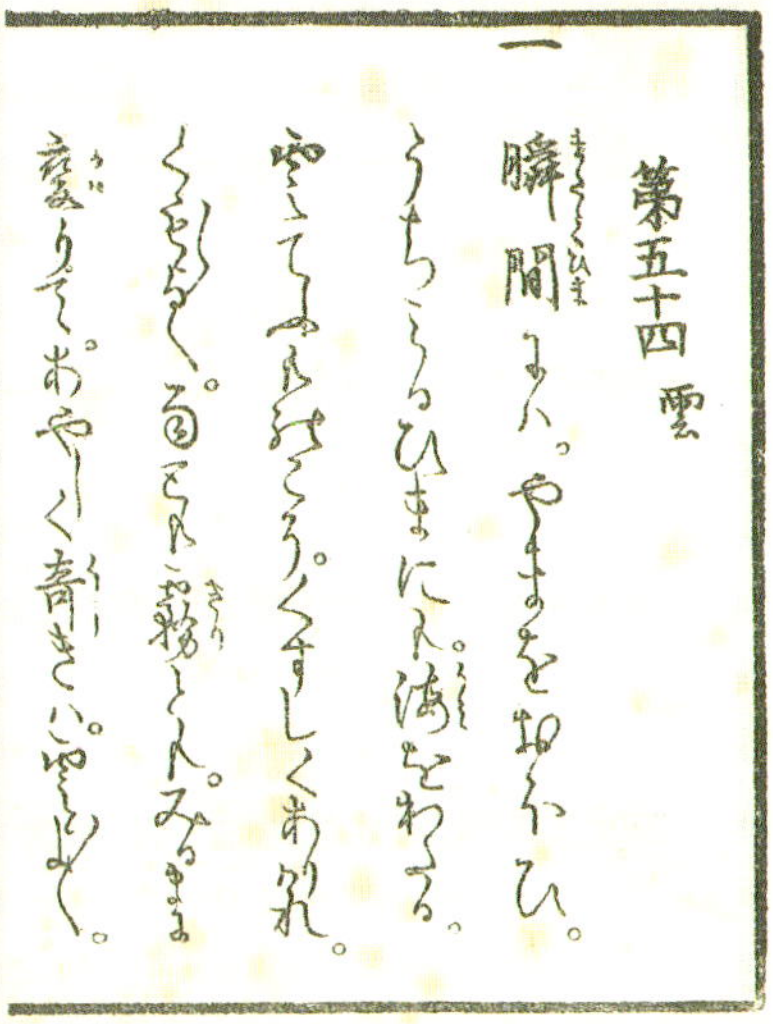

文部省音楽取調掛編『小学唱歌集』第三編

（高等師範学校附属音楽学校、1884（明治17）年）

松島遊覧の際に山に登った主人公が「下手くそ」な歌を耳にする、主人公と「周さん」との出会いの場面。ここで周さんが歌っていた唱歌は文部省が編纂した『小学唱歌集』から引用されている。

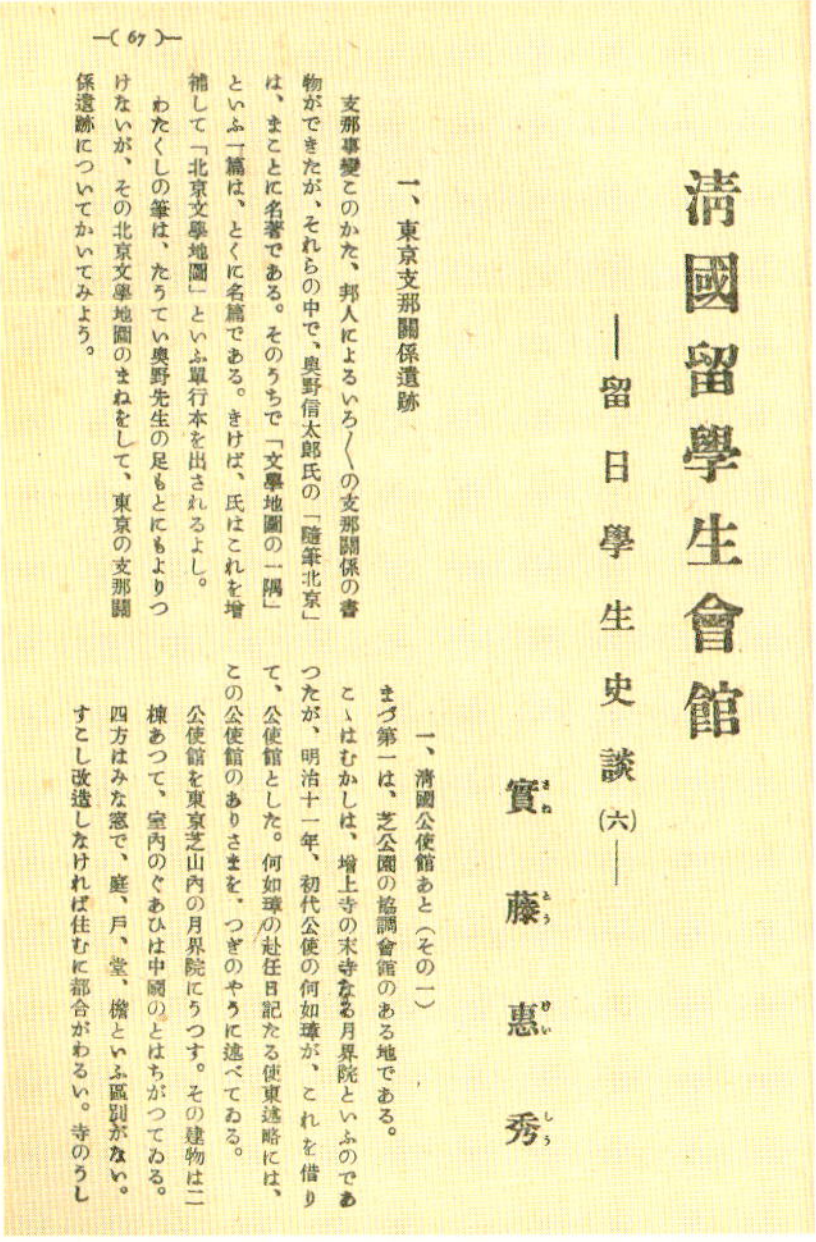

清國留學生會館

―留日學生史談（六）―

實《さね》藤《とう》惠《けい》秀《しう》

一、東京支那關係遺跡

支那事變このかた、邦人によるいろ〳〵の支那關係の書物ができたが、それらの中で、奥野信太郎氏の「隨筆北京」は、まことに名著である。そのうちで「文學地圖の一隅」といふ一篇は、とくに名篇である。きけば、氏はこれを增補して「北京文學地圖」といふ單行本を出されるよし。

わたくしの筆は、たうてい奥野先生の足もとにもよりつけないが、その北京文學地圖のまねをして、東京の支那關係遺跡についてかいてみよう。

一、清國公使館あと（その一）

まづ第一は、芝公園の協調會館のある地である。こゝはむかしは、增上寺の末寺なる月界院といふのであつたが、明治十一年、初代公使の何如璋が、これを借りて、公使館とした。何如璋の赴任日記たる使東述略には、この公使館のありさまを、つぎのやうに述べてゐる。

公使館を東京芝山内の月界院にうつす。その建物は二棟あつて、室内のぐあひは中國のとはちがつてゐる。四方はみな窓で、庭、戸、堂、廡といふ區別がない。寺のうしすこし改造しなければ住むに都合がわるい。

―（67）―

実藤恵秀「留日学生史談（六）」（「東亜文化圏」1944（昭和19）年3月）

「惜別」執筆にあたって太宰は、外務省に勤務経験があり中国に関する作品を多く書いた小説家・小田嶽夫から魯迅の全集をはじめ多くの資料の提供を受けた。「留日学生史談」はこの中でも特に重要な参考資料で、「東亜文化圏」に1943（昭和18）年10月より連載されていた。

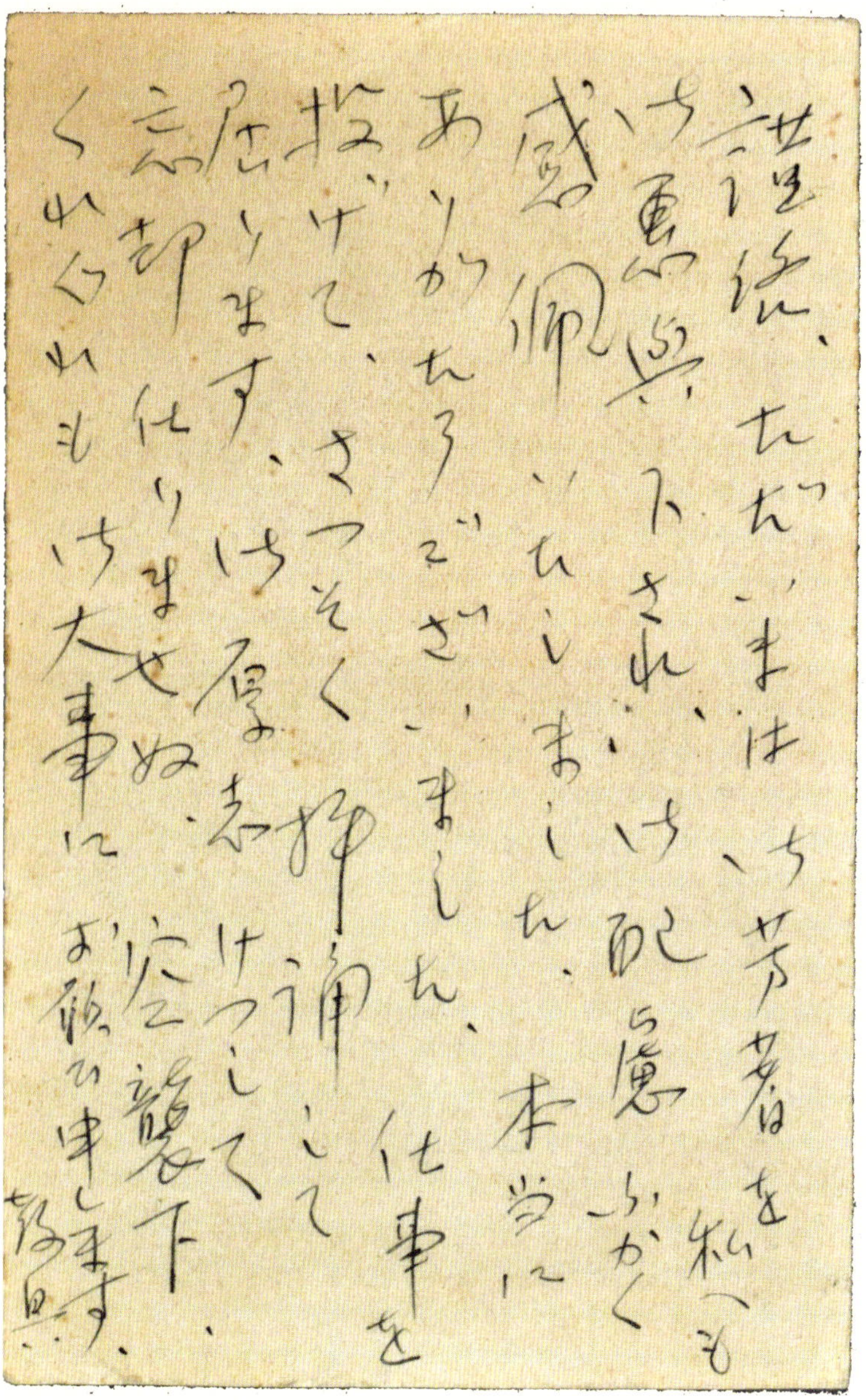
謹啓、ただいまは、ご労著を私へも
ご恵与下され、ご配慮ふかく
感佩いたしました。本当に
ありがたうございました。仕事を
投げて、さつそく拝誦して
居ります、ご厚志けつして
忘却仕りません、空襲下、
くれぐれもご大事にお願ひ申します。
修治

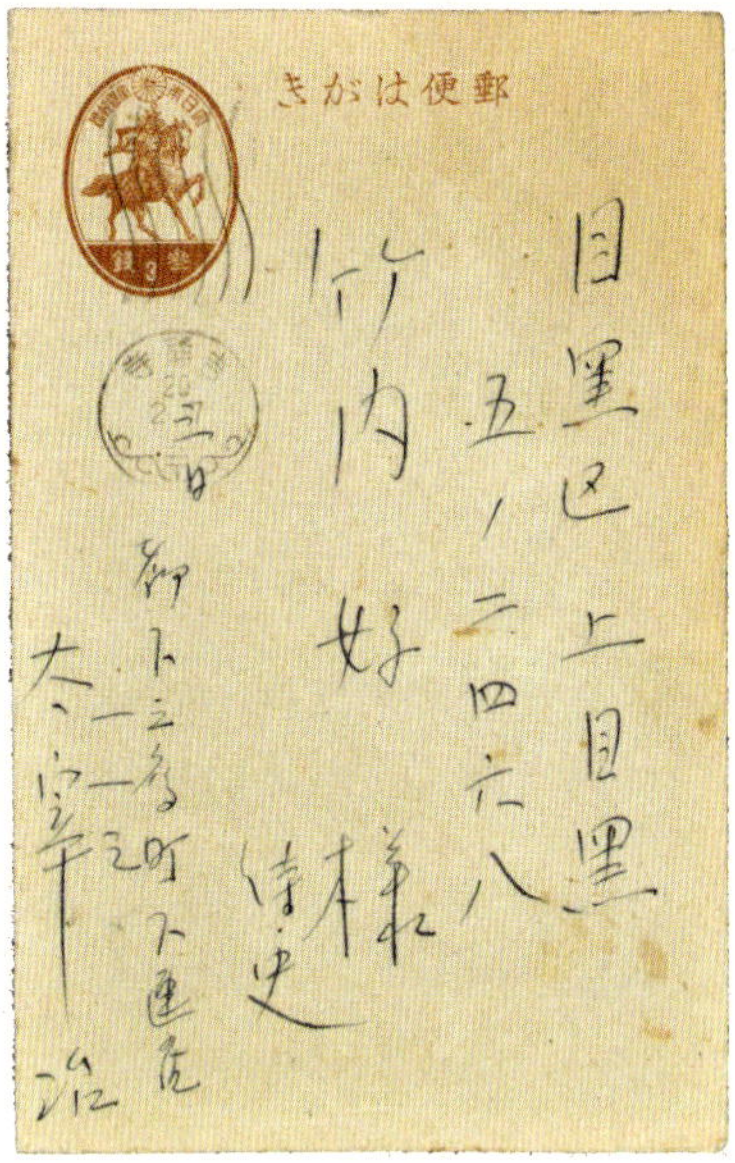
郵便はがき
目黒区上目黒
五ノ二四六八
竹内好様
侍史
府下三鷹町下連雀
一一三
太宰治

竹内好宛書簡　1945（昭和20）年2月27日

「惜別」を書きあげたころの書簡で、竹内の著書『魯迅』を贈られたことへの礼状と考えられる。

第5部
戦争の影

太宰治の文学活動は、戦中・戦後の激動の時代に重なっている。戦中は内務省、戦後はＧＨＱという、まったく正反対の検閲の板挟みに遭い、その見えざる痛みは作品の表現に深い影をなげかけている。戦中に発表された「花火」が発禁処分になったほか、この時期の作品は、戦後再版するにあたってさまざまな形で戦時表現の修正を迫られることになる。たとえば「パンドラの匣」の「天皇陛下万歳」発言の削除は、言いがたい挫折感をひそかに太宰に与えたに違いない。

本書の目玉である「お伽草紙」の完全原稿は、太宰が防空壕の中で着想し、空襲で全焼した家から抱えて避難した、といういわくつきのものである。「アメリカ鬼」「イギリス鬼」という表現が単行本では削除されていることからもわかるように、まさに戦中・戦後の混乱の渦中に誕生した作品であった。

（安藤　宏）

検閲——戦中と戦後

「花火」

「花火」は一九三五（昭和一〇）年におきた保険金殺人事件「日大生殺し」にヒントを得、「文芸」一九四二年一〇月に掲載された短編小説。本作には「風俗削除処分」がくだされたが、発売後のことであり影響は限定的だったと考えられる。戦後の一九四六年短篇集『薄明』（新紀元社）に「日の出前」と改題されほぼそのまま収録された。

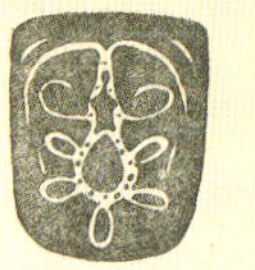

花火

太宰治

昭和のはじめ、東京の一家庭に起つた異常な事件である。四谷區某町某番地に、鶴見仙之助といふやや高名の洋畫家がゐた。その頃すでに五十歳を越えてゐた。東京の醫者の子であつたが、若い頃フランスに渡り、ルノアルといふ巨匠に師事して洋畫を學び、歸朝して日本の畫壇に於いて、かなりの地位を得る事が出來た。夫人は陸奥の産である。教育者の家に生れて、父が轉任を命じられる度毎に、一家も共に移轉して諸方を歩いた。その父が東京のドイツ語學校の主事として榮轉して來たのは、夫人の十七歳の春であつた。間もなく、世話する人があつて、新歸朝の仙之助氏と結婚した。一男一女をまうけた。勝治と、節子である。その事件のおこつた時は、勝治二十三歳、節子十九歳の盛夏である。

事件は既に、その三年前から萌芽してゐた。仙之助氏と勝治の衝突である。仙之助氏は、小柄で、上品な紳士である。若い頃には、かなりの毒舌家だつたらしいが、いまは、まるで無口である。家族の者とも、日常ほとんど話をしない。用事のある時だけ、低い聲で、靜かに言ふ。むだ口は、言ふのも聞くのも、きらひなやうである。煙草は吸ふが、酒は飲まない。アトリエと旅行。仙之助氏の生活の場所は、その二つだけのやうに見えた。けれども畫壇の一部に於いては、鶴見はいつも金庫の傍で暮してゐる、といふ奇妙な噂きも交はされてゐるらしく、とすると仙之助氏の生活の場所も合計三つになるわけであるが、そのやうな噂きは、貧困で自墮落な畫家の間にだけもつぱら流行してゐる樣子で、れいのヒステリ

110

「文芸」1942(昭和17)年10月

文[illegible]　第十卷　第十號　改造社發行　十月一日發行　十月八日削除

「花火」ト題スル小說ハ登場人物悉ク異狀性格ノ所有者ニシテ就中主人公タル「勝治」ト稱スル一青年ハ親、兄弟ノ忠言ニ反抗シ、マルキストヲ友トシ、其他不良青年ヲ仲間ニ持チ、放縱、頽廢的ナ生活ヲ續ケ、爲メニ家庭ヲ亂脈ニ導キ、遂ニ其青年ハ不慮ノ死ヲ遂ゲルト謂フ經緯ノ創作ナルガ全般的ニ考察シテ一般家庭人ニ對シ悪影響アルノミナラズ、不快極マルモノト認メラルルニ因リ第一一〇頁ヨリ第一二五頁迄削除。

（前略）鈍感な勝治にも少しは察しがついて來た節子を風間に取りもつてやるやうな危險な態度を表しはじめた。みつぎものとして差し上げようといふ考へらしい。風間がやつて來ると用事もないのに節子を部屋に呼んで自分はそつと座をはづす（中略）杉浦は實に能辯の人であつた、トランクなどをさげて、夜遅く勝治の家の玄關に現れ「どうも、また、僕の身が危險になつて來たやうだ。誰かに尾行されてゐるやうな氣もするから君、ちよつと家のまはりを探つて見て來て呉れないか」と聲をひそめて言ふ。勝治は緊張してそつと庭のはうから外へ出て家のぐるりを見廻り「異狀ないやうです」と小聲で報告する「さうか、ありがたう、もう僕も今夜きりで君と逢へないかも知れませんが、けれども一身の危險よりも僕にはプロパガンダのはうが重大事です、逮捕される一瞬前まで、僕はプロパガンダを怠る事が出來ない」やはり低い聲で、けれども一語の遲滯もなく滔々と述べはじめる（中略）杉浦は泊つて行く事もある、外へ出ると危險だといふのだから、仕樣がない、歸る時には黨の費だといつて十圓、二十圓を請求する。泣きの涙で手渡してやると「ダンケ」と言つて歸つて行く。（後略）

「出版警察報」145号（1942(昭和17)年10月8日）

（不二出版発行復刻版より。国立国会図書館提供）

当時の出版検閲は「善良なる風俗を害する事項」に下される“風俗禁止”と「共産主義の煽動」に対する“安寧禁止”のふたつの基準で運用された。内務省警保局による秘密文書「出版警察報」は「花火」を「一般家庭人ニ対シ悪影響アルノミナラズ、不快極マルモノ」であることを理由に削除処分、つまり風俗禁止を下したとある。しかし主人公「勝治」が「マルキストヲ友トシ」ていると特に指摘されている点からはこの処分が実は安寧禁止の要素の含まれていたものと察せられる。特高警察がおこなった大規模な言論弾圧「横浜事件」のきっかけとなった細川嘉六の論文は、「花火」発表の前月に同じ改造社の「改造」に掲載されたものであり、「花火」もまた、こうした風潮の中で恰好の標的にされた。

「佳日」

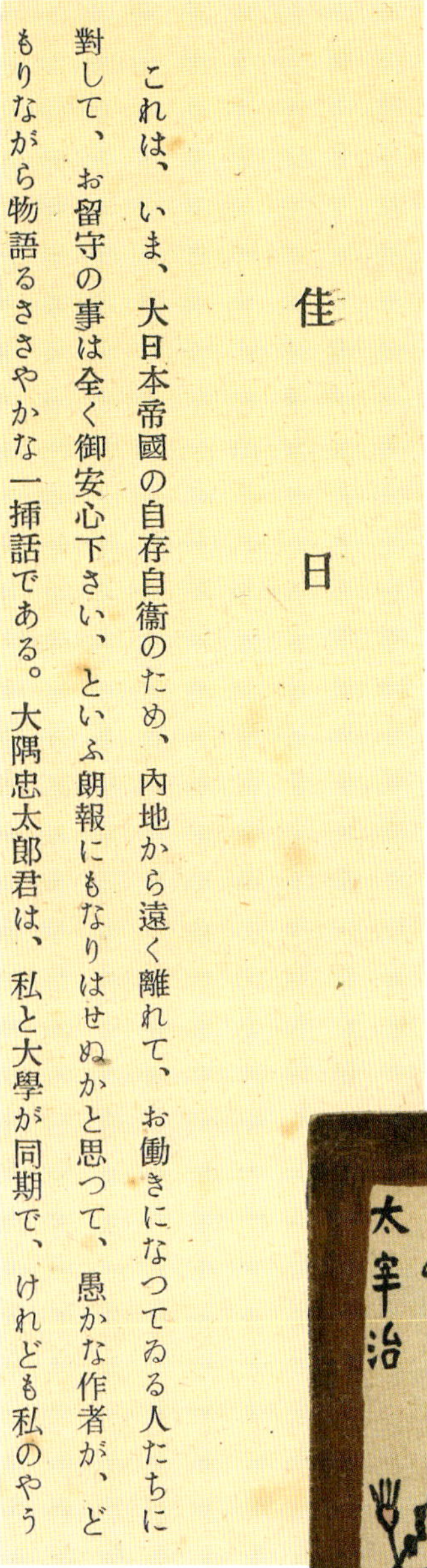

佳日

これは、いま、大日本帝國の自存自衛のため、内地から遠く離れて、お働きになつてゐる人たちに對して、お留守の事は全く御安心下さい、といふ朗報にもなりはせぬかと思つて、愚かな作者が、どもりながら物語るささやかな一挿話である。大隅忠太郎君は、私と大學が同期で、けれども私のやう

短編集『佳日』

（肇書房、1944（昭和19）年8月）

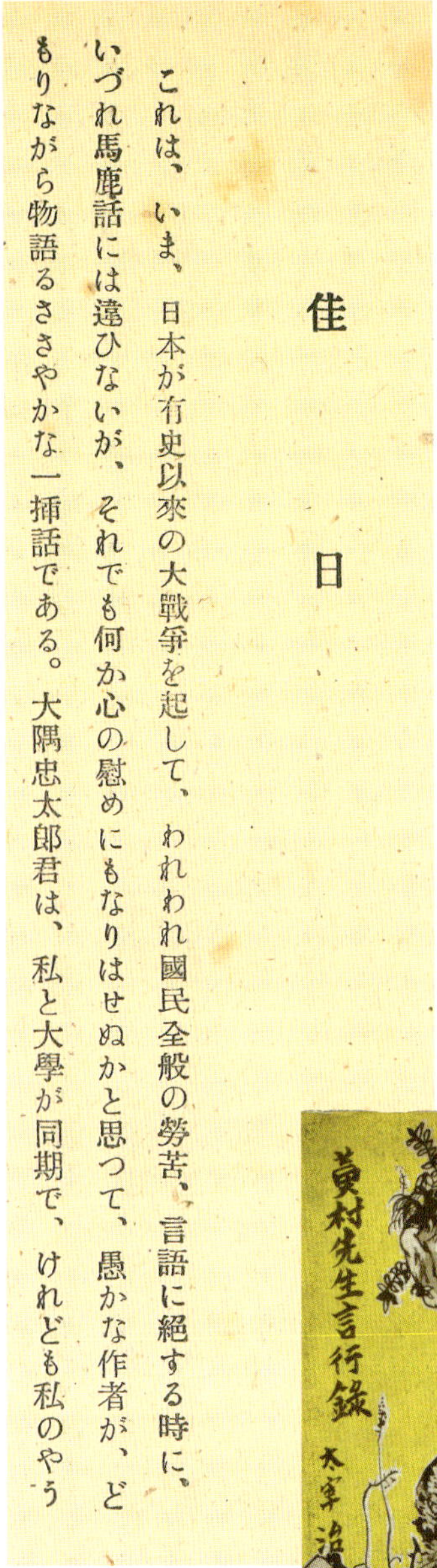

佳日

これは、いま、日本が有史以來の大戰爭を起して、われわれ國民全般の勞苦、言語に絶する時に、いづれ馬鹿話には違ひないが、それでも何か心の慰めにもなりはせぬかと思つて、愚かな作者が、どもりながら物語るささやかな一挿話である。大隅忠太郎君は、私と大學が同期で、けれども私のやう

短編集『黄村先生言行録』

（日本出版株式会社、1947（昭和22）年3月）

1944（昭和19）年1月「改造」に発表後、同年8月に短編集『佳日』（肇書房）、敗戦後の1947（昭和22）年にほぼ同じ内容の『黄村先生言行録』（日本出版株式会社）に収録された。敗戦を挟んで両短編集では「佳日」冒頭部分が大きく書き換えられているが、紙型を流用するために同じ字数になるよう配慮されていることがわかる。

作品の最後では、語り手の友人・大隅忠太郎はみずからの結婚式のために花嫁の姉から戦死した夫の遺品のモーニングを借り、感激のあまり涙する。しかし、冒頭部の書き換えられた戦後版では銃後の人々の助け合いを描く意味が失われてしまっている。

「小さいアルバム」

小さいアルバム

太宰治

せつかくおいで下さいましたのに、何もおかまひ出來ず、お氣の毒に存じます。文學論も、もう、あきました。なんの事はない、他人の惡口を言ふだけの事ぢやありませんか。文學も、いやになりました。こんな言ひかたは、どうでせう。「かれは、文學がきらひな餘りに文士になつた。」本當ですよ。もともと戰ひを好まぬ國民が、いまは忍ぶべからずと立ち上つた時、こいつは強い。向ふところ敵なしぢやないか。君たちも、も少し、文學ぎらひになつたらどうだね。眞に新しいものは、そんなところから生れて來るのですよ。

まあ私の文學論は、それだけで、あとは、鳴かぬ螢、沈默の海軍といふところです。

初出誌（「新潮」1942（昭和17）年7月）

来客にアルバムを示しながら思い出話を語り聞かせるという体裁で書かれた小説。「新潮」1942（昭和17）年7月号に初めて掲載され、短編集『佳日』に掲載されるはずだったが見送られた。その後『薄明』に収録。初出誌や「佳日」校正刷には「もともと戦ひを好まぬ国民が……向ふところ敵なしぢやないか」とある部分を敗戦後の『薄明』では削除。「私は元来、女ぎらひ、酒ぎらひ、小説ぎらひなのです」と始まる一節に書きなおしている。

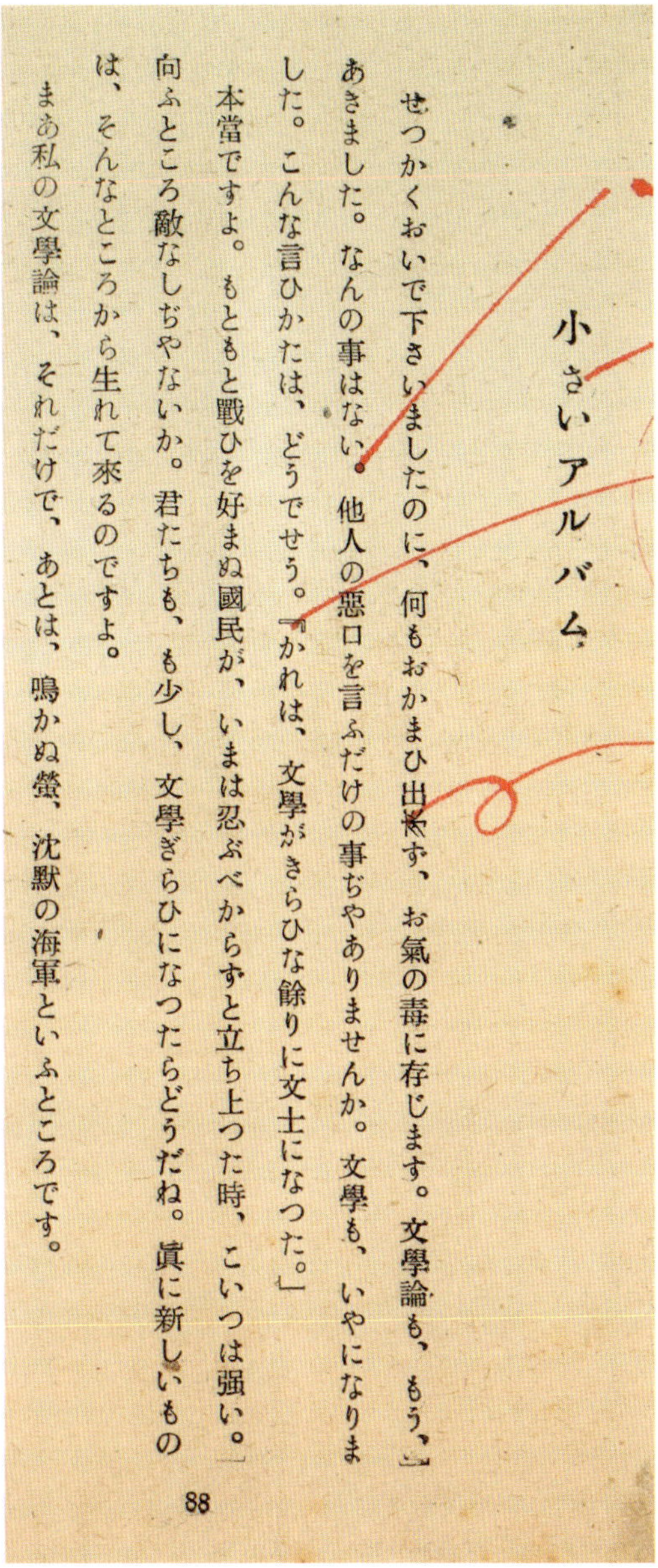

小さいアルバム

せつかくおいで下さいましたのに、何もおかまひ出來ず、お氣の毒に存じます。文學論も、もう、」あきました。なんの事はない。他人の惡口を言ふだけの事ぢやありませんか。文學も、いやになりました。こんな言ひかたは、どうでせう。「かれは、文學がきらひな餘りに文士になつた。」本當ですよ。もともと戰ひを好まぬ國民が、いまは忍ぶべからずと立ち上つた時、こいつは強い。」向ふところ敵なしぢやないか。君たちも、も少し、文學ぎらひになつたらどうだね。眞に新しいものは、そんなところから生れて來るのですよ。

まあ私の文學論は、それだけで、あとは、鳴かぬ螢、沈默の海軍といふところです。

88

短編集『佳日』校正刷り

※『佳日』(肇書房、1944(昭和19)年8月)

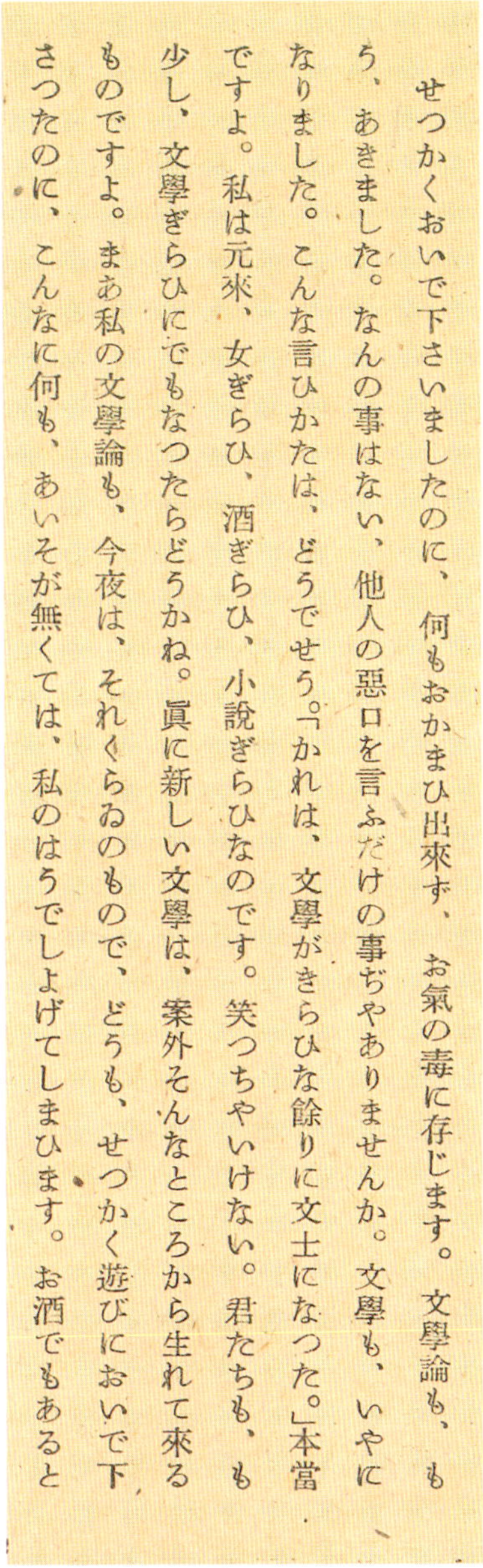

せつかくおいで下さいましたのに、何もおかまひ出來ず、お氣の毒に存じます。文學論も、もう、あきました。なんの事はない、他人の惡口を言ふだけの事ぢやありませんか。文學も、いやになりました。こんな言ひかたは、どうでせう。「かれは、文學がきらひな餘りに文士になつた。」本當ですよ。私は元來、女ぎらひ、酒ぎらひ、小說ぎらひなのです。笑つちやいけない。君たちも、も少し、文學ぎらひにでもなつたらどうかね。眞に新しい文學は、案外そんなところから生れて來るものですよ。まあ私の文學論も、今夜は、それくらゐのもので、どうも、せつかく遊びにおいで下さつたのに、こんなに何も、あいそが無くては、私のはうでしよげてしまひます。お酒でもあると

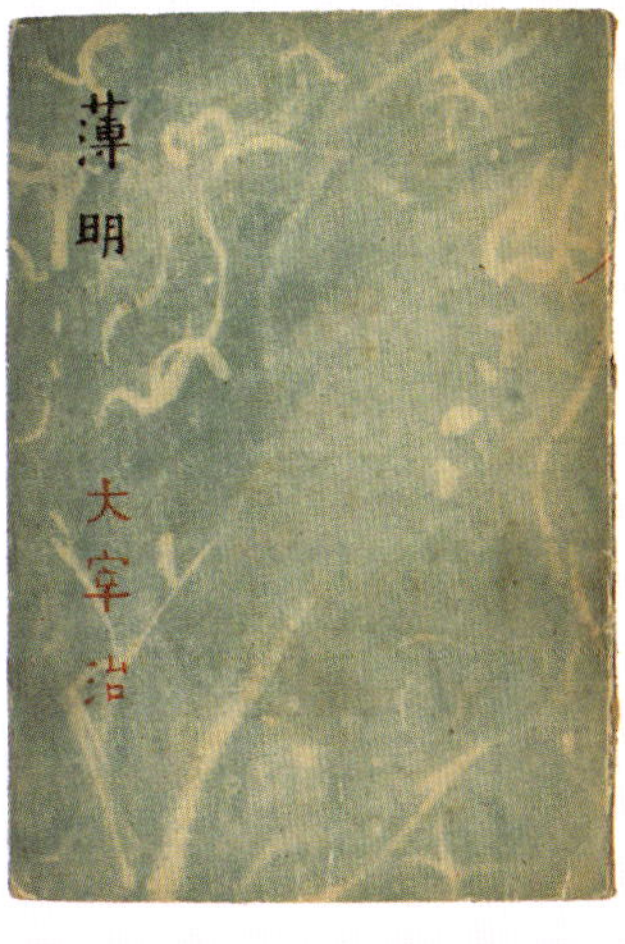

短編集『薄明』(新紀元社、1946(昭和21)年11月)

「冬の花火」

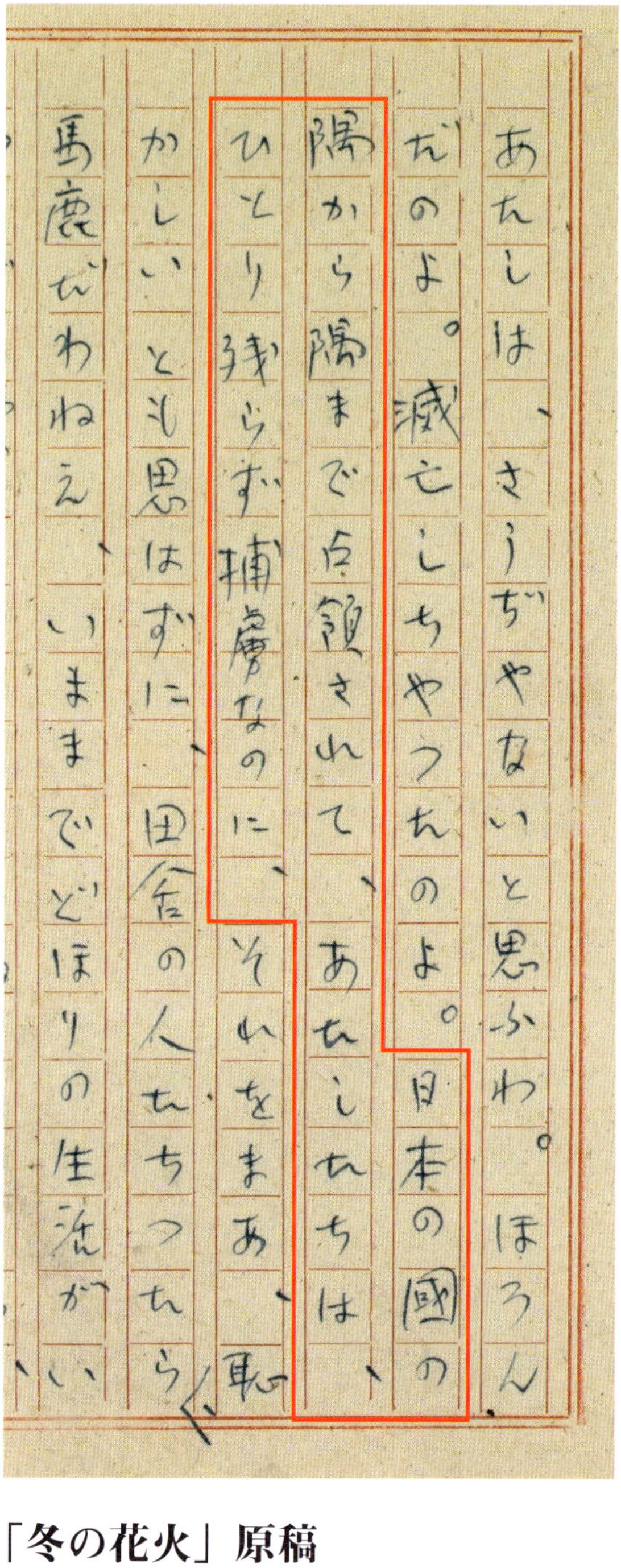
あたしは、さうぢやないと思ふわ。ほろん
だのよ。滅亡しちやつたのよ。日本の國の
隅から隅まで占領されて、あたしたちは、
ひとり残らず捕虜なのに、それをまあ恥
かしいとも思はずに、田舎の人たちつたら、
馬鹿だわねえ、いままでどほりの生活がい

「冬の花火」原稿

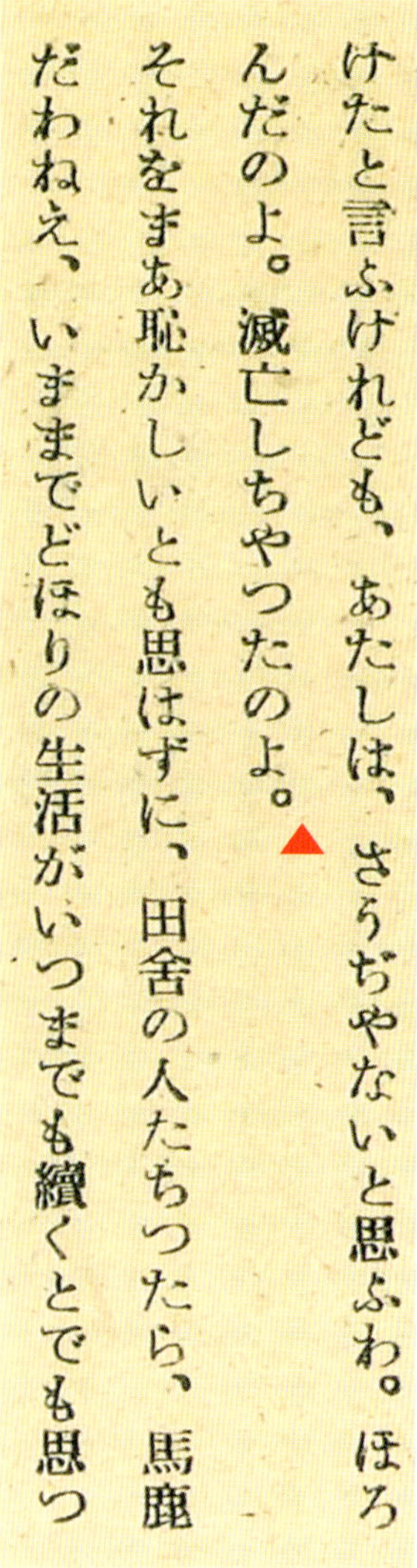
けたと言ふけれども、あたしは、さうぢやないと思ふわ。ほろ
んだのよ。滅亡しちやつたのよ。▲
それをまあ恥かしいとも思はずに、田舎の人たちつたら、馬鹿
だわねえ、いままでどほりの生活がいつまでも續くとでも思つ

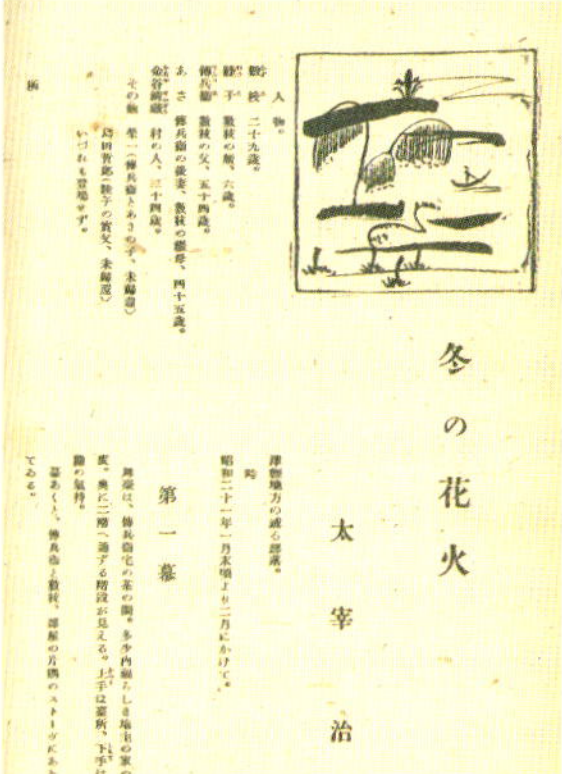
冬の花火
太宰治
人物。
數枝 二十九歳。
睦子 數枝の娘、六歳。
傳兵衞 數枝の父、五十四歳。
時
昭和二十一年一月末頃より二月にかけて。
第一幕

「展望」1946(昭和21)年6月号

敗戦からまもない1946（昭和21）年の青森を舞台に、未帰還の夫の帰りを待たずに新しい恋人をつくった主人公・数枝の帰郷とふるさとの人々の動揺を描く戯曲。原稿には数枝の冒頭の台詞に「日本の国の隅から隅まで占領されて、あたしたちは、ひとり残らず捕虜なのに」の一節があるが、初出の「展望」1946年6月号では削除されている。戦後は逆に、ＧＨＱの検閲を意識しなければならなかった。

「パンドラの匣」

家の嘆きといつていいだらう。一日も安住をゆるされない。その主張は、日々にあらたに、また日にあらたでなければならぬ。日本に於いて今さら昨日の軍閥官僚を攻撃したつて、それはもう自由思想ではない。便乗思想である。眞の自由思想家なら、いまこそ何を置いても叫ばなければならぬ事がある。」

「な、なんですか？　何を叫んだらいいのです。」

かつぽれは、あわてふためいて質問した。

「わかつてゐるぢやないか。」と言つて、越後獅子はきちんと正座し、

「天皇陛下萬歳！　この叫びだ。昨日までは古かつた。しかし、今日に於いては最も新しい自由思想だ。十年前の自由と、今日の自由とその内容が違ふとはこの事だ。それはもはや、神祕主義ではない。人間の本然の愛だ。今日の眞の自由思想家は、この叫びのもとに死すべきだ。アメリカは自由の國だと聞いてゐる。必ずや、日本のこの自由の叫びを認めてくれるに違ひない。わしがいま病氣で無かつたらなあ、いまこそ二重橋の前に立つて、天皇陛下萬歳！を叫びたい。」

固パンは眼鏡をはづした。泣いてゐるのだ。僕はこの嵐の一夜で、すつかり固パンを好きになつてしまつた。男つて、いいものだねえ。マア坊だの、竹さんだの、てんで問題にも何もなりやしない。以上、嵐の燈火と題する道場便り。失敬。

家の嘆きといつていいだらう。一日も安住をゆるされない。その主張は、日々にあらたに、また日にあらたでなければならぬ。日本は完全に敗北した。さうして、既に昨日の日本ではない。實に、全く、新しい國が、いま興りつつある。日本の歴史をたづねても、何一つ先例の無かつた現實が、いま眼前に展開してゐる。いままでの、古い思想では、とても、とても。」

固パンは眼鏡をはづした。泣いてゐるのだ。僕はこの嵐の一夜で、すつかり固パンを好きになつてしまつた。男つて、いいものだねえ。マア坊だの、竹さんだの、てんで問題にも何もなりやしない。以上、嵐の燈火と題する道場便り。失敬。

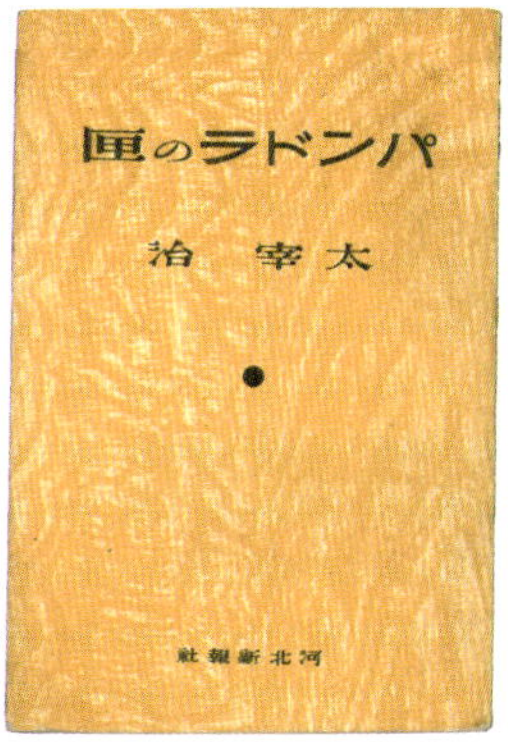

河北新報社版
『パンドラの匣』
（1946（昭和21）年6月）

双英書房版
『パンドラの匣』
（1947（昭和22）年6月）

中学卒業後肺病に冒され終戦とともに「健康道場」に入れられた主人公ひばりが友人へ宛てた手紙という体裁で書かれた作品で、周囲の人々との交流を通じ「新しい男」として生きる道を探る過程が描かれる。「河北新報」に1945（昭和20）年10月から翌1月まで連載され、その後単行本に収録。同室の詩人が、アメリカが自由の国であるからこそ「天皇陛下万歳！」という「叫び」を認めてくれるに違いないと主張する場面は、新聞連載時や完結直後の河北新報社版『パンドラの匣』には含まれているものの、翌1947年の双英書房版では削除の上、書き換えられている。

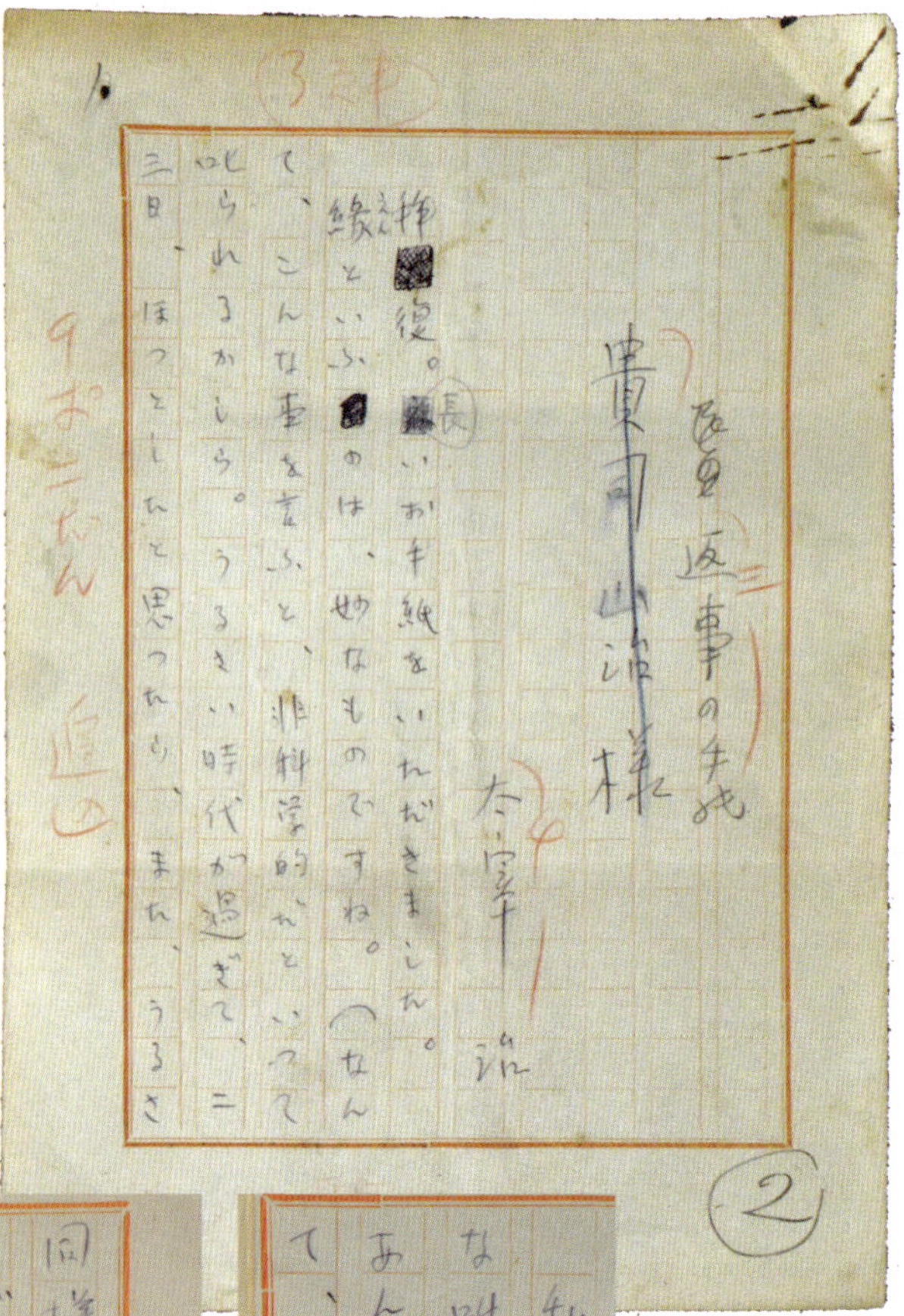
返事の手紙

貴司山治様　太宰治

拝復。長いお手紙をいただきました。
縁といふのは、妙なものですね。（なん
て、こんな事を言ふと、非科学的だといつて
叱られるかしら。うるさい時代が過ぎて、二
三日、ほつとしたと思つたら、また、うるさ

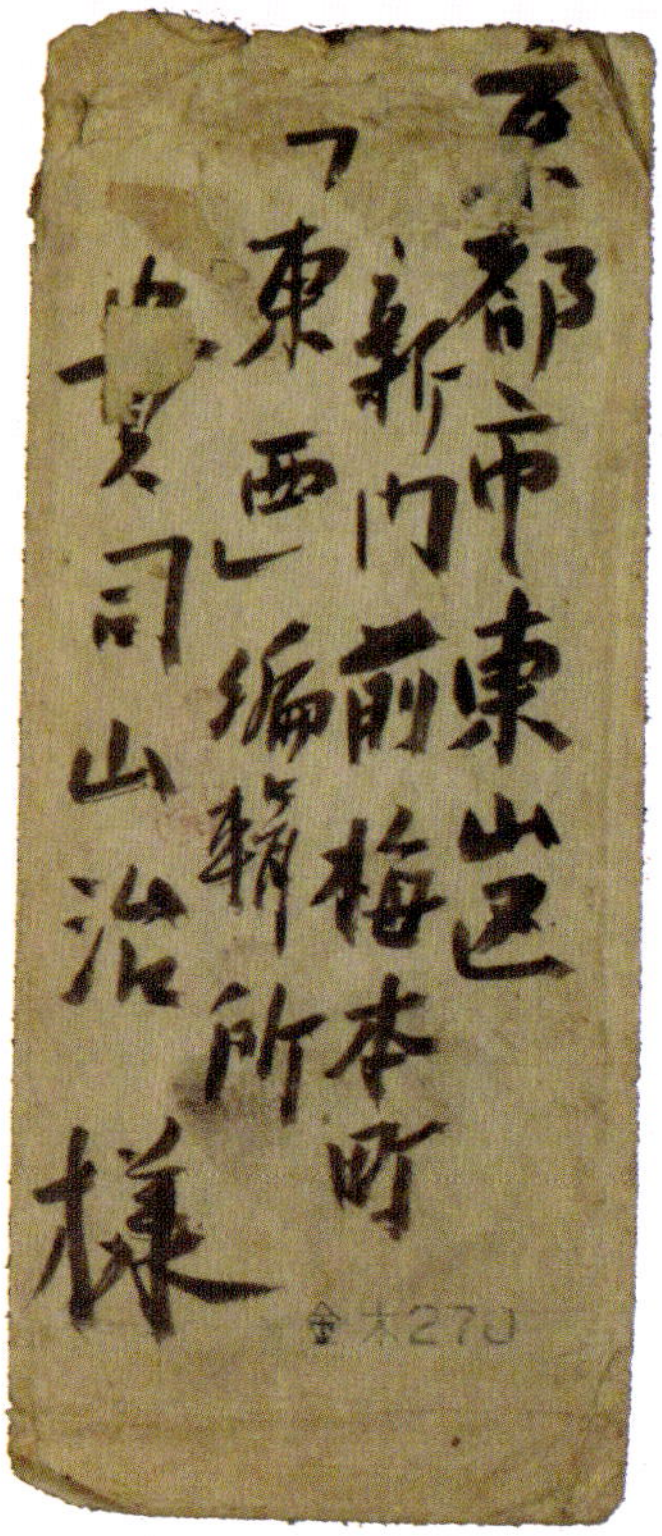
京都市東山区
新門前梅本町
「東西」編輯所
貴司山治様

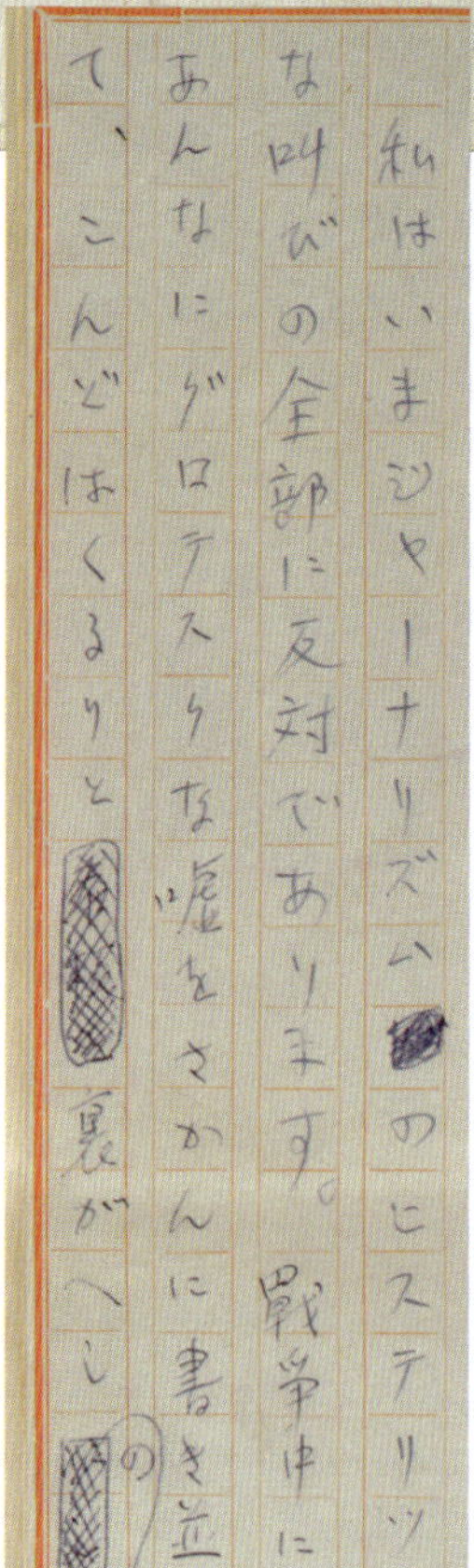
私はいまジャーナリズムのヒステリツク
な叫びの全部に反対であります。戦争中に、
あんなにグロテスクな嘘をさかんに書き並べ
て、こんどはくるりと裏がへしの

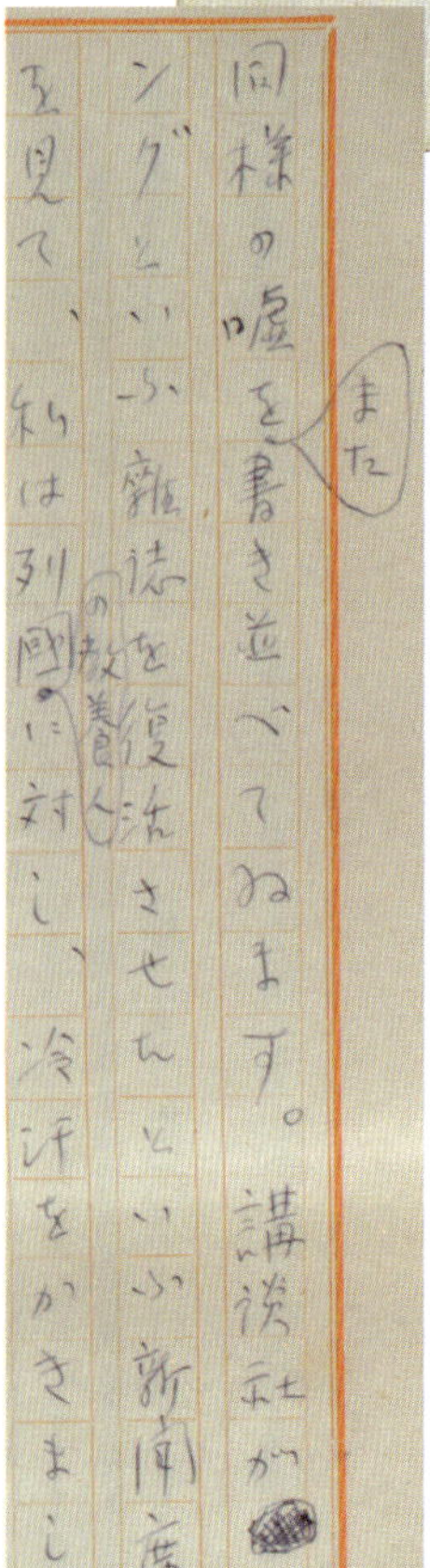
同様の嘘をまた書き並べてゐます。講談社がキ
ングといふ雑誌を復活させんといふ新聞広告
を見て、私は列國の教養人に対し、冷汗をかきました。

「返事の手紙」

作家・貴司山治との往復書簡として「東西」1946（昭和21）年5月号に発表された。太宰はこのなかで「戦争中に、あんなにグロテスクな嘘をさかんに書き並べて、こんどはくるりと裏がへしの同様の嘘をまた書き並べてゐます」と言い、次々と小説を書きなおしていったころの心情の一端を吐露している。

太宰治・井伏鱒二　戦後疎開中の往復書簡から

井伏鱒二　太宰治宛

（1945（昭和20）年8月27日）

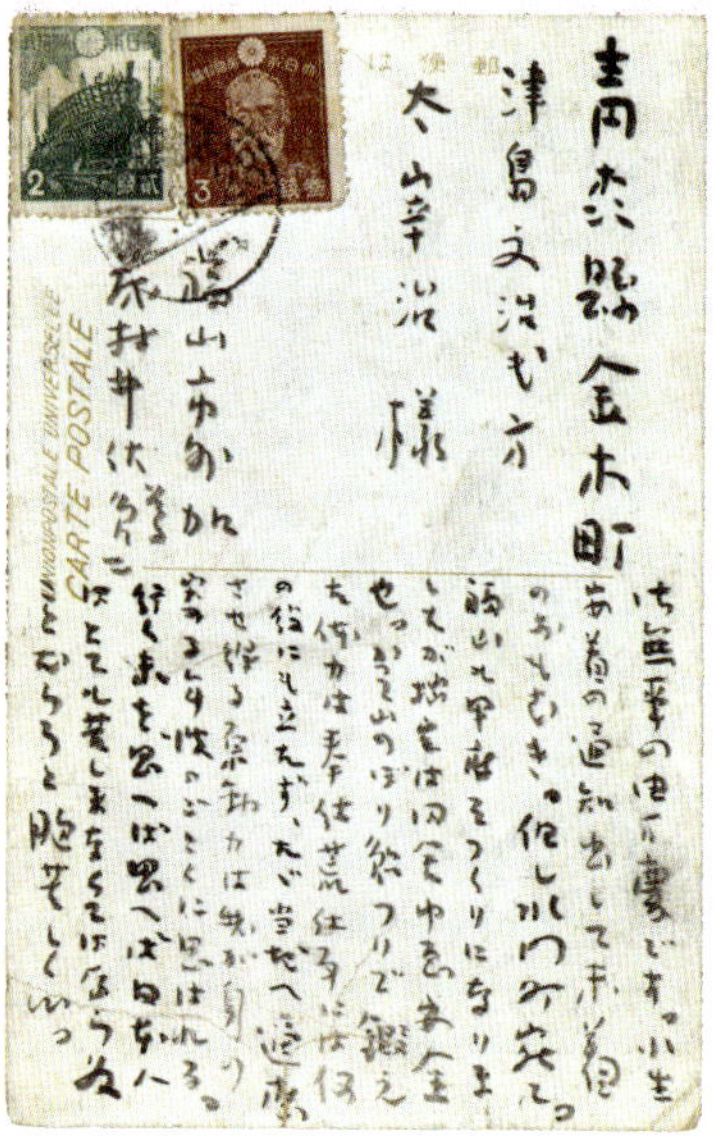

一九四五（昭和二〇）年八月二十七日
福山市外賀茂村　井伏鱒二　より
青森県金木町　津島文治氏方　太宰治　宛

御無事の由万慶です。小生安着の通知出して未着のおもむき。但し水門町[*1]宛て。福山も甲府そつくりになりましたが拙宅は田舎ゆゑ安全也。かつて山のぼり鮎つりで鍛えた体力は奉仕荒仕事には何の役にも立たず、たゞ当地へ適応させ得る原動力は我が身の寄る年波のごとくに思はれる。行く末を思へば思へば日本人はとても苦しまなくてはならぬことだらうと胸苦しく候。文治旦那によろしく。また美智子《ママ》さんによろしく。拙宅一同無事。須美子さんは高田家にて健在。英之助からの通信はないさうな[*2]。僕の仕事はこれからのごとし。いや、必ずさうあり度い。いまだ着手せずといへども云々。中畑さん[*3]へもよろしく。但し、よろしくとは安泰を祈るといふ意味に候。

八月二十七日　夜

*1　美知子夫人の実家・石原家の所在地。

*2　東京日日新聞甲府支局記者・高田英之助と妻・須美子への言及。高田は少年時代から井伏と親交があり、井伏を通じて太宰とも知り合った。井伏から太宰の結婚相手を探すよう求められた高田は、当時婚約者だった須美子の友人の姉・石原美知子を紹介した。

*3　中畑慶吉。56頁参照。

一九四五年（月日不詳）
青森県金木町　津島文治方（太宰治）より
広島県深安郡加茂村　井伏鱒二　宛

謹啓　けさ畑で草むしりをしてゐたら、姪が「井伏先生から」と言つて、絵葉書を持つて来ました。畑で拝読して、すぐ鍬をかついで家へ帰り、ゲエトルをつけたままでこの手紙を書いてゐます。このごろは、一日に二、三時間、畑に出て働いてゐるやうなふりをして、神妙な、帰農者みたいにしてゐるのです。御教訓にしたがひ、努めて沈黙し、人の話をただにこにこして拝聴してゐます。心境澄むも濁るも、てんで、そんな心境なんてものは無い、といふ現状でございます。まあ一年くらゐ、ぼんやりしてゐようと思つてゐます。（略）

　申しおくれましたが、甲府罹災の折には、かずかずのお品を奥様からいただき、女房が感激して居りました。どうか奥様によろしく山々御伝言おねがひ申し上げます。またその折には、白ズボンまでいただき、私はあれをはいて蟹田の中村君[*4]を訪問いたしました。

　申し上げたい事がたくさんあつたやうな気がいたします。でも、もう、死ぬ事も当分ないやうですし、あわてず、ゆつくり次々とおたより申し上げる事に致します。

　終りに一つ、当地方の実話を御紹介いたします。

「いくさにも負けたし、バイショウ金などもたくさんとられるだらうし。」

「イヤ、そんな事は何も心配ない。無条件降伏ではないか。よくもしかし、無条件といふところまでこぎつけたものだ。」

　大まじめに答へたといふその人は、隣村の農業会長とか何とか立派な身分のお方ださうです。神州不滅なり矣。

　これから秋になりますと、お互ひ田舎は、ゆたかになつて来るのではないでせうか。津軽は凶作の危機を、この十日ばかりの上天気でどうやら切り抜け平年作の見とほしがついたやうです。

　それではどうかくれぐれもお大事に、またおたより致します。

＊4　中村貞次郎。青森中学時代の太宰の同級生。

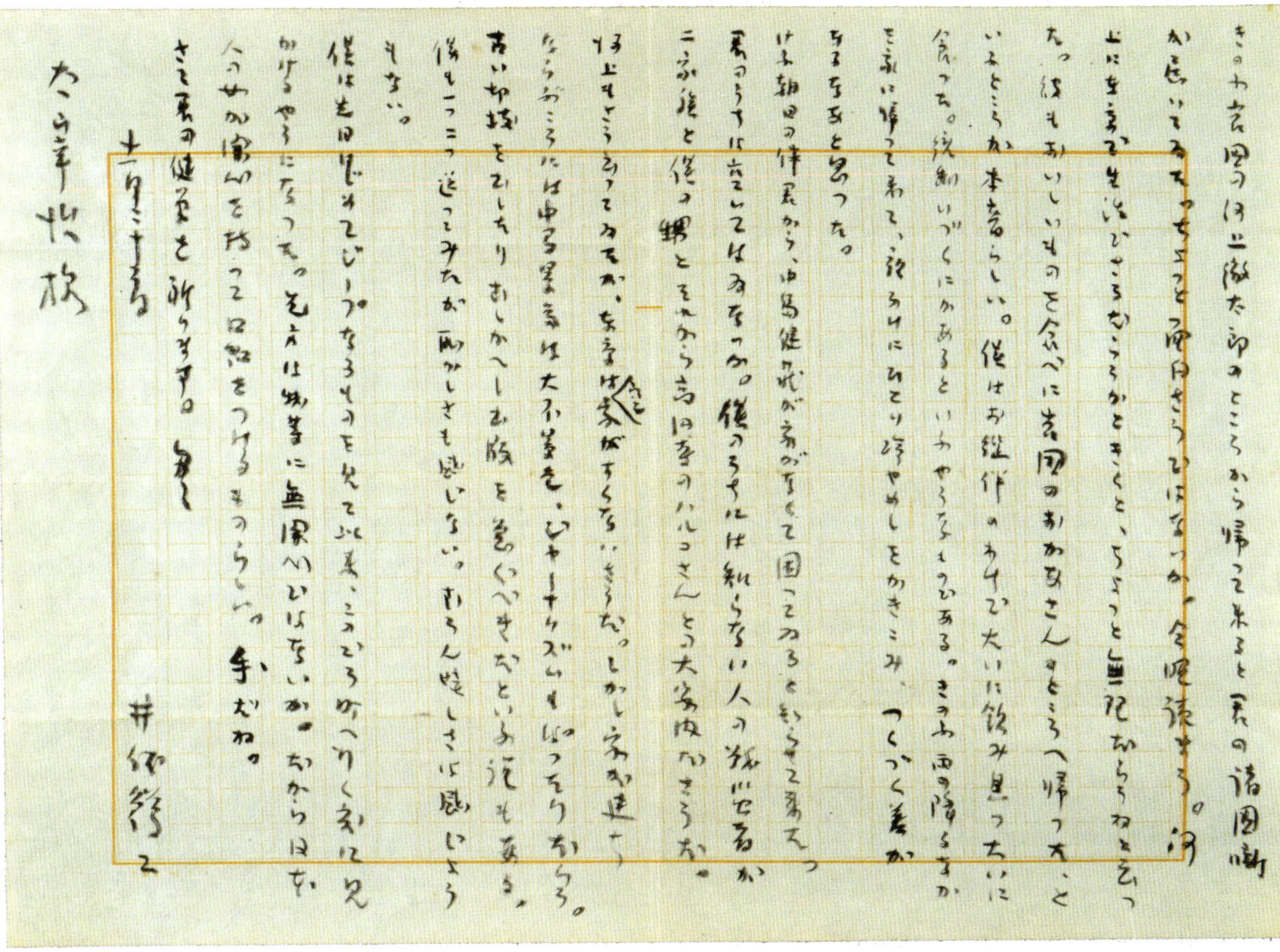

井伏鱒二　太宰治宛（1945（昭和20）年11月22日、個人蔵）

一一月二二日

広島県福山市外カモ村　井伏鱒二　より

青森県金木町　津島文治氏方　太宰治　宛

きのふ岩国の河上徹太郎のところから帰つて来ると君の諸国噺が届いてゐた。ちよつと面白さうではないか。今晩読まう。河上に東京で生活できるだらうかときくと、ちよつと無理だらうねと云つた。彼もおいしいものを食べに岩国のおかあさんのところへ帰つた、といふところが本音らしい。僕はお追従のわけで大いに飲み且つ大いに食つた。（略）

けふ朝日の伴君[*5]から、中島健蔵が家がなくて困つてゐると知らせて来た。君のうちは空いてはゐないか。（略）河上もさう云つてゐたが、東京は空家がすくないさうだ。しかし家が建ちならぶころには中間景気は大不景気、ジャーナリズムもぱつたりだらう。古い切抜を出したりむしかへし出版を急ぐべきだといふ説もある。僕も一つ二つ送つてみたが恥かしさも感じない。むろん嬉しさは感じようもない。（以下略）

＊5　伴俊彦。朝日新聞記者。

一九四五年一一月二三日
青森県金木町　津島文治方（太宰治）より
広島県深安郡加茂村　井伏鱒二　宛

拝復　いかがお暮しか、いつも考へてゐます。お子様、奥様、おさはりございませんか。また、おばあちやまなどいかがでせうか、なみなみならぬ事です。でも私は、食へなくなつたら死ぬつもりです。（あたりまへ。）たべものの話には、ウンザリしちやいました。もう食べものの話なんか、しないつもりです。居候生活も、まさに薄氷を踏むが如きものですけど。どうにかなるでせう。どうにもならなければ皆死ぬでせう。（略）心境かくの如くヤケクソに似てゐます。新聞小説＊6はじめてみたら、思ひのほか面白く無く、百二十回の約束でしたが、六十回でやめるつもりです。雑誌からの注文もいろいろありますが、とても応じ切れず、二つ三つ書いただけです。いつの世もジヤーナリズムの軽薄さには呆れます。ドイツといへばドイツ、アメリカといへばアメリカ、何が何やら。（略）

けふ、養徳社の庄野誠一君から速達がまゐりまして、各作家の代表作を集めて養徳文庫といふのを作るさうで、井伏さんの「一路不安」は、どういふものか、と問ひ合せがまゐりました。（以下略）

＊6　「パンドラの匣」。「河北新報」に一九四五年一〇月二二日から翌一月一五日にかけて全六十四回を連載（一部は「東奥日報」にも掲載）。

一一月二八日
青森県金木町　津島文治方（太宰治）より
広島県深安郡加茂村　井伏鱒二　宛

拝復　お手紙ありがたく拝読いたしました。河上さんと飲んだり食つたりなさつた由、よかつたですね。私は相手が無く、ひとり奥の部屋に閉ぢこもつて、せきばらひばかりしてゐます。文治兄は選挙も近づいたので、この寒いのにどこかへ出かけ、家の者は皆、「トンボ釣、けふはどこまで行つたやら」の心境です。もう地主生活もだめになるでせうし、選挙で走り廻つて、いつそ死にてえ、なんて思ふ夜もあるかも知れません。ハラハラします。

私たちも、いつ東京へかへれるやうになりますか。でも、もう、明日の事は考へないやうにしてゐます。見込みがつかないんですから。（略）

中島さんの件、中島さんさへかまはなかつたら、御利用下さいとおつしやつて下さい。（略）

出版景気といつても、景気にはこれまでいつもだまされて来ましたし、とにもかくにも、私はヒカン論一点張り。ただもう酒を飲んで俗物どもを罵倒したい気持で一ぱい。お身くれぐれも大事にねがひます、またおたより致します。

太宰治

十一月二十八日

井伏先生

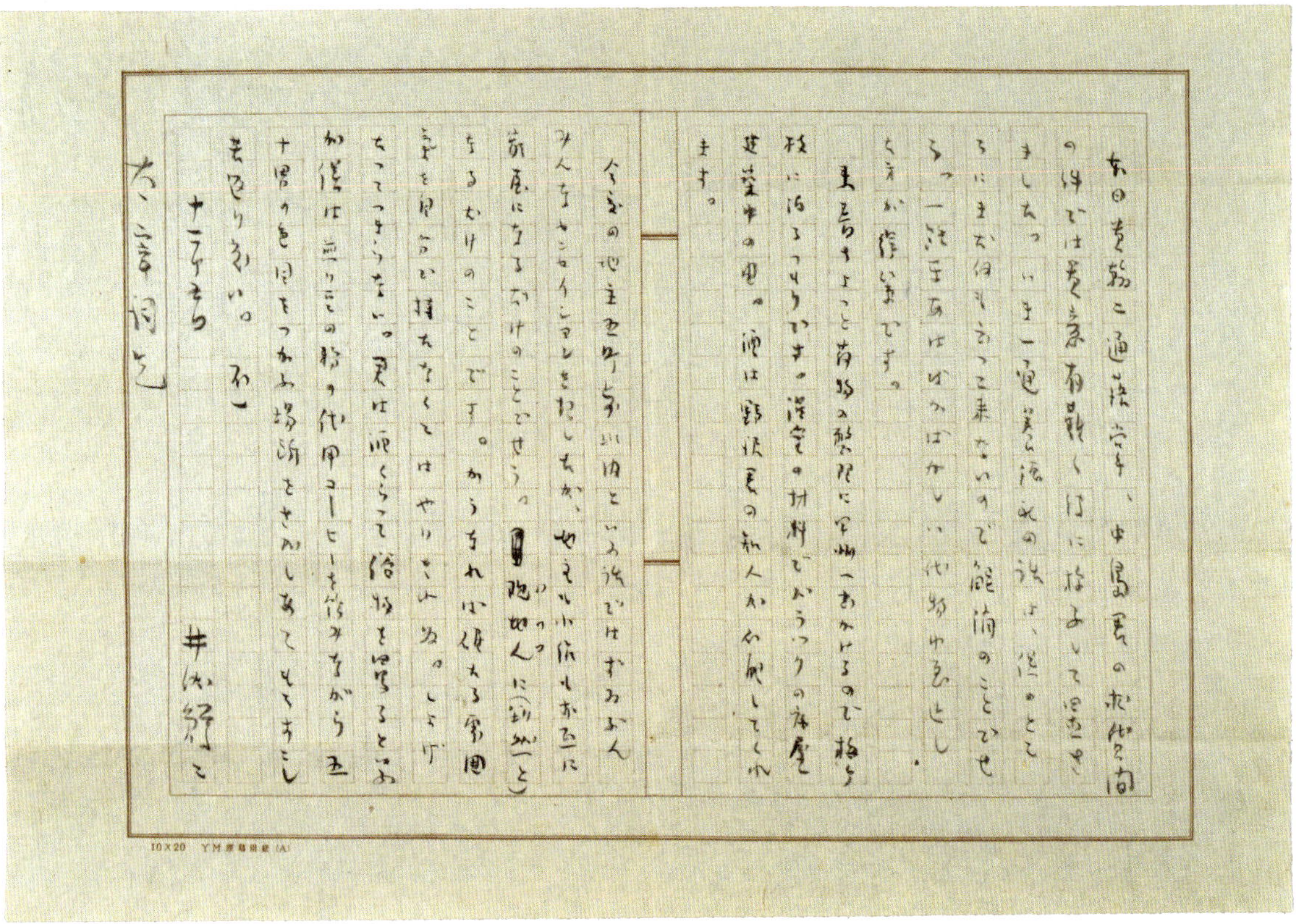

井伏鱒二　太宰治宛（1945（昭和20）年12月5日、個人蔵）

一二月五日
広島県福山市外カモ村　井伏鱒二より
青森県金木町　津島文治方　太宰治　宛

本日貴翰二通落掌、中島君の求貸間の件では貴意有難く彼に様子して置きました。いま一通養徳社の話は、僕のところにまだ何も云つて来ないので解消のことでせう。一路平安はばかばかしい代物ゆゑ止した方が得策です。

来春ちよつと荷物の整理に甲州へ出かけるので梅ヶ枝に泊るつもりです。温室の材料でバラツクの家屋建築中の由。酒は野澤君の知人が心配してくれます。

今度の地主五町歩以内といふ話ではずゐぶんみんなセンセイションきたしたが、地主も小作もお互に家臣になるだけのことでせう。現地人に（判然と）なるだけのことです。かうなれば確たる雰囲気を自分で持たなくてはやりきれぬ。しよげたつてつまらない。君は酒くらつて俗物を罵るといふが僕は煎り豆の粉の代用コーヒーを飲みながら五十男の色目をつかふ場所をさがしあてもうすこし若返り度い。不一

十二月五日

井伏鱒二

太宰詞兄

初公開「お伽草紙」原稿

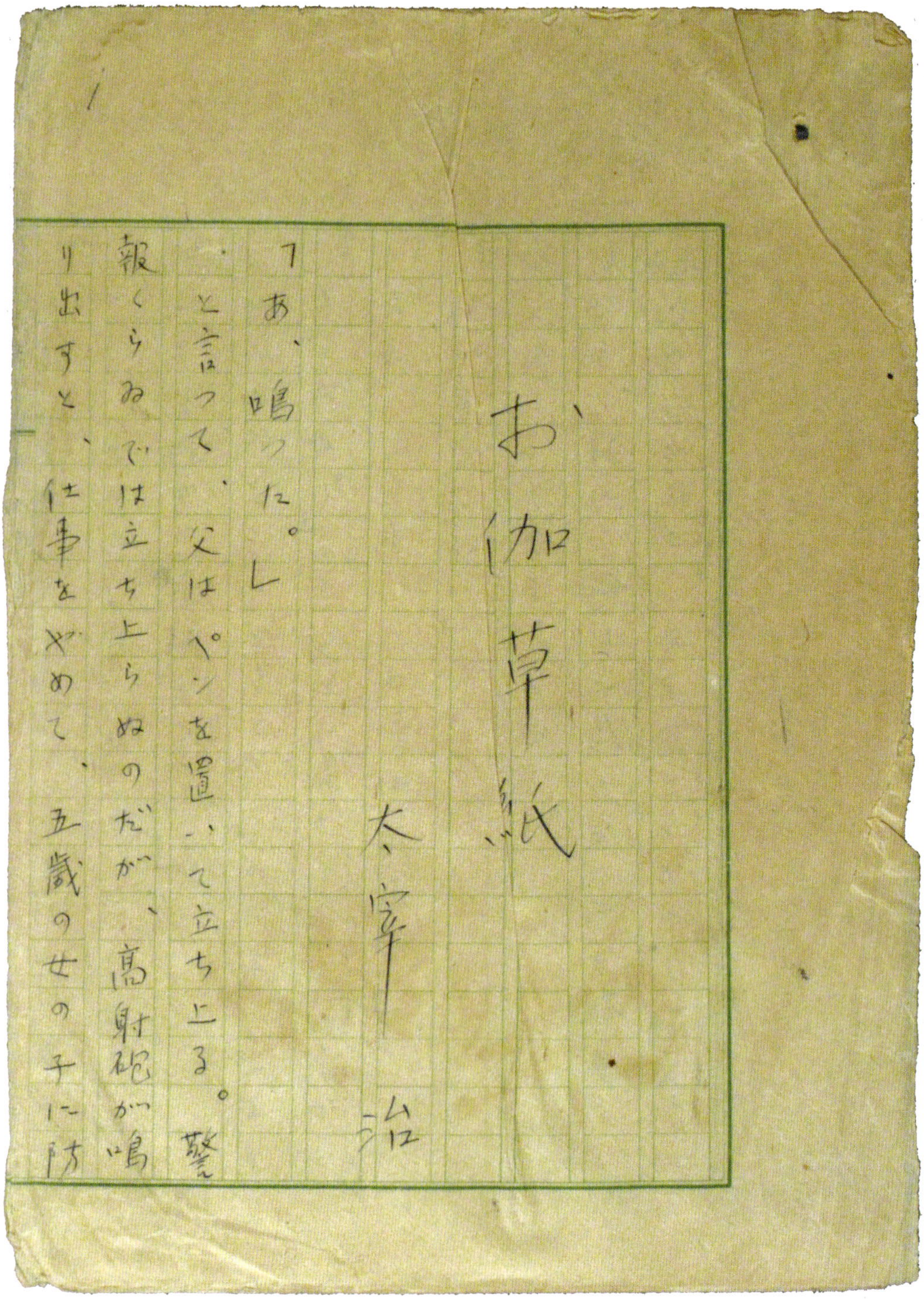

お伽草紙

太宰治

「あ、鳴つた。」

と言つて、父はペンを置いて立ち上る。警報くらゐでは立ち上らぬのだが、高射砲が鳴り出すと、仕事をやめて、五歳の女の子に防

ノンブル１　「前書き」

発表から七〇年の星霜を経て、このたび「お伽草紙」の完全原稿の存在が明らかになった。防空壕で幼い長女に童話を読み聞かせる中で着想したという「前書き」の記述に象徴されるように、まさに戦乱のさなかにこの作品は産声を上げたのである。下に引用した美知子夫人の証言は、この間の状況を生々しく伝えていて興味深い。太宰は疎開先の甲府の家が空襲で全焼する中、かろうじて「お伽草紙」の完成原稿を手に携えて避難したのだという。甲府で罹災したのは一九四五（昭和二〇）年七月のことで、終戦は翌月、刊行されたのはさらに翌々月の一〇月のことであった。疎開先の津軽で筑摩書房と連絡を取り、信州の伊那で本が印刷されたとも言われており、混乱のさなかにあって、さまざまな人々の手を経てこの原稿は世に出たのである。「瘤取り」の「アメリカ鬼、イギリス鬼」という記述が初版では「××××鬼、××××鬼」に改められ、再版では「殺人鬼、吸血鬼」、異版では「羅生門の鬼、大江山の鬼」に改められている事実も、時代の変転を如実に示すものと言えよう。

美知子夫人の証言

二十年三月十日、東京市中に大空襲があり、真赤に燃える東の空を望み見ましてから、妻子を甲府に疎開させることに決意して三月末甲府へ送つて行きました。「お伽草紙」の「前書き」と「瘤取り」はこのころ書き始められてゐました。（略）甲府から帰京直後の四月二日未明、三鷹町下連雀百十三番地一帯が爆撃にあひまして、隣組からも死傷者が出て、全壊半壊の家が続出する騒ぎで、太宰もそのとき来合せて居られた田中英光氏と小山清氏と三人、防空壕に胸まで埋まり、すでに危いところでした。高射砲の音にさへ戦いてゐた太宰にとつて、これほど恐しい体験は曾て無かつたでせう。殆んど失神状態になつたのでは無いかと思ひます。（略）「瘤取り」は甲府へ行つてから書きついだわけです。この作品は「現代」に掲載される筈で、甲府から送ったのですが、如何なる事情からか掲載されませんでした。（略）七月七日未明、甲府市は焼夷弾攻撃を受けて水門町二九番地の家も全焼する憂目に遭ひ、（略）水門町を逃げ出すとき、「お伽草紙」の原稿、預かり原稿、創作手帖、万年筆など机辺のもの一切を、五つになる長女を負ふた上に持出したのがのちのちまでも自慢の種でした。（略）「お伽草紙」は六月末までに全四篇出来てゐまして見舞に駈付けて来られた小山氏に託して筑摩書房に届けました。書きおろしで筑摩書房から出版することは、はじめから約束されてゐたのです。

（津島美知子「後記」（創芸社版『太宰治全集』第十一巻、一九五三（昭和二八）年、引用は『日本文学研究資料叢書 太宰治』（有精堂出版、一九七〇（昭和四五）年）による）

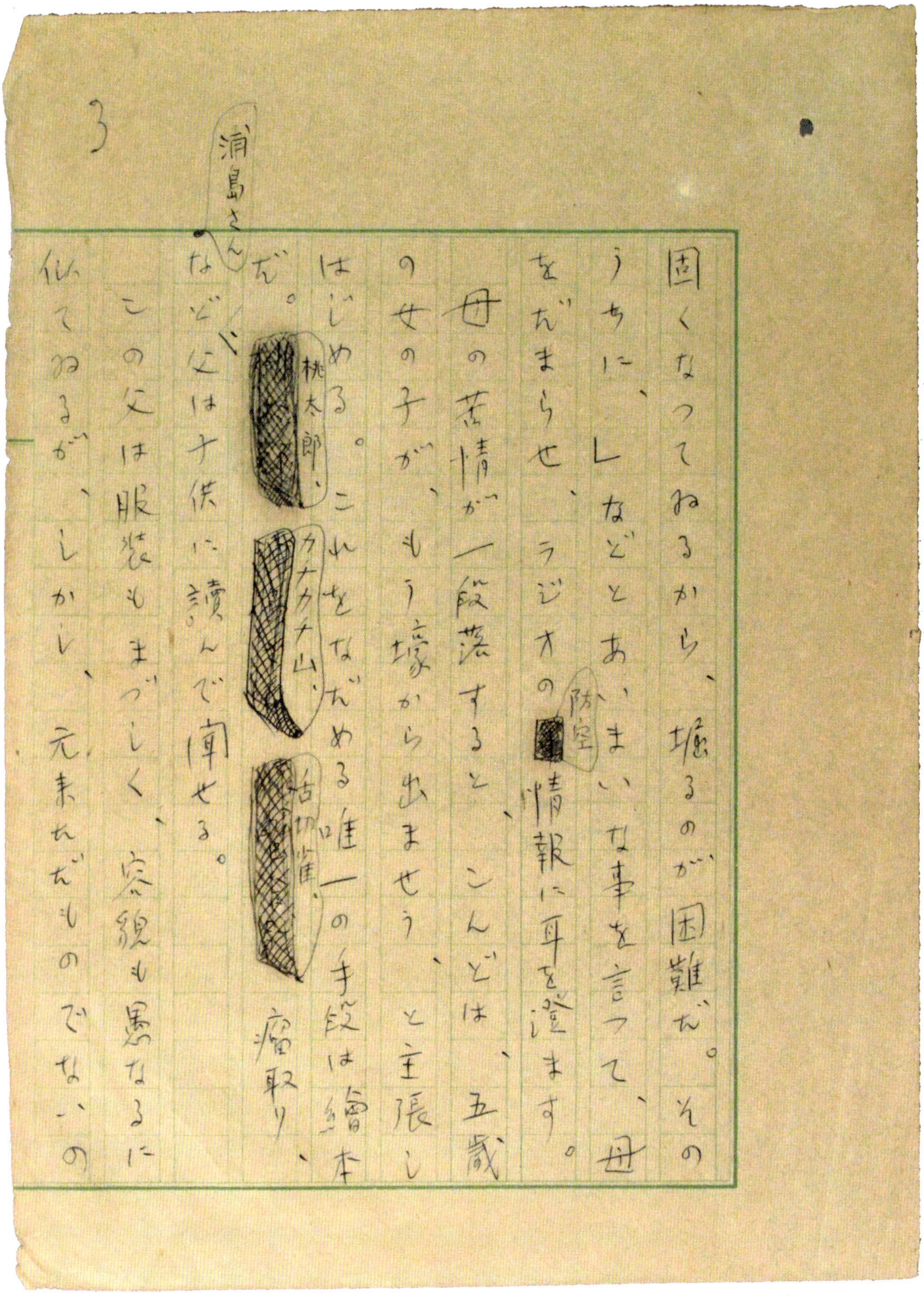

ノンブル3　「前書き」

「桃太郎、カチカチ山、舌切雀、瘤取り、浦島さんなど、父は子供に読んで聞せる」の部分、原稿の書直しからは、この部分は当初「桃太郎、浦島さん、猿蟹合戦、瘤取り」として構想されていたことがわかる。本作には日本のお伽噺をモチーフにした四作品「瘤取り」「浦島さん」「カチカチ山」「舌切雀」を収録し、「桃太郎」については当初書く予定だったが「ぎりぎりに単純化せられて、日本男児の象徴のやうになつてゐて、物語といふよりは詩や歌の趣きさへ呈して」おり困難だと作中で言及される。本作中でモチーフにならず言及もされない「猿蟹合戦」に前書きでふれようとした痕跡があるのは興味深い。

武内俊子文・河目悌二画『コブトリ』
（児童図書出版社、1944（昭和19）年、県立神奈川近代文学館所蔵）

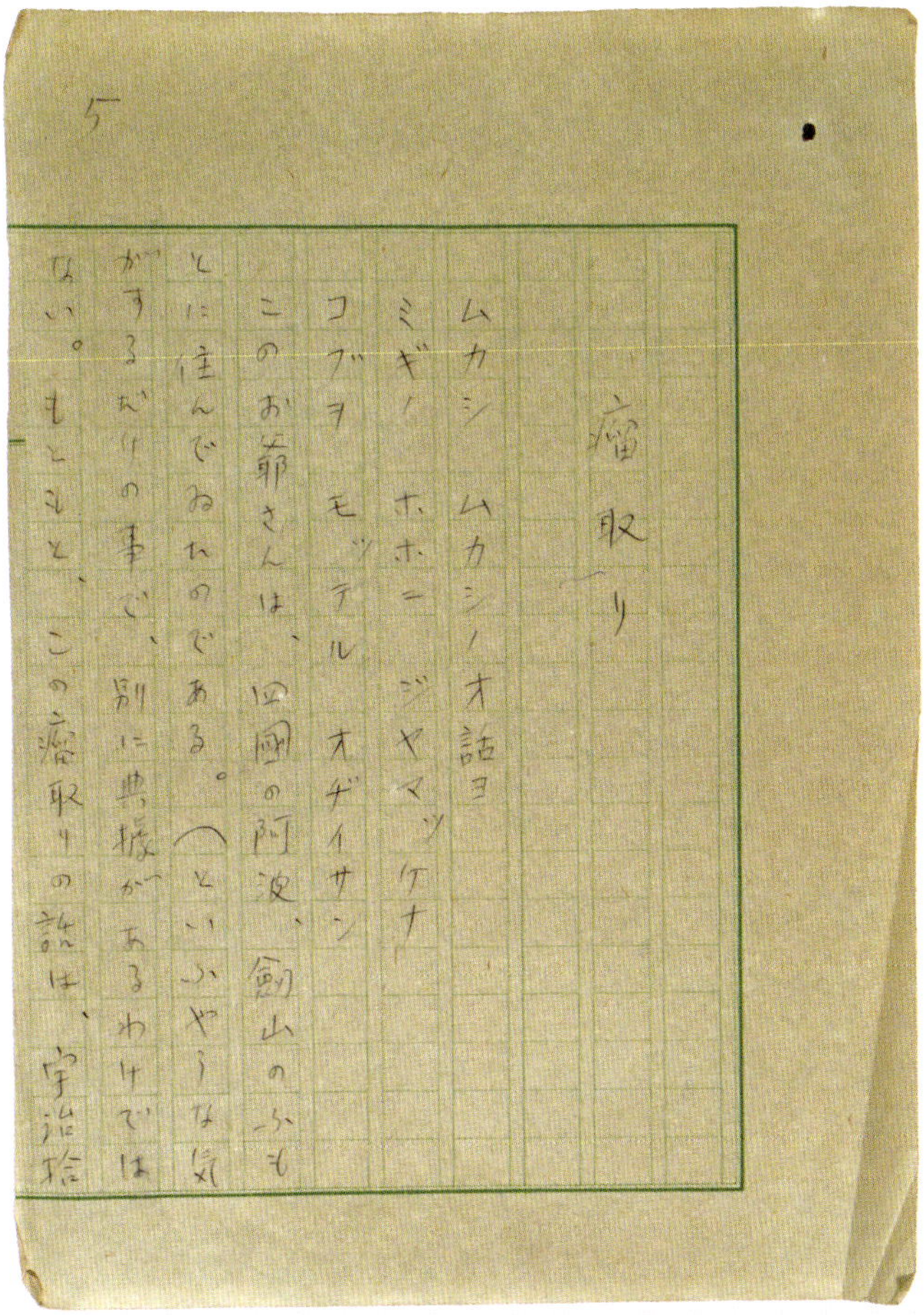

5

瘤取り

ムカシ　ムカシノオ話ヨ、
ミギノ　ホホニ　ジヤマッケナ
コブヲ　モッテル　オヂイサン
このお爺さんは、四國の阿波、劍山のふもとに住んでゐたのである。（といふやうな気がするだけの事で、別に典據があるわけではない。もともと、この瘤取りの話は、宇治拾

ノンブル５　「瘤取り」

「瘤取り」を中心に「ムカシムカシノオハナシヨ」などと挿入されるリズミカルな語りは武内俊子文・河目悌二画の絵本『コブトリ』からの引用であることが知られている。太宰は実際にこの絵本を娘に読み聞かせていたのかもしれない。

「瘤取り」

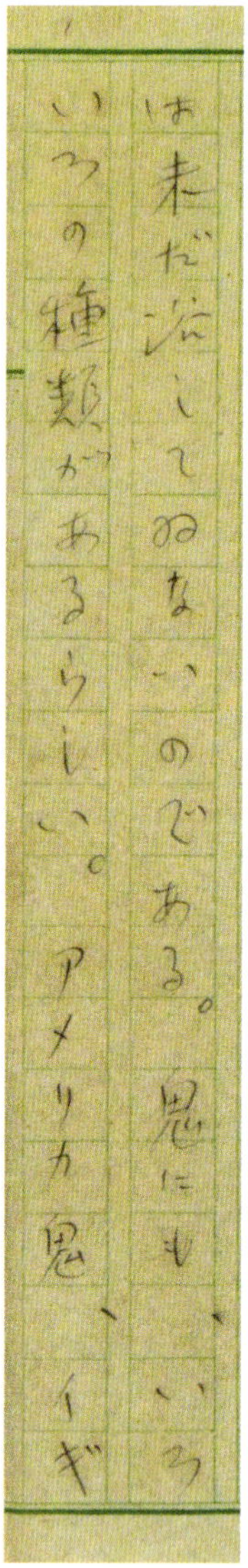

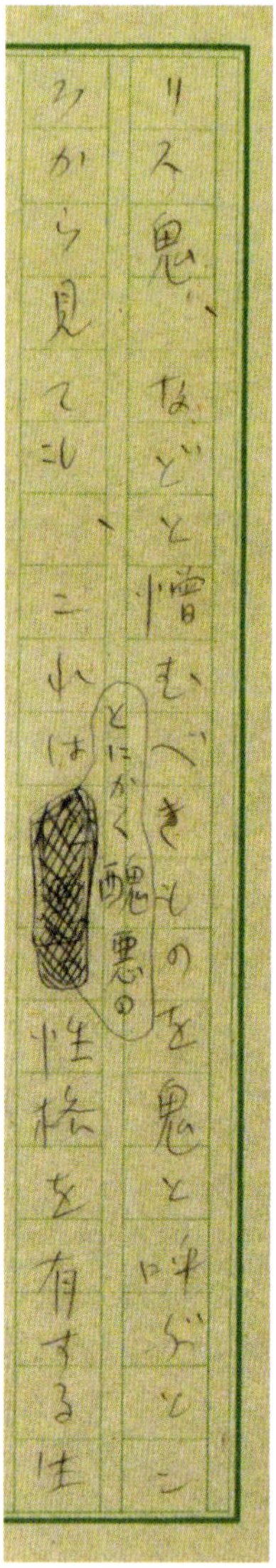

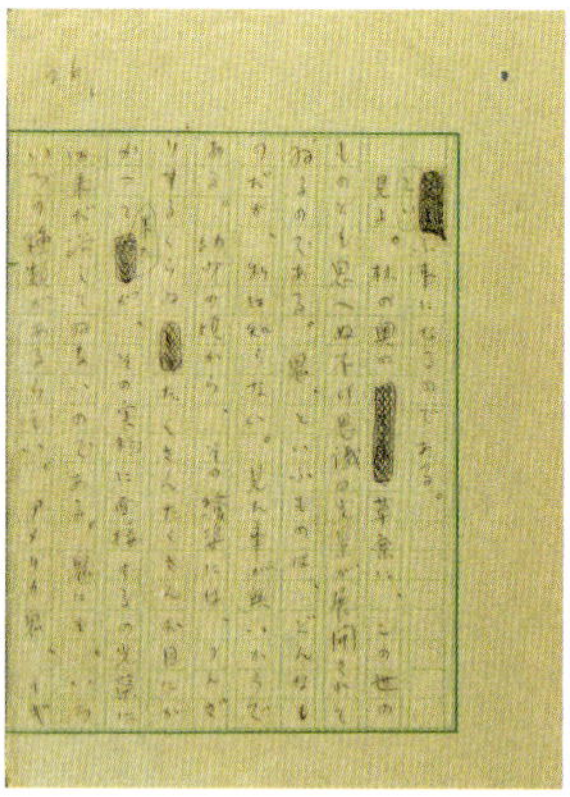

原稿　ノンブル26　「瘤取り」

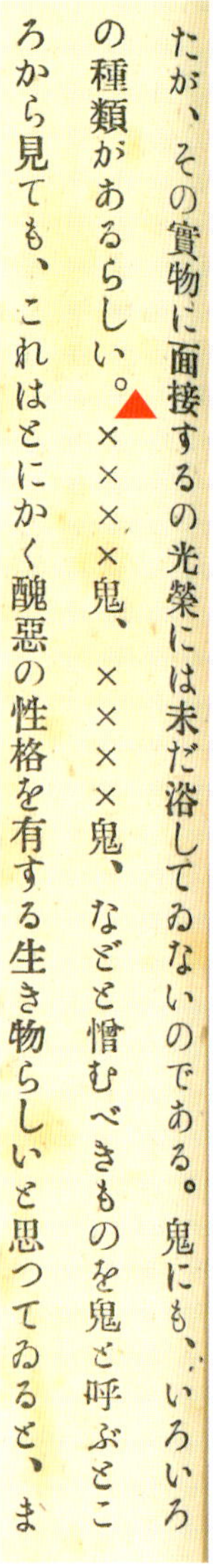
たが、その實物に面接するの光榮には未だ浴してゐないのである。鬼にも、いろいろの種類があるらしい。××××鬼、××××鬼、などと憎むべきものを鬼と呼ぶところから見ても、これはとにかく醜悪の性格を有する生き物らしいと思つてゐると、ま

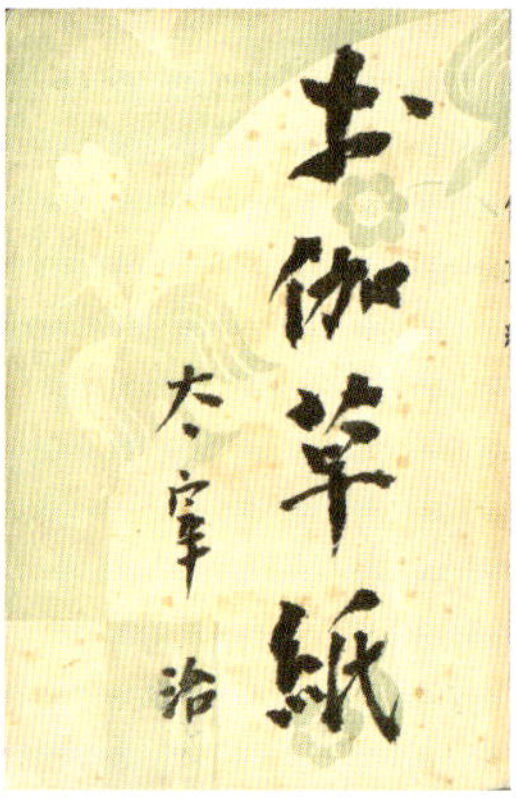

初版『お伽草紙』
(筑摩書房、1945(昭和20)年10月)

「お伽草紙」は敗戦直後の10月に筑摩書房より初版7500部が発行された。原稿には「アメリカ鬼、イギリス鬼」とある「瘤取り」の一節が、初版では「××××鬼、××××鬼」と伏字にされ、刊行時のあわただしさが察せられる。

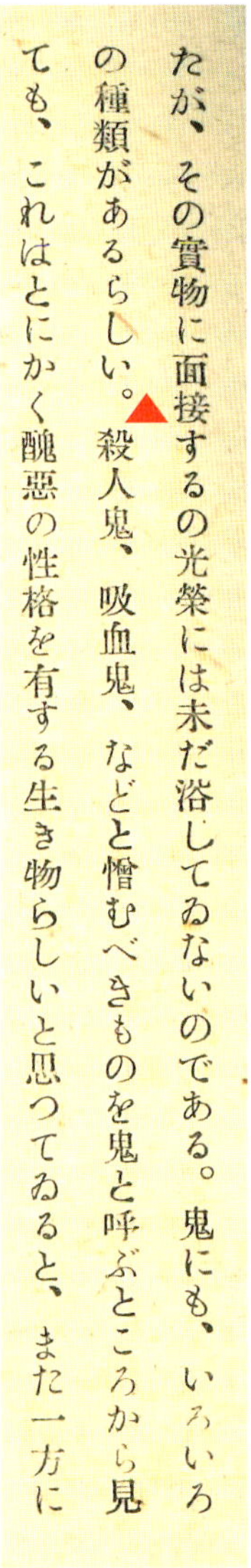

たが、その實物に面接するの光榮には未だ浴してゐないのである。鬼にも、いろいろの種類があるらしい。殺人鬼、吸血鬼、などと憎むべきものを鬼と呼ぶところから見ても、これはとにかく醜惡の性格を有する生き物らしいと思つてゐると、また一方に

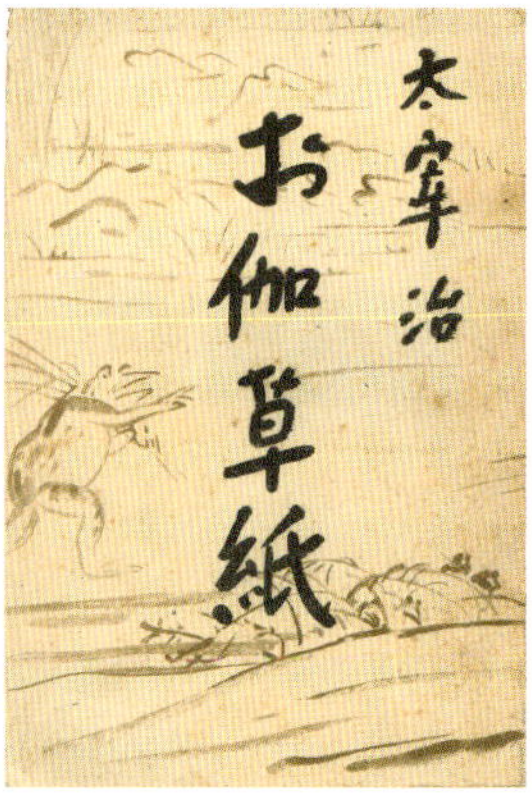

再版『お伽草紙』(筑摩書房、1946年2月)

初版発行の翌年2月、再版として7000部を発行。京都・高山寺に伝わる「鳥獣人物戯画」の図案(模写)をとりいれた装幀に改められ、「瘤取り」の一節は初版の「××××鬼、××××鬼」から「殺人鬼、吸血鬼」と改められた。

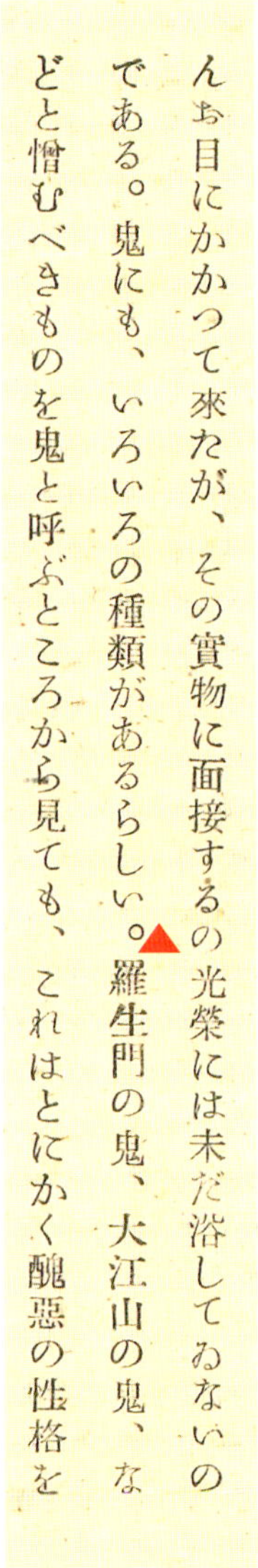

んお目にかかつて來たが、その實物に面接するの光榮には未だ浴してゐないのである。鬼にも、いろいろの種類があるらしい。羅生門の鬼、大江山の鬼、などと憎むべきものを鬼と呼ぶところから見ても、これはとにかく醜惡の性格を

異版『お伽草紙』(南北書園、1948年9月)

太宰の短編集『八十八夜』(1946年)の版元・南北書園から刊行された。「瘤取り」の一節は「羅生門の鬼、大江山の鬼」とある。

修正のあとをたどる

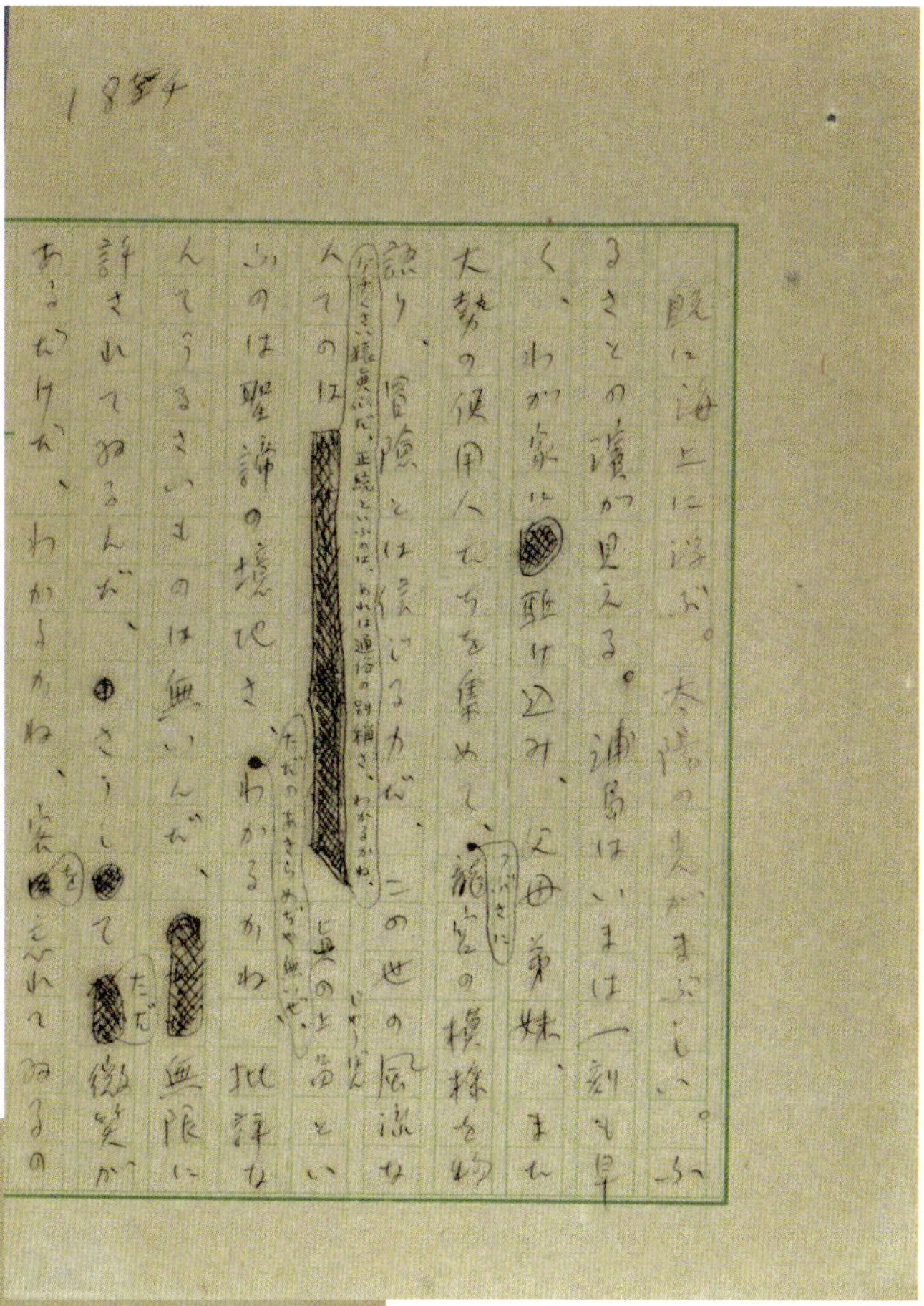
ノンブル184「浦島さん」

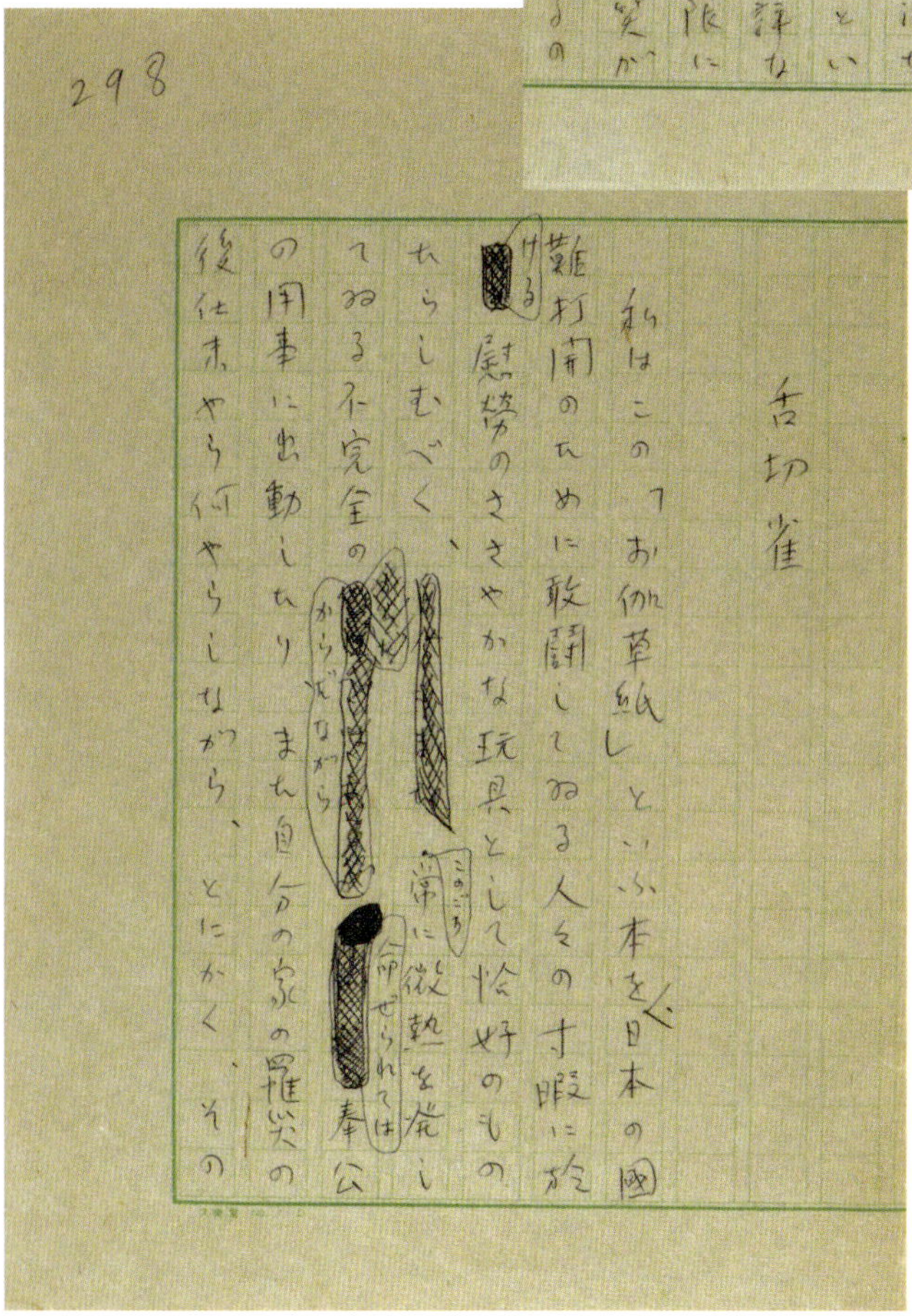
ノンブル298　「舌切雀」

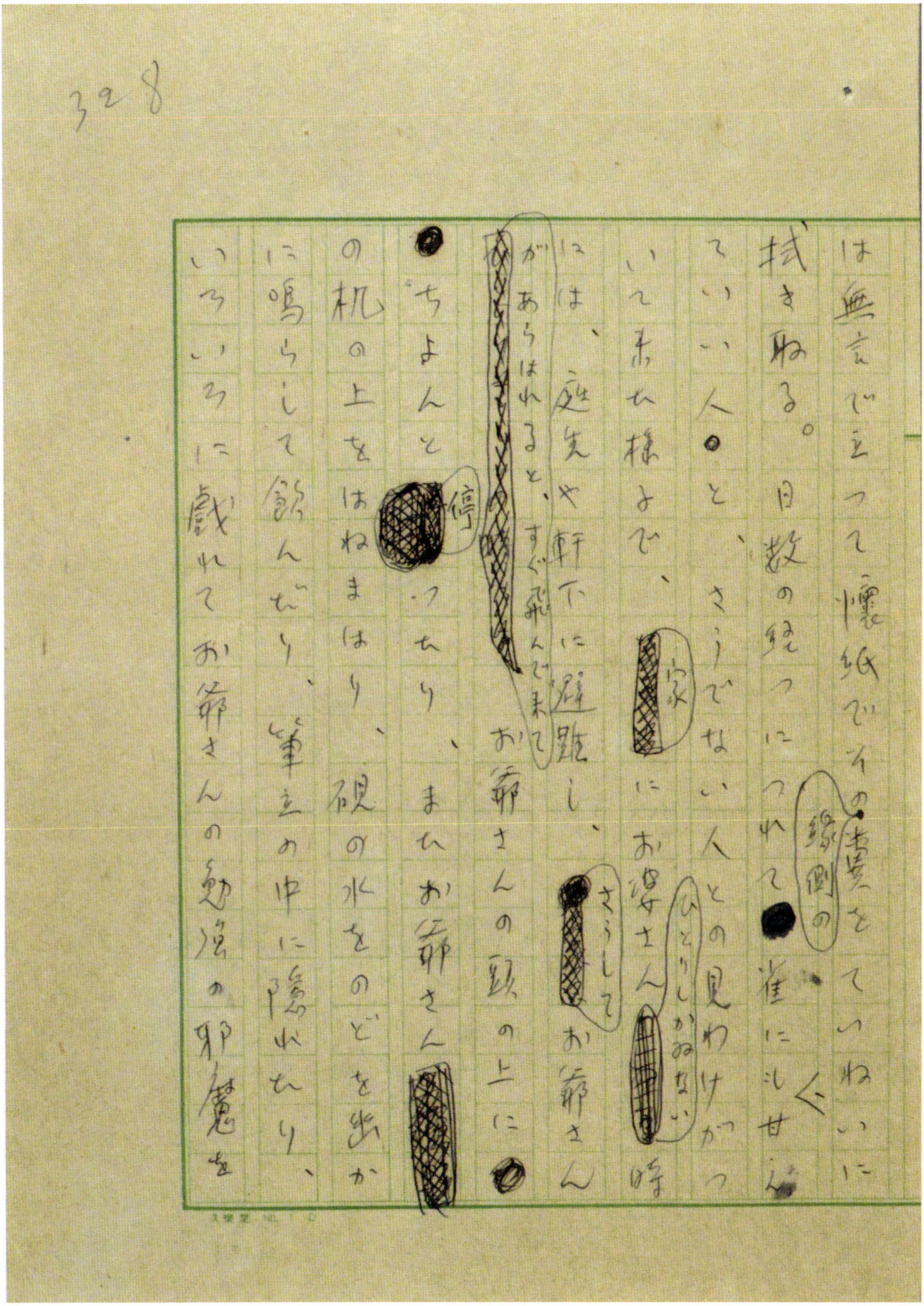

328

は無言で立って懐紙で石の縁側の糞をていねいに拭き取る。日数の経つにつれて雀にも甘くていい人と、さうでない人との見わけがついて来た様子で、家にお婆さんひとりしかゐない時には、庭先や軒下に避難し、さうしてお爺さんがあらはれると、すぐ飛んで来てお爺さんの頭の上にちょんと停つたり、またお爺さんの机の上をはねまはり、硯の水をのどを出かに鳴らして飲んだり、筆立の中に隠れたり、いろいろに戯れてお爺さんの勉強の邪魔を

ノンブル328 「舌切雀」

もう一つの「お伽草紙」原稿

「お伽草紙」には、青森県近代文学館に「前書き」と「瘤取り」のみの別稿が収蔵されている。あるいは前掲（一〇九頁）の美知子夫人の証言にあるように、雑誌「現代」の四月号に掲載される予定の原稿だったのだろうか。だが、比較すると、今回明らかになった完成原稿をさらに浄書した形になっており、時期的に符合しない。あるいは甲府で別の雑誌に掲載する計画があったのか、真相は不明である。

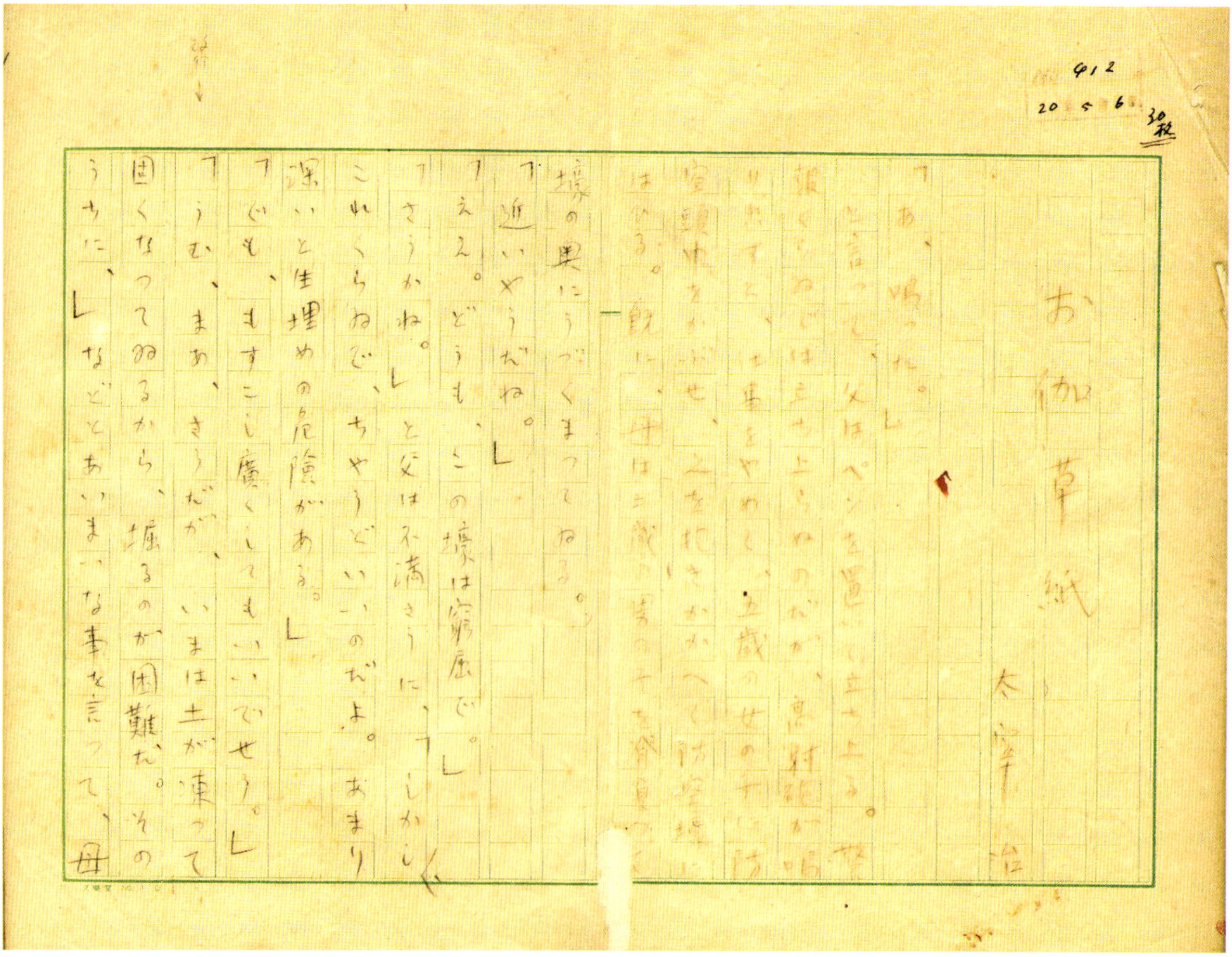
お伽草紙　太宰治

「あ、鳴つた。」

と言つて、父はペンを置いて立ち上る。警報くらゐでは立ち上らぬのだが、高射砲が鳴り出すと、仕事をやめて、五歳の女の子に防空頭巾をかぶせ、これを抱きかかへて防空壕にはひる。既に、母は二歳の男の子を背負つて壕の奥にうづくまつてゐる。

「近いやうだね。」

「ええ。どうも、この壕は窮屈で。」

「さうかね。」と父は不満さうに、「しかし、これくらゐでちやうどいいのだよ。あまり深いと生埋めの危険がある。」

「でも、もすこし廣くしてもいいでせう。」

「うむ、まあ、さうだが、いまは土が凍つて固くなつてゐるから、掘るのが困難だ。そのうちに、」などとあいまいな事を言つて、母

青森県近代文学館所蔵「お伽草子」原稿

第6部

「斜陽」と「人間失格」

晩年の代表作、「斜陽」と「人間失格」関係の資料である。この二作については、草稿と完成稿の双方が「太宰治文庫」に収蔵されているので、相互を比較することによって、創作のプロセスを再現することができる。特に「人間失格」からは、執筆の過程で構想が微妙に変化し、書き悩んでいる作者の姿が一箇のドラマとして浮かび上がってくることだろう。「太宰治文庫」の完成原稿の多くは太宰の着ていた着物を用いて製本されており、収集と保存に努めた美知子夫人の思いが込められている。「斜陽」の題簽はドナルド・キーンの手になるもの。川端康成がキーンと著作権者の夫人を仲介し、「斜陽」と「人間失格」の英訳が実現したのである。それはまた、太宰治の文学が「世界文学」として、世に羽ばたいていくきっかけでもあった。

（安藤　宏）

「斜陽」の世界

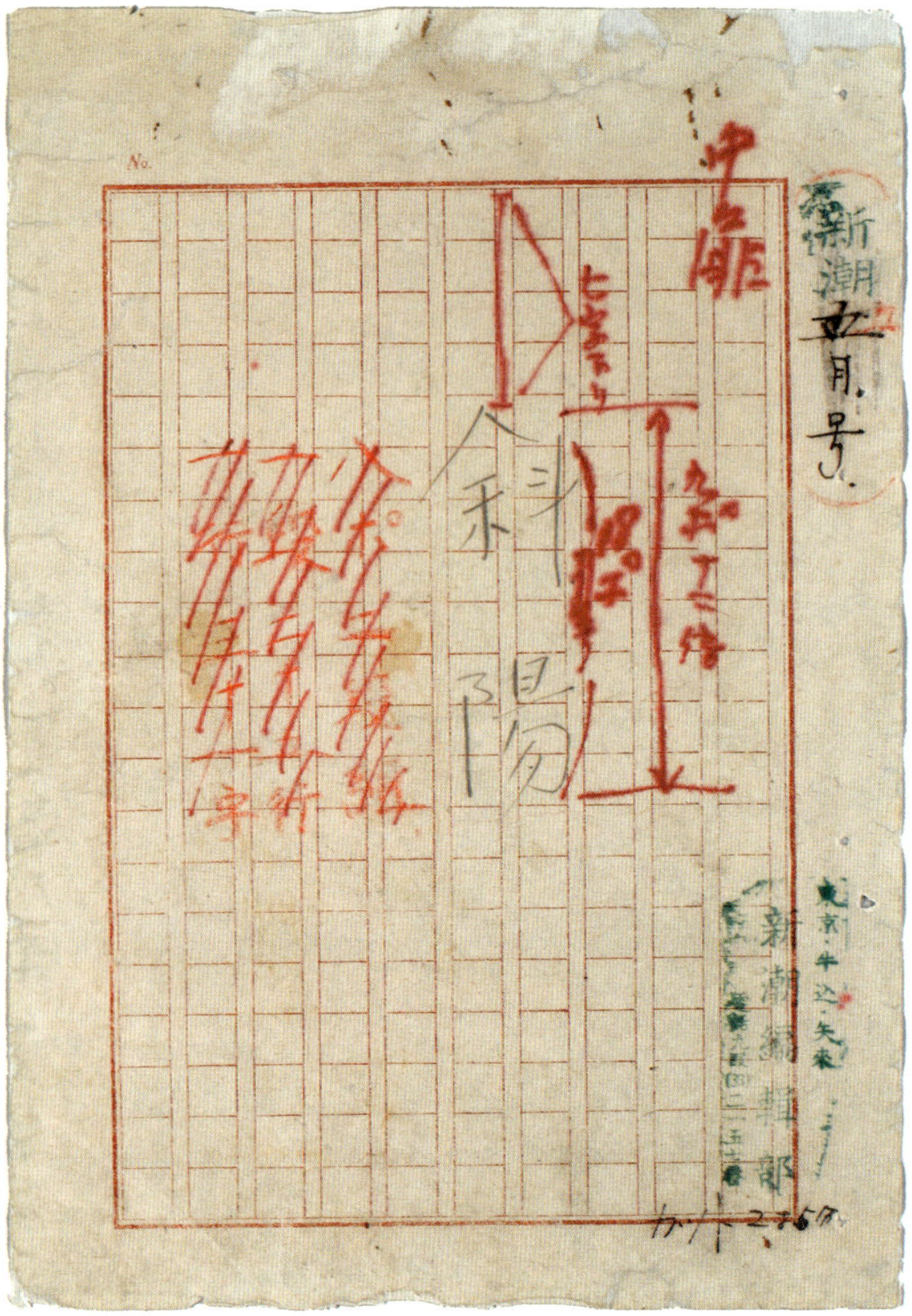

「斜陽」原稿

「斜陽」原稿は1987年に美知子夫人により521枚が日本近代文学館に寄贈された。これらは太宰が生前に愛用した着物の生地を表紙に用いた4冊に装本され、さらにドナルド・キーンが題簽を書いている。同時に寄贈された原稿には井伏鱒二や石川淳、亀井勝一郎といったかかわりの深い文学者が題簽を書いた。

キーンは太宰の「斜陽」や「人間失格」を英訳し海外に紹介したが、残された書簡からは太宰亡きあと、川端康成が美知子夫人とキーンとを仲介していたことが分かる。

『斜陽』（新潮社、1947（昭和22）年12月）

No. 2

「あ。」

と幽かな叫び声をお擧げになつた。

「髮の毛?」

スウプに何か、イヤなものでも入つてゐたのかしら、と思つた。

「いいえ。」

お母さまは、何事も無かつたやうに、またひらりと一さじ、スウプをお口に流し込み、すましてお顔を横に向け、お勝手の窓の、満開の山櫻に視線を送り、さうしてお

左からドナルド・キーン、美知子夫人、津島園子氏（太宰長女）（個人蔵）

1964（昭和39）年、中央公論社刊行の文学全集『日本の文学』の企画でキーンと美知子夫人との対談が実現した。このなかで美知子夫人はキーンが太宰文学を初めて海外に紹介した当時の心境を「なにか黒船来たるみたいな感じで大あわての気持」「キーンさんがあの時のペルリかハリスのような気がする」と回想している。

写真は『日本の文学』第65巻月報（1964年4月）に掲載されたもの。

ドナルド・キーン題簽

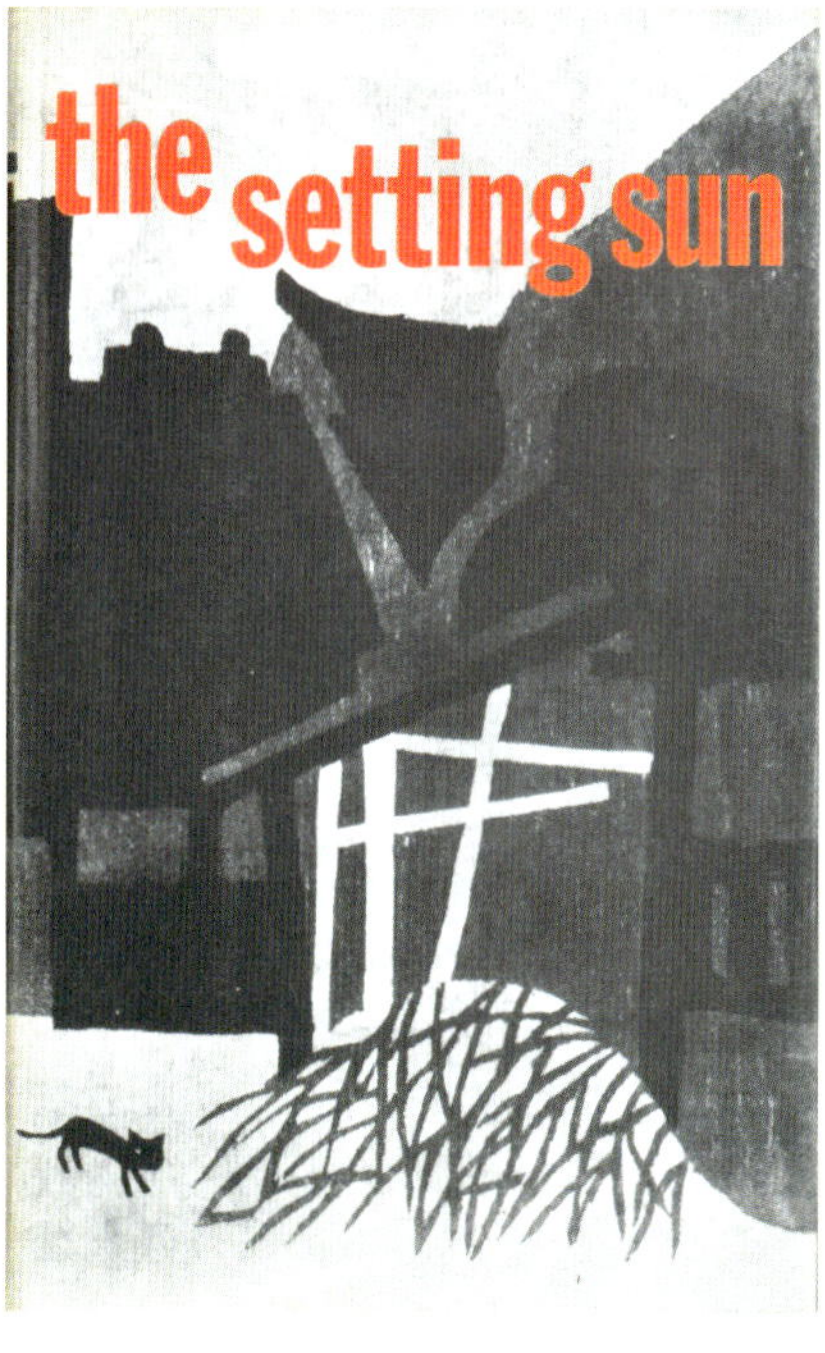

『the setting sun』（New Directions、1956年）
（ドナルド・キーンにより英訳された『斜陽』）

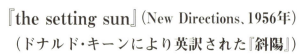

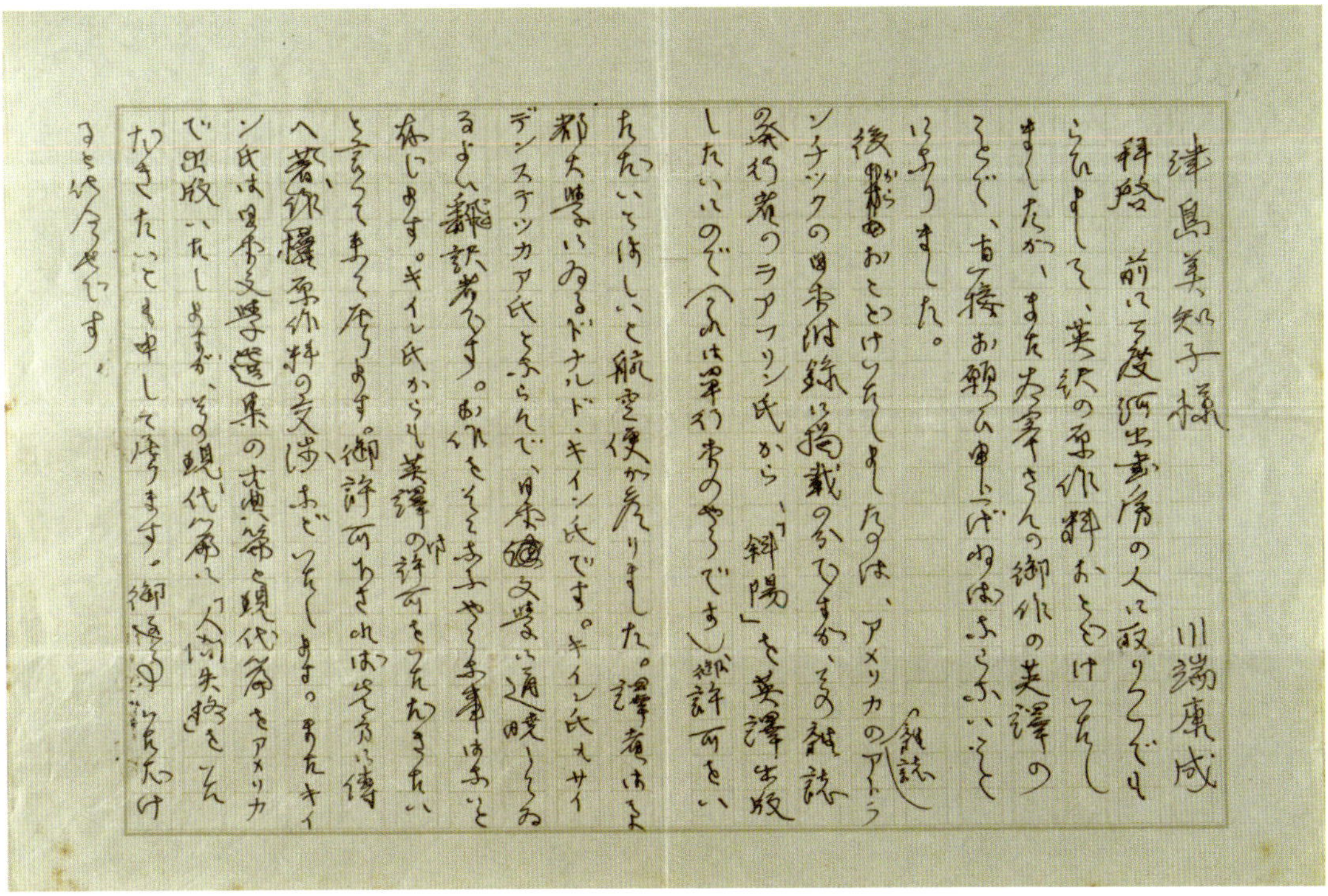

川端康成　津島美知子宛書簡（1955（昭和30）年3月6日、個人蔵）

津島美知子様

川端康成

拝啓　前に二度河出書房の人に取りついでもらひました、英訳の原作料おとどけいたしましたが、また太宰さんの御作の英訳のことで、直接お願ひ申上げねばならないことになりました。

後からおとどけいたしましたのは、アメリカの雑誌アトランチツクの日本附録に掲載の分ですが、その雑誌の発行者のラアフリン氏から、「斜陽」を英訳出版したいにので（これは単行本のやうです）御許可をいただいてほしいと航空便が参りました。訳者は京都大学にゐるドナルド・キイン氏です。キイン氏もサイデンステツカア氏とならんで、日本文学に通暁してゐるよい翻訳者です。お作をそこなふやうな事はないと存じます。キイン氏からも英訳の御許可をいただきたいと言つて来て居ります。御許可下されば先方に伝へ著作権原作料の交渉などいたします。またキイン氏は日本文学選集の古典篇と現代篇をアメリカで出版いたしますが、その現代篇に「人間失格」をいただきたいとも申して居ります。御返事いただけると仕合せです。

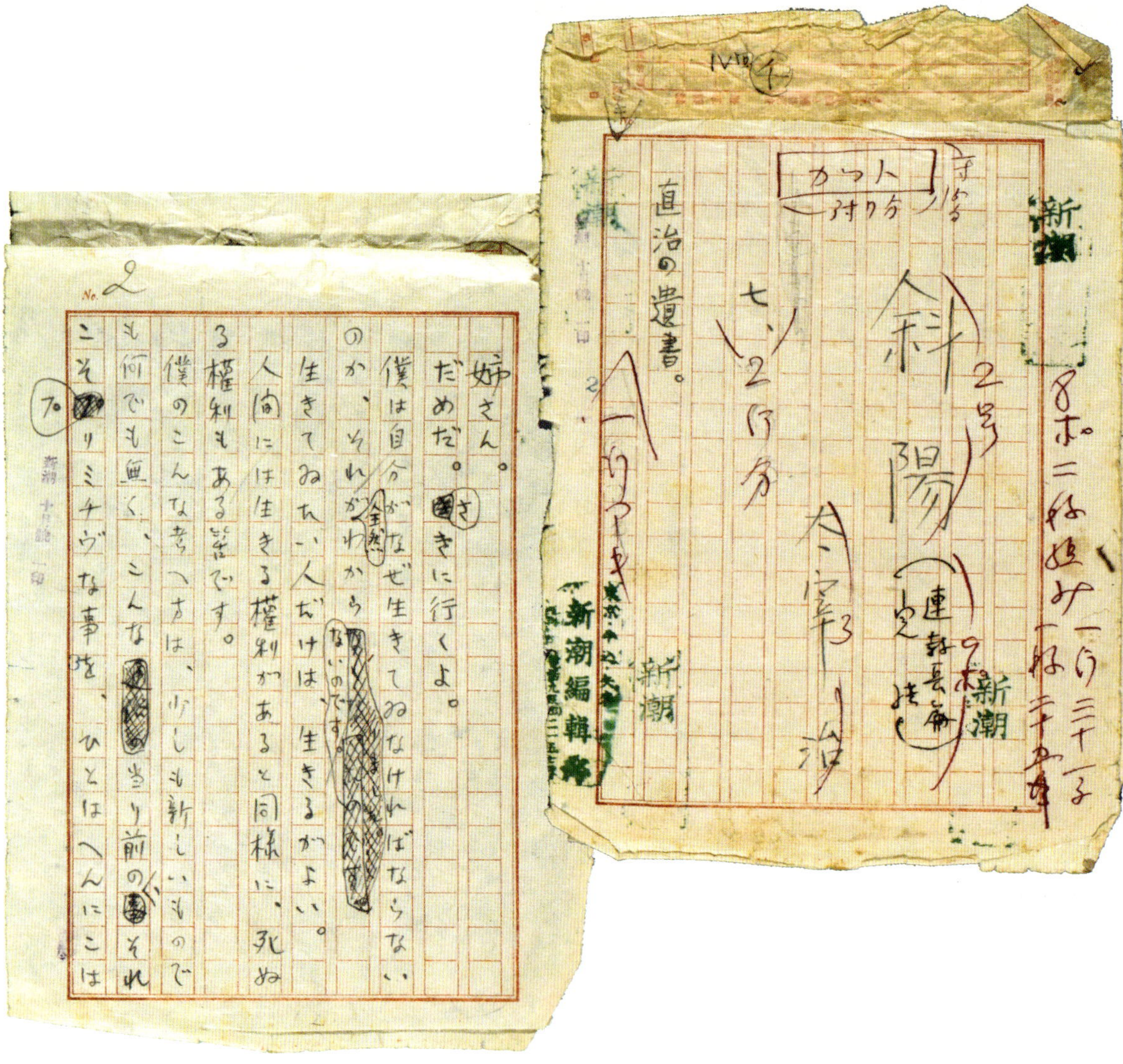

斜陽
太宰治
直治の遺書。

No. 2
姉さん。

だめだ。さきに行くよ。

僕は自分がなぜ生きてゐなければならないのか、それが全然わからないのです。

生きてゐたい人だけは、生きるがよい。

人間には生きる権利があると同様に、死ぬる権利もある筈です。

僕のこんな考へ方は、少しも新しいものでも何でも無く、こんな当り前の、それこそリミチヴな事を、ひとはへんにこは

佐藤俊夫新潮社元会長旧蔵　「斜陽」原稿

美知子夫人寄贈の「斜陽」原稿は６枚分が欠けており、所在不明だったが、2017年新潮社の佐藤俊夫元会長の遺品からこのうち４枚が発見され、日本近代文学館に寄贈された。連載第３回（「新潮」1947（昭和22）年９月）および図版の第４回（同10月）の冒頭２枚ずつで、七十年ぶりの〝対面〟を果たしたことになる。

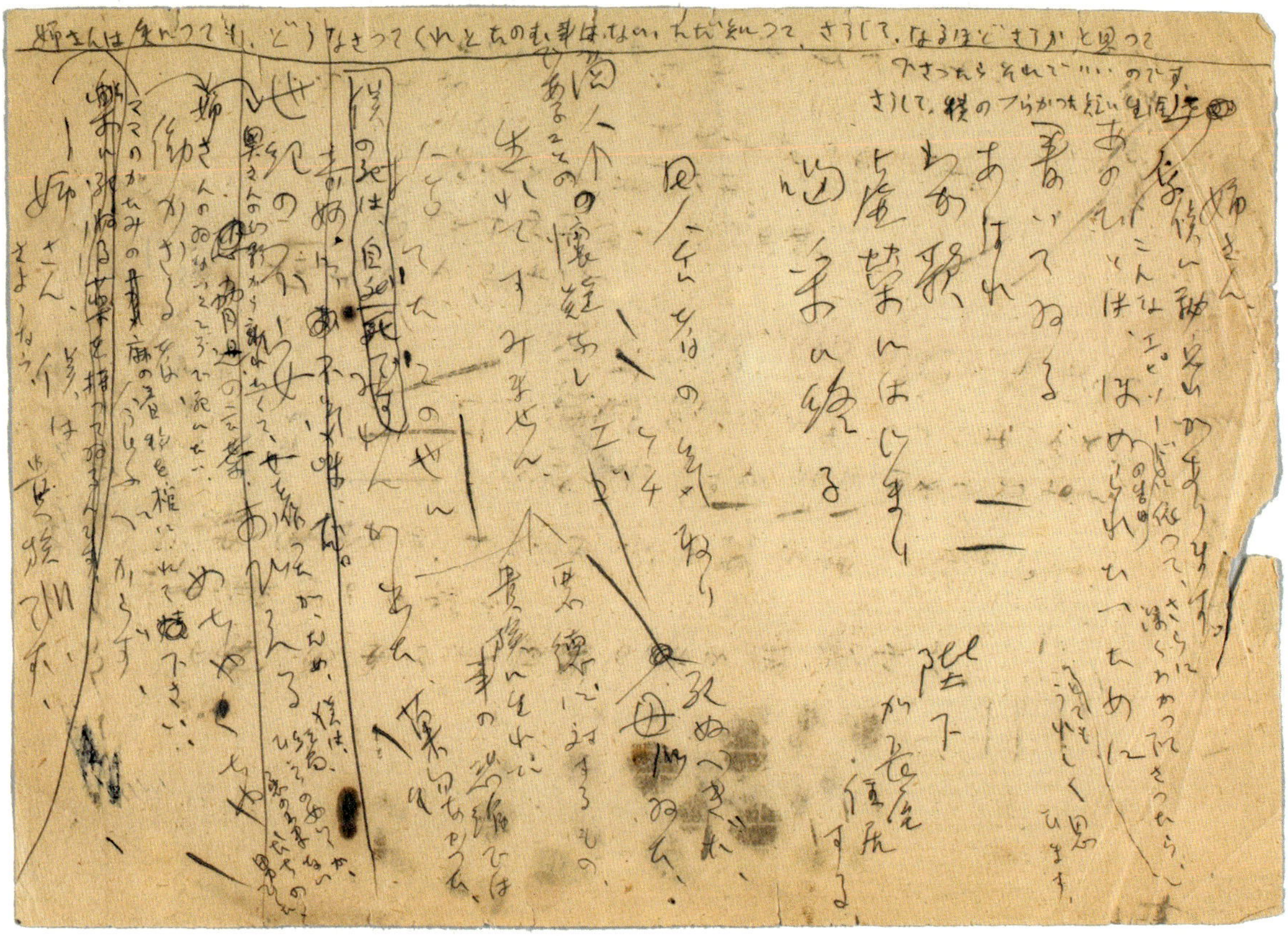

「斜陽」草稿

姉さんは知つても、どうなさつてくれとたのむ事はない、ただ知つて、さうして、なるほどさうかと思つて
下さつたら、それでいいのです、
さうして、僕のつらかつた短い生涯を

姉さん
□僕に秘密があります。
こんなエピソードの告白に依つて、さらに、
深くわかつて
下さつたら、
あのひとは、ほめられたいために
とても
うれしく思
ひます、
書いてゐる、
あはれ
わが歌
陛下
虚栄にはじまり
が長屋
喝采に終る
住居
する、
田舎者の気取り
死ぬべきだ、
母がゐた、
商人
であることの　懐疑なし　ケチ
エゴ
生れてすみません
悪徳に対するもの
貴族に生れた
事の恐縮では
なかつた
捨てたこの世に
果物
僕の死は自然死です　みれんが出た、
奇妙に不気味、だ。
世紀の不安、
奥さんの幻影から離れたくて、女を作つたが、だめ、僕は、
恐脅迫の言葉、おびえる
結局、
ひとりの女にしか、
恋の出来ない
たちの
男でした、
めちゃくちゃ
姉さんのゐないところで死にたい、
働かざる者、
ママのかたみの~~キカタ~~麻の着物を棺にいれて焼下さい
食ふべからず、
~~楽に死ねる薬を持つてゐるんです~~
— 姉さん、僕は貴族です、
さようなら、

草稿からは太宰が本作のなかでも「直治の遺書」の文章を念入りに検討したことが分かる。

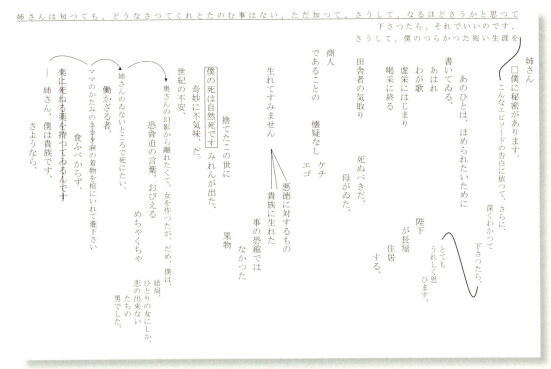

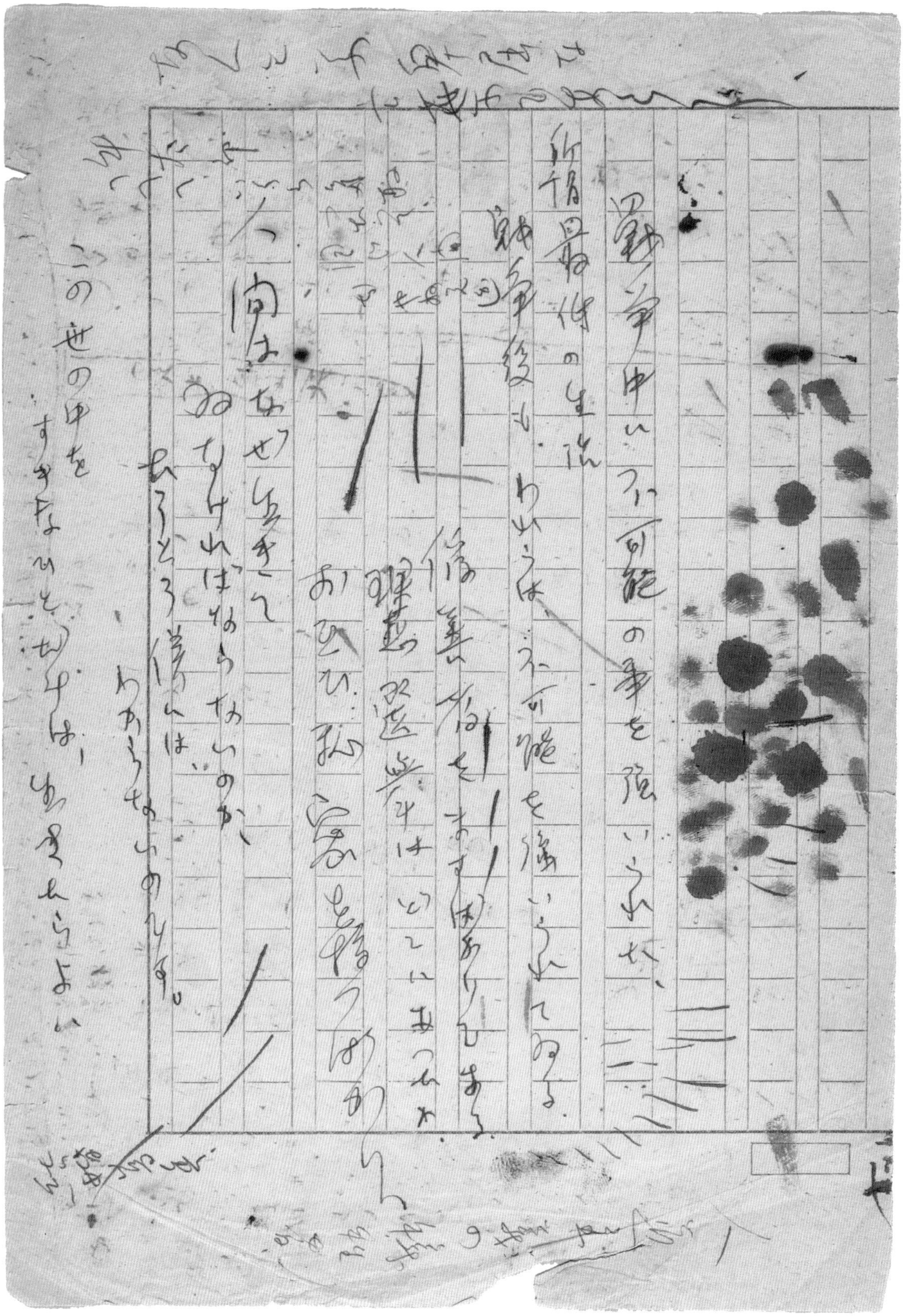

「斜陽」草稿

戦争中に不可能の事を強いられた、
所謂最低の生活
戦争後も、われらは、不可能を強いられてゐる、
偽善者をますばかりである、
理想選挙はどこにあつたか、
お互ひ秘密を持つばかり、

人道主義の犠牲者

なんといふ卑屈な
言葉であらう、

いくら気取
つたつて、
同じ人間
ぢやねえか

牛太郎
くくく、

人間はなぜ生きて、
ゐなければならないのか、
たうとう僕には、
わからないのです。

この世の中を
すきなひとだけは、生きたらよい

結婚写真、

「斜陽」発表の年、行きつけだった三鷹の鰻屋の屋台「若松屋」の前で。小滝穆撮影。

「人間失格」のできるまで

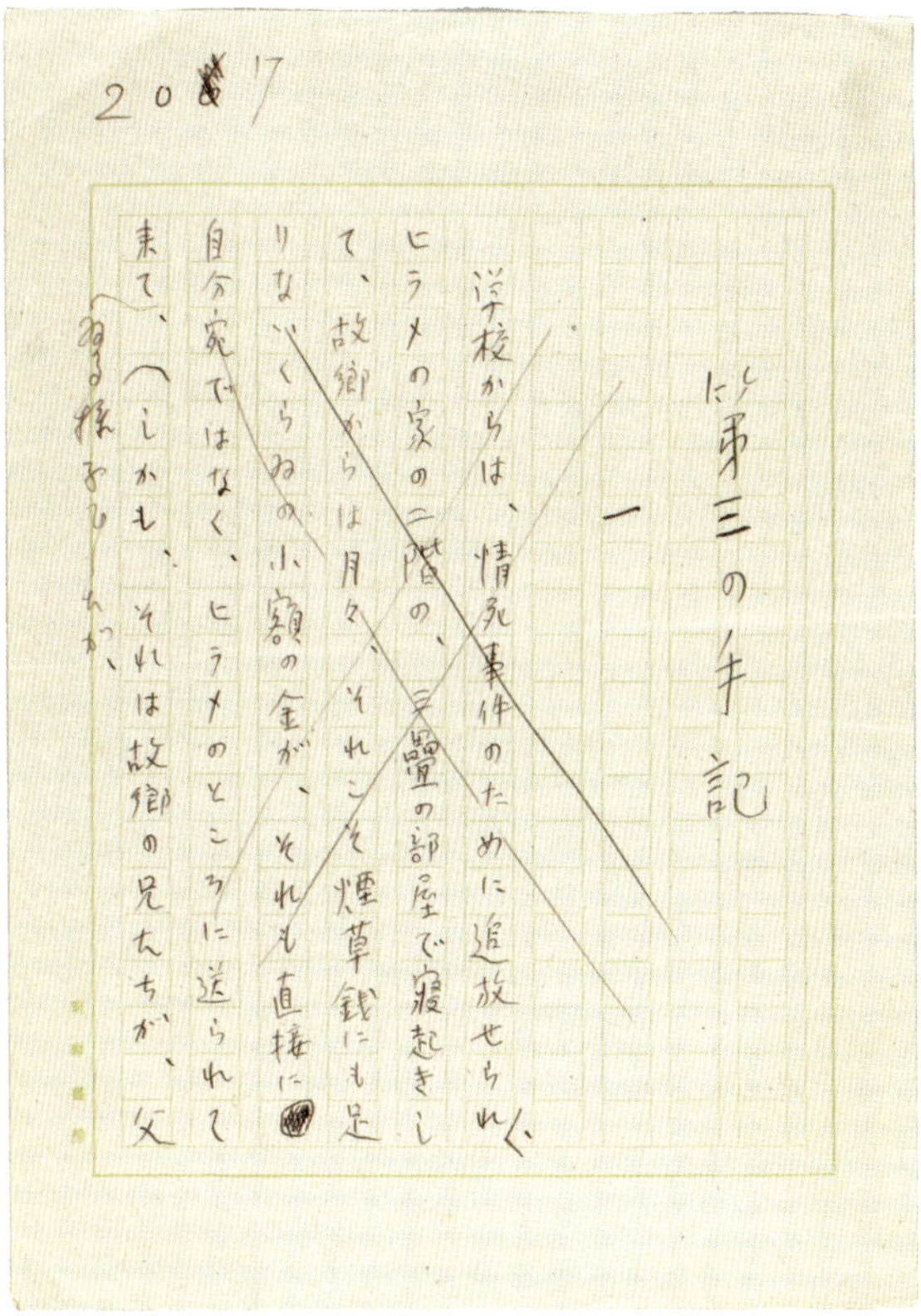
2017

第三の手記

一

学校からは、情死事件のために追放せられて、ヒラメの家の二階の、三畳の部屋で寝起きして、故郷からは月々、それこそ煙草銭にも足りない、くらゐの小額の金が、それも直接に自分宛ではなく、ヒラメのところに送られて来て、（しかも、それは故郷の兄たちが、父

①

1

「第三の手記」冒頭の書き出しに、太宰が苦しんでいた状況が伝わってくる。

① 現在知られている定稿とは異なる書き出し。大きな×印で反故に。

② 同じノンブルの別の反故原稿に、「惚れられるといふ予言と、偉い絵画きになるといふ予言……」という「第二の手記」の一節が書き込まれている。書き出しに悩み、すでに書いた部分から、「竹一の予言」の意味が再発見されたのであろう。

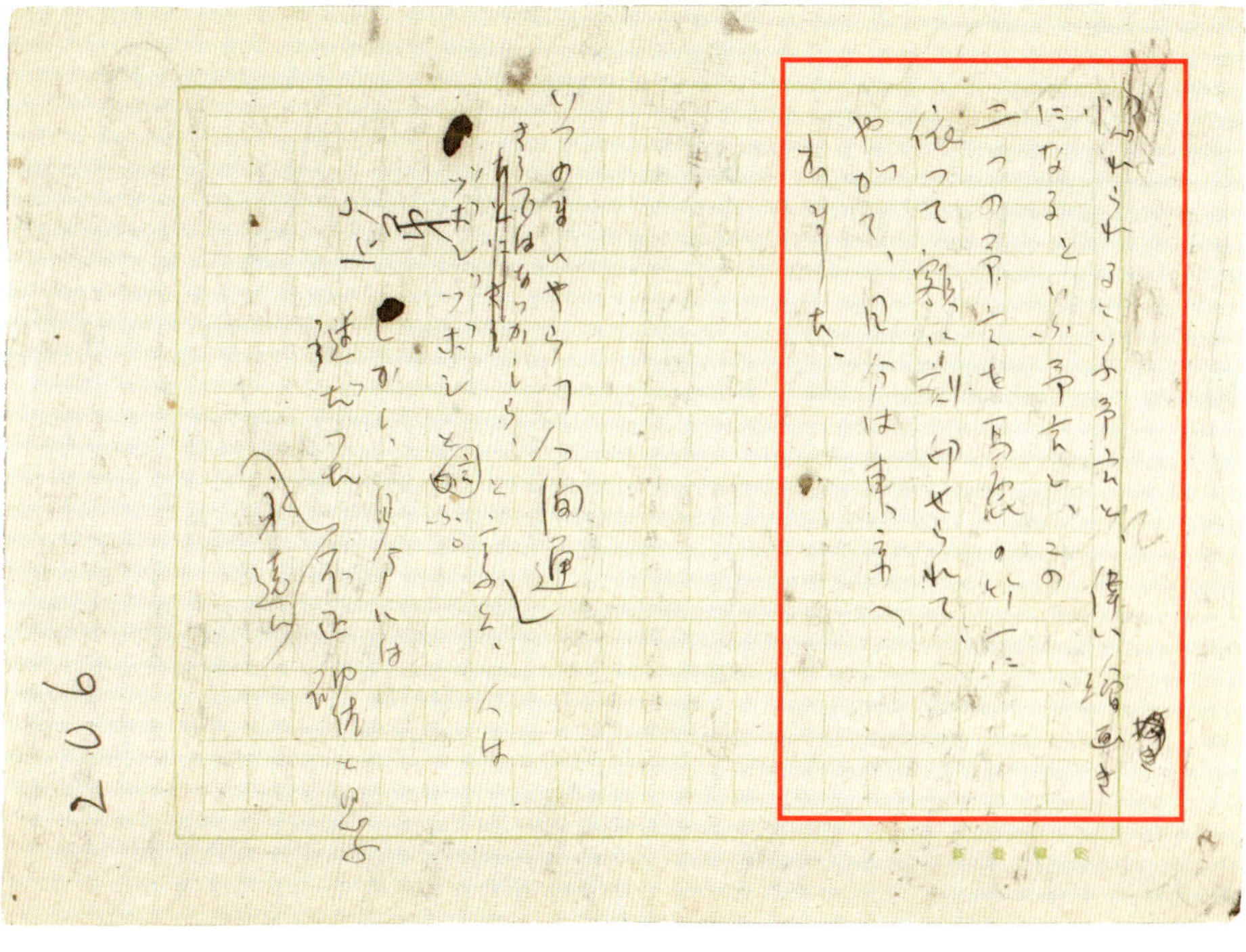

②

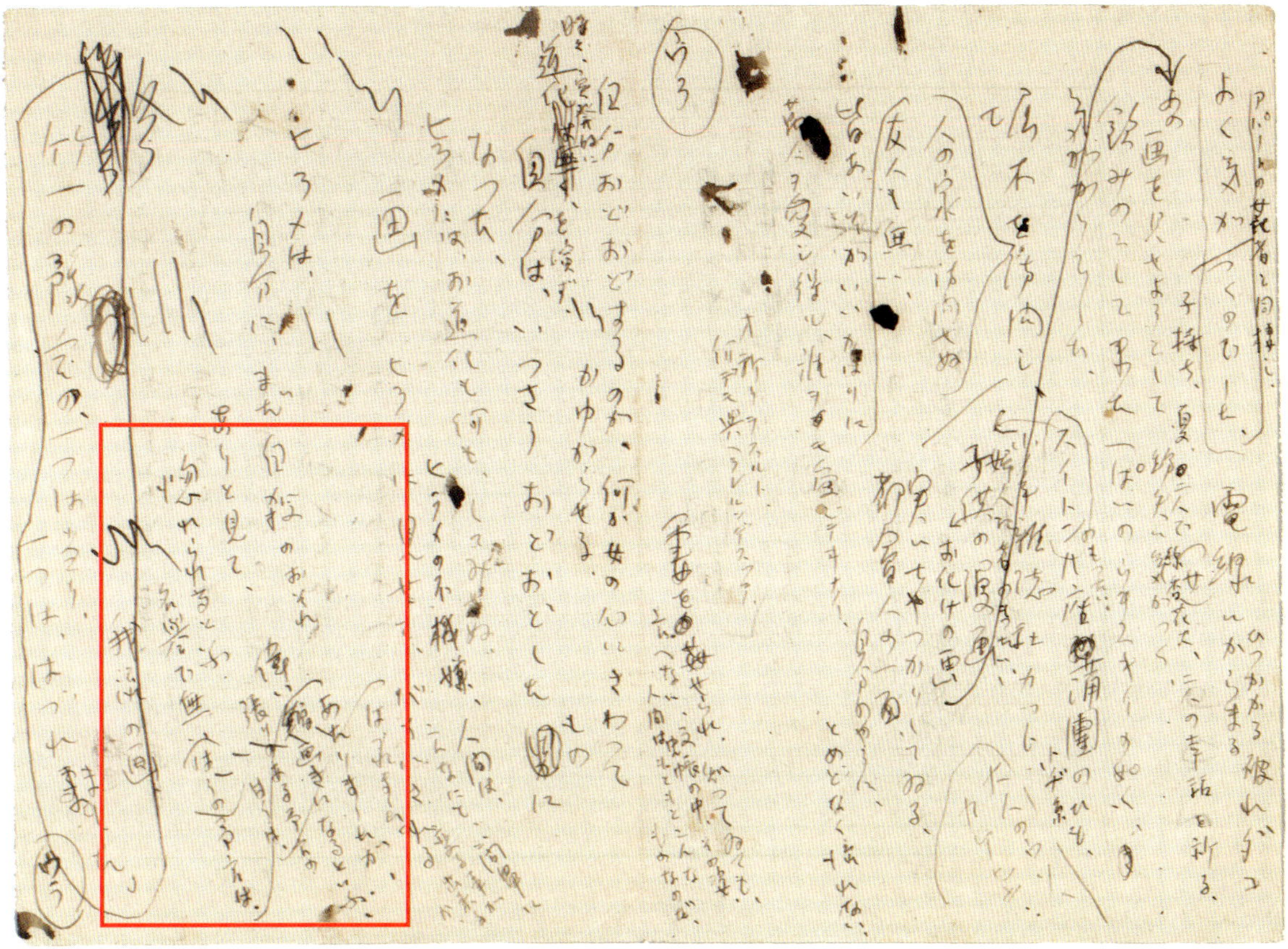

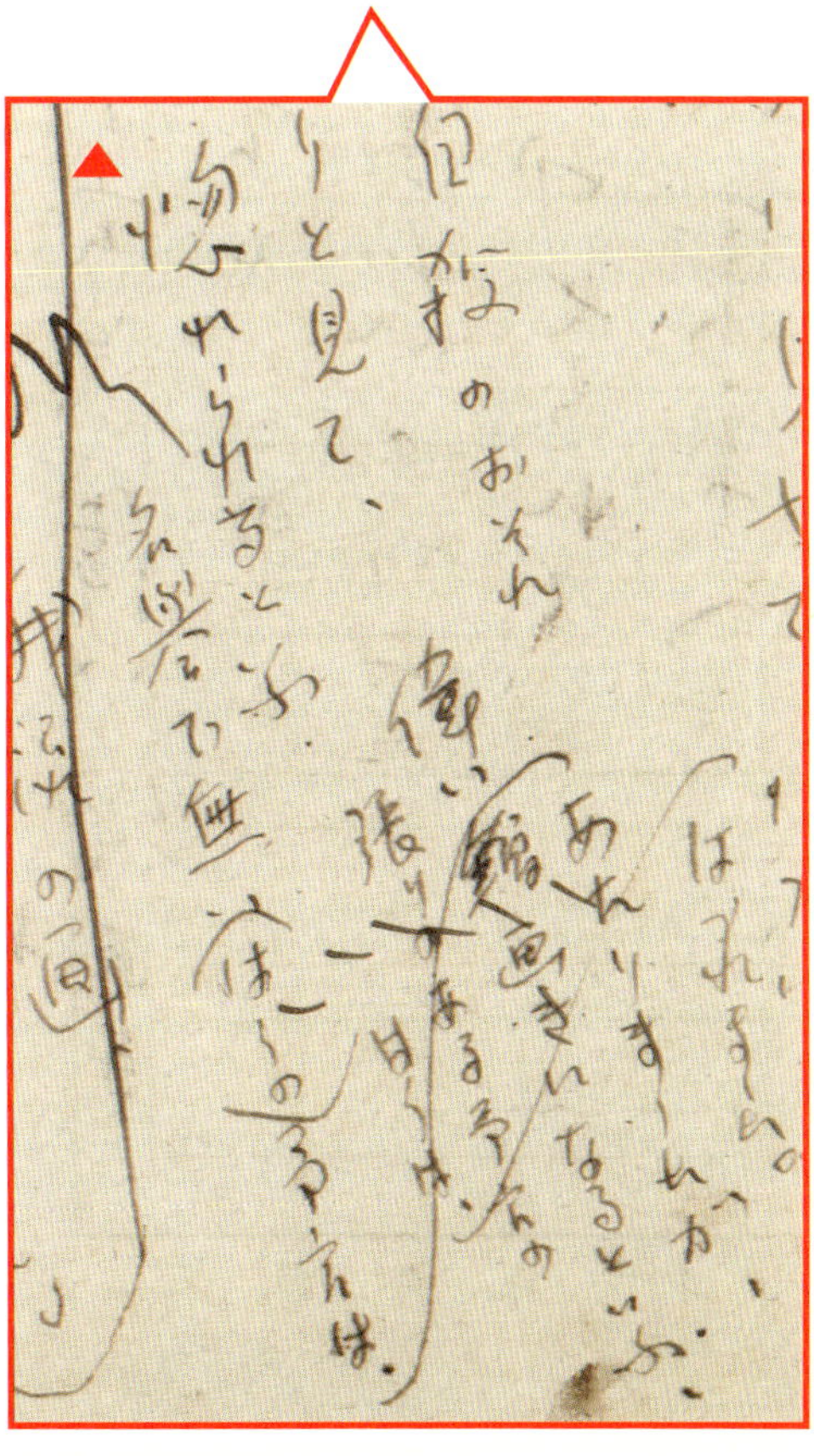

③

③　その原稿の裏面に、書き抜いた予言に応える内容として、「惚れられるといふ名誉で無い（はうの）予言は、あたりましたが……」等の下書きが見える。

④

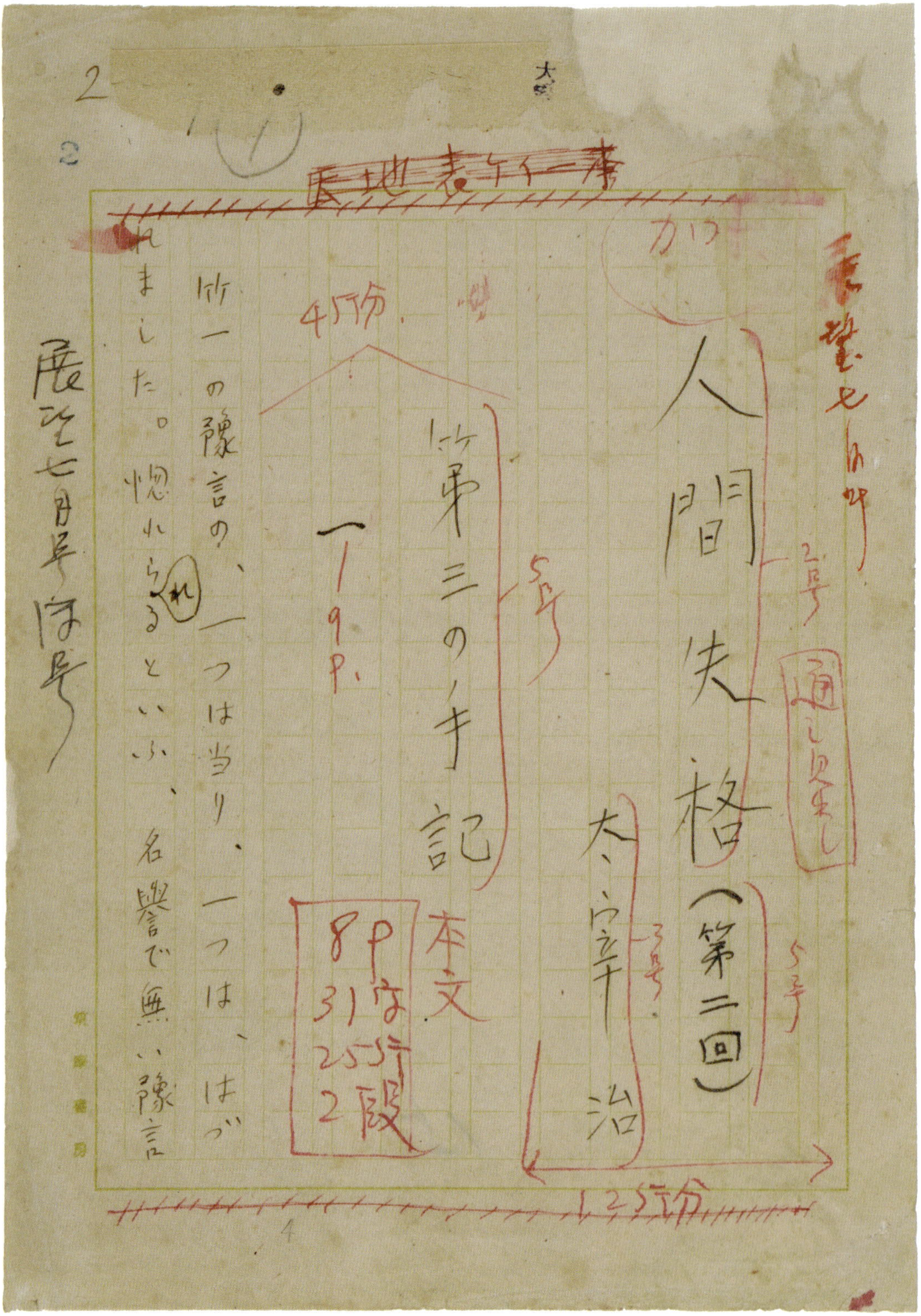
人間失格（第二回）
太宰治
第三の手記
一
竹一の豫言の、一つは当り、一つは、はづれました。惚れられるといふ、名誉で無い豫言

④　結果的に③が完成稿に採用された。
「竹一の予言」が、書き進められる中でその重要性を増していったプロセスがうかがえる。

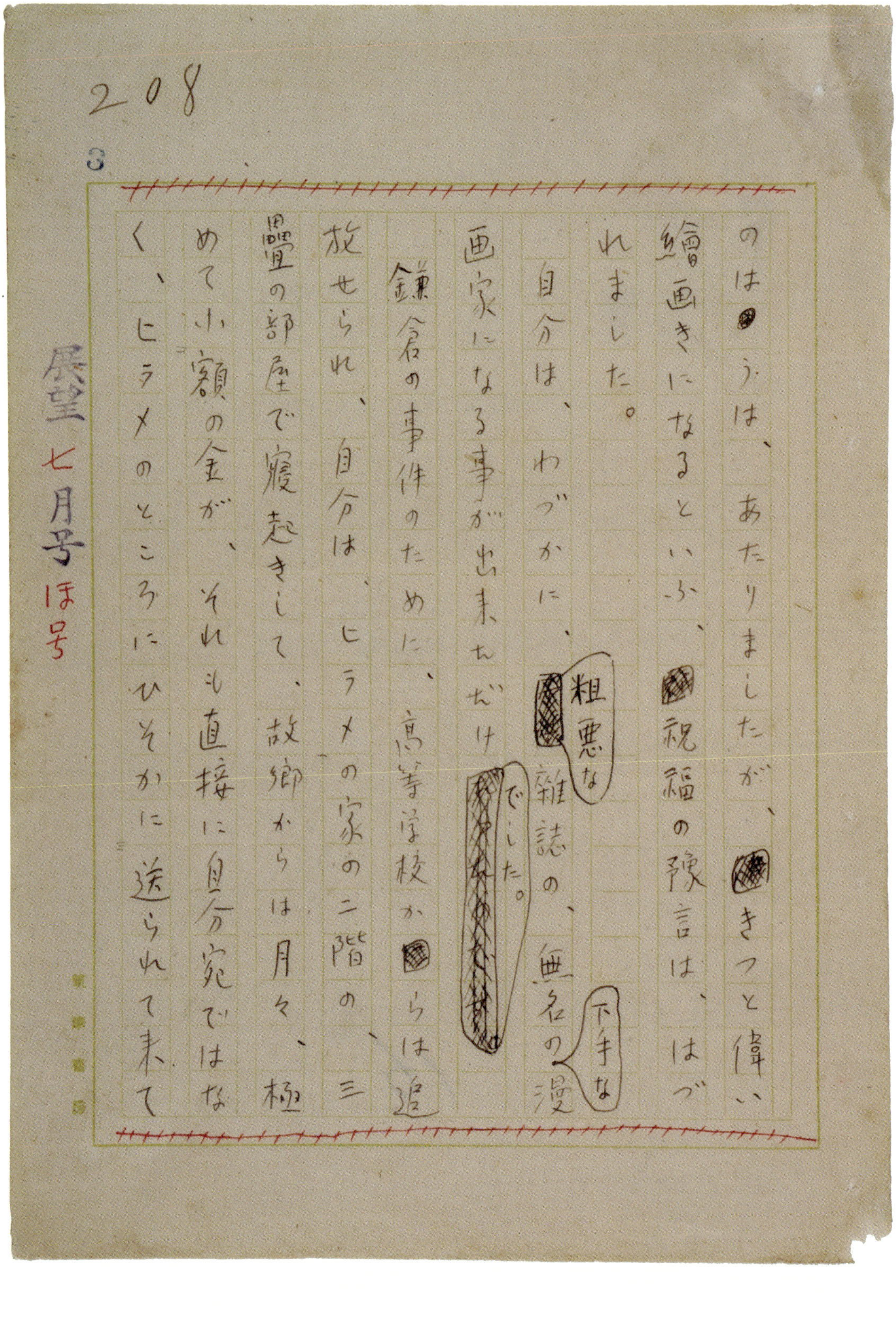

208

3

展望　七月号　ほ号

のは、あたりましたが、きつと偉い繪画きになるといふ、祝福の豫言は、はづれました。

自分は、わづかに、粗悪な雑誌の、無名の下手な漫画家になる事が出来ただけでした。

鎌倉の事件のために、高等学校からは追放せられ、自分は、ヒラメの家の二階の、三疊の部屋で寝起きして、故郷からは月々、極めて小額の金が、それも直接に自分宛ではなく、ヒラメのところにひそかに送られて来て

筑摩書房

②

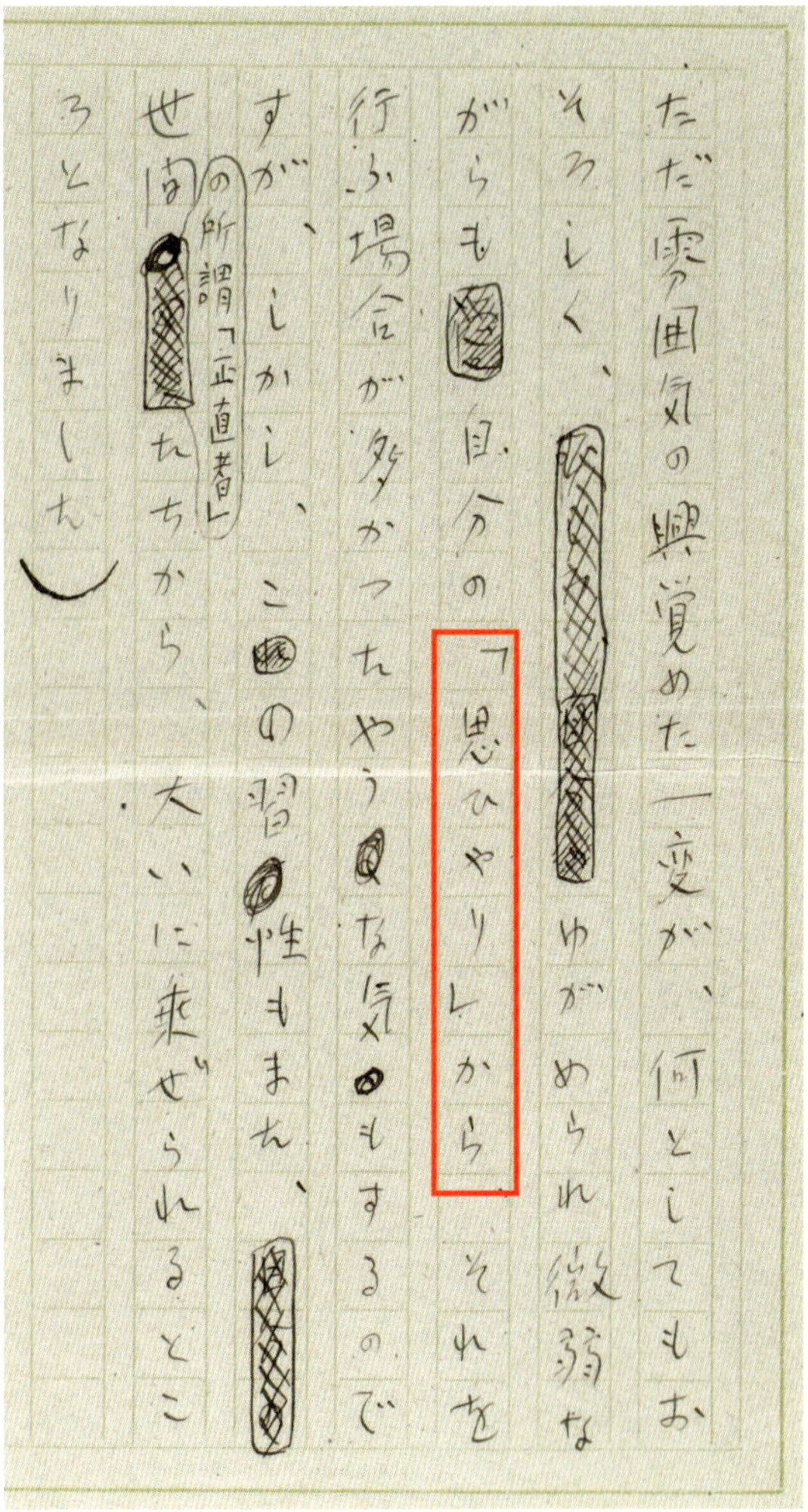

①

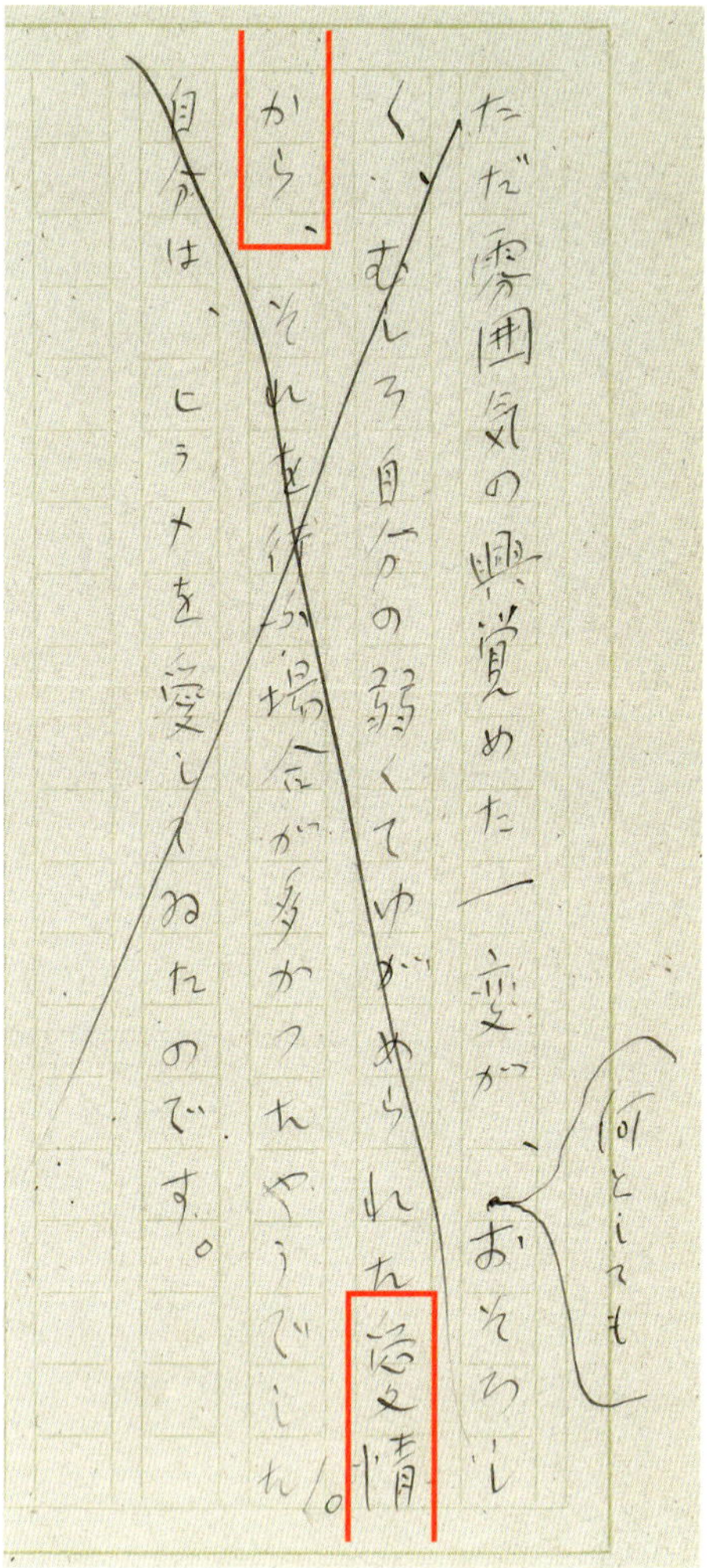

2

葉蔵がなんのために「道化」をするのかみずから語る部分。①「愛情から」→②「『思ひやり』から」→③「必死の奉仕」と書き換えられている。「愛情」という相手と対等な表現だったものを、より劣った立場からのアプローチとし、相手と距離をとり自己卑下させる方向に書き換えられている。

③

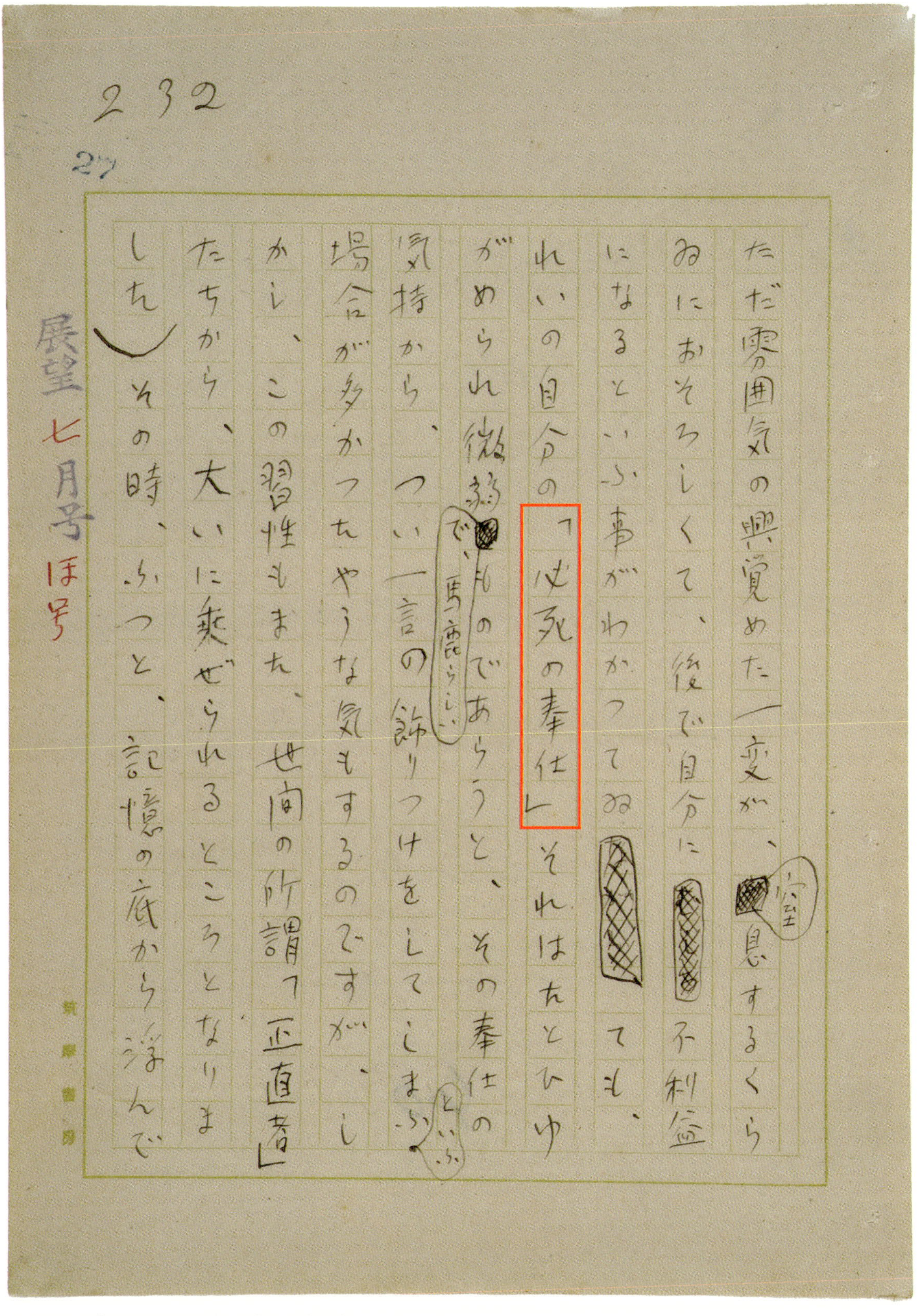

232
27
展望七月号
ほ号

ただ雰囲気の興覚めた一変か、窒息するくらゐにおそろしくて、後で自分に不利益になるといふ事がわかつてゐても、れいの自分の「必死の奉仕」それはたとひゆがめられ微弱で、馬鹿らしいものであらうと、その奉仕の気持から、つい一言の飾りつけをしてしまふといふ場合が多かつたやうな気もするのですが、しかし、この習性もまた、世間の所謂「正直者」たちから、大いに乗ぜられるところとなりました）その時、ふつと、記憶の底から浮んで

筑摩書房

①

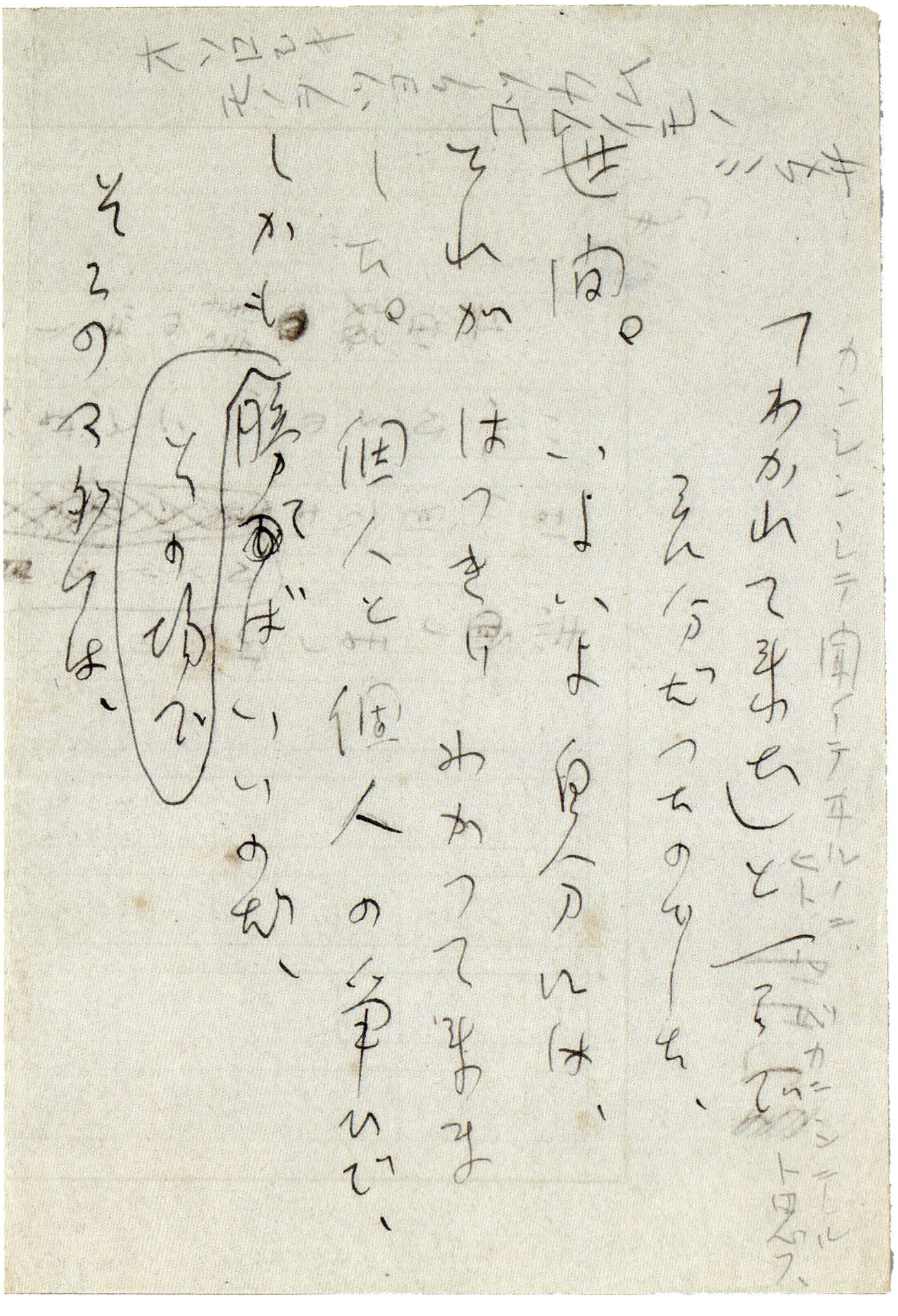

③

「第三の手記」を書き進める上での最大の課題は、葉蔵をどこまで「世間通」にするかだった。世の偽善を告発するためにはある程度「世間通」にならなければならないが、それだと、幼時から世の中の営みが理解できぬ少年だった、という当初の設定に反してしまう。
①草稿のウラに示されたメモには、「はつきり」世間がわかってきた、という構想が書き込まれている。
②完成稿では「世間。いよいよ自分には、それがはつきりわかつて来ました。」という表現が、「どうやら」「ぼんやり」「わかりかけて」「やうな気がしてゐました」といった表現に書き換えられている。最終段階まで、葉蔵をどこまで「世間通」にすべきか迷っていた様子が生々しく伝わってくる。

②

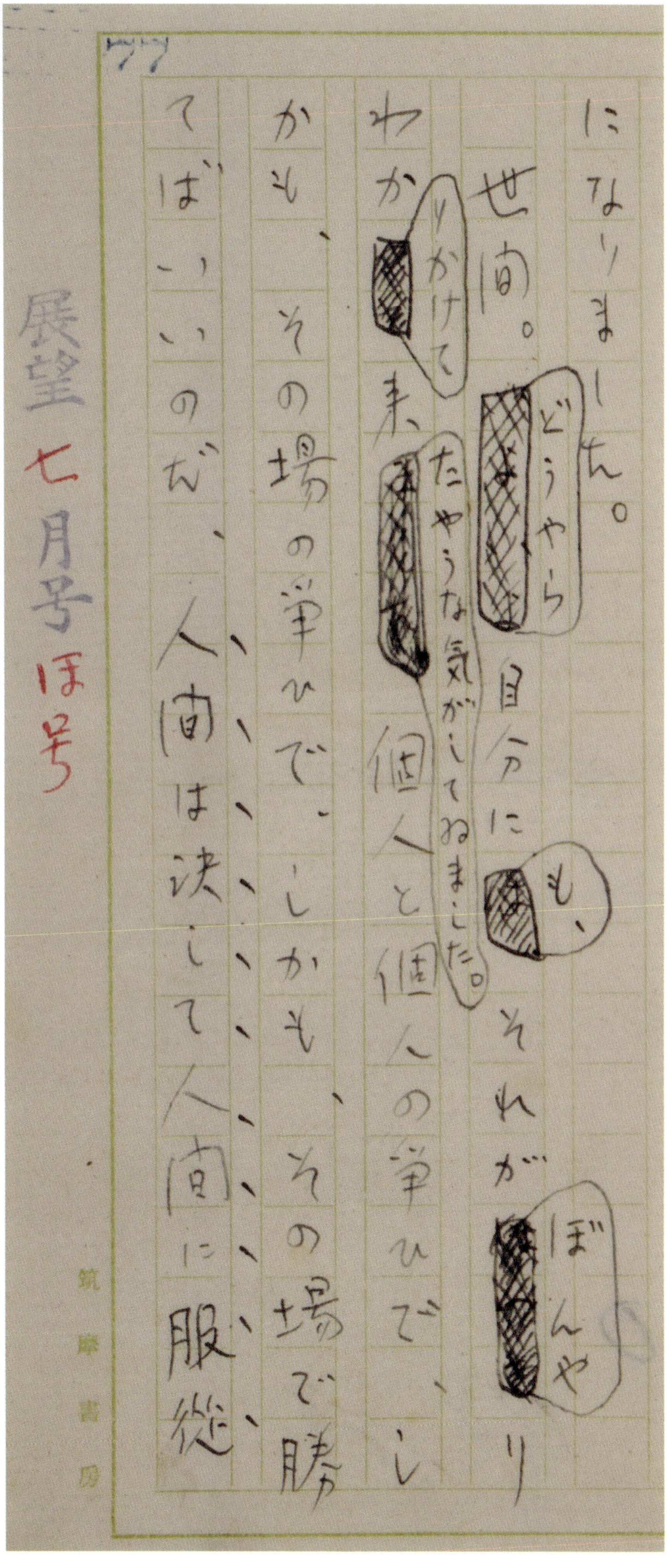

77

になりません。
世間。[redacted]どうやら自分に[redacted]も、それが[redacted]ぼんやり
わか[redacted]りかけて来[redacted]たやうな気がしてゐました。個人と個人の争ひで、し
かも、その場の争ひで、しかも、その場で勝
てばいいのだ、人間は決して人間に服従

展望 七月号 ほ号

筑摩書房

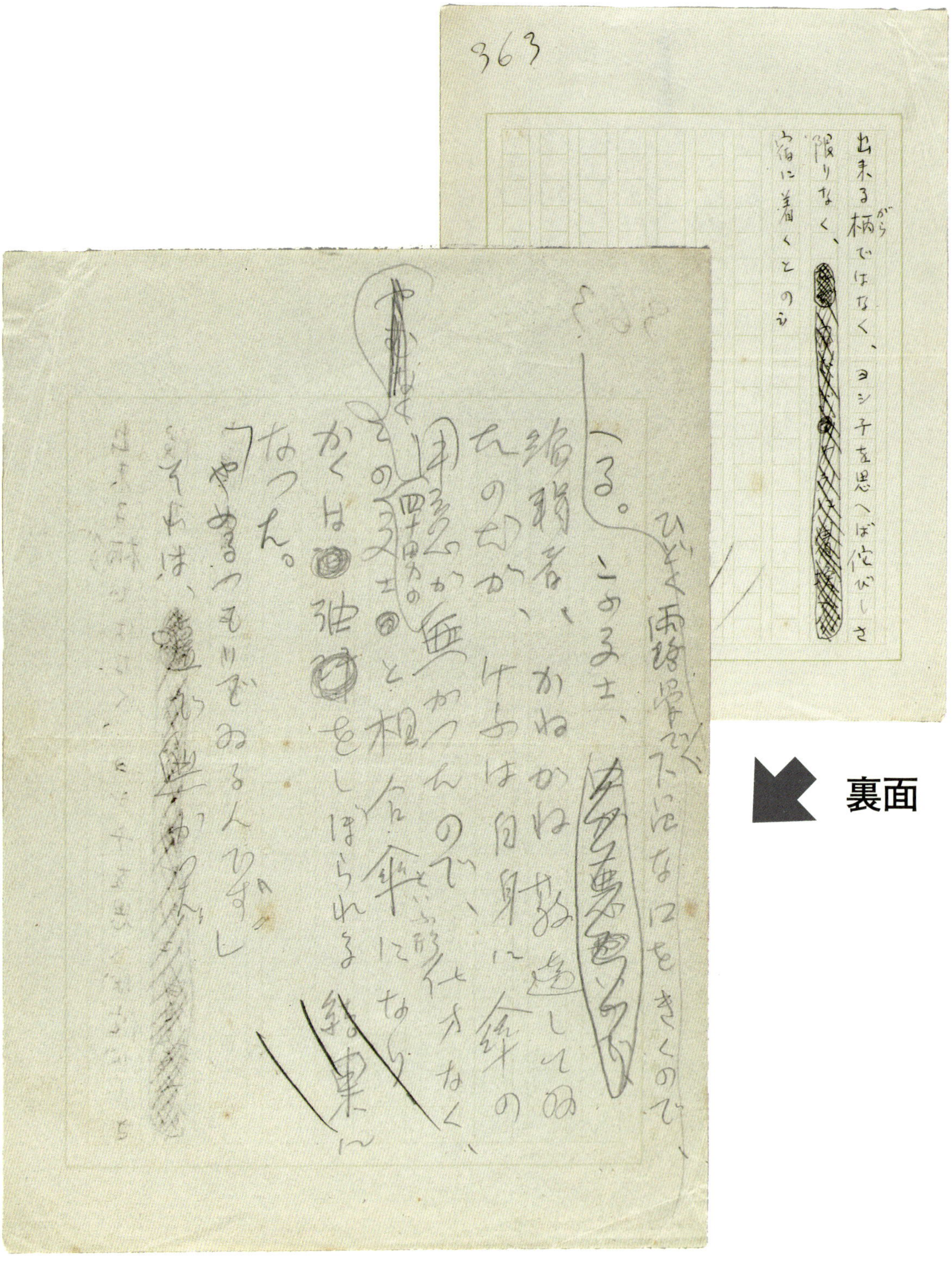

4
「人間失格」草稿のうらには同時期に執筆していた「グッド・バイ」のフレーズを記したものもあり、最晩年の執筆状況がさながらに伝わってくる。

三鷹にて――家族とともに

一九三九（昭和一四）年九月、太宰は美知子夫人とともに東京・三鷹に転居。四一年には長女・園子が誕生。作家生活としても充実した時期を迎え、当地での暮らしを印象的につづった「善蔵を思ふ」を始め「駆込み訴へ」「走れメロス」「右大臣実朝」などを執筆。一方で、「花火」の風俗削除処分など次第に戦争が影を落とし始める。甲府・青森での疎開生活や「お伽草紙」刊行を経て四六年一一月に三鷹に戻り「斜陽」「人間失格」が書かれることになる。極度の疲労によりたびたび喀血するなど晩年の生活は困難なものだった。

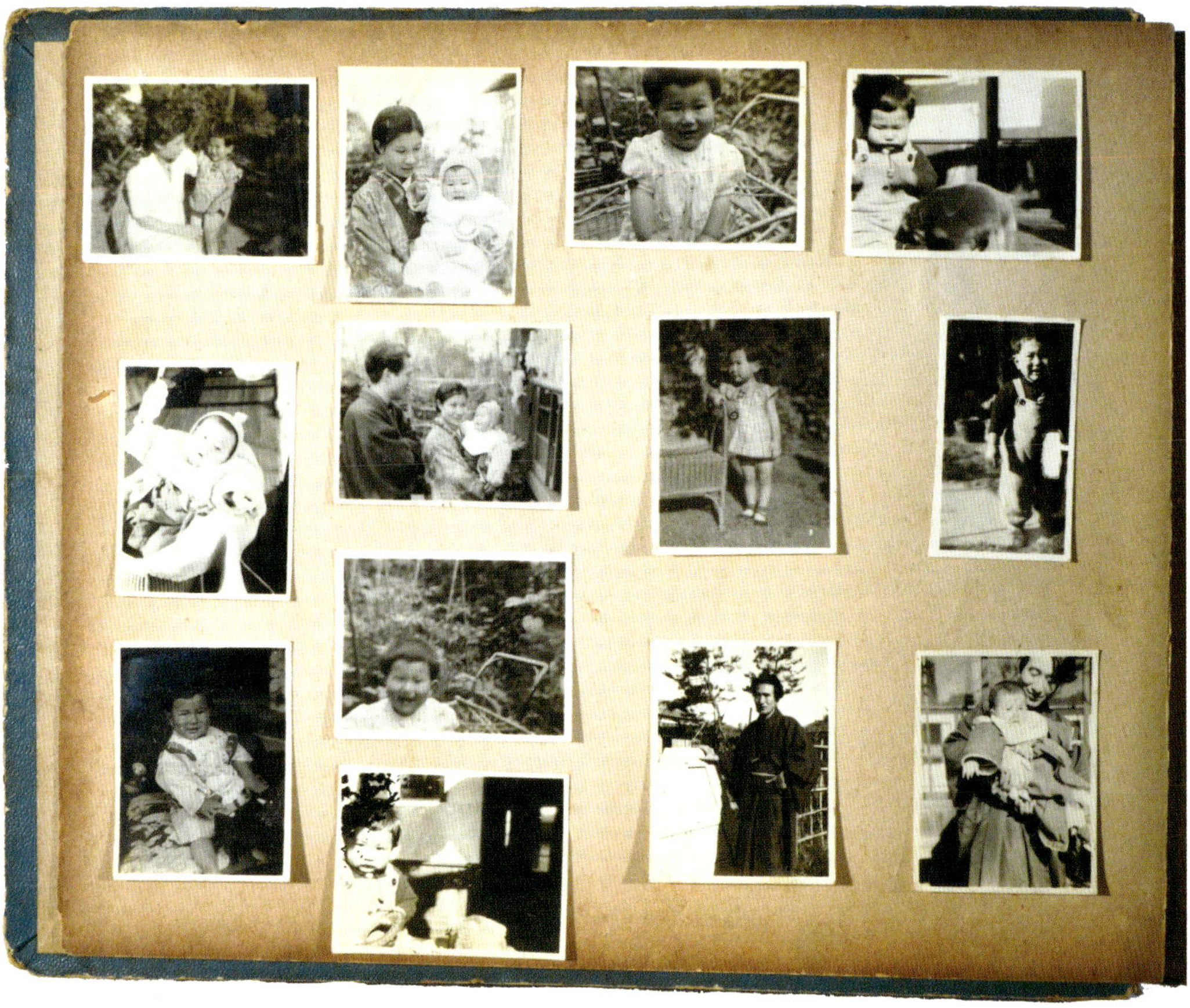

太宰の家族アルバム（個人蔵）

子どもとの写真には太宰の子煩悩な一面がのぞく。

太宰七回忌の親族の記念写真

（1954（昭和29）年6月13日、個人蔵）

太宰治の墓は東京三鷹の禅林寺に建立された。

山崎富栄とともに玉川上水に身を投じた太宰の遺体が発見され、また誕生日でもある6月19日は、晩年の作品にちなみ「桜桃忌」と呼ばれている。

【太宰治年譜】

一九〇九年（明治四二）年		六月一九日、父源右衛門・母夕子の六男として青森県北津軽郡金木村に生まれる。本名・津島修治。病弱の生母に代わり、乳母、叔母きゑ、子守のたけに育てられる。
一九一二（明治四五・大正一）年	三歳	県会議員の父が衆議院議員に当選。七月、弟礼治誕生。
一九一六（大正五）年	七歳	金木第一尋常小学校に入学。成績優秀で、六年間首席を通したが、悪戯ずきだった。
一九二二（大正一一）年	一三歳	小学校卒業。明治高等小学校に入学。父が貴族院議員に当選。
一九二三（大正一二）年	一四歳	三月、東京の病院で父死去（五二歳）。四月、県立青森中学校に入学。親戚の豊田家から通学。
一九二五（大正一四）年	一六歳	「校友会誌」に「最後の太閤」を発表。回覧雑誌「星座」を創刊、戯曲を発表、一号で廃刊。一一月、同人誌「蜃気楼」を創刊、編集兼発行人となり、一九二七年一月まで精力的に創作を発表。
一九二六（大正一五・昭和一）年	一七歳	九月、三兄圭治の提唱で同人誌「青んぼ」を創刊。
一九二七（昭和二）年	一八歳	青森中学修了、官立弘前高校に入学。親戚の藤田家に下宿。七月、心酔した芥川龍之介の自殺に衝撃を受ける。義太夫を習い、青森の花柳界に出入りし、芸妓紅子（小山初代）を知る。
一九二八（昭和三）年	一九歳	個人編集の同人誌「細胞文芸」を創刊、生家を告発する小説を発表。青森の同人誌「猟奇兵」に参加。高校の新聞雑誌部の委員になる。
一九二九（昭和四）年	二〇歳	青森中学校在学中の弟急病死（一七歳）。新聞雑誌部の主導で同盟休校、校長を排斥。「弘高新聞」その他に小菅銀吉、大藤熊太の筆名で作品を発表。一二月、カルモチンを嚥下し第一回自殺未遂事件を起こす。

一九三〇（昭和五）年	二一歳	弘前高校を卒業。四月、東京帝大仏文科に入学。共産党のシンパ活動の一方、井伏鱒二に会い、永く師事する。六月、三兄圭治死去（二七歳）。一〇月、青森の小山初代が上京。長兄文治は太宰の分家除籍を条件に初代との結婚を認める。一一月、銀座のカフェー・ホリウッドの女給田辺あつみと鎌倉小動崎で薬物心中を図りあつみが絶命、自殺幇助罪に問われたが起訴猶予。この年青森の同人誌「座標」に「地主一代」「学生群」を連載、未完。
一九三一（昭和六）年	二二歳	二月、初代と新世帯を持つ。党のアジト保安のため転居を重ねる。
一九三二（昭和七）年	二三歳	青森警察署に出頭を命じられ、非合法活動から離脱。
一九三三（昭和八）年	二四歳	初めて太宰治の筆名で「東奥日報」に「列車」を発表。同人誌「海豹」に「魚服記」「思ひ出」を掲載、好評を得る。
一九三四（昭和九）年	二五歳	季刊同人誌「鷭」に「葉」などを発表。九月、「青い花」を創刊、一号で休刊、翌年「日本浪曼派」に合流した。
一九三五（昭和一〇）年	二六歳	三月、都新聞社の入社試験に失敗。単身鎌倉山で縊死を図り未遂。五月、「日本浪曼派」に「道化の華」を発表。七月、千葉県船橋町に転居。「逆行」が第一回芥川賞の候補になる。九月、授業料未納のため東京帝大を除籍される。
一九三六（昭和一一）年	二七歳	六月、第一創作集『晩年』を砂子屋書房から刊行、上野精養軒で出版記念会、第三回芥川賞受賞を信じた。一〇月、パビナール中毒治療のため、東京武蔵野病院に入院。
一九三七（昭和一二）年	二八歳	三月、水上温泉で夫婦心中を図るが未遂。六月、初代と離別。「二十世紀旗手」「HUMAN LOST」などを発表。
一九三八（昭和一三）年	二九歳	九月、井伏鱒二が滞在する御坂峠の天下茶屋に赴く。井伏と甲府市の石原家を訪問、見合いする。
一九三九（昭和一四）年	三〇歳	一月、井伏家で石原美知子との結婚式を挙げ、甲府市御崎町の新居に入る。九月、東京府三鷹村下連雀に転居。「富嶽百景」「女生徒」などを発表。『愛と美について』などを刊行。

一九四〇（昭和一五）年	三一歳	一二月、『女生徒』により北村透谷文学賞次席となる。「女の決闘」「駆込み訴へ」「走れメロス」などを発表。
一九四一（昭和一六）年	三二歳	六月、長女園子誕生。一一月、胸部疾患の理由で徴用免除。「東京八景」などを発表、『新ハムレット』などを刊行。
一九四二（昭和一七）年	三三歳	一〇月、母重態のため初めて妻子同伴で帰郷、一二月、母逝去。
一九四三（昭和一八）年	三四歳	『右大臣実朝』などを刊行。
一九四四（昭和一九）年	三五歳	「新風土記叢書」の一冊として『津軽』の執筆を依頼され、五～六月、津軽地方を旅行。七月、前妻初代が中国で病没（三二歳）。八月、長男正樹誕生。一二月、魯迅の仙台医専在学当時を調査のため、仙台に赴く。
一九四五（昭和二〇）年	三六歳	米軍の空襲激化し、四月、妻子の疎開先甲府の石原家に合流。七月、空襲で石原家全焼、津軽の生家へ再疎開。八月一五日、終戦。『新釈諸国噺』『惜別』『お伽草紙』などを刊行。
一九四六（昭和二一）年	三七歳	土地の文学青年や東京の知友の訪問を受ける。七月、祖母イシ逝去。一一月、上京、三鷹の旧居に帰る。訪問客多く、外に仕事場を持つ。戯曲「冬の花火」「春の枯葉」などを発表。
一九四七（昭和二二）年	三八歳	二月、下曽我の雄山荘に太田静子を訪ねる。三月、三鷹駅前の屋台で山崎富栄と知り合う。次女里子誕生。一一月、静子に女児誕生、治子と命名。「斜陽」「ヴィヨンの妻」などを発表。
一九四八（昭和二三）年	三九歳	一月、喀血する。三～五月、「人間失格」を執筆。「如是我聞」を発表。五月、極度の疲労の中、「朝日新聞」に連載の「グッド・バイ」を起稿。六月十三日、富栄と玉川上水に入水、三九歳の誕生日である一九日に遺体が発見された。没後、『人間失格』『桜桃』などが刊行される。

日本近代文学館編『図説太宰治』（ちくま学芸文庫、二〇〇〇年）収録の年譜をもとに加筆修正を行った。

「冬の花火」			
原稿	「冬の花火」原稿	*	100
雑誌	「冬の花火」(「展望」1946(昭和21)年6月)		100
「パンドラの匣」			
図書	河北新報社版『パンドラの匣』(1946(昭和21)年6月)	*	101
図書	双英書房版『パンドラの匣』(1947(昭和22)年6月)	*	101
原稿	「返事の手紙」原稿	*	102
太宰治・井伏鱒二　戦後疎開中の往復書簡から			
書簡	井伏鱒二　太宰治宛　1945(昭和20)年8月27日	*	103
書簡	太宰治　井伏鱒二宛　1945(昭和20)年(月日不詳)※翻刻のみ	—	104
書簡	井伏鱒二　太宰治宛　1945(昭和20)年11月22日	個人蔵	105
書簡	太宰治　井伏鱒二宛　1945(昭和20)年11月23日　※翻刻のみ	—	106
書簡	太宰治　井伏鱒二宛　1945(昭和20)年11月28日　※翻刻のみ	—	106
書簡	井伏鱒二　太宰治宛　1945(昭和20)年12月5日	個人蔵	107
初公開「お伽草紙」原稿			
原稿	「お伽草紙」前書き　原稿		108, 110
引用	津島美知子「後記」(『太宰治全集』第十一巻 創芸社、1953(昭和28)年)		109
※『日本文学研究資料叢書　太宰治』(有精堂出版、1970(昭和45)年)より引用。			
図書	武内俊子文・河目悌二画『コブトリ』(児童図書出版社、1944(昭和19)年)	県立神奈川近代文学館	111
原稿	「お伽草紙」〈瘤取り〉　原稿		111-112
図書	初版『お伽草紙』(筑摩書房、1945(昭和20)年10月)	*	112
図書	再版『お伽草紙』(筑摩書房、1946(昭和21)年2月)	*	113
図書	異版『お伽草紙』(南北書園、1948(昭和23)年9月)	*	113
原稿	「お伽草紙」〈浦島さん〉原稿		114
原稿	「お伽草紙」〈舌切雀〉原稿		114-115
原稿	青森県近代文学館所蔵「お伽草紙」原稿	青森県立近代文学館	116
第6部　「斜陽」と「人間失格」			
「斜陽」の世界			
原稿	「斜陽」原稿	*	118-119
図書	『斜陽』(新潮社、1947(昭和22)年)	*	118
写真	ドナルド・キーン、美知子夫人、津島園子氏	個人蔵	120
図書	ドナルド・キーン訳『the setting sun』 (New Directions、1956(昭和31)年)	*	120
題簽	ドナルド・キーン題簽(「斜陽」原稿)	*	120
書簡	川端康成　津島美知子宛　1955(昭和30)年3月6日	個人蔵	121
原稿	佐藤俊夫新潮社元会長旧蔵「斜陽」原稿		122
草稿	「斜陽」草稿	*	123-124
写真	「斜陽」発表の年、三鷹の屋台「若松屋」前で(小滝穆撮影)		125
「人間失格」のできるまで			
草稿	「人間失格」草稿	*	126-127, 130,132,134
原稿	「人間失格」原稿	*	128-129, 131,133
三鷹にて——家族とともに			
アルバム	家族アルバム	個人蔵	135
写真	太宰七回忌の親族の記念写真 1954(昭和29)年6月13日	個人蔵	135

草稿	『井伏鱒二選集』草案3	石井立資料	75
草稿	『井伏鱒二選集』草案1	＊	76
草稿	『井伏鱒二選集』草案2	＊	77
引用	太宰治「後記」『井伏鱒二選集』第二巻	—	77
友情――書画より			
絵画	太宰治、堤重久、秋田富子「他画他讃自讃する人もありき」（油彩画）		78
書	「川ぞひの路をのぼれば赤き橋またゆきゆけば人の家かな」（短冊）		78
第4部　典拠・小説に用いた資料			
「富嶽百景」			
図書	石原初太郎「富士山の形態」 （『富士山の自然界』山梨県、1925（大正 14）年）	＊	80
雑誌	「富嶽百景」（「文体」1939（昭和 14）年 2 月）		80
「天狗」			
図書	伊藤松宇校訂『芭蕉七部集』（岩波文庫、1927（昭和 2）年）	＊	81
切抜	「天狗」（「みつこし」1942（昭和 17）年 9 月）	＊	81
「不審庵」			
図書	堀内正路『千家正流茶の湯客の心得』（仁木文八郎、1884（明治 17）年）	＊	82
雑誌	「不審庵」（「文芸世紀」1943（昭和 18）年 10 月）		82
「右大臣実朝」			
図書	『右大臣実朝』（錦城出版社、1943（昭和 18）年）	＊	83
雑誌	「源実朝年譜」（「鶴岡」1942（昭和 17）年 8 月）	＊	83
図書	斎藤茂吉校訂『金槐和歌集』（岩波文庫、1929（昭和 4）年）	＊	84
引用	太宰治「右大臣実朝」	—	84
原稿	「右大臣実朝」原稿	＊	85-86
写真	『右大臣実朝』発表の翌年、三鷹の自宅付近（渡辺好章撮影）		87
「惜別」			
草稿	「『惜別』の意図」草稿	＊	88
図書	『惜別』（朝日新聞社、1945（昭和 20）年）	＊	89
新聞	「五大宣言の小説化」（「文学報国」1943（昭和 18）年 11 月 10 日）	不二出版発行復刻版	89
メモ	「惜別」メモ	＊	90-92
地図	『最新版番地入　仙台市明細地図』（金港堂書店、1925（大正 14）年）	＊	90
図書	文部省音楽取調掛編『小学唱歌集』第三編（高等師範学校附属音楽学校、 1884（明治 17）年）	＊	93
引用	太宰治「惜別」	—	93
雑誌	実藤恵秀「留日学生史談（六）」（「東亜文化圏」1944（昭和 19）年 3 月）		93
書簡	太宰治　竹内好宛はがき　1945（昭和 20）年 2 月 27 日	＊	94
第5部　戦争の影			
検閲――戦中と戦後			
「花火」			
雑誌	「花火」（「文芸」1942（昭和 17）年 10 月）		96
公文書	「出版警察報」145 号（1942（昭和 17）年 10 月 8 日）	不二出版発行復刻版、 国立国会図書館提供	96
「佳日」			
図書	「佳日」（『佳日』肇書房、1944（昭和 19）年 8 月）	＊	97
図書	「佳日」（『黄村先生言行録』日本出版株式会社、1947（昭和 22）年 3 月）	＊	97
「小さいアルバム」			
雑誌	「小さいアルバム」（「新潮」1942（昭和 17）年 7 月）		98
校正刷	「小さいアルバム」（『佳日』校正刷）	＊	99
図書	「小さいアルバム」（『薄明』新紀元社、1946（昭和 21）年 11 月）	＊	99

第2部　ノート・落書きを中心に			
中学・高校時代のノート			
ノート	「地鉱」（自然科学・地理学習ノート）		36、42-43
ノート	「国文漢文草稿帳」（国語・漢文学習ノート）		37-38
写真	藤田家の人びとと		39
自筆文書	中学時代の習字とらくがき		40
ノート	「The Professor」（英語読解学習ノート）		41
ノート	「修身」	弘前大学附属図書館	44-45
教科書	『A modern symposium』（英語教科書）	*	46-47
ノート	「東洋史」	渡部芳紀撮影・提供	48-51
ノート	「物理」	渡部芳紀撮影・提供	52
ノート	「English Dictation」	渡部芳紀撮影・提供	52
ノート	「西洋史」	渡部芳紀撮影・提供	52
ノート	（年代不明）	渡部芳紀撮影・提供	53
ノート	「法制」	渡部芳紀撮影・提供	54
写真	弘前高校３年次　平岡俊男とともに		55
伝記資料			
新聞	心中事件記事（「東奥日報」1930（昭和5）年11月30日）	*中畑慶吉保管文書	56
引用	津島美知子「書斎」『回想の太宰治』	—	57
文書	「修治ニ関スル重大書類」（高面順三あて覚書）	*中畑慶吉保管文書	57
自筆文書	婚約者・小山初代に宛てた遺書	*中畑慶吉保管文書	58-59
絵はがき	心中の場所を示した絵はがき	*中畑慶吉保管文書	59
文書	船橋薬局パビナール購入簿	*	60
文書	美知子夫人「パビナール購入簿に関するレポート」	*	60
草稿	「HUMAN LOST」草稿断片	*	61
写真	1927（昭和2）年、船橋にて　『晩年』口絵写真		62
第3部　原稿・書き換えの跡をたどる			
活字にならなかったもう一つの世界			
「火の鳥」			
草稿	「火の鳥」草稿	*	64
引用	津島美知子「旧稿」『回想の太宰治』	—	65
「カレッヂ・ユーモア・東京帝国大学の巻」			
草稿	「カレッヂ・ユーモア・東京帝国大学の巻」草稿	*	66
「悖徳の歌留多」			
草稿	「悖徳の歌留多」草稿	*	67、68
雑誌	「懶惰の歌留多」（「文芸」1939（昭和14）年4月）		67
写真	「善蔵を思ふ」の年、三鷹の自宅にて		69
未定稿から完成稿へ			
「善蔵を思ふ」			
構想メモ	「善蔵を思ふ」封筒に書き留めた構想メモ	*	70-71
雑誌	「善蔵を思ふ」（「文芸」1940（昭和15）年4月）		71
「如是我聞」			
草稿	「如是我聞」草稿	*	72-74
構想メモ	「如是我聞」構想メモ（晩年の手帖）	*	74
『井伏鱒二選集』			
図書	『井伏鱒二選集』（筑摩書房、1948（昭和23）年）		75, 77
写真	太宰と井伏鱒二　1940（昭和15）年春、旅行先の四万温泉で（伊馬春部撮影）		75

【掲載資料一覧】

「所蔵・提供」：特に記載のないものは日本近代文学館所蔵。
＊印は日本近代文学館太宰治文庫所蔵資料。

種　別	資　料　名	所蔵・提供	掲載頁
第1部　「太宰治」のルーツ			
津島家			
写真	父　津島源右衛門		8
写真	母　津島夕子		8
引用	太宰治「思ひ出」	—	9
写真	津島家の人びと　太宰生家の庭にて		9
写真	太宰の生家「斜陽館」	青森県五所川原市	10
写真	生後1年のころ		11
写真	２歳のころ　母夕子・叔母キヱ・三上やゑ とともに		11
写真	４歳のころ		11
写真	姉トシ・あい・きやう、従姉テイ、弟礼治、甥逸朗 とともに		12
写真	兄文治・英治・圭治、弟礼治 とともに		12
写真	兄圭治 とともに		13
写真	弟礼治・級友中村貞次郎とともに		13
図書	『金木郷土史』（金木町役場、1940（昭和 15）年）	＊	14
古文書	「檀家累代記」	（複写資料）	15
古文書	ヤマゲン對馬宗（惣）助宛「京都買物仕切目録」	個人蔵	16-17
古文書	『津島家歴史』	（複写資料）	17
図書	津島美知子『回想の太宰治』（人文書院、1978（昭和 53）年）		18
写真	太宰治・美知子夫人　1940（昭和 15）年、三鷹の自宅前で		18
ノート	美知子夫人　津軽取材ノート	＊	19
習作時代			
日記	「新文芸日記」（太宰治日記・1926（大正 15）年１月）	＊	20
印刷物	「青んぼ」２号表紙刷りだし	＊	21
雑誌	「蜃気楼」1926（大正 15）年６月号・10 月号	＊	22
雑誌	津島修治「モナコ小景」（「蜃気楼」1926（大正 15）年 10 月号）	＊	22
写真	「蜃気楼」の同人たち		22
雑誌	「蜃気楼同人諸価値表」（「蜃気楼」1926（大正 15）年６月号）	＊	23
雑誌	「細胞文芸」1928（昭和 3）年５月創刊号・７月号	＊	24
雑誌	「編輯後記」（「細胞文芸」1928（昭和 3）年７月）	＊	24
雑誌	辻島衆二「無間奈落」（「細胞文芸」1928（昭和 3）年５月創刊号）	＊	25
ノート	「細胞文芸」表紙スケッチ（「心理学」ノート）	渡部芳紀撮影・提供	25
ノート	「細胞文芸」表紙スケッチ（「地鉱」ノート）		25
雑誌	「最近文士録」（「文芸公論」1928（昭和 3）年１月号）		26
雑誌	「座標」1930（昭和 5）年１月創刊号		27
雑誌	大藤熊太「地主一代」（「座標」1930（昭和 5）年１月創刊号）		27
自筆文書	英作文「KIMONO」「A very brief history of his first half life」 「我が国の人口問題」	＊	28-29
原稿	黒虫俊平「ねこ」原稿	＊（複写資料）	30-31
雑誌	弘前高校「校友会雑誌」1929（昭和 4）年 11 月号	個人蔵	32
雑誌	「編輯後記」（「校友会雑誌」1929（昭和 4）年 11 月号）	個人蔵	32
雑誌	小菅銀吉「虎徹宵話」（「校友会雑誌」1929（昭和 4）年 11 月号）	個人蔵	33
写真	弘前高等学校時代（「いい男だろ　小菅銀吉」）		34

展覧会

生誕 110 年 太宰治 創作の舞台裏

【主　　催】公益財団法人 日本近代文学館 展示室
【会　　期】2019 年 4 月 6 日～ 6 月 22 日
【会　　場】日本近代文学館
【編集委員】安藤　宏

【編者略歴】

公益財団法人《こうえきざいだんほうじん》　日本近代文学館《にほんきんだいぶんがくかん》

日本初の近代文学の総合資料館。1963 年に財団法人として発足、1967 年に東京都目黒区駒場に現在の建物が開館した。専門図書館として資料の収集・保存に努めるとともに、展覧会・講演会等を開催し資料の公開と文芸・文化の普及のために活動する。2011 年より公益財団法人。2019 年現在の所蔵資料は図書・雑誌・肉筆資料など 119 万点。

太宰治　創作の舞台裏

2019年　4月10日　初版第1刷　発行

編　者　　公益財団法人　日本近代文学館

発行者　　伊藤良則

発行所　　株式会社 春陽堂書店
〒103-0027　東京都中央区日本橋3-4-16
電　話　03-3271-0051

装　丁　　宗利淳一

印刷・製本　　株式会社　シナノパブリッシングプレス

ISBN978-4-394-19000-4　C0091